Alberto Blest Gana

MARTIN RIVAS

Al Señor Don Manuel Antonio Matta

Mi querido Manuel:

Por más de un título te corresponde la dedicatoria de esta novela: ella ha visto la luz pública en las columnas de un periódico fundado por tus esfuerzas y dirigido por tu decisión y constancia a la propagación y defensa de los principios liberales; su protagonista ofrece el tipo, digno de imitarse, de los que consagran un culto inalterable a las nobles virtudes del corazón, y, finalmente, mi amistad quiere aprovechar esta ocasión de darte un testimonio de que al cariño nacido en la infancia se une ahora el profundo aprecio que inspiran la hidalguía y el patriotismo puestos al servicio de una buena causa con entero desinterés.

Recibe, pues, esta dedicatoria como una prenda de la amistad sincera y del aprecio distinguido que te profesa tu afectísimo

ALBERTO BLEST GANA

1

A principios del mes de julio de 1850 atravesaba la puerta de calle de una hermosa casa de Santiago un joven de veintidós a veintitrés años.

Su traje y sus maneras estaban muy distantes de asemejarse a las maneras y al traje de nuestros elegantes de la capital. Todo en aquel joven revelaba al provinciano que viene por primera vez a Santiago. Sus pantalones negros, embotinados por medio de anchas trabillas de becerro, de los años de 1842 y 43; su levita de mangas cortas y angostas; su chaleco de raso negro con largos picos abiertos, formando un ángulo agudo, cuya bisectriz era la línea que marca la tapa del pantalón; su sombrero de extraña forma y sus botines abrochados sobre los tobillos por medio de cordones negros componían un traje que recordaba antiguas modas, que sólo los provincianos hacen ver de tiempo en tiempo, por las calles de la capital.

El modo como aquel joven se acercó a un criado que se balanceaba, mirándole, apoyado en el umbral de una puerta que daba al primer patio, manifestaba también la timidez del que penetra en un lugar desconocido y recela de la acogida que le espera.

Cuando el provinciano se halló bastante cerca del criado, que continuaba observándolo, se detuvo e hizo un saludo, al que el otro contestó con aire protector, inspirado tal vez por la triste catadura del joven.

—¿Será ésta la casa del señor don Dámaso Encina? —preguntó éste con voz en la que parecía reprimirse apenas el disgusto que aquel saludo insolente pareció causarle.

—Aquí es —contestó el criado.

—¿Podría usted decirle que un caballero desea hablar con él?

A la palabra caballero, el criado pareció rechazar una sonrisa burlona que se dibujaba en sus labios.

—¿Y cómo se llama usted? —preguntó con voz seca.

—Martín Rivas —contestó el provinciano, tratando de dominar su impaciencia, que no dejó por esto de reflejarse en sus ojos.

—Espérese, pues —díjole el criado; y entró con paso lento a las habitaciones del interior.

Daban en ese instante las doce del día.

Nosotros aprovechamos la ausencia del criado para dar a conocer más ampliamente al que acababa de decir llamarse Martín Rivas.

Era un joven de regular estatura y bien proporcionadas formas. Sus ojos negros, sin ser grandes, llamaban la atención por el aire de melancolía que comunicaban a su rostro. Eran dos ojos de mirar apagado y pensativo, sombreados por grandes ojeras que guardaban armonía con la palidez de las mejillas. Un pequeño bigote negro, que cubría el labio superior y la línea un poco saliente del inferior, le daba el aspecto de la resolución, aspecto que contribuía a aumentar lo erguido de la cabeza, cubierta por una abundante cabellera color castaño, a juzgar por lo que se dejaba ver bajo el ala del sombrero. El conjunto de su persona tenía cierto aire de distinción que contrastaba con la pobreza del traje y hacía ver que aquel joven, estando vestido con elegancia, podía pasar por un buen mozo a los ojos de los que no hacen consistir únicamente la belleza física en lo rosado de la tez y regularidad perfecta de las facciones.

Martín se había quedado en el mismo lugar en que se detuvo para hablar con el criado, y dejó pasar dos minutos sin moverse, contemplando las paredes del patio pintadas al óleo y las ventanas que ostentaban sus molduras doradas a través de las vidrieras. Mas luego, pareció impacientarse con la tardanza del que esperaba, y sus ojos vagaron de un lugar a otro sin fijarse en nada.

Por fin, se abrió una puerta y apareció el mismo criado con quien Martín acababa de hablar.

—Que pase para adentro —dijo al joven.

Martín siguió al criado hasta una puerta, en la que éste se detuvo.

—Aquí está el patrón —dijo, señalándole la puerta.

El joven pasó el umbral y se encontró con un hombre que, por su aspecto, parecía hallarse, según la significativa expresión francesa, entre dos edades. Es decir, que rayaba en la vejez sin haber entrado aún en ella. Su traje negro, su cuello bien almidonado, el lustre de sus botas de becerro, indicaban al hombre metódico, que somete su persona, como su vida, a reglas invariables. Su semblante nada revelaba: no había en él ninguno de esos rasgos característicos, tan prominentes en ciertas fisonomías, por los cuales un observador adivina en gran parte el carácter de algunos individuos. Perfectamente afeitado y peinado, el rostro y el pelo de aquel hombre manifestaban que el aseo era una de sus reglas de conducta.

Al ver a Martín, se quitó una gorra con que se hallaba cubierto y se adelantó con una de esas miradas que equivalen a una pregunta. El joven la interpretó así, e hizo un ligero saludo, diciendo:

—¿El señor don Dámaso Encina?

—Yo, señor, un servidor de usted —contestó el preguntado.

Martín sacó del bolsillo de la levita una carta que puso en manos de don Dámaso, con estas palabras:

—Tenga usted la bondad de leer esta carta.

—Ah, es usted Martín exclamó el señor Encina, al leer la firma, después de haber roto el sello, sin apresurarse—. Y su padre de usted, ¿cómo está?

—Ha muerto contestó Martín, con tristeza.

—¡Muerto! —repitió, con asombro, el caballero.

Luego, como preocupado de una idea repentina, añadió:

—Siéntese, Martín; dispénseme que no le haya ofrecido asiento; ¿y esta carta?...

—Tenga usted la bondad de leerla contestó Martín.

2

Don Dámaso se acercó a una mesa de escritorio, puso sobre ella la carta, tomó unos anteojos que limpió cuidadosamente con su pañuelo y colocó sobre sus narices. Al sentarse dirigió la vista sobre el joven.

—No puedo leer sin anteojos —le dijo a manera de satisfacción por el tiempo que había empleado en prepararse.

Luego principió la lectura de la carta, que decía lo siguiente:

Mi estimado y respetado señor:

Me siento gravemente enfermo y deseo, antes que Dios me llame a su divino tribunal, recomendarle a mi hijo, que en breve será el único apoyo de mi desgraciada familia. Tengo muy cortos recursos, y he hecho mis últimas disposiciones para que después de mi muerte puedan mi mujer y mis hijos aprovecharlas lo mejor posible. Con los intereses de mi pequeño caudal tendrá mi familia que subsistir pobremente para poder dar a Martín lo necesario hasta que concluya en Santiago sus estudios de abogado. Según mis cálculos, sólo podrá recibir veinte pesos al mes, y como le sería imposible con tan módica suma satisfacer sus estrictas necesidades, me he acordado de usted y atrevido a pedirle el servicio de que le hospede en su casa hasta que pueda por sí solo ganar su subsistencia.

Este muchacho es mi única esperanza, y si usted le hace la gracia que para él humildemente solicito, tendrá usted las bendiciones de su santa madre en la tierra y las mías en el cielo, si Dios me concede su eterna gloria después de mi muerte.

Mande a su seguro servidor, que sus plantas besa.

JOSE RIVAS

Don Dámaso se quitó los anteojos con el mismo cuidado que había empleado para ponérselos y los colocó en el mismo lugar que antes ocupaban.

—¿Usted sabe lo que su padre me pide en esta carta? —preguntó, levantándose de su asiento.

—Sí, señor contestó Martín.

—¿Y cómo se ha venido usted de Copiapó?

—Sobre la cubierta del vapor —contestó el joven, como con orgullo.

—Amigo —dijo el señor Encina—, su padre era un buen hombre y le debo algunos servicios que me alegraré de pagarle en su hijo. Tengo en los altos dos piezas desocupadas y están a la disposición de usted. ¿Trae usted equipaje?

—Sí, señor.

—¿Dónde está?

—En la posada de Santo Domingo.

—El criado irá a traerlo; usted le dará las señas.

Martín se levantó de su asiento y Don Dámaso llamó al criado.

—Anda con este caballero y traerás lo que él te dé —le dijo.

—Señor —dijo Martín—, no hallo cómo dar a usted las gracias por su bondad.

—Bueno, Martín, bueno —contestó don Dámaso; está usted en su casa. Traiga usted su equipaje y arréglese allá arriba. Yo como a las cinco: véngase un poquito antes para presentarle a la señora.

Martín dijo algunas palabras de agradecimiento y se retiró.

—Juana, Juana —gritó don Dámaso, tratando de hacer pasar su voz a una pieza vecina—; que me traigan los periódicos.

2

La casa en donde hemos visto presentarse a Martín Rivas estaba habitada por una familia compuesta de don Dámaso Encina, su mujer, una hija de diecinueve años, un hijo de veintitrés y tres hijos menores, que por entonces recibían su educación en el colegio de los padres franceses.

Don Dámaso se había casado a los veinticuatro años con doña Engracia Núñez, más bien por especulación que por amor. Doña Engracia, en ese tiempo, carecía de belleza, pero poseía una herencia de treinta mil pesos, que inflamó la pasión del joven Encina hasta el punto de hacerle solicitar su mano. Don Dámaso era dependiente de una casa de comercio en Valparaíso y no tenía más bienes de fortuna que su escaso sueldo. Al día siguiente de su matrimonio podía girar con treinta mil pesos. Su ambición desde este momento no tuvo límites. Enviado por asuntos de la casa en que servía, don Dámaso llegó a Copiapó un mes después de casarse. Su buena suerte quiso que, al cobrar un documento de muy poco valor que su patrón le había endosado, Encina se encontrase con un hombre de bien que le dijo lo siguiente:

—Usted puede ejecutarme: no tengo con qué pagar. Mas, si en lugar de cobrarme quiere usted arriesgar algunos medios, le firmaré a usted un documento por valor doble que el de esa letra y cederé a usted la mitad de una mina que poseo y que estoy seguro hará un gran alcance en un mes de trabajo.

Don Dámaso era hombre de reposo y se volvió a su casa sin haber dado ninguna respuesta en pro ni en contra. Consultóse con varias personas, y todas ellas le dijeron que don José Rivas, su deudor, era un loco que había perdido toda su fortuna persiguiendo una veta imaginaria.

Encina pesó los informes y las palabras de Rivas, cuya buena fe había dejado en su ánimo una impresión favorable.

—Veremos la mina —le dijo al día siguiente.

Pusiéronse en marcha y llegaron al lugar a donde se dirigían conversando de minas. Don Dámaso Encina veía flotar ante sus ojos, durante aquella conversación, las vetas, los mantos, los farellones, los panizos, como otros tantos depósitos de inagotable riqueza, sin comprender la diferencia que existe en el significado de aquellas voces. Don José Rivas tenía toda la elocuencia del minero a quien acompaña la fe después de haber perdido su caudal, y a su voz veía Encina brillar la plata hasta en las piedras del camino.

Mas, a pesar de esta preocupación, tuvo don Dámaso suficiente tiempo de arreglar en su imaginación la propuesta que debía hacer a Rivas en caso de que la mina le agradase. Después de examinarla, y dejándose llevar de su inspiración, Encina comenzó su ataque:

—Yo no entiendo nada de esto dijo—; pero no me desagradan las minas en general. Cédame usted doce barras y obtengo de mi patrón nuevos plazos para su deuda y quita de algunos intereses. Trabajaremos la mina a medias y haremos un contratito en el cual usted se obligue a pagarme el uno y medio por los capitales que yo invierta en la explotación y a preferirme por el tanto cuando usted quiera vender su parte o algunas barras.

Don José se hallaba amenazado de ir a la cárcel, dejando en el más completo abandono a su mujer y a su hijo Martín, de un año de edad.

Antes de aceptar aquella propuesta, hizo, sin embargo, algunas objeciones inútiles, porque Encina se mantuvo en los términos de su proposición y fue preciso firmar el contrato bajo las bases que éste había propuesto.

Desde entonces don Dámaso se estableció en Copiapó como agente de la casa de comercio de Valparaíso, en la que había servido y administró por su cuenta algunos otros negocios que aumentaron su capital. Durante un año la mina costeó sus gastos y don Dámaso compró poco a poco a Rivas toda su parte, quedando éste en calidad de administrador. Seis meses después de comprada la última barra, sobrevino un gran alcance, y pocos años más tarde don Dámaso Encina compraba un valioso fundo de campo cerca de Santiago y la casa en que le hemos visto recibir al hijo del hombre a quien debía su riqueza.

Gracias a ésta, la familia de don Dámaso era considerada como una de las más aristocráticas de Santiago. Entre nosotros el dinero ha hecho desaparecer más preocupaciones de familia que en las viejas sociedades europeas. En éstas hay lo que llaman aristocracia de dinero, que jamás alcanza con su poder y su fausto a hacer olvidar enteramente la oscuridad de la cuna: al paso que en Chile vemos que todo va cediendo su puesto a la riqueza, la que ha hecho palidecer con su brillo el orgulloso desdén con que antes eran tratados los advenedizos sociales. Dudamos mucho de que éste sea un paso dado hacia la democracia, porque los que cifran su vanidad en los favores ciegos de la fortuna afectan ordinariamente una insolencia, con la que creen ocultar su nulidad, que les hace mirar con menosprecio a los que no pueden, como ellos, comprar la consideración con el lujo o con la fama de sus caudales.

La familia de don Dámaso Encina era noble en Santiago por derecho pecuniario y, como tal, gozaba de los miramientos sociales por la causa que acabamos de apuntar. Se distinguía por el gusto hacia el lujo, que por entonces principiaba a apoderarse de nuestra sociedad, y aumentaba su prestigio con la solidez del crédito de don Dámaso, que tenía por principal negocio el de la usura en grande escala, tan común entre los capitalistas chilenos.

Magnífico cuadro formaba aquel lujo a la belleza de Leonor, la hija predilecta de don Dámaso y de doña Engracia. Cualquiera que hubiese visto a aquella niña de diecinueve años en una pobre habitación habría acusado de caprichosa a la suerte por no haber dado a tanta hermosura un marco correspondiente. Así es que al verla reclinada sobre un magnífico sofá forrado en brocatel celeste, al mirar reproducida su imagen en un lindo espejo al estilo de la Edad Media, y al observar su pie, de una pequeñez admirable, rozarse descuidado sobre una alfombra finísima, el mismo observador habría admirado la prodigidad de la naturaleza en tan feliz acuerdo con los favores del destino. Leonor resplandecía rodeada de ese lujo como un brillante entre el oro y pedrerías de un rico aderezo. El color un poco moreno de su cutis y la fuerza de expresión de sus grandes ojos verdes, guarnecidos de largas pestañas; los labios húmedos y rosados, la frente pequeña, limitada por abundantes y bien plantados cabellos negros; las arqueadas cejas, y los dientes, para los cuales parecía hecha a propósito la comparación tan usada con las perlas; todas sus facciones, en fin, con el óvalo delicado del rostro, formaban en su conjunto una belleza ideal, de las que hacen bullir la imaginación de los jóvenes y revivir el cuadro de pasadas dichas en la de los viejos.

Don Dámaso y doña Engracia tenían por Leonor la predilección de casi todos los padres por el más hermoso de sus hijos. Y ella, mimada desde temprano, se había acostumbrado a mirar sus perfecciones como un arma de absoluto dominio entre los que la rodeaban, llevando su orgullo hasta oponer sus caprichos al carácter y autoridad de su madre.

Doña Engracia, en efecto, nacida voluntariosa y dominante, enorgullecida en su matrimonio por los treinta mil pesos, origen de la riqueza de que ahora disfrutaba la familia, se había visto poco a poco caer bajo el ascendiente de su hija, hasta el punto de mirar con indiferencia al resto de su familia y no salvar incólume, de aquella silenciosa y prolongada lucha doméstica, más que su amor a los perritos falderos y su aversión hacia todo abrigo, hija de su temperamento sanguíneo.

En la época en que principia esta historia, la familia Encina acababa de celebrar con un magnífico baile la llegada de Europa del joven Agustín, que había traído del Viejo Mundo gran acopio de ropa y alhajas, en cambio de los conocimientos que no se había cuidado de adquirir en su viaje. Su pelo rizado, la gracia de su persona y su perfecta elegancia hacían olvidar lo vacío de su cabeza y los treinta mil pesos invertidos en hacer pasear la persona del joven Agustín por los enlosados de las principales ciudades europeas.

Además de este joven y de Leonor, don Dámaso tenía otros hijos, de cuya descripción nos abstendremos por su poca importancia en esta historia.

La llegada de Agustín y algunos buenos negocios habían predispuesto el ánimo de don Dámaso hacia la benevolencia con que lo hemos visto acoger a Martín Rivas y hospedarle en su casa. Estas circunstancias le habían hecho también olvidar su constante preocupación de la higiene, con la que pretendía conservar su salud y entregarse con entera libertad de espíritu a las ideas de política que, bajo la forma de un vehemente deseo de ocupar un lugar en el Senado, inflamaban al patriotismo de este capitalista.

Por esta razón había pedido los periódicos después de la benévola acogida que acababa de hacer al joven provinciano.

3

Martín Rivas había abandonado la casa de sus padres en momentos de dolor y de luto para él y su familia. Con la muerte de su padre no le quedaban en la tierra más personas queridas que doña Catalina Salazar, su madre, y Matilde, su única hermana. El y estas dos mujeres habían velado durante quince días a la cabecera de don José, moribundo. En aquellos supremos instantes, en que el dolor parece estrechar los lazos que unen a las personas de una misma familia, los tres habían tenido igual valor y sostenídose mutuamente por una energía fingida, con la que cada cual disfrazaba su angustia a los otros dos.

Un día don José conoció que su fin se acercaba y llamó a su mujer y a sus dos hijos.

—Este es mi testamento —les dijo, mostrándoles el que había hecho extender el día anterior—, y aquí hay una carta que Martín llevará en persona a don Dámaso Encina, que vive en Santiago.

Luego, tomando una mano a su hijo:

—De ti va a depender en adelante —le dijo la suerte de tu madre y de tu hermana: ve a Santiago y estudia con empeño. Dios premiará tu constancia y tu trabajo.

Ocho días después de la muerte de don José, la separación de Martín renovó el dolor de la familia, en la que el llanto resignado había sucedido a la desesperación. Martín tomó pasaje en la cubierta del vapor y llegó a Valparaíso, animado del deseo del estudio. Nada de lo que vio en aquel puerto ni en la capital llamó su atención. Sólo pensaba en su madre y en su hermana, y le parecía oír en el aire las últimas y sencillas palabras de su padre. De altivo carácter y concentrada imaginación, Martín había vivido, hasta entonces, aislado por su pobreza y separado de su familia, en casa de un viejo tío que residía en Coquimbo, donde el joven había hecho sus estudios mediante la protección de aquel pariente. Los únicos días de felicidad eran los que las vacaciones le permitían pasar al lado de su familia. En ese aislamiento, todos sus afectos se habían concentrado en ésta, y al llegar a Santiago juró regresar de abogado a Copiapó y cambiar la suerte de los que cifraban en él sus esperanzas.

—Dios premiará mi constancia y mi trabajo decía, repitiéndose las palabras llenas de fe con que su padre se había despedido.

Con tales ideas arreglaba Martín su modesto equipaje en las piezas de los altos de la hermosa casa de don Dámaso Encina.

A las cuatro de la tarde de ese mismo día, el primogénito de don Dámaso golpeaba a una puerta de las piezas de Leonor. El joven iba vestido con una levita azul abrochada sobre un pantalón claro que caía sobre un par de botas de charol, en cuyos tacones se veían dos espuelitas doradas. En su mano izquierda tenía una huasca con puño de marfil y en la derecha, un enorme cigarro habano, consumido a medias.

Golpeó, como dijimos, a la puerta, y oyó la voz de su hermana que preguntaba:

—¿Quién es?

—¿Puedo entrar? —preguntó Agustín, entreabriendo la puerta.

No esperó la contestación y entró en la pieza con aire de elegancia suma.

Leonor se peinaba delante de un espejo, y volvió su rostro con una sonrisa hacia su hermano.

—¡Ah! —exclamo— ¡ya vienes con tu cigarro!

—No me obligues a botarlo, hermanita dijo el elegante—, es un *imperial* de a doscientos pesos el mil.

—Podías haberlo concluido antes de venir a verme.

—Así lo quise hacer, y me fui a conversar con mamá; pero ésta me despidió, so pretexto de que el humo la sofocaba.

—¿Has andado a caballo? —preguntó Leonor.

—Sí, y en pago de tu complacencia para dejarme mi cigarro, te contaré algo que te agradará.

—¿Qué cosa?

—Anduve con Clemente Valencia.

—¿Y qué más?

—Me habló de ti con entusiasmo.

Leonor hizo con los labios una ligera señal de desprecio.

—Vamos —exclamó Agustín—, no seas hipócrita. Clemente no te desagrada.

—Como muchos otros.

—Tal vez; pero hay pocos como él.

—¿Por qué?

—Porque tiene trescientos mil pesos.

—Sí; pero no es buen mozo.

—Nadie es feo con capital, hermanita.

Leonor se sonrió; mas, habría sido imposible decir si fue de la máxima de su hermano o de satisfacción por el arte con que había arreglado una parte de sus cabellos.

—En estos tiempos, hijita —continuó el elegante, reclinándose en una poltrona—, la plata es la mejor recomendación.

—O la belleza —replicó Leonor.

—Es decir, que te gusta más Emilio Mendoza porque es buen mozo: fi, *ma belle!*

—Yo no digo tal cosa.

—Vamos, ábreme tu corazón; ya sabes que te adoro.

—Te lo abriría en vano: no amo a nadie.

—Estás intratable. Hablaremos de otra cosa. ¿Sabes que tenemos un alojado?

—Así he sabido: un jovencito de Copiapó: ¿qué tal es?

—Pobrísimo —dijo Agustín, con un gesto de desprecio.

—Quiero decir de figura.

—No le he visto; será algún provinciano rubicundo y tostado por el sol.

En ese momento Leonor había concluido de peinarse y se volvió hacia su hermano.

—Estás *charmante* —le dijo Agustín, que, aunque no había aprendido muy bien el francés en su viaje a Europa, usaba una profusión de galicismos y palabras sueltas de aquel idioma para hacer creer que lo conocía perfectamente.

—Pero tengo que vestirme —replicó Leonor.

—Es decir, que me despides: bueno, me voy. *Un baiser, ma chérie* —añadió, acercándose a la niña y besándola en la frente. Luego, al tiempo de tomar la puerta, volvióse de nuevo hacia Leonor—: De modo que desprecias a ese pobre Clemente.

—¿Y qué hacerle? contestó con fingida tristeza la niña.

—Mira, trescientos mil pesos, no te olvides. Podrías irte a París y volver aquí a ser la reina de la moda. Yo te doy *ma parole d'honneur* que harías de Clemente *cire et pabile* dijo, queriendo afrancesar una expresión vulgar con que pintamos al individuo obediente, sobre todo en amores.

Leonor, que conocía el francés mejor que su hermano, se rió a carcajadas de la fatuidad con que Agustín había dicho su disparate al cerrar la puerta. y se entregó de nuevo a su tocador.

Los dos jóvenes que Agustín había nombrado se distinguían entre los más asiduos pretendientes de la hija de don Dámaso Encina; pero la voz de la chismografía social no designaba hasta entonces cuál de los dos se hubiera conquistado la preferencia de Leonor.

Como hemos visto. Los títulos con que cada uno de ellos se presentaba en la arena de la galantería eran diversos.

Clemente Valencia era un joven de veintiocho años, de figura ordinaria, a pesar del lujo que ostentaba en su traje, gracias a los trescientos mil pesos que tanto recomendaba Agustín a su hermana. Por aquel tiempo, es decir, en 1850, los solteros elegantes no habían adoptado aún la moda de presentarse en la Alameda en *coupés o caleches* como acontece en el día. Contentábanse, los que aspiraban al título de *leones*, con un cabriolé más o menos elegante, que hacían tirar por postillones a la Daumont en los días del Dieciocho y grandes festivales. Clemente Valencia había encargado uno a Europa, que le servía de pedestal para mostrar al vulgo su grandeza pecuniaria, que llamaba la atención de las niñas y despertaba la crítica de los viejos, los que miran con desprecio todo gasto superfluo, desde algún sofá predilecto, donde forman sus diarios corrillos en el paseo de las Delicias. Mas Clemente se cuidaba muy poco de aquella crítica y lograba su objeto de llamar la atención de las mujeres, que, al contrario de aquellos respetables varones, rara vez consideran como inútiles los gastos de ostentación. Así es que el joven capitalista era recibido en todas partes con el acatamiento que se debe al dinero, el ídolo del día. Las madres le ofrecían la mejor poltrona en sus salones; las hijas le mostraban gustosas el hermoso esmalte de sus dientes y tenían para él ciertas miradas lánguidas, patrimonio de los elegidos; al paso que los padres le consultaban con deferencia sus negocios y tomaban su voto en consideración, como el de un hombre que en caso necesario puede prestar su fianza para una especulación importante.

Emilio Mendoza, el segundo galán nombrado por Agustín Encina en la conversación que precede, brillaba por la belleza que faltaba a Clemente y carecía de lo que a éste servía de pasaporte en los más aristocráticos salones de la capital. Era buen mozo y pobre. Empero, esta pobreza no le impedía presentarse con elegancia entre los *leones,* bien que sus recursos no le permitían el uso del cabriolé en que su rival paseaba en la Alameda al satisfecho individuo. Emilio pertenecía a una de esas familias que han descubierto en la política una lucrativa especulación y, plegándose desde temprano a los gobiernos, había gozado siempre de buenos sueldos en varios empleos públicos.

En aquella época ocupaba un puesto con tres mil pesos de sueldo, mediante lo cual podía ostentar, en su camisa, joyas y bordados de valor que apenas eclipsaba su poderoso adversario.

Ambos, además de su amor por la hija de don Dámaso, eran impulsados por la misma ambición. Clemente Valencia quería aumentar su caudal con la herencia probable de Leonor y Emilio Mendoza sabía que, casándose con ella, además de la herencia que vendría más tarde, la protección de don Dámaso le sería de inmensa utilidad en su carrera política.

Entre estos dos jóvenes había, por consiguiente, dos puntos importantes de rivalidad: conquistar el corazón de la niña y ganarse las simpatías del padre. Lo primero y lo segundo eran dos graves escollos que presentaban seria resistencia por la índole de Leonor y el carácter de don Dámaso. Este fluctuaba entre el ministerio y la oposición a merced de los consejos de los amigos y de los editoriales de la prensa de ambos partidos; y Leonor, según la opinión general, tenía tan alta idea de su belleza, que no encontraba ningún hombre digno de su corazón ni de su mano. Mientras que don Dámaso, preocupado del deseo de ser senador, se inclinaba al lado en que creía ver el triunfo, su hija daba y quitaba a cada uno de ellos las esperanzas con que en la noche anterior se habían mecido al dormirse.

Así es que Clemente Valencia, opositor por relaciones de familia más bien que por convicciones, de las cuales carecía, encontraba a don Dámaso enteramente convertido a las ideas conservadoras, al día siguiente de haberse despedido de acuerdo con él sobre las faltas del Gobierno y la necesidad de atacarlo. Así también hallaba la sonrisa en los labios de Leonor, cuando se acercaba a ella, casi persuadido de que Emilio Mendoza había triunfado en su corazón.

Igual cosa acontecía a su rival, que trabajaba para hacer divisar a don Dámaso el sillón de senador únicamente en la ciega adhesión a la autoridad, y sufría los desdenes de la hija cuando ya se creía seguro de su amor.

Tales eran los encontrados intereses que se disputaban la victoria en casa de don Dámaso Encina.

4

Entregado a profunda meditación se hallaba Martín Rivas, después de arreglar su reducido equipaje en los altos que debía a la hospitalidad de don Dámaso. Al encontrarse en la capital, de la que tanto había oído hablar en Copiapó; al verse separado de su familia, que divisaba en el luto y la pobreza; al pensar en la acaudalada familia en cuyo seno se veía admitido tan repentinamente, disputábanse el paso sus ideas en su imaginación y tan pronto se oprimía de dolor su pecho con el recuerdo de las lágrimas de los que había dejado, como palpitaba a la idea de presentarse ante gentes ricas y acostumbradas a las grandezas del lujo, con su modesto traje y sus maneras encogidas por el temor y la pobreza. En ese momento habían desaparecido para él hasta las esperanzas que acompañan a las almas jóvenes en sus continuas peregrinaciones al porvenir. Sabía, por el criado, que la casa era de las más lujosas de Santiago; que en la familia había una niña y un joven, tipos de gracia y de elegancia; y pensaba que él, pobre provinciano, tendría que sentarse al lado de esas personas acostumbradas al refinamiento de la riqueza. Esta perspectiva hería el nativo orgullo de su corazón y le hacía perder de vista el juramento que hiciera al llegar a Santiago y las promesas de la esperanza que su voluntad se proponía realizar.

A las cuatro y media de la tarde, un criado se presentó ante el joven y le anunció que su patrón le esperaba en la cuadra. Martín se miró maquinalmente a un espejo que había sobre un lavatorio de caoba, y se encontró pálido y feo; pero antes que su pueril desaliento le abatiese el espíritu, su energía le despertó como avergonzado y la voluntad le habló el lenguaje de la razón.

Al entrar en la pieza en que se hallaba la familia, la palidez que le había entristecido un momento antes desapareció bajo el más vivo encarnado.

Don Dámaso le presentó a su mujer y a Leonor, que le hiciera un ligero saludo. En ese momento entró Agustín, a quien su padre presentó también al joven Rivas, que recibió del elegante una pequeña inclinación de cabeza. Esta fría acogida bastó para desconcertar al provinciano, que permanecía de pie, sin saber cómo colocar sus brazos ni encontrar una actitud parecida a la de Agustín, que pasaba sus manos entre su perfumada cabellera. La voz de don Dámaso, que le ofrecía un asiento, le sacó de la tortura en que se hallaba, y mirando al suelo, tomó una silla distante del grupo que formaban doña Engracia, Leonor y Agustín, que se había puesto a hablar de su paseo a caballo y de las excelentes cualidades del animal en que cabalgaba.

Martín envidiaba de todo corazón aquella insípida locuacidad mezclada con palabras francesas y vulgares observaciones, dichas con ridícula afectación. Admiraba además al mismo tiempo, la riqueza de los muebles, desconocida para él hasta entonces; la profusión de los dorados, la majestad de las cortinas que pendían delante de las ventanas, y la variedad de objetos que cubrían las mesas de arrimo. Su inexperiencia le hizo considerar cuanto veía como los atributos de la grandeza y de la superioridad verdaderas, y despertó en su naturaleza entusiasta esa aspiración hacia el lujo, que parece sobre todo el patrimonio de la juventud.

Al principio, Martín hizo aquellas observaciones levantando los ojos a hurtadillas, pues, sin conciencia de la timidez que le dominaba, cedía a su poder repentino, sin ocurrírsele combatirlo, como acababa de hacer al bajar de su habitación.

Don Dámaso, que era hablador, le dirigió la palabra para informarse de las minas de Copiapó. Martín vio, al contestar, dirigidos hacia él los ojos de la señora y sus hijos. Y esta circunstancia, lejos de aumentar su turbación, pareció infundirle una seguridad y aplomo repentinos, porque contestó con acierto y voz entera, fijando con tranquilidad su vista en las personas que le observaban como a un objeto curioso.

Mientras hablaba, volvía también la serenidad a su espíritu, gracias a los esfuerzos de su voluntad, naturalmente inclinada a luchar con las dificultades. Y pudo, sólo entonces, observar a las personas que le escuchaban.

En el rincón más oscuro de la pieza divisó a doña Engracia, que se colocaba siempre en el punto menos alumbrado para evitar la sofocación. Esta señora tenía en sus faldas una perrita blanca, de largo y rizado pelo, por el cual se veía que acababa de pasar un peine, tal era lo vaporoso de sus rizos. La perrita levantaba la cabeza de cuando en cuando y fijaba sus luminosos ojos en Martín con un ligero gruñido, al que contestaba cada vez doña Engracia, diciéndole por lo bajo:

—¡Diamela! ¡Diamela!

Y acompañaba esta amonestación con ligeros golpes de cariño parecidos a los que se dan a un niño regalón después que ha hecho alguna *gracia*.

Pero Martín se fijó un poco en la señora y en las señales de descontento de Diamela, y dejó también de admirar las pretenciosas maneras del elegante, para detener con avidez la vista sobre Leonor. La belleza de esta niña produjo en su alma una admiración indecible. Lo que experimenta un viajero contemplando la catarata del Niágara o un artista delante del grandioso cuadro de Rafael "La transfiguración" dará, bien explicado, una idea de las sensaciones súbitas y extrañas que surgieron del alma de Martín en presencia de la belleza sublime de Leonor. Ella vestía una bata blanca con el cinturón suelto como el de las elegantes romanas, sobre un delantal bordado. En cuya parte baja, llena de calados primorosos, se veía la franja de *valenciennes* de una riquísima enagua. El corpiño, que hacía un pequeño ángulo de escote, dejaba ver una garganta de puros contornos y hacía sospechar la majestuosa perfección de su seno. Aquel traje, sencillo en apariencia, y de gran valor en realidad, parecía realizar una cosa imposible: la de aumentar la hermosura de Leonor, sobre la cual fijó Martín con tan distraída obstinación la vista, que la niña volvió hacia otro lado la suya, con una ligera señal de impaciencia.

Un criado se presentó anunciando que la comida estaba en la mesa cuando Agustín estaba haciendo una descripción del *Boulevard* de París a su madre, al mismo tiempo que don Dámaso, que en aquel día se inclinaba a la oposición, ponía en práctica sus principios republicanos, tratando a Martín con familiaridad y atención.

Agustín ofreció el brazo izquierdo a su madre, tratando de agarrar a Diamela con la mano derecha.

—¡Cuidado, cuidado, niño! exclamó la señora, al ver la poca reverencia con que su primogénito trataba a su perra favorita—; vas a lastimarla.

—No lo crea, mamá contestó el elegante—. Cómo la había *de hacer mal* cuando encuentro esta perrita *charmante*.

Don Dámaso ofreció su brazo a Leonor, y volviéndose hacia Martín:

—Vamos a comer, amigo —le dijo, siguiendo tras su esposa y su hijo.

Aquella palabra "amigo", con que don Dámaso le convidaba, manifestó a Martín la inmensa distancia que había entre él y la familia de su huésped.

Un nuevo desaliento se apoderó de su corazón al dirigirse al comedor en tan humilde figura, cuando veía al elegante Agustín asentar su charolada bota sobre la alfombra con tan arrogante donaire, y la erguida frente de Leonor resplandecer con todo el orgullo de su hermosura y de la riqueza.

Mientras tomaban la sopa sólo se oyó la voz de Agustín:

—En los *Freres provençaux* comía diariamente una sopa de tortuga deliciosa decía, limpiándose el bozo que sombreaba su labio superior—. ¡Oh, el pan de París! —añadía, al romper uno de los llamados franceses entre nosotros—, es un pan divino *mirobolante*.

—¿Y en cuánto tiempo aprendiste el francés? —le preguntó doña Engracia, dando una cucharada de sopa a Diamela y mirando con orgullo a Martín, como para manifestarle la superioridad de su hijo.

Mas, sea que con este movimiento no pusiera bien la cuchara en el querido hocico de Diamela, sea que la temperatura elevada de la sopa ofendiese sus delicados labios, la perra lanzó un aullido que hizo dar un salto sobre su silla a doña Engracia; y su movimiento fue tan rápido, que echó a rodar por el mantel el plato que tenía por delante y el líquido que contenía.

—¡No ves, no ves!, ¿qué es lo que te digo? Eso sale por traer perros a la mesa —exclamó don Dámaso.

—Pobrecita de mi alma —decía, sin escucharle, doña Engracia, dando fuertes apretones de ternura a Diamela, que ésta aullaba desesperada.

—Vamos, cállate *polissonne* —dijo Agustín a la perra, que, viéndose un instante libre de los abrazos de la señora, se calló repentinamente.

Doña Engracia alzó los ojos al cielo como admirando el poder del Creador y, bajándolos sobre su marido, díjole con acento de ternura.

—¡Mira, hijo, ya entiende francés esta monada!

—¡Oh!, el perro es un animal lleno de inteligencia exclamó Agustín—; en París los llamaba en español y me seguían cuando les mostraba un pedazo de pan.

Un nuevo plato de sopa hizo cesar el descontento de Diamela y dejó restablecerse el orden en la mesa.

—¿Y qué dicen de política en el norte? —preguntó a Martín el dueño de casa.

—Yo he vivido lejos de las poblaciones, señor, con la enfermedad de mi padre —contestó el joven—; de modo que ignoro el espíritu que allí reinaba.

—En París hay muchos colores políticos dijo Agustín—; los orleanistas, los de la *brancha* de los Borbones y los republicanos.

—¿La brancha? —preguntó don Dámaso.

—Es decir, la rama de los Borbones —repuso Agustín.

—Pero en el norte todos son opositores dijo don Dámaso, dirigiéndose otra vez a Martín.

—Creo que es lo más general —respondió éste.

—La política *gata los* espíritus observó, sentenciosamente, el primogénito de la familia.

—¡Cómo es eso de gato! —preguntó su padre, con admiración.

—Quiero decir que vicia el espíritu contestó el joven.

—Sin embargo —repuso don Dámaso—, todo ciudadano debe ocuparse de la cosa pública, y los derechos de los pueblos son sagrados.

Don Dámaso, que, como dijimos, era opositor aquel día, dijo con gran énfasis esta frase que acababa de leer en un diario liberal.

—Mamá, ¿qué *confiture* es ésa? —preguntó Agustín, señalando una dulcera, para cortar la conversación de política, que le fastidiaba.

—Y los derechos del pueblo continuó diciendo don Dámaso, sin atender el descontento de su hijo estan consignados en el Evangelio.

—Son albaricoques, hijo —decía al mismo tiempo doña Engracia, contestando a la pregunta de Agustín.

—¡Cómo, albaricoques! —exclamó don Dámaso creyendo que su mujer calificaba con esa palabra los derechos de los pueblos.

—No, hijo; digo que aquel es dulce de albaricoques contestó doña Engracia.

—*Confiture d'habricots* —dijo Agustín, con el énfasis de un predicador que cita un texto latino.

Durante este diálogo, Martín dirigía sus miradas a Leonor, la que aparentaba la mayor indiferencia, sin tomar parte en la conversación de la familia.

Terminada la comida, todos salieron del comedor en el orden en que habían entrado, y en el salón continuó cada cual con su tema favorito.

Agustín hablaba a su madre del café que tomaba en Tortoni después de comer; don Dámaso citaba a Martín, dándolas por suyas, las frases liberales que había aprendido por la mañana en los periódicos, y Leonor hojeaba con distracción un libro de grabados ingleses al lado de una mesa. A las siete pudo Martín libertarse de los discursos republicanos de su anfitrión y retirarse del salón.

5

Martín se sentó al lado de una mesa con el aire de un hombre cansado por una larga marcha. Las emociones de su llegada a Santiago, de la presentación en una familia rica, la impresión que le había causado la elegancia de Agustín Encina, y la belleza sorprendente de Leonor, todo, pasando confusamente en su espíritu, como las incoherentes visiones de un sueño, le habían rendido de cansancio.

Aquella desdeñosa hermosura, que no se dignaba tomar parte en las conversaciones de la familia, le humillaba con su elegancia y su riqueza. ¿Era tan vulgar su inteligencia como la de sus padres y la de su hermano, y ésta la causa de su silencio? Martín se hizo esta pregunta maquinalmente y como para combatir la angustia que oprimía su pecho al considerar la imposibilidad de llamar la atención de una criatura como Leonor. Pensando en ella, entrevió por primera vez el amor, como se divisa a su edad: un paraíso de felicidad indefinida ardiente como la esperanza de la juventud, dorado como los sueños de la poesía, esta inseparable compañera del corazón que ama o desea amar.

Un repentino recuerdo de su familia disipó por un instante sus tristes ideas y sacó a su corazón del círculo de fuego en que principiaba a internarse. Tomó su sombrero y bajó a la calle. El deseo de conocer la población, el movimiento de ésta, le devolvió la tranquilidad. Además, deseaba comprar algunos libros, y preguntó por una librería al primero que encontró al paso. Dirigiéndose por las indicaciones que acababa de recibir, Martín llegó a la Plaza de Armas.

En 1850, la pila de la plaza no estaba rodeada de un hermoso jardín como en el día, ni presentaba al transeúnte que se detenía a mirarla más asiento que su borde de losa, ocupado siempre en la noche por gente del pueblo. Entre éstos se veían corrillos de oficiales de zapatería que ofrecían un par de botines o de botas a todo el que por allí pasaba a esas horas.

Martín, llevado de la curiosidad de ver la pila, se dirigió de la esquina de la calle de Monjitas, en donde se había detenido a contemplar la plaza, por el medio de ella. Al llegar a la pila, y cuando fijaba la vista en las dos figuras de mármol que la coronan, un hombre se acercó a él, diciéndole:

—Un par de botines de charol, patrón.

Estas palabras despertaron en su memoria el recuerdo del lustroso calzado de Agustín y sus recientes ideas que le habían hecho salir de la casa. Penso que con un par de botines de charol haría mejor figura en la elegante familia que le admitía en su seno; era joven y no se arredró con esta consideración ante la escasez de su bolsillo. Detúvose mirando al hombre que le acababa de dirigir la palabra, y éste que ya se retiraba, volvió al instante hacia él.

—A ver los botines dijo Martín.

—Aquí están, patroncito —contestó el hombre, mostrándole el calzado cuyos reflejos acabaron de acallar los escrúpulos del joven.

Gentileza de El Trauko

—Vea —añadió el vendedor, tendiendo un pañuelo al borde de la pila—, siéntese aquí y se los prueba.

Rivas se sentó lleno de confianza y se despojó de su tosco botín, tomando uno de los que el hombre le presentaba. Mas no fue pequeño su asombro cuando, al hacer esfuerzos para meter el pie, se vio rodeado de seis individuos, de los cuales cada uno le ofrecía un par de calzado, hablándole todos a un tiempo. Martín, más confuso que el capitán de la ronda cuando se ve rodeado de los que encuentra en casa de don Bartolo, en "El Barbero de Sevilla", oía las distintas voces y forcejeaba en vano para entrar el botín.

—Vea, patrón, éstos le están mejor —le decía uno.

—Póngase éstos, señor; vea qué trabajo; de lo fino no más —añadía otro, colocándole un par de botines bajo las narices.

—Aquí tiene unos pa *toa la vía* —le murmuraba un tercero al oído.

Y los demás hacían el elogio de su mercancía en parecidos términos, confundiendo al pobre mozo con tan extraña manera de vender.

El primer par fue desechado por estrecho, el segundo por ancho, y por muy caro el tercero.

Entretanto, el número de zapateros había aumentado considerablemente en derredor del joven que, cansado de la porfiada insistencia de tanto vendedor reunido, se puso su viejo botín y se incorporó diciendo que compara en otra ocasión. En el instante vio tornarse en áspero lenguaje la oficiosidad con que un minuto hacía le acosaban y oyó al primero de los vendedores decirle:

—Si no tiene ganas de comprar, ¿*pa* qué está embromando?

Y a otro añadir, como por vía de apéndice a lo de éste:

—Pal caso, que tal vez ni tiene plata.

Y luego un tercero replicar:

—¡Y como que tiene traza de futre pobre, hombre!

Martín, recién llegado a la capital, ignoraba la insolencia de sus compatriotas obreros de esta ciudad, y sintió el despecho apoderarse de su paciencia.

—Yo a nadie he insultado dijo, dirigiéndose al grupo—, y no permitiré que me insulten tampoco.

—¿Y por qué lo insultan, porque le dicen pobre? *Noshotros* somos pobres también —contestó una voz.

—¡*Entonhes le iremos ques rico, pue!* —dijo otro, acercándose al joven.

—Y si es tan rico, ¿por qué no compró, pues? —añadió el primero que había hablado, acercándosele aún más que el anterior.

Rivas acabó con esto de perder la paciencia, y empujó con tal fuerza al hombre, que éste fue a caer al pie de sus compañeros.

—¿Y *dejái* que te pegue *un futre*? —le dijo uno

—Levántate *hom*, no *seái falso* dijo otro.

El zapatero se levantó, en efecto, y arremetió al joven con furia. Una riña de pugilato se trabó entonces entre ambos, con gran alegría de los otros, que aplaudían y animaban, elogiando con imparcialidad los golpes que cada cual asestaba con felicidad a su adversario.

—*Cáscale* fuerte en las narices decía uno.

Sácale chocolate al futre —agregaba otro.

—Pégale fuerte y feo exclamaba el tercero.

13

De súbito se oyó una voz que hizo dispersarse el grupo como por encanto, y dejar solos a los combatientes.

—Allí viene el *pelto* dijeron, corriendo dos o tres.

Y fueron seguidos por los otros, al mismo tiempo que un policial tomó a Martín de un brazo y al zapatero de otro, diciéndoles:

—Los dos van *pa entro cortitos*.

Rivas volvió del aturdimiento que aquella riña le había causado cuando sintió esta voz y vio el uniforme del que le detenía.

—Yo no he tenido la culpa de este pleito dijo, suélteme usted.

—*Pa entro, pa entro, ande no más* contestó el policial. Y principió a llamar con el pito.

En vano quiso Martín explicarle el origen de lo acaecido, el policial nada oía, y siguió llamando con su pito hasta que se presentó un cabo seguido de otro soldado. Con éstos, su elocuencia fracasó del mismo modo. El cabo oyó impasible la relación que se le hacía, y sólo contestó con la frase sacramental del cuerpo de seguridad urbana:

—*Páselos pa entro*.

Ante tan uniforme modo de discutir, Rivas conoció que era mejor resignarse, y se dejó conducir con su adversario hasta el cuartel de policía.

Al llegar, esperó Martín que el oficial de guardia, ante quien fue presentado, hiciera más racional justicia a su causa, pero éste oyó su relación y dio la orden de hacerle entrar hasta la llegada del mayor.

6

A la misma hora en que Martín Rivas era llevado preso, el salón de don Dámaso Encina resplandecía de luces que alumbraban a la diaria concurrencia de tertulianos.

En un sofá conversaba doña Engracia con una señora, hermana de don Dámaso y madre de una niña que ocupaba otro sofá con Leonor y el elegante Agustín. En un rincón de la pieza vecina rodeaban una mesa de malilla don Dámaso y tres caballeros de aspecto respetable y encanecidos cabellos. Al lado de la mesa se hallaba como observador el joven Mendoza, uno de los adoradores de Leonor.

Doña Engracia conversaba con su cuñada, doña Francisca Encina, sobre las habilidades de Diamela y sus progresos en la lengua de Vaugelas, y de Voltaire, mientras que un hijo de doña Francisca, perteneciente a la categoría de los niños regalones, se divertía en tirar la cola y las orejas de la favorita de su tía.

La niña que conversaba con Leonor formaba con ella un contraste notable por su fisonomía. Al ver su rubio cabello, su blanca tez y sus ojos azules, un extranjero habría creído que no podía pertenecer a la misma raza que la joven algo morena y de negros cabellos que se hallaba a su lado, y mucho menos que entre Leonor y su prima, Matilde Elías, existiese tan estrecho parentesco. La fisonomía de esta niña revelaba, además, cierta languidez melancólica, que contrastaba con la orgullosa altivez de Leonor, y, aunque la elegancia de su vestido no era menos que la de ésta, la belleza de Matilde se veía apagada a primera vista al lado de la de su prima.

Las dos niñas tenían sus manos afectuosamente entrelazadas cuando entró al salón Clemente Valencia.

—¡Ah!, ya viene este hombre con sus cadenas de reloj y sus brillantes que huelen a capitalista de mal gusto dijo Leonor.

El joven no se atrevió a quedarse al lado de las dos primas por el frío saludo con que la hija de don Dámaso contestó al suyo, y fue a sentarse al lado de las mamás.

—¿Sabes que te corren casamiento con él? —dijo Matilde a su prima.

—¡Jesús! contestó ésta—, ¿porque es rico?

—Y porque creen que tú le amas.

—Ni a él ni a nadie —replicó Leonor, con acento desdeñoso.

—¿A nadie? ¿Y a Mendoza? —preguntó Matilde.

—La verdad, Matilde, ¿tú has estado enamorada alguna vez? —dijo Leonor, mirando fijamente a su prima.

Esta se ruborizó en extremo, y no contestó.

Cuando te ibas a casar, ¿sentías por Adriano ese amor de que hablan las novelas? continuó su prima.

—No contestó ésta.

—¿Y por Rafael San Luis?

Matilde volvió a ruborizarse sin contestar.

—Mira, nunca me había atrevido a hacerte esta pregunta. Tú me dijiste hace tiempo que amabas a Rafael; luego te negaste a toda confidencia, y después te vi preparar tus vestidos de novia para casarte con Adriano. ¿A cuál de los dos amabas? A ver, cuéntame lo que ha sucedido. Ya hace más de un año que murió tu novio y me parece que es bastante tiempo para que estés haciendo papel de viuda sin serlo y el de reservada con tu mejor amiga. ¿Me dices que no amabas a Adriano?

—No.

—Entonces no habías olvidado a Rafael.

—¿Podía olvidarle?, ¿y puedo acaso ahora mismo? contestó Matilde, en cuyos párpados asomaron dos lágrimas que ella trató de reprimir

—¿Y por qué le abandonaste entonces?

—Tú conoces la severidad de mi padre.

—¡Ah!, a mí no me obligaría nadie exclamó Leonor, con orgullo y menos amando a otro.

—Si no hubieres amado nunca, como sostienes, no dirías esto último —replicó Matilde.

—Es verdad, nunca he amado, a lo menos, según la idea que tengo del amor. A veces me ha gustado un joven; pero nunca por mucho tiempo. Ese empeño con que los hombres exigen que se les corresponda me fastidia. Encuentro en ello algo de la superioridad que pretenden tener sobre nosotras. y esta idea hace replegarse mi corazón. Aún no he encontrado al hombre que tenga bastante altivez para despreciar el prestigio del dinero y bastante orgullo para no rendirse ante la belleza.

—Yo jamás me he hecho reflexiones sobre esto —dijo Matilde—: amé a Rafael desde que le vi y le amo todavía.

—¿Y has hablado con él después que la muerte de Adriano te dejó libre?

—No, ni me atrevería a hablarle. No tuve fuerzas para desobedecer a mi padre y así tiene derecho para despreciarme. A veces le he encontrado en la calle; está pálido y buen mozo como siempre. Te aseguro que me he sentido desfallecer a su vista, y él ha pasado sin mirarme, con esa frente altanera que lleva con tanta gracia.

Leonor oía con placer la exaltación con que su prima hablaba de sus amores, y pensaba que debía ser muy dulce para el alma ese culto entusiasta y poético que llena todo el corazón.

—De modo que crees que ya no te ama dijo.

—Así lo creo contestó Matilde, dando un suspiro.

—¡Pobre Matilde! Mira, yo quisiera amar como tú, aunque fuera sufriendo así.

—¡Ah, tú no has sufrido! No lo desees.

—Yo preferiría mil veces ese tormento a la vida insípida que llevo. A veces he llorado, creyéndome inferior a las demás mujeres. Todas mis amigas tienen amores y yo nunca he pensado dos días seguidos en el mismo hombre.

—Así serás feliz.

—¡Quién sabe! —murmuró Leonor, pensativa.

Un criado anunció que el té estaba pronto, y todos se dirigieron a una pieza contigua a la que ocupaban los jugadores de malilla.

Dijimos que éstos eran tres con el dueño de la casa. Los otros dos eran un amigo de don Dámaso, llamado don Simón Arenal, y el padre de Matilde, don Fidel Elías.

Estos últimos eran el tipo del hombre parásito en política, que vive siempre al arrimo de la autoridad y no profesa más credo político que su conveniencia particular y una ciega adhesión a la gran palabra *Orden*, realizada en sus más restrictivas consecuencias. La arena política de nuestro país está empedrada con esta clase de personajes, como pretenden algunos que lo está el infierno, con buenas intenciones, sin que intentemos por esto establecer un símil entre nuestra política y el infierno, por más que les encontremos muchos puntos de semejanza. Don Simón Arenal y don Fidel Elías aprobaban sin examen todo golpe de autoridad, y calificaban con desdeñosos títulos de revolucionarios y demagogos a los que, sin estar constituidos en autoridad, se ocupaban de la cosa pública. Hombres serios, ante todo, no aprobaban que la autoridad permitiese la existencia de la prensa de oposición y llamaban a la opinión pública una majadería de "pipiolos", comprendiendo bajo este dictado a todo el que se atrevía a levantar la voz sin tener casa ni hacienda ni capital a interés.

Estas opiniones autoritarias, que los dos amigos profesaban en virtud de su conveniencia, habían acarreado algunos disgustos domésticos a don Fidel Elías. Doña Francisca Encina, su mujer, había leído algunos libros y pretendía pensar por sí sola, violando así los principios sociales de su marido, que miraba todo libro como inútil, cuando no como pernicioso. En su cualidad de letrada, doña Francisca era liberal en política y fomentaba esta tendencia de su hermano, a quien don Fidel y don Simón no habían aún podido conquistar enteramente para el partido del orden, que algunos han llamado con cierta gracia, en tiempos posteriores, el partido de los *energistas*.

Sentados a la mesa del té todos estos personajes, la conversación tomó distinto giro en cada uno de los grupos que componían, según sus gustos y edades.

Doña Engracia citaba a su cuñada la escena de la comida, para probar que Diamela entendía el francés, a lo cual contestaba doña Francisca citando algunos autores que hablaban de la habilidad de la raza canina.

Leonor y su prima formaban otro grupo con los jóvenes, y don Dámaso ocupaba la cabecera de la mesa con su amigo y su cuñado.

—Convéncete, Dámaso —decíale don Fidel—, esta Sociedad de la Igualdad es una pandilla de descamisados que quieren repartirse nuestras fortunas.

—Y, sobre todo decía don Simón, a quien el Gobierno nombraba siempre para diversas comisiones—, los que hacen oposición es porque quieren empleo.

—Pero hombre —replicaba don Dámaso, ¿y las escuelas que funda esa sociedad para educar al pueblo?

—¡Qué pueblo, ni qué pueblo! contestaba don Fidel—. Es el peor mal que pueden hacer, estar enseñando a ser caballeros a esa pandilla de rotos.

—Si yo fuese gobierno —dijo don Simón—, no los dejaba reunirse nunca. ¿Adónde vamos a parar con que todos se metan en política?

—¡Pero si son tan ciudadanos como nosotros! —replicó don Dámaso.

—Sí, pero ciudadanos sin un centavo, ciudadanos hambrientos —repuso don Fidel.

—Y entonces, ¿para que estamos en República? dijo doña Francisca, mezclándose en la conversación.

—Ojalá no lo estuviéramos contestó su marido.

—¡Jesús! exclamó escandalizada la señora.

—Mira, hija, las mujeres no deben hablar de política dijo, sentenciosamente, don Fidel.

Esta máxima fue aprobada por el grave don Simón, que hizo con la cabeza una señal afirmativa.

—A las mujeres, las flores y la *tualeta*, querida tía —le dijo Agustín, que oyó la máxima de don Fidel.

—Este niño ha vuelto más tonto de Europa —murmuró, picada, la literata.

—En días pasados dijo don Simón a don Dámaso un ministro me hablaba de usted, preguntándome si era opositor.

—¡Yo, opositor! —exclamó don Dámaso, nunca lo he sido; yo soy independiente.

—Era para darle, según creo, una comisión.

Don Dámaso se quedó pensativo, arrepintiéndose de su respuesta.

—¿Y qué comisión era? —preguntó.

—No recuerdo ahora contestó don Simón—; usted sabe que el Gobierno busca la gente de valer para ocuparla y...

—Y tiene razón dijo don Dámaso—; es el modo de establecer la autoridad.

—Mira, Leonor; ya están conquistando a tu papá —dijo doña Francisca.

—No, a mí no me conquistan, hija —replicó don Dámaso—; siempre he dicho que los gobiernos deben emplear gente conocida.

—Yo no pierdo la esperanza de verte de senador dijo don Fidel.

—No aspiro a eso —repuso don Dámaso—; pero si los pueblos me eligen...

—Aquí los que eligen son los gobiernos —observó doña Francisca.

—Y así debe ser —replicó don Fidel—; de otro modo no se podría gobernar.

—Para gobernar así, mejor sería que nos dejasen en paz dijo doña Francisca.

—Pero mujer —replicó su marido—; ya te he dicho que ustedes no deben ocuparse en política.

Don Simón aprobó por segunda vez, y doña Francisca se volvió con desesperación hacia su cuñada.

Después del té, la tertulia volvió al salón, donde siguieron la conversación política los papás, y los jóvenes rodearon a Leonor, que se sentó al lado de una mesa. Sobre ésta se veía un hermoso libro con tapas incrustadas de nácar.

—Mira, Leonor —le dijo su hermano—, ya te han *aportado* tu álbum, que me dijiste habías prestado.

—¿No lo tenía usted? —preguntó Leonor, con indiferencia, a Emilio Mendoza.

—Lo he traído esta noche, señorita, como había prometido a usted.

—¿Lo llevó usted para ponerle versos? —preguntó Clemente Valencia a su rival—; yo nunca he podido aguantar los versos —añadió el capitalista, haciendo sonar la cadena de su reloj.

—Ni *moi* tampoco —dijo Agustín.

—A ver el álbum dijo doña Francisca, abriendo el libro.

—Tía, si son *morsoes* literarios exclamó Agustín—, mejor sería que hiciesen un poco de música.

—Lea, mamá dijo Matilde—; hay mayoría por lo que mi primo llama *morsoes* literarios.

Doña Francisca abrió en una página.

—Aquí hay unos versos —dijo—, y son del señor Mendoza.

—¿Tú haces versos, querido? —le dijo Agustín—, ¿,que estás enamorado?

Emilio se puso colorado y lanzó una mirada a Leonor, que pareció no haberla visto.

—Es una composición corta dijo doña Francisca, que ardía en deseos de que la oyesen leer.

—Parta, pues, tía —le dijo Agustín. Doña Francisca, con voz afectada y acento sentimental, leyó:

A LOS OJOS DE...

Más dulces habéis de ser
Si me volvéis a mirar,
Porque es malicia a mi ver;
Siendo fuente de placer,
Causarme tanto pesar.

De seso me tiene ajeno
El que en suerte tan cruel
Sea ese mirar sereno
Sólo para mi veneno,
Siendo para todos miel.

Si amando os puedo ofender,
Venganza podéis tomar,
Pues es fuerza os haga ver
Que, o no os dejo de querer,
O me acabáis de matar.

Si es la venganza medida
Por mi amor, a tal rigor
El alma siento rendida;
Porque es muy poco una vida
Para vengar tanto amor.

EMILIO MENDOZA

Al concluir esta lectura, Emilio Mendoza dirigió una lánguida mirada a Leonor, como diciéndole: "Usted es la diosa de mi inspiración".

—Y ¿en cuánto tiempo ha hecho usted estos versos? —le dijo doña Francisca.

—Esta mañana los he concluido contestó Mendoza, con afectada modestia, cuidándose muy bien de decir que sólo había tenido el trabajo de copiarlos de una composición del poeta español Campoamor, entonces poco conocido en Chile.

—Aquí hay algo en prosa dijo doña Francisca:

"La humanidad camina hacia el progreso, girando en un círculo que se llama amor y que tiene por centro el ángel que apellidan mujer."

—¡Qué lindo pensamiento! —dijo con aire vaporoso doña Francisca.

—Sí, para el que lo entienda —replicó Clemente Valencia.

Continuó por algún tiempo doña Francisca hojeando el libro en cuyas páginas, llenas de frases vacías o de estrofas que concluían pidiendo un poco de amor a la dueña del álbum, ella se detenía con entusiasmo.

—Si dejan a mi tía con el libro, es capaz de trasnochar —dijo Agustín a su amigo Valencia.

Don Fidel dio la señal de retirada, tomando su sombrero.

—¿Sabes que Dámaso me ha dado a entender que le gustaría que su hijo se aficionase a Matilde? —dijo a doña Francisca, cuando estuvieron en la calle—. Agustín es un magnífico partido.

—Es un muchacho tan insignificante contestó doña Francisca, recordando la poca afición de su sobrino a la poesía.

—¿Cómo? Insignificante, y su padre tiene cerca de un millón de pesos —replicó con calor el marido.

Doña Francisca no contestó a la positivista opinión de su esposo.

—Un casamiento entre Matilde y Agustín sería para nosotros una gran felicidad —prosiguió don Fidel—. Figúrate, hija, que el año entrante termina el arriendo que tengo de "El Roble", y que su dueño no quiere prorrogarme este arriendo.

—Hasta ahora, la tal hacienda de "El Roble" no te ha dado mucho dijo doña Francisca.

—Esta no es la cuestión —replicó don Fidel—; yo me pongo en el caso de que termine el arriendo. Casando a Matilde con Agustín, además que aseguramos la suerte de nuestra hija, Dámaso no me negará su fianza, como ya lo ha hecho, para cualquier negocio.

—En fin, tú sabrás lo que haces —contestó con enfado la señora, indignada del prosaico cálculo de su marido.

Lo restante del camino lo hicieron en silencio hasta llegar a la casa que habitaban.

Volveremos nosotros a don Dámaso y a su familia, que quedaron solos en el salón.

—Y nuestro alojado, ¿qué se habrá hecho? —preguntó el caballero.

Un criado, a quien se llamó para hacer esta pregunta, contestó que no había llegado aún.

—No será mucho que se haya perdido dijo don Dámaso.

—¡En Santiago! —exclamó Agustín con admiración—, en París sí que es fácil *egerarse*.

—He pensado dijo don Dámaso a su mujer— que Martín puede servirme mucho, porque necesito una persona que lleve mis libros.

—Parece un buen jovencito y me gusta, porque no fuma —respondió doña Engracia.

Martín, en efecto, había dicho que no fumaba, cuando, después de comer, don Dámaso le ofreció un cigarro en un rapto de republicanismo. Mas, al despedirse, sus amigos le dejaban medio curado ya de sus impulsos igualitarios con la noticia de que un ministro se había ocupado de él para encomendarle una comisión.

"Después de todo —pensaba al acostarse don Dámaso—, ¡estos liberales son tan exagerados!"

7

Al concluir esta lectura, Emilio Mendoza dirigió una lánguida mirada a Leonor, como diciéndole: "Usted es la diosa de mi inspiración"

—Y ¿en cuánto tiempo ha hecho usted estos versos? —le dijo doña Francisca.

—Esta mañana los he concluido contestó Mendoza, con afectada modestia, cuidándose muy bien de decir que sólo había tenido el trabajo de copiarlos de una composición del poeta español Campoamor, entonces poco conocido en Chile.

—Aquí hay algo en prosa dijo doña Francisca:

"La humanidad camina hacia el progreso, girando en un círculo que se llama amor y que tiene por centro el ángel que apellidan mujer."

—¡Qué lindo pensamiento! —dijo con aire vaporoso doña Francisca.

—Sí, para el que lo entienda —replicó Clemente Valencia.

Continuó por algún tiempo doña Francisca hojeando el libro en cuyas páginas, llenas de frases vacías o de estrofas que concluían pidiendo un poco de amor a la dueña del álbum, ella se detenía con entusiasmo.

—Si dejan a mi tía con el libro, es capaz de trasnochar —dijo Agustín a su amigo Valencia.

Don Fidel dio la señal de retirada, tomando su sombrero.

—¿Sabes que Dámaso me ha dado a entender que le gustaría que su hijo se aficionase a Matilde? —dijo a dona Francisca, cuando estuvieron en la calle—. Agustín es un magnífico partido.

—Es un muchacho tan insignificante contestó doña Francisca, recordando la poca afición de su sobrino a la poesía.

—¿Cómo? Insignificante, y su padre tiene cerca de un millón de pesos —replicó con calor el marido.

Doña Francisca no contestó a la positivista opinión de su esposo.

—Un casamiento entre Matilde y Agustín sería para nosotros una gran felicidad —prosiguió don Fidel—. Figúrate, hija, que el año entrante termina el arriendo que tengo de "El Roble", y que su dueño no quiere prorrogarme este arriendo.

—Hasta ahora, la tal hacienda de "El Roble" no te ha dado mucho dijo doña Francisca.

—Esta no es la cuestión —replicó don Fidel—; yo me pongo en el caso de que termine el arriendo. Casando a Matilde con Agustín, además que aseguramos la suerte de nuestra hija, Dámaso no me negará su fianza, como ya lo ha hecho, para cualquier negocio.

—En fin, tú sabrás lo que haces —contestó con enfado la señora, indignada del prosaico cálculo de su marido.

Lo restante del camino lo hicieron en silencio hasta llegar a la casa que habitaban.

Volveremos nosotros a don Dámaso y a su familia, que quedaron solos en el salón.

—Y nuestro alojado, ¿qué se habrá hecho? —preguntó el caballero.

Un criado, a quien se llamó para hacer esta pregunta, contestó que no había llegado aún.

—No será mucho que se haya perdido dijo don Dámaso.

—¡En Santiago! —exclamó Agustín con admiración—, en París sí que es fácil *egerarse*.

—He pensado dijo don Dámaso a su mujer— que Martín puede servirme mucho, porque necesito una persona que lleve mis libros.

—Parece un buen jovencito y me gusta, porque no fuma —respondió doña Engracia.

Martín, en efecto, había dicho que no fumaba, cuando, después de comer, don Dámaso le ofreció un cigarro en un rapto de republicanismo. Mas, al despedirse, sus amigos le dejaban medio curado ya de sus impulsos igualitarios con la noticia de que un ministro se había ocupado de él para encomendarle una comisión.

"Después de todo —pensaba al acostarse don Dámaso—, ¡estos liberales son tan exagerados!"

8

Desde el día siguiente principió Martín sus tareas con el empeño del joven que vive convencido de que el estudio es la única base de un porvenir feliz cuando la suerte le ha negado la riqueza.

El pobre y anticuado traje provinciano llamó desde el primer día la atención de sus condiscípulos, la mayor parte jóvenes elegantes que llegaban a la clase con los recuerdos de un baile de la víspera o de las emociones de una visita mucho más frescos en la memoria que los preceptos de las Siete Partidas o del Prontuario de los Juicios. Martín se encontró por esta causa aislado de todos. Entre nuestra juventud, el hombre que no principia a mostrar su superioridad por la elegancia del traje, tiene que luchar con mucha indiferencia, y acaso con un poco de desprecio, antes de conquistarse las simpatías de los demás. Todos miraron a Rivas como a un pobre diablo que no merecía más atención que su raída catadura, y se guardaron muy bien de tenderle una mano amiga. Martín conoció lo que podría muy propiamente llamarse el orgullo de la ropa, y se mantuvo digno en su aislamiento, sin más satisfacción que la de manifestar sus buenas aptitudes para el estudio cada vez que la ocasión se presentaba.

Una circunstancia había llamado su atención, y era la ausencia de un individuo a quien los demás nombraban con frecuencia.

—¿Rafael San Luis no ha venido? —oía preguntar casi todos los días.

Y sobre la respuesta negativa, oía también variados comentarios sobre la ausencia del que llevaba aquel nombre, y que, a juzgar por la insistencia con que se recordaba, debía ejercer cierta superioridad entre los otros que así se ocupaban de él.

Dos meses después de su incorporación a la clase, notó Martín la presencia de un alumno a quien todos saludaban cordialmente, dándole el nombre que había oído ya. Era un joven de veintitrés o veinticuatro años, de pálido semblante y de facciones de una finura casi femenil, que ponían en relieve la fina curva de un bigote negro y lustroso. Una abundante cabellera, dividida en la mitad de la frente, realzaba la majestad de ésta y dejaba caer, tras dos pequeñas y rosadas orejas, sus hebras negras y relucientes. Sus ojos, sin ser grandes, parecían brillar con los destellos de una inteligencia poderosa y con el fuego de un corazón elevado y varonil. Esta expresión enérgica de su mirada cuadraba muy bien con las elegantes proporciones de un cuerpo de regular estatura y de simétricas y bien proporcionadas formas.

Al principio de la clase, Rivas fijó con interés su vista en aquel joven, hasta que éste habló a un compañero después de mirarle. En ese momento, el profesor pidió a Martín su opinión sobre un cuestión jurídica que se debatía, y después de darla recibió una contestación destemplada del alumno a quien acababa de corregir. Martín replicó con energía y altivez, dejando la razón de su parte, lo que hizo enrojecer de despecho a su adversario.

Entre el joven que había llamado la atención de Martín y el que estaba a su lado había mediado la siguiente conversación:

—¿Quién es ése? —preguntó Rafael, al ver la atención con que le observaba Rivas.

—Es un recién incorporado —contestó el compañero— Por la traza parece provinciano y pobre. No conoce a nadie y sólo habla en clase cuando le preguntan algo. No parece nada tonto.

Rafael observó a Rivas durante algunos instantes y pareció tomar interés en la cuestión que éste debatía con su adversario.

Al salir de clase, el que había manifestado su despecho al verse vencido por Martín se le acercó con ademán arrogante:

—Bien está que usted corrija —le dijo, mirándolo con orgullo; pero no vuelva a emplear el tono que ha usado hoy

—No sufriré la arrogancia de nadie y responderé siempre en el tono que usen conmigo —dijo Martín—, y ya que usted se ha dirigido a mí —añadió—, le advertiré que aquí sólo admito lecciones de mi profesor, únicamente en lo que concierne al estudio.

—Tiene razón este caballero exclamó Rafael San Luis, adelantándose—; tú, Miguel, has contestado al señor con aspereza, cuando él sólo cumplía con su obligación corrigiéndote. Además, el señor está recién llegado y le debemos a lo menos las consideraciones de la hospitalidad.

La discusión terminó con estas palabras, que el joven San Luis había pronunciado sin afectación ni dogmatismo.

Martín se acercó a él con aire tímido.

Creo que debo dar a usted las gracias por lo que acaba de decir en favor mío —le dijo—, y le ruego las acepte con la sinceridad con que se las ofrezco.

—Así lo hago —le contestó Rafael, tendiéndole la mano con franca cordialidad.

—Y ya que usted se ha dignado hablar en mi favor —continuó Rivas—, le suplico que cuando pueda me guíe con sus consejos. Hace muy poco tiempo que habito en Santiago e ignoro las costumbres de aquí.

—Por lo que acabo de ver —contestó Rafael—, usted poco necesita de consejos. Lo que predomina en Santiago es el orgullo, y usted parece tener la suficiente energía para ponerlo a raya. Ya que hablamos sobre esto, le confesaré a usted que intercedí hace poco en su favor, porque me dijeron que era pobre y no conocía a ninguno de nuestros condiscípulos. Aquí la gente se paga mucho de las exterioridades, cosa con la cual no convengo. La pobreza y el aislamiento de usted me han inspirado simpatía, por ciertas razones que nada tienen que ver con este asunto.

—Me felicito por tales simpatías dijo Martín—, y me alegraré mucho si usted me permite cultivar su amistad.

—Tendrá usted un triste amigo —replicó San Luis con una sonrisa melancólica—; pero no me falta cierta experiencia que acaso pueda aprovecharle. En fin, eso lo dirá el tiempo; hasta mañana.

Con estas palabras se despidió dejando una extraña impresión en el ánimo de Martín Rivas, que se quedó pensativo, mirándole alejarse.

Había, en verdad, cierto aire de misterio en torno de aquel joven, cuya poética belleza llamaba la atención a primera vista. Martín observó con curiosidad sus maneras, en las que resaltaba la dignidad en medio de la sencillez, y la vaga melancolía de su voz le inspiró al instante una poderosa simpatía. Llamó la atención de Rivas el traje de Rafael, en el que parecían reinar el capricho y un absoluto desprecio a la moda que uniformaba a casi todos los otros alumnos de la clase. Su cuello vuelto contrastaba con la rigidez de los que llevaban los demás, y su corbata negra, anudada sin descuido, dejaba ver una garganta, cuyos suaves alineamientos traían a la memoria la que los escultores han dado al busto de Byron. Martín vio, además, en las últimas palabras de aquel joven, una ligera analogía con su situación, complaciéndose en aumentarla con la idea de que sería como él un hijo desheredado de la *fortuna*. Este pensamiento le hizo acercarse a Rafael al día siguiente y reanudar con él la conversación interrumpida el anterior.

—Cuando usted quiera —le dijo San Luis—, véngase a comer conmigo a un hotel de pobre apariencia que suelo frecuentar, y allí conversaremos más amigablemente. ¿Dónde vive usted?

—En casa de don Dámaso Encina.

—¡En casa de don Dámaso! —exclamó con admiración—; ¿es usted su pariente?

—No; he traído un carta de mi padre para él, y me ha hospedado en su casa. ¿Usted le conoce?

—Algo —contestó San Luis con disimulada turbación.

Los dos jóvenes permanecieron silenciosos algunos instantes, hasta que Rafael rompió el silencio hablando de asuntos indiferentes y muy distintos del que les acababa de ocupar.

Al salir de la clase, San Luis convidó a almorzar a Martín, y se dirigieron a un hotel de pobre apariencia, como lo había calificado el primero.

Una botella estableció más franqueza en la conversación de los dos jóvenes.

—Aquí no comerá usted con el hijo de don Dámaso —dijo Rafael—, pero sí con más libertad.

—¿Ha visitado usted su casa? —preguntó Rivas, a quien había picado la curiosidad y turbación de su nuevo amigo al hablar de su protector.

—Sí; en mejores tiempos contestó este—. ¿Y su hija?

—Oh, está lindísima —dijo Martín con entusiasmo.

—¡Cuidado: esa respuesta revela una admiración que puede a usted serle fatal —observó San Luis, poniéndose serio.

—¿Por qué? —preguntó Rivas.

—Porque lo peor que puede suceder a un joven pobre como usted es el enamorarse de una niña rica. Adiós estudios, porvenir, esperanzas exclamó San Luis, empinando con febril entusiasmo un vaso de vino—. Usted me pidió consejos ayer; pues bien, ahí tiene usted uno, y es de los más cuerdos. El amor, para un joven estudiante, debe ser como la manzana del paraíso: fruto vedado. Si usted quiere ser algo, Martín, y le digo esto porque usted parece dotado de la noble ambición que forma los hombres distinguidos, rodee su corazón de una capa de indiferencia tan impenetrable como una roca.

—No pienso enamorarme —contestó Martín—, y tengo para ello muy poderosas razones: entre ellas, la que usted acaba de apuntar.

San Luis cambió entonces de conversación y habló sobre tan distintas materias y con tal verbosidad, que parecía tener empeño en hacer olvidar a Martín las primeras palabras que había dicho aconsejándole.

En casa de don Dámaso habló Martín de su nuevo amigo, a quien Agustín había nombrado.

—Ese mocito es muy intrigante dijo don Dámaso, y busca niña con buena dote.

—Pero, papá —replicó Leonor—, es necesario no ser injusto; yo tengo mejor idea de San Luis.

—Es un *parvenido* —dijo Agustín—, papá tiene razón. A *la época donde estamos*, todos quieren plata.

—Y hacen bien, cuando hay pobres que la merecen más que muchos ricos exclamó Leonor.

Estas pocas palabras arrojaron la duda en el espíritu de Rivas. La energía con que Leonor defendía a Rafael de los ataques de su padre y de su hermano, y las palabras de su amigo sobre el amor, hicieron brillar de repente cierta luz a sus ojos, que hirió su corazón con un malestar desconocido. No podía pensar sino que San Luis había amado a Leonor y que su pasión había sido condenada por don Dámaso. Semejante descubrimiento le desazonó como si acabase de recibir alguna triste noticia, y se entregó al trabajo sin explicarse el descontento que le hacía mirar el porvenir bajo un prisma sombrío.

Cuando hubo despachado la correspondencia de don Dámaso, su pensamiento, después de dar mil vueltas a la misma idea, no había llegado más que a esta conclusión, que le llenaba de desconsuelo: "No hay duda de que se han amado, y puesto que Leonor le defiende, debe amarle todavía".

9

La idea de que Leonor amase a su nuevo amigo, infundió a Rivas cierta reserva para con éste, a pesar de la viva simpatía que hacia él le arrastraba. Durante varios días trato en vano de aclarar sus sospechas en sus conversaciones con Rafael San Luis. Las confidencias no vinieron jamás a satisfacerle.

Una tarde, después de comer en casa de don Dámaso, se retiraba Martín, como de costumbre, antes que hubiese llegado la hora de las visitas.

—¿Es usted aficionado a la música? —le dijo Leonor, cuando él había tomado su sombrero.

Martín sintió que la turbación se apoderaba de su pecho al responder. Le parecía tan extraño que la orgullosa niña le dirigiese la palabra, que al oír su voz se figuró estar bajo la alucinación de un sueño. Con esta impresión se había vuelto hacia Leonor sin responderle y como creyendo haber oído mal.

Leonor repitió su pregunta con una pequeña sonrisa.

—Señorita contestó Rivas, conmovido—, he oído tan poco, que no puedo calificar de gusto la afición que tengo por ella.

—No importa dijo la niña con tono imperativo—; oirá usted lo que voy a tocarle, y siéntese al lado del piano, porque tengo que hablar con usted.

Martín siguió a Leonor abismado de admiración.

Don Dámaso, su mujer y Agustín jugaban al juego francés llamado *patience,* que el joven les enseñaba.

Leonor principió a tocar la introducción de un vals después de mostrar a Rivas un asiento muy cerca de ella. El joven la miraba extasiado en su belleza y dudando de la realidad de aquella situación que no se habría atrevido a imaginar un momento antes.

Leonor tocó la introducción y los primeros compases del vals sin dirigirle la palabra. Y cuando Martín empezaba a figurarse que era el juguete de un capricho de la niña, ésta fijó en él su mirada altanera.

—¿Usted conoce a Rafael San Luis? —le preguntó.

—Sí, señorita contestó Rivas, mirando en esta pregunta la confirmación de sus sospechas que le atormentaban.

—¿Le ha hablado a usted de alguien de mi familia? —volvió a preguntarle Leonor.

—Muy poco; le creo muy reservado —contestó él.

—¿Usted es amigo suyo?

—Muy reciente; le he conocido en el colegio hace pocos días.

—Pero, en fin, usted ha hablado con él.

—Casi todos los días desde que hicimos amistad.

—¿Y nada de particular le ha dicho a usted sobre alguien de mi familia?

—Nada; ah, sí, me preguntó una vez por usted.

Martín añadió la segunda parte de esta contestación con la esperanza de leer en el rostro de la niña la confirmación de la sospecha que aumentaba en su espíritu.

—¡Ah! —dijo Leonor—. ¿Y nada más?

—Nada más. señorita contestó el joven, desesperado de la majestuosa impasibilidad de aquel rostro lindísimo.

Leonor siguió tocando algunos instantes, sin decir una palabra.

Martín se sentía sofocado, inquieto, descontento ante la arrogancia de aquella niña que sólo se dignaba dirigirle la palabra para hablar de un hombre a quien tal vez amaba. Su amor propio le infundía violentos deseos de poseer una belleza singular, una inmensa fortuna o una celebridad; algo, en fin, que le pusiese a la altura de Leonor, para arrastrar su atención y ocupar su espíritu, que acaso en este instante se olvidaba de él como de los muebles que había en torno suyo. Humillábanle más que nunca su oscuridad y su pobreza, y se sentía capaz de un crimen para ocupar los pensamientos de la niña, aunque fuera con el temor.

Al cabo de cortos momentos, ella le miró de nuevo.

—Pero, en fin —dijo, anudando la conversación interrumpida—, usted debe saber lo que ese joven hace o adonde visita.

—Siento en el alma, señorita, no poder satisfacer la curiosidad que usted me manifiesta contestó Martín con cierta dureza de acento—. No he recibido de San Luis ninguna confidencia ni sé absolutamente las casas que visite; sólo nos vemos en el colegio.

Leonor dejó de tocar, hojeó algunas piezas de música y se levantó.

—¿Ya están ustedes muy diestros en ese juego? —dijo, acercándose a la mesa en que jugaban sus padres y su hermano.

—Tan diestros como yo dijo Agustín.

Rivas se puso rojo de vergüenza y de despecho. Leonor no le había dirigido ni una sola palabra, ni una sola mirada. Se había retirado como si él no estuviese allí por orden suya.

—¿Usted no entiende este juego? —le preguntó por fin Leonor, como acordándose sólo entonces de que le había dejado junto al piano.

No, señorita contestó él.

Y salió al cabo de algunos minutos, que empleó en buscar la manera de hacerlo sin llamar la atención.

Martín entró en su cuarto con el corazón despedazado. Su angustia le impedía el explicarse los encontrados y violentos sentimientos que le agitaban. Mudas imprecaciones contra su destino y el orgullo de los ricos, locos proyectos de venganza, un desaliento sin límites al mirar hacia el porvenir, arrebatos de conquistarse un nombre que le atrajese la admiración de todos, mil ideas confusas, hiriendo, como otros tantos rayos, su cerebro, haciendo dilatarse su corazón, agitando la velocidad de su sangre, destrozándole el pecho, arrancándole lágrimas de fuego he aquí lo que le hacía retorcerse desesperado sobre una silla, mirarse con ojos espantados al espejo; y, como un relámpago en medio de una deshecha tempestad, aparecía en su mente a cada instante y cortando la ilación de sus demás ideas, ésta, que sus labios no formulaban, pero que hacía estremecérsele el corazón: "¡Ah, y ser tan bella!, ¡tan bella!".

La calma sobrevino poco a poco, haciéndole pasar los encantados idilios del amor primero. ¡Había perdonado! Leonor descubría de repente los tesoros de su corazón virgen y fogoso; aceptaba un amor lleno de sumisión y de ternura, ¡se dejaba adorar! Martín recorrió así un mundo fantástico, oyendo la música celestial de un vals a cuyos compases se repetían él y Leonor los juramentos para toda la vida. Juramentos que ignoran los días de la vejez y piden una tumba para renacer juntos en la mansión de la vida infinita. Vio que puede de repente nacer en el pecho una pasión que pisotea al orgullo, que encuentra en la tierra los elementos de una felicidad reputada como quimérica, y se acostó distraído, olvidándose de la verdad.

Mientras Rivas pasaba por esta crisis, en la que al fin se dibujó radiante su amor, como aparece en el fondo de un crisol la plata que la acción del fuego hace desprenderse del metal, Leonor se retiraba con Matilde a un sofá apartado del gran salón en que conversaban algunas visitas.

Como te dije el otro día —principió por decir Leonor, estrechando una mano de su prima—, Martín habló en la mesa de Rafael San Luis, a quien yo defendí de los ataques de mi padre.

Matilde apretó la mano de Leonor con reconocimiento, y ésta continuó.

—Esta tarde llamé a Martín junto al piano y le hice varias preguntas sobre San Luis. Es amigo de él, pero de poco tiempo a esta parte. Nada me ha podido informar sobre la vida que lleva, pues Rafael parece no haberle confiado aún ninguna cosa que revele el estado de su corazón, pero te prometo que yo lo averiguaré. Rivas es inteligente, y espero que pronto se captará su entera confianza. Así sabremos si todavía te ama.

Las dos niñas continuaron su conversación hasta que Emilio Mendoza ocupó un asiento del lado de Leonor y comenzó a hablarle de su amor, sin que ella manifestase el menor desagrado ni diese tampoco ninguna contestación propia para alentar las esperanzas de aquel joven.

Al día siguiente, Martín recibió con frialdad el saludo de su amigo. Este, que había concebido por él un cariño verdadero, notó al instante su reserva.

—¿Qué tienes? —le preguntó, empleando por primera vez aquel tono familiar—: te veo triste.

Martín se sintió desarmado en presencia de la cordialidad que San Luis le manifestaba, cuando le había visto tratar a todos sus condiscípulos con la mayor indiferencia. Se hizo, además, la reflexión de que Rafael no tenía ninguna culpa de lo que le atormentaba, y tuvo bastante razón para conocer la ridiculez de sus celos.

—Es verdad —dijo, estrechando la mano que San Luis le había presentado—, anoche sufrí mucho.

—¿Puedo saber la causa? —preguntó Rafael.

—¿Para qué? —respondió Rivas—. Nada podrías hacer para darme la felicidad.

—¡Cuidado, Martín!, no olvides mi consejo. El amor, para un estudiante pobre, debe ser como la manzana del paraíso: si lo pruebas, te perderás.

—Y ¿qué puedo hacer cuando...?

San Luis no le dejó terminar.

—No quiero saber nada —le dijo; hay ciertos sentimientos que aumentan en el alma cuando se confían, y el amor es uno de ellos. No me digas nada. Pero tengo por ti un verdadero interés y quiero curarte antes de que el mal haya echado raíces. La soledad es un consejero fatal y tú vives muy solo. Es necesario que te distraigas —añadió, viendo que Martín se quedaba pensativo, y yo me encargo de hacerlo.

—Difícil me parece dijo Martín, que se sentía bajo la impresión de la escena de la víspera.

—No importa; haremos un ensayo, nada se pierde. Vente a mi casa mañana a las ocho de la noche y te llevaré a ver cierta gente que te divertirán.

Los dos amigos se separaron, dirigiéndose Martín a casa de don Dámaso.

10

La idea de que Leonor amase a su nuevo amigo, infundió a Rivas cierta reserva para con éste, a pesar de la viva simpatía que hacia él le arrastraba. Durante varios días trató en vano de aclarar sus sospechas en sus conversaciones con Rafael San Luis. Las confidencias no vinieron jamás a satisfacerle.

Una tarde, después de comer en casa de don Dámaso, se retiraba Martín, como de costumbre, antes que hubiese llegado la hora de las visitas.

—¿Es usted aficionado a la música? —le dijo Leonor, cuando él había tomado su sombrero.

Martín sintió que la turbación se apoderaba de su pecho al responder. Le parecía tan extraño que la orgullosa niña le dirigiese la palabra, que al oír su voz se figuró estar bajo la alucinación de un sueño. Con esta impresión se había vuelto hacia Leonor sin responderle y como creyendo haber oído mal.

Leonor repitió su pregunta con una pequeña sonrisa.

—Señorita contestó Rivas, conmovido—, he oído tan poco, que no puedo calificar de gusto la afición que tengo por ella.

—No importa dijo la niña con tono imperativo—; oirá usted lo que voy a tocarle, y siéntese al lado del piano, porque tengo que hablar con usted.

Martín siguió a Leonor abismado de admiración.

Don Dámaso, su mujer y Agustín jugaban al juego francés llamado *patience*, que el joven les enseñaba.

Leonor principió a tocar la introducción de un vals después de mostrar a Rivas un asiento muy cerca de ella. El joven la miraba extasiado en su belleza y dudando de la realidad de aquella situación que no se habría atrevido a imaginar un momento antes.

Leonor tocó la introducción y los primeros compases del vals sin dirigirle la palabra. Y cuando Martín empezaba a figurarse que era el juguete de un capricho de la niña, ésta fijó en él su mirada altanera.

—¿Usted conoce a Rafael San Luis? —le preguntó.

—Sí, señorita contestó Rivas, mirando en esta pregunta la confirmación de sus sospechas que le atormentaban.

—¿Le ha hablado a usted de alguien de mi familia? —volvió a preguntarle Leonor.

—Muy poco; le creo muy reservado —contestó él.

—¿Usted es amigo suyo?

—Muy reciente; le he conocido en el colegio hace pocos días.

—Pero, en fin, usted ha hablado con él.

—Casi todos los días desde que hicimos amistad.

—¿Y nada de particular le ha dicho a usted sobre alguien de mi familia?

—Nada; ah, sí, me preguntó una vez por usted.

Martín añadió la segunda parte de esta contestación con la esperanza de leer en el rostro de la niña la confirmación de la sospecha que aumentaba en su espíritu.

—¡Ah! —dijo Leonor—. ¿Y nada más?

—Nada más. señorita contestó el joven, desesperado de la majestuosa impasibilidad de aquel rostro lindísimo.

Leonor siguió tocando algunos instantes, sin decir una palabra.

Martín se sentía sofocado, inquieto, descontento ante la arrogancia de aquella niña que sólo se dignaba dirigirle la palabra para hablar de un hombre a quien tal vez amaba. Su amor propio le infundía violentos deseos de poseer una belleza singular, una inmensa fortuna o una celebridad; algo, en fin, que le pusiese a la altura de Leonor, para arrastrar su atención y ocupar su espíritu, que acaso en este instante se olvidaba de él como de los muebles que había en torno suyo. Humillábanle más que nunca su oscuridad y su pobreza, y se sentía capaz de un crimen para ocupar los pensamientos de la niña, aunque fuera con el temor.

Al cabo de cortos momentos, ella le miró de nuevo.

—Pero, en fin —dijo, anudando la conversación interrumpida—, usted debe saber lo que ese joven hace o adonde visita.

—Siento en el alma, señorita, no poder satisfacer la curiosidad que usted me manifiesta contestó Martín con cierta dureza de acento—. No he recibido de San Luis ninguna confidencia ni sé absolutamente las casas que visite; sólo nos vemos en el colegio.

Leonor dejó de tocar, hojeó algunas piezas de música y se levantó.

—¿Ya están ustedes muy diestros en ese juego? —dijo, acercándose a la mesa en que jugaban sus padres y su hermano.

—Tan diestros como yo dijo Agustín.

Rivas se puso rojo de vergüenza y de despecho. Leonor no le había dirigido ni una sola palabra, ni una sola mirada. Se había retirado como si él no estuviese allí por orden suya.

—¿Usted no entiende este juego? —le preguntó por fin Leonor, como acordándose sólo entonces de que le había dejado junto al piano.

—No, señorita contestó él.

Y salió al cabo de algunos minutos, que empleó en buscar la manera de hacerlo sin llamar la atención.

Martín entró en su cuarto con el corazón despedazado. Su angustia le impedía el explicarse los encontrados y violentos sentimientos que le agitaban. Mudas imprecaciones contra su destino y el orgullo de los ricos, locos proyectos de venganza, un desaliento sin límites al mirar hacia el porvenir, arrebatos de conquistarse un nombre que le atrajese la admiración de todos, mil ideas confusas, hiriendo, como otros tantos rayos, su cerebro, haciendo dilatarse su corazón, agitando la velocidad de su sangre, destrozándole el pecho, arrancándole lágrimas de fuego he aquí lo que le hacía retorcerse desesperado sobre una silla, mirarse con ojos espantados al espejo; y, como un relámpago en medio de una deshecha tempestad, aparecía en su mente a cada instante y cortando la ilación de sus demás ideas, ésta, que sus labios no formulaban, pero que hacía estremecérsele el corazón: "¡Ah, y ser tan bella!, ¡tan bella!".

La calma sobrevino poco a poco, haciéndole pasar a los encantados idilios del amor primero. ¡Había perdonado! Leonor descubría de repente los tesoros de su corazón virgen y fogoso; aceptaba un amor lleno de sumisión y de ternura, ¡se dejaba adorar! Martín recorrió así un mundo fantástico, oyendo la música celestial de un vals a cuyos compases se repetían él y Leonor los juramentos para toda la vida. Juramentos que ignoran los días de la vejez y piden una tumba para renacer juntos en la mansión de la vida infinita. Vio que puede de repente nacer en el pecho una pasión que pisotea al orgullo, que encuentra en la tierra los elementos de una felicidad reputada como quimérica, y se acostó distraído, olvidándose de la verdad.

Mientras Rivas pasaba por esta crisis, en la que al fin se dibujó radiante su amor, como aparece en el fondo de un crisol la plata que la acción del fuego hace desprenderse del metal, Leonor se retiraba con Matilde a un sofá apartado del gran salón en que conversaban algunas visitas.

—Como te dije el otro día —principió por decir Leonor, estrechando una mano de su prima—, Martín habló en la mesa de Rafael San Luis, a quien yo defendí de los ataques de mi padre.

Matilde apretó la mano de Leonor con reconocimiento, y ésta continuó.

—Esta tarde llamé a Martín junto al piano y le hice varias preguntas sobre San Luis. Es amigo de él, pero de poco tiempo a esta parte. Nada me ha podido informar sobre la vida que lleva, pues Rafael parece no haberle confiado aún ninguna cosa que revele el estado de su corazón, pero te prometo que yo lo averiguaré. Rivas es inteligente, y espero que pronto se captará su entera confianza. Así sabremos si todavía te ama.

Las dos niñas continuaron su conversación hasta que Emilio Mendoza ocupó un asiento del lado de Leonor y comenzó a hablarle de su amor, sin que ella manifestase el menor desagrado ni diese tampoco ninguna contestación propia para alentar las esperanzas de aquel joven.

Al día siguiente, Martín recibió con frialdad el saludo de su amigo. Este, que había concebido por él un cariño verdadero, notó al instante su reserva.

—¿Qué tienes? —le preguntó, empleando por primera vez aquel tono familiar—: te veo triste.

Martín se sintió desarmado en presencia de la cordialidad que San Luis le manifestaba, cuando le había visto tratar a todos sus condiscípulos con la mayor indiferencia. Se hizo, además, la reflexión de que Rafael no tenía ninguna culpa de lo que le atormentaba, y tuvo bastante razón para conocer la ridiculez de sus celos.

—Es verdad —dijo, estrechando la mano que San Luis le había presentado—, anoche sufrí mucho.

—¿Puedo saber la causa? —preguntó Rafael.

—¿Para qué? —respondió Rivas—. Nada podrías hacer para darme la felicidad.

—¡Cuidado, Martín!, no olvides mi consejo. El amor, para un estudiante pobre, debe ser como la manzana del paraíso: si lo pruebas, te perderás.

—Y ¿qué puedo hacer cuando...?

San Luis no le dejó terminar.

— No quiero saber nada —le dijo; hay ciertos sentimientos que aumentan en el alma cuando se confían, y el amor es uno de ellos. No me digas nada. Pero tengo por ti un verdadero interés y quiero curarte antes de que el mal haya echado raíces. La soledad es un consejero fatal y tú vives muy solo. Es necesario que te distraigas —añadió, viendo que Martín se quedaba pensativo, y yo me encargo de hacerlo.

—Difícil me parece dijo Martín, que se sentía bajo la impresión de la escena de la víspera.

—No importa; haremos un ensayo, nada se pierde. Vente a mi casa mañana a las ocho de la noche y te llevaré a ver cierta gente que te divertirán.

Los dos amigos se separaron, dirigiéndose Martín a casa de don Dámaso.

11

Reinaba, como dijimos, grande animación entre las personas que componían la tertulia ordinaria de don Dámaso Encina.

Era la noche del 19 de agosto, y desde algún tiempo circulaba la noticia de que la Sociedad de la Igualdad sería disuelta por orden del Gobierno. Citábase como prueba el ataque de cuatro hombres armados, hecho en una de las noches anteriores, al tiempo de instalarse en la Chimba el grupo número 7 de los que componían esa sociedad.

Martín se sentó después de ser presentado por don Dámaso a las personas de su tertulia, y la conversación, interrumpida un momento, siguió de nuevo.

—La autoridad —dijo don Fidel Elías, respondiendo a una objeción que se le acababa de hacer— está en su derecho de disolver esa reunión de demagogos, porque ¿qué se llama autoridad? El derecho de mando; luego, mandando disolver, está, como dije, en su derecho.

Doña Francisca, mujer del opinante, se cubrió el rostro, horrorizada de aquella lógica autoritaria.

—Además —repuso don Simón Arenal, viejo solterón que presumía de hombre de importancia—, un buen pueblo debe contentarse con el derecho de divertirse en las festividades públicas y no meterse en lo que no entiende. Si cada artesano da su opinión en política, no veo la utilidad de estudiar.

Don Dámaso, que tenía perdida la esperanza de ser comisionado por el Gobierno, como se le había hecho esperar, se hallaba en aquella noche bajo la influencia de los periódicos liberales, cuyos artículos recordaba perfectamente.

—El derecho de asociación —dijo— es sagrado. Es una de las conquistas de la civilización sobre la barbarie. Prohibirlo es hacer estéril la sangre de los mártires de la libertad y además...

—Yo te viera hablar de mártires y de libertad cuando te vengan a quitar tu fortuna —exclamó interrumpiéndole don Fidel.

—Aquí no se trata de atacar la propiedad —replicó don Dámaso.

—Se equivoca usted dijo don Simón Arenal—. ¿Cree usted que ese título es tomado sin premeditación? Sociedad de la Igualdad quiere decir que trabajará para establecer la igualdad, y como lo que más se opone a ella es la diferencia de fortunas, claro es que los ricos serán los patos de la boda.

—Eso es: *les canards des noces* —dijo el elegante Agustín.

—Sobre eso no hay duda, señor —le dijo también Emilio Mendoza, que había aprobado hasta entonces con la cabeza.

Don Dámaso se quedó pensativo. Aquellos argumentos contra la seguridad de su fortuna, con que por entonces se trataba de intimidar a todo rico que se presentaba con tendencias al liberalismo, le dejaron perplejo y taciturno.

—Los hombres de valor como usted —le dijo Emilio— deben aprovechar esta oportunidad para ofrecer su apoyo al Gobierno.

Claro —repuso don Fidel con su afición a los silogismos—: es el deber de todo buen patriota, porque la patria está representada por el Gobierno; luego, apoyándolo es el modo de manifestarse patriota.

—Pero, hijo —replicó doña Francisca—, tu proposición es falsa porque...

—Ta, ta, ta, —interrumpió don Fidel—, las mujeres no entienden de política; ¿no es así, caballero? —añadió dirigiéndose a Martín, que era el más próximo que tenía.

—No es ésa mi opinión, señor —respondió Rivas con modestia.

Don Fidel le miró con espanto.

—¡Cómo! —exclamó.

Luego, cual si una idea súbita le iluminase:

—¿Es usted soltero? —le preguntó.

—Si, señor.

—Ah, por eso, pues hombre; no hablemos más.

En este momento entró Clemente Valencia, que siempre llegaba más tarde que los demás.

—Vengo de la calle de las Monjitas —dijo—, donde me detuvo un tropel de gente.

—¿Qué es revolución? —preguntaron a un tiempo palideciendo don Fidel y don Simón.

—No es revolución; pero si la hay, el Gobierno tiene la culpa contestó Valencia, causando con esta frase gran admiración a los que le oían, porque estaban acostumbrados a la dificultad con que el capitalista hilvanaba una frase.

—Creo que con política, hasta los tontos se ponen elocuentes —dijo doña Francisca a Leonor, que tenía a su lado.

—Vamos, hombre, ¿qué hay?, estás *esuflado* —dijo Agustín a Valencia, que se calló cuando todos esperaban en silencio la explicación de aquellas palabras.

—Si, ¿qué es lo que hay? —dijeron los demás.

—Había sesión general en la Sociedad de la Igualdad —contestó Clemente.

—Eso ya lo sabíamos.

—La sesión concluyó a las diez.

—Gran noticia —dijo doña Francisca por lo bajo.

—Esto es lo que me contaron en la calle —añadió el joven.

—¿Y qué más? —preguntó Agustín—, ¿qué *arribó* después?

—Entraron unos hombres al salón donde quedaban algunos socios y cargaron a palos con ellos.

—¡A palos! —dijeron hombres y mujeres.

—¡A golpes de bastones! —exclamó Agustín con acento afrancesado.

—Es una atrocidad —dijo indignada doña Francisca—; parece que no estuviéramos en país civilizado.

—¡Mujer, mujer! —replicó don Fidel—, el Gobierno sabe lo que hace; ¡no te metas en política!

—Si pero esto es *muy fuerte* —dijo Agustín—, esto *depasa los* límites.

—El deber de la autoridad —exclamó don Simón— es velar por la tranquilidad, y esta asociación de revoltosos la amenazaba directamente.

—¡Pero eso es exasperar! objetó exaltada doña Francisca.

—¡Qué importa; el Gobierno tiene la fuerza!

—Bien hecho, bien hecho, que les den duro —dijo don Fidel—; ¿no les gusta meterse en lo que no deben?

—Pero esto puede traer una revolución —dijo don Dámaso.

—Ríase de eso —le contestó don Simón—; es la manera de hacerse respetar. Todo Gobierno debe manifestarse fuerte ante los pueblos; es el modo de gobernar.

—Pero eso es apalear y no gobernar —replicó Martín, cuyo buen sentido y generosos instintos se rebelaban contra la argumentación de los autoritarios.

—Dice bien el señor don Simón —replicó Emilio Mendoza—; al enemigo, con lo más duro.

—Extraña teoría caballero —repuso Martín, picado—; hasta ahora había creído que la nobleza consistía en la generosidad para con el enemigo.

—Con otra clase de enemigos; pero no con los liberales —contestó Mendoza con desprecio.

Rivas se acercó a una mesa, reprimiendo su despecho.

—No discuta usted, porque no oirá otras razones —le dijo doña Francisca.

Continuó la conversación política entre los hombres, y las señoras se acercaron a una mesa, sobre la cual un criado acababa de poner una bandeja con tazas de chocolate.

Martín observó a Leonor durante todo el tiempo que duró la visita y le fue imposible conocer la opinión de la niña respecto de las diversas opiniones emitidas. Otro tanto le sucedió cuando quiso averiguar si Leonor daba la preferencia a alguno de sus dos galanes, con cada uno de los cuales la vio conversar alternativamente, sin que en su rostro se pintase más que una amabilidad de etiqueta, muy distinta de la turbación que retrata el rostro de la mujer cuando escucha palabras a las que responde su corazón. Mas este descubrimiento, lejos de alegrar a Martín, le dio un profundo desconsuelo.

Pensó que si Leonor miraba con indiferencia al empleado elegante y al fastuoso capitalista, nunca su atención podría fijarse en él; que no contaba con ningún medio de seducción capaz de competir con los que poseían los que ya reputaba como sus rivales. Y al mismo tiempo sentía cada vez más avasallado el corazón por la altanera belleza que su amor rodeaba con una aureola divina. Cada uno de sus pensamientos eran, en ese instante, otros tantos idilios sentimentales de los que nacen en la mente de todo enamorado sin esperanzas, y se le figuraba, por momentos, que Leonor era demasiado hermosa para rebajarse hasta sentir amor hacia ningún hombre.

Mientras Rivas luchaba para no dirigir sus ojos sobre Leonor, temiendo que los demás adivinasen lo que pasaba en su corazón, Matilde y su prima se habían separado de la mesa.

—Este joven es el amigo de Rafael —dijo Leonor.

—¿Sabes que es interesante? —contestó Matilde

—Tu opinión no es imparcial —repuso Leonor, sonriendo.

—¿Le has vuelto a preguntar algo sobre Rafael?

—No, porque mis preguntas le hicieron creer que era yo la enamorada y además se ofendió porque sólo le llamaba para hacerle esas preguntas

—¡Ah, es orgulloso!

—Mucho, y me extraña que haya venido esta noche aquí, porque jamás lo había hecho. En la mesa habla rara vez sin que le dirijan la palabra y, cuando lo hace, es para manifestar su desprecio por las opiniones vulgares.

31

—Veo que lo has estudiado con detención —dijo Matilde en tono de malicia a su prima—, y creo que te estás ocupando de él más que de todos los jóvenes que vienen aquí.

—¡Qué ocurrencia! —contestó Leonor, volviendo desdeñosamente la cabeza.

La observación de Matilde había, sin embargo, hecho pensar a Leonor que Martín, sin saberlo ella misma, preocupaba su pensamiento más que lo que ordinariamente lo hacían los otros jóvenes de que en todas partes se veía rodeada. Esta idea introdujo una extraña turbación en su espíritu e hizo cubrirse de rubor sus mejillas al recordar que ella coincidía con el pensamiento que le ocurrió al ver la alegría con que el joven había recibido antes su disculpa sobre el motivo de sus preguntas acerca de su amigo San Luis. Esa turbación y ese rubor en la que desdeñaba el homenaje de los más elegantes jóvenes de la capital se explican perfectamente en el carácter de una niña mimada por sus padres y por la naturaleza. Por más que Leonor había manifestado a su prima el deseo de amar, se veía que gran parte de su orgullo estaba cifrado en la indiferencia con que trataba a los jóvenes más admirados por sus amigas. Así es que la idea de haber fijado su atención en uno que miraba como insignificante la disgustó consigo misma, e hizo formar el propósito de poner a prueba su voluntad para triunfar de lo que ella calificó de involuntaria debilidad. El corazón de la mujer es aficionado especialmente a esta clase de pruebas, en las que encuentra un pasatiempo para disipar el hastío de la indiferencia. Leonor miró a Rivas desde ese instante como a un adversario, sin advertir que su propósito la obligaba a caer en la falta que acababa de reprocharse como una debilidad; es decir, a ocuparse de él.

Martín, mientras ella formaba esa resolución, se retiró desesperado. Como todo el que ama por primera vez, no trataba de combatir su pasión, sino que se complacía en las penas que ella despertaba en su alma. Hallábase bajo el imperio de la dolorosa poesía que encierran los primeros sufrimientos del corazón y saboreaba su tormento encontrando un placer desconocido en abultarse su magnitud. El amor, en estos casos, produce en el alma el vértigo que experimenta el que divisa el vacío bajo sus plantas desde una altura considerable. Rivas divisó ese vacío de toda esperanza para su alma y la lanzó a estrellarse contra la imposibilidad de ser amado.

Estas sensaciones le hicieron olvidar la cita que Rafael le había dado para el día siguiente, y sólo pensó en ella cuando su amigo le dijo al salir de clase:

—No olvides que debes venir esta noche a casa.

—¿A dónde vas a llevarme? —preguntó él.

—No faltes y lo verás; quiero ensayar una curación.

—¿Con quién?

—Contigo; te veo con síntomas muy alarmantes.

—Creo que es inútil —dijo Martín con tristeza, estrechando la mano de San Luis, que se despedía.

Este nada contestó, y a dos pasos de Rivas dio un suspiro que desmentía el contento con que acababa de hablar para infundir alegres esperanzas a su amigo.

12

A las ocho de la noche entró Martín en una casa vieja de la calle de la Ceniza, que ocupaba San Luis.

Este salió a recibirle y le hizo entrar en una pieza que llamó la atención de Rivas por la elegancia con que estaba amueblada.

—Aquí tienes mi nido —díjole Rafael, ofreciéndole una poltrona de tafilete verde.

—Al pasar por esta calle —dijo Rivas— no se sospecharía la existencia de un cuarto tan lujosamente amueblado como éste.

—Los recuerdos de mejores tiempos es lo que ves en torno tuyo —contestó Rafael—. Entre muchas cosas que he perdido —añadió con acento triste—, me queda aún el gusto por el bienestar y he conservado estos muebles... Pero hablemos de otra cosa, porque quiero que estés alegre, para estarlo yo también. ¿Sabes a dónde voy a llevarte?

—No, por cierto.

—Pues voy a decírtelo, mientras me afeito.

Rafael sacó un estuche, preparó espuma de jabón y se sentó delante de un espejo redondo, susceptible de bajar y subir. Hecho esto empezó la operación, hablando según ella se lo permitía.

—Te diré, pues, que te voy a presentar en un casa en donde hay niñas y que vas a asistir a lo que en términos técnicos se llama un *picholeo*. Si conoces la significación de esta palabra, inferirás que no es al seno de la aristocracia de Santiago a donde vas a penetrar. Las personas que te recibirán pertenecen a las que otra palabra social chilena llama gente *de medio pelo*.

—Y las niñas, ¿qué tales son? —preguntó Rivas para llenar una pausa que hizo Rafael.

—Ya te lo diré; pero vamos por partes. La familia se compone de una viuda, un varón y dos hijas. Daremos primero el paso al bello sexo por orden de fechas. La viuda se llama doña Bernarda Cordero de Molina. Tiene cincuenta años mal contados y se diferencia de muchas mujeres por su afición inmoderada al juego, en lo que también se parece a ciertas otras. Las hijas se llaman Adelaida y Edelmira. La primera debe su nombre a su padrino, y la segunda, a su madre, que la llevaba en el seno cuando vio representar "Otelo" y quiso darle un nombre que le recordase las impresiones de una noche de teatro. Ya la oirás hablar de esos recuerdos artísticos. Adelaida cultiva en su pecho una ambición digna de una aventurera de drama: quiere casarse con un *caballero*. Para la gente de medio pelo, que no conocen nuestros salones, un *caballero* o, como ellas dicen, *un hijo de familia*, es el tipo de la perfección, porque juzgan al monje por el hábito. La segunda hermana, Edelmira, es una niña suave y romántica como una heroína de algunas novelas de las que ha leído en folletines de periódicos que le presta un tendero aficionado a las letras. Las dos hermanas se parecen un poco: ambas tienen pelo castaño, tez blanca, ojos pardos y bonitos dientes; pero la expresión de cada una de ellas revela los tesoros de ambición que guarda el pecho de Adelaida y los que atesora el de Edelmira, de amor y de desinterés. El corazón de ésta es, como ha dicho Balzac de una de sus heroínas, una esponja a la que haría dilatarse la menor gota de sentimiento.

"Nos queda el varón, que tiene veintiséis años de edad y ni un adarme de juicio en el cerebro. Es el tipo de lo que todos conocen con el nombre de *siútico*, y para aditamento le regalaron en la pila el de Amador. Lleva el bigote y la perilla correspondientes a su empleo y dice *vida mía* cuando canta en guitarra. Es un curioso objeto de estudio; ya lo verás.

"Ahora, decirte cómo vive esta familia, sin más apoyo que un mozo calavera, es lo que sólo puede hacerse por conjeturas. Don Damián Molina, marido de doña Bernarda, pretendía ser de buena familia, como lo verás por los recuerdos de la señora. Vivió pobre casi toda su vida y dejó, según me han contado, un pequeño capitalito de ocho mil pesos, con el cual la familia se ha librado de la miseria. El primogénito, después de derrochar su haber paterno, vive a expensas de la madre y costea con los naipes sus menudos gastos. En tiempos de elecciones es un activo patriota si la oposición le paga mejor que el Gobierno, y conservador neto si éste gratifica su actividad; a veces lleva su filosofía hasta servir a los dos partidos a un tiempo, porque, como él dice, todos son compatriotas.

"Con dos chicas bonitas era imposible que el amor no buscase allí un techo hospitalario, y así lo ha hecho.

—Pero apenas lo creerás cuando te nombre el amartelado galán de Adelaida.

—¿Quién es? —preguntó Martín.

—El elegante hijo de tu protector.

—¡Agustín!

—El mismo. Poco tiempo después de llegar de Europa, le llevó allí un amigo suyo. Al principio creyó enamorar a Adelaida con su traje y sus galicismos, y fue tomando serias proporciones su afición a la chica a medida que encontró más enérgica resistencia que la que esperaba.

"Si la muchacha le hubiese amado, creo que él no habría tenido escrúpulos de perderla y abandonarla: mas con la resistencia, su capricho va tomando el colorido de una verdadera pasión.

—Y la otra, ¿a quién quiere?

—Ahora a nadie, a pesar de los rendidos suspiros de un oficial de policía que le ofrece seriamente su mano. Edelmira ha soñado, tal vez, algo más poético en armonía con los héroes de folletín, porque desdeña los homenajes de este hijo menor de Marte que se desespera dentro de un uniforme como si se tratase de una perpetua postergación en su carrera.

Al decir estas palabras, Rafael había concluido de vestirse y daba la última mano a su peinado. En ese momento, y como había dejado de hablar, fijó la vista Rivas en un retrato de daguerrotipo que había colocado sobre una mesa de escritorio.

—¡Hombre —dijo—, esta cara la he visto en alguna parte!

—¿Sí? Quién sabe —contestó San Luis, alejando la luz—. ¿Quieres que nos vayamos? —añadió, apagando una de las velas y tomando la otra como para salir.

—Vamos —respondió Martín, saliendo junto con su amigo.

Dirigiéronse de casa de San Luis a una casa de la calle del Colegio, cuya puerta de calle estaba cerrada, como se acostumbra entre ciertas gente en sus festividades privadas.

Rafael dio fuertes golpes a la puerta, hasta que una criada vino a abrirla.

Dar una idea de aquella criada, tipo de la sirvienta de casa pobre, con su traje sucio y raído y su fuerte olor a cocina, sería martirizar la atención del lector. Hay figuras que la pluma se resiste a pintar, prefiriendo dejar su producción al pincel de algún artista: allí está en prueba el "Niño Mendigo", de Murillo, cuya descripción no tendría nada de pintoresco ni agradable.

—Estamos en pleno *picholeo* —dijo Rafael a Rivas, deteniéndose delante de una ventana que daba al estrecho patio a que acababan de entrar.

—Veo —contestó Martín— muchas más personas que las que me has descrito.

—Esas son las amigas y las amigas de éstas, convidadas a la tertulia. Mira: allí tienes a la ambiciosa Adelaida. ¿Qué tal te parece'?

—Muy bonita— pero hay algo duro en su ceño que revela un carácter calculador y que rechaza toda confianza. Este juicio es tal vez un resultado de la descripción que me has hecho de ella.

—No, no: todo eso retrata la fisonomía de Adelaida, tienes razón, pero a los ojos del vulgo esa dureza de expresión es majestad. Tu Conocido Agustín Encina dice que se figura una reina disfrazada. Mira, no obstante, lo que se parece con su hermana, ¡qué inmensa diferencia hay entre ella y Edelmira, que está allí cerca! ¡Quítale un poco de esa languidez que el romanticismo da a sus ojos y tendrás una criatura adorable!

—Tienes razón —contestó Rivas—; la encuentro más bonita que la hermana.

—Mira, mira —dijo San Luis, asiendo el brazo de Martín—, allí va Amador el hermano; ése que lleva un vaso de *ponche,* llamado en estas reuniones *chicolito.* ¿No encuentras que Amador es soberbio en su especie? Ese chaleco de raso blanco, bordado de colores por alguna querida prolija, es de un mérito elocuentísimo. La corbata tiene dos listas lacres que dan un colorido especial a su persona, y el pelo encrespado, como el de un ángel de procesión, tiene la muda elocuencia del más hábil pincel, porque caracteriza perfectamente al personaje. Míralo, está en su elemento con el vaso de licor que ofrece a una niña.

En ese instante un joven se acercó al que así ocupaba la atención de los dos amigos y le dijo algunas palabras al oído.

Amador salió de la pieza a otra que daba al patio, y por ésta, al lugar en que San Luis y Rivas se habían detenido.

—Caballeros —dijo, acercándose—, ¿que no me harán ustedes la gracia de entrar a la *cuadra*?

—Estamos poniéndonos los guantes —contestó Rafael—; ya íbamos a entrar.

Luego, señalando a su amigo.

—Don Amador —le dijo—, tengo el gusto de presentarle al señor Martín Rivas.

—El señor don Amador Molina —dijo a Martín.

—Un criado de usted, para que mande dijo Amador, recibiendo el saludo del joven Rivas.

Los tres entraron entonces a la pieza contigua a la que Amador había llamado la *cuadra*.

13

Las miradas de los concurrentes se dirigieron hacia los que llegaban precedidos por Amador. Los jóvenes les saludaron con amaneramiento y recelo, las niñas hablándose al oído, después que les eran presentados.

El bullicio que reinaba en aquella reunión cuando Rivas y San Luis se detuvieron en el patio cesó repentinamente apenas ellos entraron. En medio de este silencio se oyó una voz sonora de mujer que lo interrumpió con estas palabras:

—*Ei os*, ya se quedaron como muertos; como si nunca hubieran visto gente.

Era la voz de doña Bernarda, que, puesta en jarras en medio del salón, animaba con el gesto a los tertulianos.

Las niñas se sonrieron bajando la vista y los jóvenes parecieron volver en sí con tan elocuente exhortación.

—Dice bien *misiá* Bernardita —exclamó uno—, vamos bailando cuadrillas, pues.

—Cuadrillas, cuadrillas —repitieron los demás, siguiendo el ejemplo de éste.

Un amigo de la casa se acercó al piano, que él mismo había hecho llevar allí por la mañana, y comenzó a tocar unas cuadrillas, mientras se ponían de pie las parejas que iban a bailarlas. Entre éstas no había distinción de edades ni condiciones, hallándose una madre, que rayaba en los cincuenta, frente a la hija de catorce años que hacía esfuerzos por alargarse el vestido y parecer *grande* a riesgo de romper la pretina.

—Anda, *rompete* el vestido con tanto tirón —le decía la primera, causando la desesperación de su compañero, que afectaba las maneras del buen tono en presencia de Rivas y de su amigo.

En otro punto, un joven hacía requiebros en voz alta a su compañera para manifestar que no tenía vergüenza delante de los recién llegados.

Señorita —le decía—, le digo que es ladrona, porque usted anda robando corazones.

A lo que ella contestaba en voz baja y con el rubor en las mejillas.

—Favor que usted me hace, caballero.

Doña Bernarda recorría, como dueña de casa, el espacio encerrado por las parejas, diciendo a su manera un cumplido a cada cual. Al llegar frente a la mamá que hacía *vis à vis* con su hija, principió a mirarla, meneando la cabeza con aire de malicia.

—¡Mira la vieja cómo se anima también! —exclamó—, ¡y con un buen mozo, además! ¡Eso es, hijita, no hay que recular!

—Por supuesto, pues —contestó ésta—, ¿que las niñas no más se han de divertir?

Amador se agitaba en todas direcciones buscando una pareja que faltaba.

—Y usted, señorita dijo a una niña, después de haber recibido las excusas de otras—, ¿no me hará el merecimiento de acompañarme?

—No he bailado nunca cuadrillas —respondió ella con voz chillona—, ¿si quiere *porca*?

—Sale no más, Mariquita —le dijo doña Bernarda—; aquí te enseñarán, no *pensis* que es tan rudo.

Al cabo de algunas instancias, Mariquita se decidió a bailar, y la cuadrilla dio principio al compás de los desacordes sonidos del piano, sobre cuyo pedal el tocador hacía esfuerzos inauditos, agitándose en el banquillo, que con tales movimientos sonaba casi tanto como el instrumento.

No contribuía poco también la algazara de los danzantes y espectadores a sofocar los apagados sonidos del piano, porque Mariquita y la niña de catorce años se equivocaban a cada instante en las figuras y recibían lecciones de tres o cuatro a un tiempo.

—Por aquí, Mariquita —decía uno.

—Eso es, ahora un saludo —añadía otro.

—Por acá, por acá —gritaba una voz.

—Míreme a mí y haga lo mismo —le decía Amador contoneándose al hacer *adelante y atrás* con su *vis à vis*.

—No griten tanto, pues —vociferaba el del piano—, así no se oye la música.

—*Toma* un traguito de mistela para la calor —le dijo doña Bernarda, pasándole una copa, mientras que Amador daba fuertes palmadas para indicar al del piano el cambio de figura.

En la segunda, la niña de catorce años quiso hacer lo mismo que en la primera, turbando también al que bailaba a su frente e introduciendo general confusión porque todos querían principar a un tiempo para corregir a los equivocados y restablecer el orden a fuerza de explicaciones. Este desorden, que desesperaba a los jóvenes y a las niñas que pretendían dar a la reunión el aspecto de una tertulia de buen tono, regocijaba en extremo a doña Bernarda, que con una copa de mistela en mano aplaudía las equivocaciones de los danzantes y repetía de cuando en cuando, llena de alborozo por lo animado de la reunión:

—¡Vaya con la *liona* que arman para bailar!

Rafael San Luis era, con gran sorpresa de Rivas, uno de los que más alegría manifestaban, contribuyendo, por su parte, en cuanto podía, a embrollar el muy enmarañado nudo de la cuadrilla, haciendo a veces oír su voz sobre todas las otras y aprovechando la confusión para quitar a alguno su compañera y principiar con ella otra figura, lo que perturbaba la tranquilidad apenas daba visos de restablecerse.

Martín observaba a su amigo desde aquel nuevo punto de vista, que contrastaba con la melancólica seriedad que siempre había notado en él, y creía divisar algo de forzado en el empeño que San Luis manifestaba por aparentar una alegría sin igual. |

—Su amigo es el regalón de la casa —le dijo, acercándose, doña Bernarda.

—No le creía de tan buen humor —contestó Rivas.

—Así es siempre, gritón y *mete bulla*; pero tiene un corazón de serafín

—¿No le ha contado lo que hizo conmigo?

—No, nunca me ha dicho nada.

—Esa es otra cosa que tiene. A nadie le cuenta las obras de caridad que hace; pero yo se lo contaré para que lo conozca mejor. El año pasado estuve a la muerte, y después de sanar, cuando quise pagar al médico y al boticario, me encontré con que no les debía nada, porque él ya los había pagado. ¡Ah, es un buen muchacho!

El profundo agradecimiento con que doña Bernarda pronunció aquellas palabras hizo una fuerte impresión en el ánimo de Rivas, llamando su atención de nuevo sobre la loca alegría de San Luis, que en ese momento había hecho llegar a su colmo la confusión y algazara de los de la cuadrilla.

Al verse observado por su amigo, Rafael vino hacia él. En el corto espacio que recorrió para llegar hasta Martín su rostro había dejado la expresión de contento que lo cubría por la serena tristeza que revelaba ordinariamente.

—Esto principia no más —le dijo—; a medida que nos pierdan la vergüenza nos divertiremos mejor.

—¿Y realmente te diviertes? —le preguntó Martín.

—Real o fingido, poco importa —contestó San Luis con cierta exaltación—, lo principal es aturdirse.

Y se alejó después de estas palabras, dejando a Rivas en el mismo lugar.

Iba éste a salir a la pieza contigua cuando se halló frente a frente con Agustín Encina, que llegaba deslumbrante de elegancia. Los dos jóvenes se miraron un momento indecisos, y un ligero encarnado cubrió sus rostros al mismo tiempo.

—¡Usted por aquí, amigo Rivas! —exclamó el elegante.

—Ya lo ve usted —contestó Martín—, y no adivino por qué se admira, cuando usted frecuenta la casa.

—Admirarme, eso no; lo decía porque como usted es hombre tan retirado... yo vengo porque esto me recuerda algo las *grisetas* de París, y luego en Santiago no hay *amuzamientos para* los jóvenes.

Agustín se fue, después de esto, a saludar a la dueña de casa que, por mostrarle su amabilidad, le señaló tres dientes que le quedaban de sus perdidos encantos.

En este momento Rafael, que acababa de divisar al joven Encina, tomo del brazo a Rivas y se adelantó hacia él.

—¿Has saludado —le dijo, estrechando la mano de Agustín— a este elegante? Aquí todas las chicas se mueren por él.

—Estás de buen humor, querido —le contestó Encina, poniéndose ligeramente encarnado—; mucho me alegro.

Y pasó al salón, ostentando una gruesa cadena de reloj con la que esperaba subyugar a la desdeñosa Adelaida.

Terminada la cuadrilla, doña Bernarda llamó a algunos de sus amigos.

—Vamos, al montecito —les dijo—; es preciso que nosotros también nos divirtamos.

Varias personas rodearon una mesa sobre la cual doña Bernarda colocó un naipe, y las restantes, con Rivas y San Luis, entraron al salón, donde se oía el sonido de una guitarra.

Tocábala Amador, sentado en una silla baja y dirigiendo miradas a la concurrencia, mientras que la criada que había abierto la puerta a Rafael pasaba una bandeja con copas de mistela.

Hombres y mujeres acogieron el licor con agrado, y Amador, deja do la guitarra, presentó un vaso a Rivas y otro a Rafael, obligándoles a apurar todo su contenido. A esta libación sucedieron varias otras aumentaron la alegría pintada en todos los semblantes e hicieron acoger con entusiasmo la voz de uno que resonó diciendo:

—¡Cueca, cueca, vamos a la cueca!

Agitáronse al aire varios pañuelos; y Rivas vio, con no poco asombro, salir al medio de la pieza a una niña que daba la mano al mismo oficial que le había recibido en la policía la noche de su prisión.

—Este es el oficial que estaba de guardia cuando me llevaron preso —dijo a Rafael.

37

—Y el mismo enamorado de Edelmira —le contestó éste—, acaba o llegar, por eso no le habías visto.

Resonó en esto la alegre música de la zamacueca bajo los dedos de Amador, y se lanzo la pareja en las vueltas y movimientos de este baile, junto con la voz del hijo de doña Bernarda, que cantó elevando los ojos al techo, el siguiente verso, tan viejo, tal vez, como la invención de este baile:

> Antenoche soñé un sueño
> Que dos negros me mataban,
> Y eran tus hermosos ojos
> Que enojados me miraban

Seguían muchos de los espectadores, palmoteando, el compás del baile y animando otros a las parejas con descomunales voces.

—¡Ay, morena! —gritaba una voz, haciendo un largo suspiro con la primera palabra.

—¡Ah, aah! —decía otra al mismo tiempo.

—¡Ofrécele, chico!

—¡No la dejes parar!

—¡Bornéale el pañuelo!

—¡Echale más *guara*, oficialito!

Eran voces que se sucedían y repetían, mientras que Amador cantaba:

> A dos niñas bonitas
> Queriendo me hallo;
> Si feliz es el hombre,
> Más lo es el gallo.

Al terminar la repetición de estas últimas palabras, un *bravo* general acogió la vieja galantería que usó el oficial, poniéndose de rodillas delante de su compañera al terminar la última vuelta.

Continuaron entonces la libaciones, aumentando el entusiasmo de los concurrentes, que lanzaban amanerados requiebros a las bellas y bromas de problemática moralidad a los galanes. Al estiramiento con que al principio se habían mostrado para copiar los usos de la sociedad de gran tono, sucedía esta mezcla de confianza y alambicada urbanidad que da un colorido peculiar a esta clase de reuniones. Colocada la gente que llamamos de *medio pelo* entre la democracia, que desprecia, y las *buenas familias* a las que ordinariamente envidia y quiere copiar sus costumbres, presentan una amalgama curiosa, en las que se ven adulteradas con la presunción las costumbres populares y hasta cierto punto en caricatura las de la primera jerarquía social, que oculta sus ridiculeces bajo el oropel de la riqueza y de las buenas maneras.

Rafael hacía a Rivas estas observaciones, mientras que huían de uno que se empeñaba en hacerles apurar un vaso de ponche.

—Por esto decía San Luis—, entre estas gentes, los amores avanzan con más celebridad que por medio de los estudiados preliminares que en los grandes salones emplean los enamorados para llegar a la primera declaración. El uso de las ojeadas, recurso de los amantes tímidos y de los amantes tontos, es aquí casi superfluo. ¿Te gusta una niña? Se lo dice sin rodeos: no creas que obtienes tan franca contestación como podías figurarte. Aquí, y en materia al toque al corazón la mujer es como en todas partes: quiere que la obliguen, y no te responderá sino a medias.

—Te confieso, Rafael —dijo Rivas—, que no puedo divertirme aquí.

—Eh, yo no te obligo a divertirte —replicó San Luis—, pero te declaro perdido si no te distraes siquiera con la escena que vas a ver. Te voy a mostrar un espectáculo que tú no conoces.

—¿Cuál?

—El de un rico presuntuoso a merced de la pasión, como el más infeliz: espérate.

Rafael llamó al joven Encina, que multiplicaba sus protestas de amor al lado de Adelaida. El rostro del joven estaba encendido por el vapor de la mistela y por la desesperación que le causaba la frialdad con que la niña recibía sus declaraciones.

—¿Cómo están los amores? —le preguntó San Luis.

—Así, así —contestó Agustín, contoneándose.

—¿Quiere usted que le diga una verdad?

—Vamos.

—Al paso que va usted no será nunca amado.

—¿Por qué?

—Porque usted está haciendo la corte a Adelaida como si fuera una gran señora. Es preciso, para agradar a estas gentes, mostrarse igual a ellas y no darse el tono que usted se da.

Pero, ¿cómo?

—¿Ha bailado usted?

—No.

—Pues saque a bailar a Adelaida zamacueca, y ella verá entonces que usted no se desdeña de bailar con ella.

—¿Cree usted que surta buen efecto eso?

—Estoy seguro.

Agustín, cuyas ideas no estaban muy lúcidas con las libaciones halló muy lógica la argumentación que oía; pero tuvo una objeción.

—Lo peor es que yo no sé bailar zamacueca.

—¿Pero qué importa? ¿No dice usted que en Francia ha bailado lo que llaman *can-can*?

—¡Oh, eso sí!

—Pues bien, es lo mismo con corta diferencia.

Agustín se decidió con aquel consejo y solicitó de Adelaida una zamacueca.

Un *bravo* acogió la aparición de la nueva pareja: Rafael puso la guitarra en manos de Amador, que cantó, improvisando, con voz que la mistela había puesto más sonora:

> Sufriendo estoy, vida mida,
> De mi suerte los rigores,
> Mientras que, ingrata, tirana,
> Tu ríes de mis dolores.

Agustín animado por San Luis, se lanzó desde las primeras palabras del canto con tal ímpetu, que dio un traspié y se tambaleó por algunos segundos a las plantas de Adelaida. Gritaron entonces todos los que palmoteaban, dirigiendo cada cual su chuscada al malhadado elegante.

—¡Allá va el pinganilla!

—¡Venga, hijito, para levantarlo!

—No se asuste que cae en blando.

—Pásenle la balanza que está en la cuerda.

Enderezóse, sin embargo, Agustín y continuó su baile, haciendo tales cabriolas y moviendo el cuerpo, que la grita aumentaba lejos de disminuir, y Amador, fingiendo voz de tiple, cantaba, con gran regocijo de los oyentes:

Al saltar una acequia,
Dijo una coja;
Agárrenme la pata,
Que se me moja.

Repitiendo todas estas últimas palabras, hasta que el elegante creyó que las voces que oía las arrancaba el entusiasmo, cayó de rodillas a los pies de su compañera, para imitar a los que le habían precedido.

Adelaida recibió aquella muestra de galantería con una franca carcajada, corriendo hacia su asiento, y los demás repitieron los ecos de su risa, al ver al joven que había quedado de rodillas en medio de la pieza.

Rafael siguió a Rivas al cuarto vecino. Este parecía descontento con el papel que acababa de ver representar al hijo de su protector.

—Es un fatuo redomado —contestó San Luis a una observación que él hizo en este sentido, y se figura, como nuestros ricos, en general, que su dinero le pone a cubierto del ridículo. Además, es tan grande el acatamiento que nuestra sociedad dispensa a los que cubren con oro su impertinencia, que bien puedo reírme de uno de ellos.

Rivas se separó de su amigo, que se había detenido junto a la mesa en que doña Bernarda jugaba al monte.

Una silla había al lado de Edelmira, y Martín se sentó en ella.

—Poca parte le he visto tomar en la diversión —le dijo la niña.

—Soy poco amigo del ruido, señorita —contestó él.

—De manera que usted habrá estado descontento.

—No; pero veo que no tengo humor para estas diversiones.

—Tiene usted razón: yo que las he visto tanto, no he podido aún acostumbrarme a ellas.

—¿Por qué? —preguntó Martín, sintiendo picada su curiosidad por aquellas palabras.

—Porque creo que nosotras perdemos en ellas nuestra dignidad y los jóvenes que, como usted y su amigo San Luis, vienen aquí, nos mirar; sólo como una entretención, y no como a personas dignas de ustedes

—En esto creo que usted se equivoca, a lo menos por lo que a mí respecta, y ya que usted me habla con tanta franqueza, le diré que hace poco rato, mirándola a usted, creí adivinar en su semblante lo que usted acaba de decirme.

—¡Ah!, ¿lo notó usted?

—Sí, y confieso que me agradó ese disgusto, y pensé, con sentimiento, que usted tal vez sufría por su situación.

—Jamás, como dije a usted, he podido acostumbrarme a estas reuniones de que gustan mi madre y mi hermano. Entre jóvenes como usted, y nosotros, hay demasiada distancia para que puedan existir relaciones desinteresadas y francas.

"¡Pobre niña!", pensó Rivas, al encontrar otro corazón herido, como el suyo, por el anatema de pobreza.

A esta idea unió Martín la de su amor para imaginarse que tal vez Edelmira, amaba, como él, sin consuelo.

—No comprendo —le dijo el desaliento con que usted se expresa, al pensar en que usted es joven y bella. No crea usted que sea ésta un lisonja —añadió, viendo que Edelmira bajaba la vista con tristeza—, mi observación nace de la probabilidad con que puedo pensar que usted debe haber sido amada y haya podido ser feliz.

—A nosotras contestó Edelmira con tristeza— no se nos ama como a las ricas; tal vez las personas en quienes tenemos la locura de fijarnos son las que más nos ofenden con su amor y nos hagan conocer la desgracia de no poder contentarnos con lo que nos rodea.

—¿De modo que usted no cree poder hallar un corazón que comprenda el suyo?

—Puede ser, mas nunca encontraré uno que me ame bastante para olvidar la posición que ocupo en la sociedad.

—Siento no poseer aún la confianza de usted para combatir esa idea —dijo Rivas.

—Y yo le hablo con esa franqueza —repuso ella— porque ya su amigo me había hablado de usted, y porque usted ha justificado en parte lo que él dice.

—¡Cómo!

—Porque usted ha hablado sin hacerme la corte, lo que casi todos los jóvenes hacen cuando quieren pasar el tiempo con nosotras.

Varios de los concurrentes trataron de hacer bailar zamacuecas a Rivas con Edelmira, a lo que ambos se negaron con obstinación. Mas no habrían podido libertarse de las exigencias que les rodeaban si Rafael no hubiese socorrido a su amigo, asegurando que jamás había bailado.

14

Entretanto, la animación iba cobrando por momentos mayores proporciones, y los vapores espirituosos de la mistela, apoderándose del cerebro de los bebedores en grado visible y alarmante. Cada cual, como en casos tales acontece, elevaba su voz para hacerla oír sobre las otras, y los que al principio se mostraban callados, y circunspectos, desplegaron poco a poco una locuacidad que sólo se detenía en algunas palabras a causa del entorpecimiento comunicado a las lenguas por el licor.

Un arpa se había agregado a la guitarra y hecho desdeñar el uso del piano como superfluo. Tocaban de concierto aquellos dos instrumentos, y a la voz nasal de la cantora, que a dúo se elevaban con la de Amador, se unía del coro de animadas voces con que los demás trataban de entonar su acompañamiento con el estribillo de una tonada todo lo cual hacía levantar, de cuando en cuando, la cabeza a doña Bernarda y exclamar para restablecer el orden:

—¡Adiós, ya se volvió merienda de negros!

El oficial de policía, a quien llamaban por el nombre de Ricardo Castaños, aprovechándose del momento en que Rivas se puso de pie para libertarse de la zamacueca, se había sentado junto a Edelmira y le daba queja por la conversación que acababa de tener, mientras que Agustín olvidado de su aristocrática dignidad, bebía todo el contenido de un vaso en el que Adelaida había mojado sus labios.

—Y si usted no lo quiere —decía el oficial a Edelmira—, ¿por qué deja que le hable al oído?

—Mi corazón es todo a usted —decía en otro punto Agustín—, yo se lo doy todo entero.

La del arpa y Amador cantaban:

Me voy, pero voy contigo,
Te llevo en mi corazón;
Si quieres otro lugar,
No permite otro el amor.

Y todos los que por ambas piezas vagaban con vaso en mano, repetían con descompasadas voces:

No permite otro el amor.

Y Rivas, entretanto, oía la última palabra, que despertaba en su pecho la amarga melancolía de su aislamiento, haciéndole pensar que tal vez no vería nunca realizada la magnífica dicha que ella promete a los corazones jóvenes y puros. Hostigábale por eso el ruido y oprimía su pecho la facilidad con que los otros rendían sus corazones a un amor improvisado por los vapores del licor.

Mientras hacía estas reflexiones, Rafael llamaba a los concurrentes al patio y prendían allí voladores, que, al estallar por los aires, arrancaban frenéticos aplausos y vivas prolongados a doña Bernarda, dueña del Santo.

La voz de Amador llamó a los convidados al interior.

—Ahora, muchachos dijo—, vamos a cenar.

—¡A cenar —exclamaron algunos—, ése sí que es lujo!

—¿Y qué estaban pensando, pues? —replicó el hijo de doña Bernarda—; aquí se hacen las cosas en regla.

La bulliciosa gente invadió una pequeña pieza blanqueada, en la que se había preparado una mesa. Cada cual buscó colocación al lado de la dama de su preferencia, y atrás de ellas quedaron de pie los que no encontraron asiento alrededor de la mesa.

—Hijitos —exclamó doña Bernarda—, aquí el que no tenga *trinche* se bota a pie y se rasca con sus uñas.

Esa advertencia preliminar fue celebrada con nuevos aplausos y dio la señal del ataque a las viandas, que todos emprendieron con denuedo.

Frente a doña Bernarda, que ocupaba la cabecera de la mesa, ostentaba su cuero, dorado por el calor del horno, el pavo que figuraba como un bocado clásico en la cena de Chile, cualquiera que sea la condición del que la ofrece. El pescado frito y la ensalada daban a la mesa su valor característico y lucían junto al chancho arrollado y a una fuente de aceitunas, que doña Bernarda contaba a sus convidados haber recibido, por la mañana, de parte de una prima suya, monja de las Agustinas. Para facilitar la digestión de tan nutritivos alimentos, se habían puesto algunos jarros de la famosa cosecha baya de García Pica, y una sopera de ponche, en la que cada convidado tenía derecho a llenar su vaso, con la condición de no mojar en el líquido los dedos, según la prevención hecha por Amador al llenar el suyo y apurarlo entero para dar su opinión sobre su sabor.

Los galanes iniciaron con las niñas una serie de atenciones y *finezas* olvidadas en los mejores textos de urbanidad. Un joven ofrecía a la que cortejaba, la parte del pavo donde nacen las plumas de la cola, y al pasar esta presa clavada en el tenedor, lanzaba un requiebro en que figuraba su corazón atravesado por la saeta de Cupido. El oficial de policía se negaba a beber en otro vaso que el que los labios de Edelmira habían tocado, y Amador amenazaba destruirse para siempre la salud bebiendo grandes vasos de chicha a la de una joven que tenía al lado. Agustín, al mismo tiempo, habiendo agotado ya su elocuencia amatoria con Adelaida, refería sus recuerdos sobre las cenas de París y hablaba de la *suprema de volalla*, engullendo un supremo trozo de chancho arrollado.

Las frecuentes libaciones comenzaron por fin a desarrollar su maléfica influencia en el cerebro del oficial, que quiso probar su amor dando un beso a Edelmira, que lanzó un grito. A esta voz, la dignidad maternal de doña Bernarda la hizo levantarse de su silla y lanzar al agresor una reprimenda en la que figuraba la abuela del oficial, que en este caso era tuerta, como bien puede pensarse. Amador quiso castigar Este suceso suspendió por un momento la alegría general mas; no el efecto de la mezcla de licores en el estómago de Agustín. quien fue llevado por otros como un herido en una batalla, al mismo tiempo que el oficial principió a dar voces de mando, cual si se encontrase al frente de su tropa. Otros, entretanto, a fuerza de beber, se habían enternecido y referían sus cuitas a las paredes con el rostro bañado en lágrimas, mientras que en algún rincón había grupos de jóvenes que se juraban, abrazándose, eterna amistad, y muchos otros que repetían hasta el cansancio a doña Bernarda que no debía enojarse porque besaban a Edelmira. Estos diversos cuadros, en los que cada personaje se movía a influjos del licor, y no de la voluntad, tenían todo el grotesco aspecto de esas pinturas favoritas de la escuela flamenca, en las que el artista traslada al lienzo, sin rebozo, las consecuencias de lo que, en los términos de la gente que describimos, se llama *borrachera*. Anunciaban también esos cuadros la decadencia del *picholeo* con la inutilidad física de los actores de los cuales la mayor parte recibía socorros de las bellas, para calmar sufrimientos capaces de destruir la más acendrada pasión.

Los pocos que quedaban en pie, sin embargo, no daban por terminada la fiesta, y mantenían escondida la llave de la puerta de calle para no dejar salir a Rivas y a San Luis, que querían retirarse. Allí tuvo lugar, como escena final, una discusión de un cuarto de hora, en la que tomaron parte todas las personas que querían salir y los obstinados en prolongar la diversión. Por fin, los ruegos de doña Bernarda hicieron desistir de su propósito a los que guardaban la puerta, que dio paso a los concurrentes que habían quedado con fuerzas para trasladarse a sus habitaciones por sus propios pies.

Doña Bernarda y sus hijas volvieron al campo donde yacía por tierra el oficial y otro de los convidados, a los que se les cubrió con frazadas. El joven heredero de don Dámaso Encina dormía profundamente en la cama de Amador, a donde le habían llevado sin sentido.

Doña Bernarda se retiró con sus hijas a una pieza que servía a las tres de dormitorio. Apenas se hallaron en ella, apareció Amador, que, más aguerrido que los demás en esta clase de campañas, había recobrado un tanto sus sentidos.

—Vaya, hermana —dijo a Adelaida—, ya creo que el mocito está enamorado hasta las patas.

—¡Y esta otra tonta —dijo doña Bernarda, señalando a Edelmira—, que se lleva haciendo la dengosa con el oficialito! ¡Podía aprender de su hermana!

—Pero, madre, yo no quiero casarme —contestó la niña.

—¿Y qué, estáis pensando que yo te voy a mantener toda la vida? Las niñas se deben casar.

—Mira, el oficialito tiene buen sueldo, y el sargento, que es pariente de la criada, me dijo que lo iban a ascender.

—No todas encuentran marqueses como ésta —repuso Amador, dirigiendo la vista hacia Adelaida.

—Pero cuidado, pues —exclamó la madre—, andarse con tiento; estos hijos de rico sólo quieren embromar; Adelaida, la que pestañea pierde.

—Si no habla de casamiento, allí está Amador para echarlo de aquí — contestó Adelaida.

—Déjenmelo a mí no más —repuso Amador—. Antes de un año, madre, hemos de estar emparentados con esos ricachos.

Con esto se dieron las buenas noches encargando la dueña de casa que despertasen temprano a los inválidos de la fiesta, para que pudieran irse antes de que ellas saliesen a misa.

Mientras tanto, Agustín roncaba como su estado de embriaguez lo exigía, sin saber los caritativos proyectos de sus huéspedes para acogerlo en el seno de la familia.

15

Rafael y Martín llegaron a casa del primero poco tiempo después de salir de la de doña Bernarda.

Eran ya cerca de las tres de la mañana cuando los jóvenes llegaron a la casa de la calle de la Ceniza que ocupaba San Luis.

—Ya es muy tarde para que te vayas —dijo éste a Rivas—, y mejor me parece que te quedes conmigo. Agustín no se encuentra en estado de moverse, de modo que nadie entrará y no notarán tu ausencia.

Al decir estas palabras, encendía Rafael dos luces y presentaba a Rivas una poltrona.

—¿Nada te has divertido? —le preguntó.

—Poco —dijo Martín, reclinándose caviloso en la poltrona.

—Te vi un momento conversar con Edelmira. Es una pobre muchacha desgraciada, porque se avergüenza de los suyos y aspira a gentes que la valgan, a lo menos por el lado del corazón.

—Lo que he adivinado de sus sentimientos en la corta conversación que tuvimos me inspiró lástima —dijo Martín—. ¡Pobre muchacha!

—¿La compadeces?

—Sí, tiene sentimientos delicados, y parece sufrir.

—Es verdad; pero ¡qué hacer! Será un corazón más que se queme por acercarse a la luz de la felicidad —dijo Rafael, suspirando.

Luego añadió, pasando los dedos entre sus cabellos:

—Es la historia de las mariposas, Martín; las que no mueren, conservan para siempre las señales del fuego que les quemó las alas. ¡Vaya, parece que estoy poetizando; es el licor que habla!

—Sigue —díjole Rivas, a quien, por el estado de su alma, cuadraba el acento oíste con que San Luis había pronunciado aquellas palabras.

—Esa maldita mistela me ha puesto la cabeza como fuego. Tomemos té y conversemos; los vapores del licor desatan la lengua y ponen expansivo el corazón

Encendió un anafre con espíritu de vino, y un cigarro en el papel con que acababa de comunicar la luz al licor.

—No te has divertido, según he visto —dijo, tendiéndose en un sofá. —Es cierto.

—Tienes un defecto grave, Martín.

—¿Cuál?

—Tomas la vida muy temprano por el lado serio.

—¿Por qué?

—Porque te has enamorado de veras. Tienes razón.

—A ver, hagamos una cuenta, porque en todo es preciso calcular: ¿en qué proporción aprecias tus esperanzas?

—¿Esperanzas de qué?

—De ser amado por Leonor, porque a Leonor es a quien amas.

—En nada; no las tengo.

—Vamos, no eres tan desgraciado —exclamó Rafael, levantándose. Rivas lo miró con asombro, porque creía que amar sin esperanzas era la mayor desgracia imaginable.

—Es decir —prosiguió San Luis—, que ni una ojeada, ni una de esas señales casi imperceptibles con que las mujeres hablan al corazón.

—No, ninguna.

—¡Tanto mejor!

—¿Conoces a Leonor? —le preguntó Martín, cada vez más admirado. —Sí, es lindísima.

—Entonces no te comprendo.

—Voy a explicarme. Supongo que ella te ame.

—¡Oh, jamás lo hará!

—Es una suposición. Me confesarás que un amor correspondido tiene mil veces más fuerza para aferrarse al corazón que el que vive de suspiros y sin esperanza. Está dicho: ella te ama. Has

conquistado el mundo entero, y para afianzar la conquista quieres casarte c
bendices al cielo hasta el momento en que vas a pedirla a los padres. Tu a
eleva a tus propios ojos a la altura de un semidiós, te han hecho olvidar qu
bajo la forma de los padres te pone el dedo en la llaga. ¡Estás leproso, y te a
perro! Esta historia, querido, no pierde su desgarradora verdad por repetirse todos los días en lo que llamamos sociedades civilizadas. ¿Quieres ser el héroe de ella?

Martín vio que San Luis se había ido exaltando hasta concluir aquellas palabras con una risa sofocada y trabajosa.

—¡Pobre Martín! —repuso San Luis, preparando el té—. Créeme, tengo experiencia en mis cortos años, y te lo voy a probar con mi propia historia. A nadie he hablado de ella; pero en este momento su recuerdo me ahoga y quiero confiártela para que te sirva de lección. Te he estudiado desde que te conozco, y si busqué tu amistad fue porque eres bueno y noble: ¡no quisiera verte desgraciado!

—Gracias contestó Martín— a tu amistad debo la poca alegría que he tenido en Santiago.

San Luis sirvió dos tazas de té, aproximó una pequeña mesa junto a Rivas y se colocó a su frente.

—Óyeme, pues —le dijo. No es una novela estupenda lo que voy a contarte. Es la historia de mi corazón. Si no te hallases enamorado, me guardaría bien de referírtela, porque no la comprenderías, a pesar de su sencillez. Me veo obligado a empezar, como dicen, por el principio, porque jamás nada te he dicho de mi vida. Mi madre murió cuando yo sólo tenía seis años; el sueño me trae a veces su imagen, divinizada por un cariño de huérfano; pero despierto apenas recuerdo su fisonomía. Me crié de interno en un colegio, al que mi padre venía a verme con frecuencia. ¡Pasó la infancia, llevándose su alegría inocente, y vino la pubertad! Yo había sido un niño puro y continué siéndolo cuando la reflexión comenzó a tener parte en mis acciones. A los dieciocho años me gustaba la poesía, y rimé con ese calor en el pecho de que habla Descartes cuando describe el amor. A esa edad conocí a la dueña de ese retrato.

Martín miró el daguerrotipo que Rafael le presentaba. Era el mismo que había llamado su atención algunas horas antes.

—¿Es Matilde, la prima de Leonor? —preguntó, fijándose bien en el retrato.

—La misma —contestó San Luis, sin mirarlo.

—La vi anoche en casa de don Dámaso.

—Ese amor —continuó Rafael— llenó mi corazón y me puso a cubierto de los desarreglos a que el despertar de las pasiones arroja a la juventud. Amé a Matilde dos años sin decírselo. Nuestros corazones hablaron mucho tiempo antes que nuestras lenguas. A los veinte años supe que ella me amaba también hacía dos. Me encontré, pues, en esa situación que califiqué hace poco diciéndote que habías conquistado el mundo: ese mundo, para un joven de veinte años, lo presenta con todas sus glorias el corazón de una mujer amante.

Rafael hizo una pausa para encender su cigarro, que había dejado apagarse.

—Hasta aquí eres muy feliz —dijo Rivas, que pensaba que la dicha de ser amado una vez sería bastante para quitar el acíbar de todas las desgracias ulteriores. Viví hasta los veintidós años en un mundo rosado —continuó San Luis. Los padres de Matilde me acariciaban porque el mío era rico y especulaban en grande escala. Ella, siempre tierna, me hacía bendecir la vida. Era como acabas de decirlo, muy feliz. Los más lindos días de primavera se nublan de repente, y Matilde y yo nos encontrábamos en la estación florida de la existencia. Tuve un rival: joven, rico y buen mozo. El mundo de color de rosa tomaba a veces un tinte gris que me hacía sufrir de los nervios, y luego mi almohada me guardaba para la noche visiones que oprimían mi corazón. Después de luchar con los celos por algún tiempo, mi orgullo transigió con mi amor, ¡tenía celos!. No hay dignidad delante de una pasión verdadera, y la mía lo era tanto, que vivirá cuanto yo viva. Matilde me descubrió una parte del cielo, jurándome que jamás había dejado de amarme, y yo vi cambiarse mi amor en una pasión sin límites cuando creí reconquistar su corazón. Los nublados se despejan y vuelven. Así vi lucir el sol y ocultarse otra vez tras nuevas dudas. En esta batalla pasó un año.

"Mi padre me llamó un día a su cuarto y al entrar se arrojó en mis brazos. Mis propias preocupaciones me habían impedido ver que su rostro estaba marchito y desencajado hacía tiempo. Sus primeras palabras fueron éstas:

"—¡Rafael, todo lo he perdido!

Le miré con asombro, porque la sociedad le creía rico

"—Pago mis deudas —me dijo—, y sólo nos queda con que vivir pobremente.

"—Y así viviremos —le contesté con cariño—. ¿Por qué se aflige usted? Yo trabajaré.

—Explicarte la ruina de mi padre sería referirte una historia que se repite todos los días en el comercio: buques perdidos con grandes cargamentos, trigo malbaratado en California, ¡esa mina de pocos y ruina de tantos! En fin, los percances de las especulaciones mercantiles. Aquella noticia me entristeció por mi padre. Para mí fue como hablar al emperador de la China de la muerte de uno de sus súbditos. ¡Yo poseía sesenta millones de felicidad, porque Matilde me amaba! ¿Qué podía importarme la pérdida de quinientos o seiscientos mil pesos?

—¿Ella te amaba, a pesar de tu pobreza? —dijo Rivas, con su idea fija.

—Todavía. Seguí visitando en casa de Matilde, hablando de amor con ella y de letras con su padre. Tú sabes que el amor tiene una venda en los ojos. Esta venda me impedía ver la frialdad con que don Fidel reemplazó de repente las atenciones que me prodigaba. Una noche llegué a casa de Matilde y encontré solo a don Dámaso, tu protector. No sé por qué sentí helarse mi sangre al recibir su saludo.

"—Me hallo encargado —me dijo— de una comisión desagradable, y que espero que usted acogerá con la moderación de un caballero.

"—Señor —le contesté—, puede usted hablar: en el colegio recibí las lecciones de urbanidad de que necesito, y no ha menester que me las recuerden.

"—Usted no ignora —repuso don Dámaso— que la situación de un niña soltera es siempre delicada, y que sus padres se hallan en el deber de alejar de ella todo lo que pueda comprometerla. Mi cuñado Elías ha sabido que la sociedad se ocupa mucho de las repetidas visitas de usted a su casa y teme que la reputación de Matilde puede sufrir con esto.

"La punta del puñal había entrado en medio de mi pecho, y sentí un dolor que estuvo a punto de privarme del conocimiento.

"—¡Es decir —le dije—, que don Fidel me despide de su casa!

"—Le ruega que suspenda sus visitas —me contestó don Dámaso.

"Mi bravata sobre la urbanidad resultó ser completamente falsa, porque, ciego de cólera, me arrojé sobre don Dámaso y lo tomé de la garganta. Aquí debo advertirte que un amigo me había referido que este caballero, acosado por Adriano, el otro pretendiente de Matilde, para el pago de una gran cantidad, cuyo importe le perjudicaba cubrir, había obtenido un plazo, comprometiéndose a conseguir con su cuñado la mano de Matilde para su acreedor. Me había negado antes a creerlo; pero mis dudas a este respecto se desvanecieron cuando le vi encargado de arrojarme de la casa de don Fidel, y la rabia me hizo olvidar toda moderación.

"Al ver enrojecerse el semblante de don Dámaso bajo la furiosa presión de mis dedos en su garganta, y espantado por la sofocación de su voz, le solté, arrojándole contra un sofá, y salí desesperado de la casa.

"En la mía hallé a mi padre en cama tomando un sudorífico. Mi tía Clara, con la que vivo aquí, se hallaba a su lado, y sólo se despidió cuando le vio dormirse. Yo me senté a la cabecera de su cama y velé toda la noche.

"Hubo momentos en que quise leer; pero me fue imposible: el dolor me ahogaba, y mis ojos hacían vanos esfuerzos para hacerse cargo de las palabras del libro, porque en mi imaginación ardía un volcán. En dos horas sufrí un martirio imposible de describir. La respiración trabajosa de mi padre, en vez de inspirarme algún cuidado, me parecía la de don Dámaso, a quien castigaba por la noticia temible con que tronchaba para siempre mi felicidad. Al fin, mi padre principió a toser con tal fuerza, que el dolor se suspendió de mi pecho para dar lugar al temor de la enfermedad. Al día siguiente, el médico declaró que mi padre se hallaba atacado de una fuerte pulmonía. La violencia del mal era tan grande, que en tres días le arrebató la vida. Yo no me separé un momento de su lecho, velando con mi tía, que vino a vivir en la casa. En el día nos acompañaba también otro hermano de mi padre que entonces era pobre y se ha enriquecido después. ¡Mi pobre padre expiró en mis brazos, bendiciéndome! ¡Ya ves que tuve necesidad de una fuerza sobrehumana para resistir a tanto dolor!

"Cuando después de un mes salí a pagar algunas visitas de pésame supe que Matilde y Adriano debían casarse pronto. El mundo rosado se cambió sombrío para mí desde entonces. ¿Sufrir lo que he sufrido sin contar con la muerte de mi padre, no te parece demasiado?"

—Es verdad —dijo Martín.

—Por eso te decía que tu mal no es irreparable, puesto que no eres amado; todavía puedes olvidar.

—¡Olvidar cuando el amor principia no es fácil! —exclamó Rivas —prefiero sufrir.

Trata de amar a otra, entonces.

—No podría. Además, mi pobreza me cierra las puertas de la sociedad o a lo menos me enajena su consideración

—Fue lo que me sucedió —dijo Rafael—. Después de un año de pesares, renegué de mi virtud y quise hacerme libertino. La desesperación me arrogaba a los abismos del desenfreno, en cuyo fondo me figuraba encontrar el olvido. Emprendí la realización de este nuevo designio con esa amargura, que no carece de aliciente, del que se venga de la desgracia cometiendo alguna mala acción contra sí mismo. Parecíame que el sacrificio de alguna niña pobre no era nada comparado con las torturas que mi abandono me imponía. Desde entonces descuidé mis estudios, que había cursado con ejemplar aplicación para casarme con Matilde al recibir mi título de abogado. En lugar de asistir a las clases frecuenté los cafés y maté horas enteras tratando de aficionarme al billar. Allí contraje amistad con algunos jóvenes de esos que gritan a los sirvientes y hacen oír su voz cual si quisieran ocupar a todos de lo que dicen. "Mi reputación de tunante principiaba a cimentarse, sin que hubiese perdido ni la virtud ni el punzante recuerdo de mis amores perdidos, cuando paseándome una tarde de procesión del Señor de Mayo por la Plaza de Armas con uno de mis nuevos amigos, llamó mi atención un grupo de tres mujeres, de ese tipo especial que parece mostrarse con preferencia en las procesiones. Una de ellas entrada en años; jóvenes y bellas las otras dos. Había en ellas ese no sé qué con que distingue un buen santiaguino a la gente de medio pelo.

—Bonitas muchachas —dije al que me acompañaba.

"—¿No las conoces? —me preguntó él—. Son las Molina, hijas de la vieja que está con ellas.

"—¿Tú las visitas? —le pregunté.

"—Cómo no; en casa de ellas hemos tenido magníficos *picholeos* —me respondió.

"—Adelaida, sobre todo, llamó mi atención por la gracia particular de su belleza. Sus labios frescos y rosados me prometían de antemano el olvido de mis pesares. Sus ojos de mirar ardiente y decidido, sus negras y acentuadas cejas, el negro pelo que alcanzaba a ver fuera del mantón, su gallarda estatura, me ofrecieron una conquista digna de mis nuevos propósitos. Fiado en mi buena cara y en la osadía que juré desplegar en mi calidad de calavera, híceme presentar en la casa y hablé de amor a Adelaida desde la primera visita.

"—No miré la procesión ni a las bellezas que había en la plaza por verla a usted —dije poco después de hallarme a su lado.

"Este cumplido de mala ley no pareció disgustarla; mi introductor en la casa había dicho que yo era rico y esto me rodeaba de una aureola que en todas partes fascina. En la noche, al acostarme, mis ojos buscaron un retrato de Matilde. Su frente pura y su mirada tranquila me hicieron avergonzarme del género de vida que quería adoptar; pero los celos tuvieron más imperio que aquella recriminación de la conciencia. Seguí visitando en casa de Adelaida y aparenté una alegría loca en las diversiones para perder la memoria. Hay gentes que se niegan a creer que una pasión desgraciada puede desesperar a un joven en pleno siglo XIX, sin pensar que el corazón de la humanidad no puede envejecerse. Yo he cargado con el sentimiento de mi desdicha en medio del bullicio de la orgía y he oído la voz de Matilde en los juramentos de Adelaida, porque al cabo de un mes ella me amaba. Muchas veces quise retroceder ante la villanía de mi conducta; pero cedía a la fatal aberración que hace divisar la venganza de los engaños de una mujer en el sacrificio de otra. Además, la desgracia, Martín, destruye la pureza de los sentimientos nobles del alma; y de todos los desengaños que buscan el olvido en una existencia desordenada, los de amor son los primeros. ¡Ah, en ese pacto solemne de dos corazones que cambian su ser para vivir de la existencia de otro, el que traiciona no sabe que al retirarse priva de su atmósfera vital al que deja abandonado! Yo debí también hacerme esa reflexión antes de perder a Adelaida pero la desesperación me había cegado. Las pocas personas que conocía me contaban con bárbara prolijidad los detalles de la próxima unión de Matilde con Adriano. Una señora, antigua amiga de mi familia, me ponderaba la felicidad de Matilde, diciéndome que le habían regalado tres mil pesos en alhajas. Después de todo, yo estoy muy lejos de tener la virtud de José, y me creía con derecho a pisotear la moral, ya que el destino había pisoteado con tanta crueldad mi corazón.

"Muy poco tiempo bastó para convencerme de que el único medio de hacer frente a la desgracia es la resignación, porque me vi luego más infeliz que antes. La vida impura de un seductor sin conciencia me hizo avergonzarme ante la mía, y los placeres ilícitos en que me había lanzado, lejos de curarme de mi mal, me dieron la conciencia de mi bajeza, haciéndome considerar indigno del amor de Matilde, al que siempre aspiré después de perdida la esperanza. Hace pocos meses, mis obligaciones con la familia de esa muchacha se hicieron más serias porque tenía un hijo. Desde entonces empleé todos mis recursos pecuniarios en mejorar la condición material de la familia de doña Bernarda y formé la resolución de cortar las relaciones con Adelaida. Ella recibió esta declaración con una frialdad admirable. Su corazón, al que siempre noté cierta dureza, pareció quedar impasible a lo que yo decía, y cuando concluí de hablar no me dio una sola queja.

"Desde ese día me ha tratado como si jamás una palabra de amor hubiese mediado entre nosotros. ¿Me ama todavía o me odia? No lo sé.

"Ahora me preguntarás por qué te he llevado a esa casa y si no he pensado en que podía sucederte lo mismo que a mí."

—Es cierto —dijo Martín.

—Tengo la experiencia adquirida a costa de muchos remordimientos —repuso San Luis—, y sólo he querido distraerte. Te veo lanzado en un vía funesta y deseo salvarte; por eso te ofrecí una distracción y te refiero al mismo tiempo lo que he hecho. Si hubiese visto en ti el carácter generalmente ligero de los jóvenes, me habría guardado muy bien de llevarte a esa casa.

—Tienes razón y me has juzgado bien —contestó Martín—: para mi, ¡Leonor o nada! Yo no tengo derecho a quejarme, porque ella nada ha hecho para inspirarme amor. Pero hablemos del tuyo. ¿Qué dirías si yo te volviese el amor de Matilde?

Rafael dio un salto sobre su silla.

—¿Tú? —le dijo—. ¿Y cómo?

—No sé: pero puede ser.

San Luis dejó caer la frente sobre los brazos, que apoyó en la mesa.

—Es imposible —murmuró—. Su novio ha muerto, es verdad, pero yo soy siempre pobre.

Levantóse después de decir estas palabras y empleó algunos momentos en preparar una cama sobre un sofá. —Aquí puedes dormir, Martín —dijo—. Buenas noches. Y se arrojó sin desnudarse sobre su cama.

16

Con el atentado del 19 contra la Sociedad de la Igualdad, la política ocupaba la atención de todas las tertulias, en las que sucedían las más acaloradas discusiones.

Así acontecía en casa de don Dámaso Encina, en donde se encontraban reunidas las personas que de costumbre frecuentaban la tertulia. Era la noche del 21 de agosto y la conversación rodaba sobre los rumores propalados desde la víspera de que Santiago sería declarado en estado de sitio.

—El Gobierno debía tomar esta medida cuanto antes —dijo don Fidel Elías, el padre de Matilde.

—Sería una ridiculez —replicó su mujer.

—Francisca —contestó exaltado don Fidel—, ¿hasta cuándo te repetiré, hija, que las mujeres no entienden de política?

—Me parece que la de Chile no es tan oscura para que no pueda entenderla —replicó la señora.

—Vea, comadre —le dijo don Simón, que era padrino de Matilde—, mi compadre tiene razón: usted no puede entender lo que es estado de sitio, porque es necesario para eso haber estudiado la Constitución.

Este caballero, considerado como un hombre de capacidad en la familia por lo dogmático de sus frases y la elocuencia de su silencio, decidía, en general, sobre las discusiones frecuentes que doña Francisca trataba con su marido.

—Por supuesto —repuso don Fidel—, y la Constitución es la carta fundamental, de modo que sin ella no puede haber razón de fundamento.

Don Dámaso, mientras tanto, no se atrevía a salir en defensa de su hermana, porque sus amigos le habían hecho inclinarse al Gobierno con el temor de una revolución.

—Tú podías defenderme —le dijo doña Francisca—: ¡ah!, bien dice Jorge Sand que la mujer es una esclava.

—Pero, hija, si hay temor de revolución, yo creo que sería prudente...

—Don Jorge Sand puede decir lo que le parezca —repuso don Fidel, consultando la aprobación de su compadre—; pero lo cierto del caso es que sin estado de sitio, los liberales se nos vienen encima. ¿No es así, compadre?

—Parece por lo que ustedes les temen —exclamó doña Francisca—, que esos pobres liberales fueran como los bárbaros del Norte de la Edad Media.

—Peores son que las siete plagas de Egipto —dijo con tono doctoral don Simón.

—Yo no sé a la verdad lo que temería más —exclamó don Fidel—, si a los liberales o los bárbaros araucanos, porque la Francisca se está equivocando cuando dice que son del Norte.

—He dicho que son los bárbaros de la Edad Media —replicó la señora, enfadada con la petulante ignorancia de su marido.

—No, no dijo don Fidel—, yo no hablo de edades, y entre los araucanos habrá viejos y niños como entre los liberales: pero todos son buenos pillos: y si yo fuese Gobierno, les plantaría el estado de sitio.

—El estado de sitio es la base de la tranquilidad doméstica, amigo don Dámaso dijo don Simón, viendo que el dueño de la casa no se defendía francamente.

—Eso sí, yo estoy por los gobiernos que nos aseguran la tranquilidad dijo don Dámaso.

—Pero, señor —exclamó Clemente Valencia, mordiendo su bastón de puño dorado—, nos quieren dar la tranquilidad a palos.

—A golpes de bastones —dijo Agustín.

—Así debe ser —replicó Emilio Mendoza, que, como dijimos, pertenecía a los autoritarios—: es preciso que el Gobierno se muestre enérgico.

—Y si no, mañana atropellan la Constitución —dijo don Fidel.

—Pero yo creo que la Constitución no habla de palos —observó doña Francisca, que no podía resistir a la tentación de replicar a su marido.

—¡Mujer, mujer! —exclamó don Fidel—: ya te he dicho que...

—Pero compadre dijo don Simón, interrumpiéndole—, la Constitución tiene sus leyes suplementarias y una de ellas es la ordenanza militar, y la ordenanza habla de palos.

—¿No ves? ¿qué te decía yo? —repuso don Fidel—; ¿has leído la ordenanza?

—Pero la ordenanza es para los militares —objetó doña Francisca.

—Todo conato de oposición a la autoridad —dijo en tono dogmático don Simón— debe ser considerado como delito militar; porque para resistir a la autoridad tienen necesidad de armas, y en este caso los que resisten están constituidos en militares.

—¿No ves? —dijo don Fidel, pasmado con la lógica de su compadre. Doña Francisca se volvió a doña Engracia, que acariciaba a Diamela.

—Disputar con estos políticos es para acalorarse no más —le dijo.

—Así es, hija, ya están principiando los calores —contestó doña Engracia, que, como antes dijimos, padecía de sofocaciones.

—Digo que estas disputas acaloran —replicó doña Francisca, maldiciendo en su interior contra la estupidez de su cuñada.

—Y yo, pues, hija —añadió ésta—, que sin disputar paso el día con la cabeza caliente y los pies como nieve.

Doña Francisca se puso, para calmarse, a hojear el álbum de Leonor.

Esta se había retirado con Matilde a un rincón de la pieza cuando Martín dejaba su sombrero en la vecina, llamada dormitorio en nuestro lenguaje familiar.

Agustín se adelantó hacia Rivas inmediatamente que le vio aparecer.

—No diga usted nada de lo de anoche —le dijo, antes que Martín entrase en el salón—, en casa no saben que no nos recogimos.

Al mismo tiempo, Leonor decía a Matilde.

—Esta noche veré si puedo vencer su discreción para que me dé más noticias de Rafael.

Una circunstancia muy natural vino a favorecer pronto el proyecto de Leonor, porque un criado entró trayendo unos cortes de vestido que doña Engracia había mandado a buscar a una tienda. A la vista de los vestidos, doña Francisca perdió su mal humor y dejó de pensar en política, para entrar con su cuñada en una larga disertación de modas, mientras que don Dámaso y sus amigos discutían con calor sobre los destinos de la patria con esa argumentación de gran número de políticos, de la cual llevamos apuntadas algunas muestras. Además, Agustín, cansado de la política, se sentó al lado de Matilde para hablarle de París, y los otros jóvenes siguieron la discusión, porque no se atrevieron a atravesar la sala para ir a mezclarse en el grupo de las niñas.

Al anunciar Leonor a su prima que hablaría con Rivas, no solamente lo hacía para explicar a ésta lo que iba a hacer, sino que buscaba también algo que la disculpase a sus propios ojos de lo que su conciencia calificaba de debilidad.

La ausencia de Martín y su propósito de ensayar sus fuerzas contra un hombre que un instante había llamado su atención, eran ideas cuyo predominio se negaba a confesarse ella misma; así es que buscó un pretexto que disculpase a su juicio el deseo que la arrastraba a hablar con el joven. Leonor, de este modo, daba el primer paso en esa escaramuza preliminar de la guerra amorosa, que tan poéticamente ha designado la conocida expresión de jugar con fuego. Su presuntuoso corazón quería triunfar en lo que había visto sucumbir a muchas de sus amigas, y entraba en la liza con el orgullo de su belleza por arma principal.

Martín buscó los ojos de Leonor y los halló fijos en él. Al dirigirse al salón de don Dámaso, venía también, como Leonor, buscando aunque por causa distinta, una disculpa para la debilidad que le arrastraba a los pies de una niña que su amor revestía de divinidad. Esta disculpa se fundaba en el deseo de servir a su amigo, dando a Leonor sobre él más amplios informes que en su última conversación.

Vio que los ojos de la niña le ordenaban acercarse y fue a ocupar un asiento a su lado con la reverencia de un súbdito que llega a presentarse ante su soberano.

La emoción con que Martín se había acercado turbó a su pesar el pecho de Leonor, que hizo un ligero movimiento impacientada con su corazón que aceleraba sus latidos contra los mandatos de su voluntad.

Este ligero movimiento persuadió a Martín de que se había equivocado al interpretar la mirada de la niña. Con esta persuasión habría querido hallarse a mil leguas de aquel lugar, y maldecía su torpeza, dejando conocer en el semblante la desesperación que le agitaba.

Por fin cuando Leonor se creyó segura de sí misma, volvió la vista hacia Rivas, poniendo término al eterno instante en que el joven juraba huir para siempre de aquella casa.

17

—Nuestra conversación de anteayer —le dijo fue interrumpida por mi mamá y yo lo sentí mucho.

Rivas no halló nada que responder, ni tampoco cómo explicarse la última parte de la frase de Leonor; la que, después de esperar una contestación, continuó:

—Lo sentí, porque quedé con el temor de no haberme explicado bien sobre las preguntas que hice a usted sobre su amigo San Luis.

Desvanecida su idea de haberse equivocado cometiendo una ridiculez al sentarse al lado de la niña, Martín se sintió más sereno.

—Se explicó usted perfectamente, señorita —contestó.

—¿Comprendió usted que lo hacía por mí?

—Lo comprendí entonces y conozco ahora el objeto con que usted lo hacía.

—¡Ah! —exclamó Leonor—, ¿usted ha descubierto algo de nuevo?

—Como usted lo dice, he descubierto el fin de las preguntas que usted me hizo.

—¿Y ese fin es...?

—Según creo, servir a una amiga.

—A ver, cuénteme usted lo que sabe.

—Esa amiga tiene interés por Rafael.

—¿Y... qué más?

—Ciertas circunstancias los han separado.

—Ya veo que usted ha recibido confidencias.

—Es verdad.

—Y ahora se decide usted a ser comunicativo —dijo Leonor, con acento de reproche.

—Sólo ayer recibí esas confidencias —contestó Martín, que brillaba de alegría al verse en tan familiar conversación con la que un día antes le desesperaba.

—Por consiguiente —replicó Leonor—, usted puede contestarme. Creo que sí.

—Ya que usted parece enterado de todo, comprenderá que el objeto principal de mis preguntas era averiguar un solo punto: ¿su amigo ama todavía a Matilde?

—Con toda el alma.

—¿De veras?

—Lo creo firmemente. El entusiasmo con que me ha hablado de sus amores, la tristeza que el desengaño ha dejado en su alma y el desaliento con que mira el porvenir, me parecen confirmar mi opinión.

Martín había dicho estas palabras con tanto calor como si abogase por su propia causa. Su tono arrancó a Leonor esta observación:

—Habla usted como si se tratase de su propio corazón.

—Creo en el amor, señorita —dijo Rivas, con cierta melancolía.

La niña vio un peligro en aquella respuesta y tuvo instintivamente deseos de callar, pero su orgullo la hizo avergonzarse de ese temor y le sugirió una pregunta que no habría dirigido a ningún hombre en circunstancias ordinarias.

—¿Está usted enamorado?

Martín no pudo ocultar la sorpresa que semejante pregunta le causaba, ni tampoco el deseo irresistible que le arrastró a manifestar a Leonor que en el pecho de un pobre y oscuro joven de provincia podía alentar un corazón digno de los elegantes que siempre la habían rodeado.

—Una persona en mi posición —dijo— no tiene derecho a estarlo; pero sí puede creer en el amor como en una esperanza que le dé fuerza para la lucha a que la suerte le destina.

—Veo que el desencanto que usted dice sufre su amigo le ha contagiado a usted también.

—No, señorita; pero la especie de admiración con que usted me dirigió su pregunta me ha hecho volver en mí, principio a creer, por lo poco que conozco Santiago, que aquí se considera el amor como un pasatiempo de lujo, y mal puede gustarlo aquel para quien el tiempo es de un inmenso valor.

—Pero dicen —replicó Leonor— que nadie puede imponer leyes al corazón.

—En este punto tengo poca experiencia —contestó Martín.

—¿De dónde nace entonces la fe que usted acaba de manifestar? Usted dice que cree en el amor.

—Mi fe se funda en mi propio corazón; hay algo que me dice con frecuencia que no está formado para latir únicamente por el curso regular de la sangre; que la vida tiene un lado menos material que las especulaciones con que todos buscan el dinero; que en los paseos, en el teatro, en las tertulias, el alma del joven va buscando otro placer que el de mirar, que el de oír o que el de conversaciones más o menos insípidas.

—Y ese placer, ese algo desconocido lo llama usted amor. ¿No es así?

—Y creo que el que desconoce su existencia— replicó Martín con cierto orgullo—, o ha nacido con una organización incompleta, o es más feliz que los demás.

—¡Más feliz!, ¿por qué?

—Tendrá menos que sufrir, señorita.

—Es decir, que el amor es una desgracia.

—Cada cual puede considerarlo según su posición en la vida; a mí, por ejemplo, creo que me toca considerarlo como tal.

—Luego, usted está enamorado, puesto que tiene ideas tan fijas en esta materia.

Estas palabras resonaron con un tono burlón que hizo encenderse las mejillas de Rivas. Su carácter impetuoso le hizo olvidar el temor que le sobrecogía al lado de la niña.

—Supongo —dijo— que este punto no le interesa a usted tan vivamente que desee una contestación sincera de mi parte; pero no tengo dificultad para dársela; y puesto que me toca considerar el amor como una desgracia, estoy resuelto a sobreponerme a su influjo.

—Es decir, que usted se considera superior a los demás.

—Seré egoísta y nada más; no creo que haya gran mérito en seguir el camino que se juzgue más ventajoso.

Leonor, que esperaba dominar a su antojo, se veía contrariada por la aparente humildad con que Rivas manifestaba una energía que ella se propuso vencer. Apeló entonces a su altanera mirada y al tono imperativo que empleaba generalmente con los hombres.

—Usted se ha separado mucho del objeto de esta conversación —dijo, acentuando estas duras palabras para manifestar su desagrado.

—Si usted tiene algo más que preguntarme —contestó Martín, aparentando no haberse fijado en la intención de las palabras de Leonor—, estoy pronto, señorita, a satisfacer su curiosidad o a retirarme si usted lo ordena.

—Hablábamos de su amigo —repuso Leonor, con tono seco.

—Rafael ama y es desgraciado, señorita.

—Podía usted enseñarle su filosofía de resignación.

—Es que él mismo me ha enseñado que cuando deben sobrevenir desengaños es más prudente no buscar correspondencia.

—Usted cuenta siempre con los desengaños.

—Esa es una prueba de que no me creo superior, como usted suponía, y manifiesto que tengo bastante modestia para calificar mi valimiento.

—Hay modestias que se parecen mucho al orgullo, caballero —dijo Leonor—, y en tal caso la suya probaría todo lo contrario de lo que usted dice. No sea que entre sus lecciones su amigo haya olvidado decirle que el orgullo debe buscar un punto de apoyo para poder manifestarse.

No esperó la contestación del joven y abandonó su asiento sin mirarle. Por la primera vez en su vida se sentía Leonor humillada en una lucha que ella misma había provocado. En lugar de los banales y rendidos galanteos de los elegantes con quienes había jugado hasta entonces esta clase de juego de vanidad, hallaba la orgullosa sumisión de un hombre oscuro y pobre que no quería doblar la rodilla ante la majestad de su amor propio y le confesaba sin afectación ninguna que no aspiraba a tener la dicha de agradarla. Aquella conversación la hacía pensar que se había equivocado suponiendo que Rivas la amaba, por la alegría que creyó ver en su semblante cuando le dijo que no tenía interés por Rafael San Luis. Y este desengaño, que burlaba su creencia en el supremo poder de su belleza, irritó su vanidad, que contaba ya con un nuevo esclavo atado al carro de sus numerosos triunfos. Al abandonar su asiento, no pensaba en entretenerse a costa de Martín, ensayando el poder de su voluntad en la lid amorosa, sino que se prometía vengar su desengaño inspirando un amor violento del que se jactaba de tener suficiente fuerza para huir.

Martín, al mismo tiempo, quedaba entregado a la tristeza que cada una de sus conversaciones con Leonor dejaba en su alma. Persuadíase cada vez más de que era el juguete de aquella niña, que para distraerse algunos momentos, se entretenía en burlarse del amor que él había dejado confesar a sus ojos en su primera conversación. Apenas la vio alejarse recorrió en la memoria cuanto había hablado, y maldijo su torpeza, que había dejado pasar varias oportunidades de hacer ver a la niña que tenía un corazón capaz de comprenderla y una inteligencia que ella no podría despreciar. Las últimas palabras de Leonor le dejaron aterrado y decían bien claro que a sus ojos ni el corazón ni la inteligencia podían tener valor ninguno si no iban a acompañados por la riqueza o un distinguido nacimiento.

Esta reflexión desconsoladora le hizo retirarse desesperado, pidiendo al cielo, como le piden todos los amantes infelices, el poder sobrenatural, no de olvidar, sino de infundir en el pecho de la mujer amada una de esas pasiones que las arrastran a someterse a la voluntad del hombre.

De este modo, Leonor y Martín hacían votos con idéntico objeto: ella, confiando en su hermosura; él, sin esperanza, pidiendo al cielo lo que le parecía imposible.

No bien Leonor se había levantado, despidióse doña Francisca con Matilde y su marido.

Mientras Leonor arreglaba el pañuelo a su prima, pudo sólo decirle estas palabras:

—¡Te ama! Mañana iré a verte y hablaremos.

Matilde estrechó sus manos con un agradecimiento indecible. Nunca había regresado a su casa más alegre y ligera.

Don Dámaso, al hallarse solo con su mujer, le manifestó las ideas conservadoras a que sus amigos le habían convertido al fin de la discusión política.

—Después de todo —le dijo, no les falta razón a estos ministeriales; ¿qué ha hecho jamás de bueno el partido liberal? Y no se equivocan al aconsejarme, porque en todas partes del mundo los hombres ricos están al lado de los gobiernos; como en Inglaterra, por ejemplo, todos los lores son ricos.

Hecha esta reflexión, se fue a acostar pensando en que con estas ideas era como más pronto ocuparía el asiento de senador en el Congreso de la República.

18

Dijimos que Rafael San Luis ocupaba con una tía suya la casa de la calle de la Ceniza. Esta tía, a quien la falta de dinero y de hermosura habían dejado soltera, concentró poco a poco todos sus afectos en Rafael cuando lo vio huérfano y abandonado de la suerte. Uniendo una pequeña suma que poseía con ocho mil pesos que su sobrino había recibido de su testamentaría de su padre, después de cubiertos los créditos al tiempo de su muerte, doña Clara San Luis consagró sus desvelos a Rafael, a quien llevó a vivir a su lado. Sin más ocupaciones que la asistencia a la misa y a las novenas de su devoción, la señora siguió sobre el rostro de Rafael la historia de sus pesares, con la perspicacia de una persona que se encuentra ya libre de personales preocupaciones en la vida. Sin solicitar jamás las confidencias del joven, supo seguirle paso a paso en su desaliento, atreviéndose cuando más a aventurar algún consejo cristiano sobre la necesidad de la resignación y de la virtud.

En los mismos días en que tenían lugar las escenas que llevamos referidas, doña Clara se hallaba profundamente ocupada en buscar a Rafael alguna ocupación que le alejase de Santiago, en donde veía que descuidaba sus estudios para entregarse a los pasatiempos de ocio y de disipación en que San Luis había buscado el olvido de sus pesares.

En la mañana del 21, cuando Rafael dormía aún, después de referir su historia a Martín, doña Clara salió de la casa envuelta en su mantón y se dirigió a la de su hermano don Pedro San Luis, que vivía en una de las principales calles de Santiago.

Don Pedro, como San Luis había dicho a Rivas, era rico. Poseía no lejos de Santiago dos haciendas que los quebrantos de su salud le habían obligado a poner en arriendo. Su familia se componía de su mujer, y un hijo llamado Demetrio, que a la sazón contaba quince años.

Al dirigirse doña Clara a casa de su hermano, le había ocurrido una idea con la que esperaba realizar su propósito de mejorar la suerte de su sobrino.

Don Pedro tenía un verdadero afecto por los suyos y se hallaba siempre dispuesto a servirles.

Recibió a su hermana con cariño y la llevó a su cuarto de escritorio cuando doña Clara le dijo que venía para hablar de asuntos importantes.

—¿Cómo está Rafael? —le preguntó cuando vio a su hermana bien acomodada sobre una poltrona.

—Bueno, y vengo a hablarte de él; ya sabes que es mi regalón.

—Demasiado tal vez observó don Pedro—, y es una lástima, porque es un muchacho capaz.

—¿No es verdad? Pero, hijo, su tristeza es cada vez mayor y poco a poco va descuidando sus estudios.

—Malo, tú debías aconsejarle.

—Traigo otro proyecto, que depende de ti.

—¿De mí? A ver, cuál es.

—A fuerza de pensar —dijo doña Clara—, he visto que lo que más convendría a este muchacho sería el alejarse de Santiago y consagrarse al campo, donde la esperanza de mejorar de fortuna y la vida activa del trabajo le harán olvidar esa melancolía que le consume.

—Tienes razón; ¿quieres que le busque un arriendo?

—Mejor que eso. Tú deseas, según varias veces me has dicho, ocupar también a tu hijo en trabajos del campo, ¿no es verdad?

—Es preciso, pues, hija; este niño no tiene salud para estudiar y es necesario que vaya conociendo los fundos que han de ser suyos.

—Pues entonces, ¿por qué no lo pones a trabajar en una de tus haciendas en compañía de Rafael?

—Bien pensado —exclamó don Pedro, a quien la idea de dejar solo a su hijo en el campo preocupaba desde largo tiempo. —¿Sabes si Rafael quiere salir de aquí?

—Nada le he preguntado; pero eso lo veremos después. ¿Cuándo concluye el arriendo del "El Roble"?

—En mayo del año entrante, y ayer he tenido aquí a don Simón Arenal, que viene a nombre de su compadre don Fidel para que le prometa prolongar el arriendo por otros nueve años.

—¿Y...?

—Nada contesté, porque necesitaba pensar sobre si convendría enviar allí a mi Demetrio.

—Entonces —dijo con alegría la señora—, vas a responder que no puedes.

—Será lo mejor, si Rafael quiere abandonar su carrera de abogado, para la cual estudia.

—Yo lo aconsejaré; es preciso que acepte, porque creo que por los estudios ya no hay esperanza.

Doña Clara volvió a su casa llena de alegría y participó sus nuevos proyectos a su sobrino. Rafael pidió algunos días para reflexionar.

Al día siguiente, después de la clase, salió del colegio con Martín. Este se hallaba aún bajo las impresiones de su entrevista con Leonor.

Pensó revelar a San Luis su conversación con la niña, pero un instinto de delicadeza le hizo desistir de esta idea, porque no se hallaba facultado por Leonor para revelarla.

San Luis le dijo para romper el silencio en que Rivas permanecía, haciendo esta reflexión:

Me proponen un proyecto, Martín, sobre el cual deseo me des tu opinión.

—¿Que proyecto?

—El de un arriendo en el campo.
—¿Y promete alguna ganancia?
—Bastante.
—¿Tienes tú afición a los estudios?
—Muy poca ya.
—Entonces, acepta.
—Voy a explicarte los antecedentes, Pues son ellos los que me hacen vacilar. ¿Sabes quién es el arrendatario actual de la hacienda, y que desea continuar en el arriendo? Don Fidel, el padre de Matilde.
—¡Ah!, eso cambia un tanto la cuestión; a ver, explícate más.
—Don Fidel no ha sido siempre el hombre ministerial hasta la más porfiada intolerancia que tú conoces dijo Rafael—. Antes de hacerse apóstata en política, como tantos de los antiguos *pipiolos*, a cuyo partido pertenecía don Fidel, hacía la guerra al principio conservador, que por desgracia durará aún muchos años en Chile. Sus principios le habían ligado estrechamente con los de la misma comunión política en general; pero muy particularmente con mi padre y mi tío, que habiéndose consagrado al campo e invertido sus ganancias en bienes raíces, no ha perdido, como mi padre, en el comercio, el fruto de largos trabajos en dos o tres especulaciones erradas. Cuando mi tío Pedro compró casa en Santiago para venir a curarse, llovieron los empeños para el arriendo de su hacienda de "El Roble". Naturalmente, la preferencia debía obtenerla el amigo y correligionario político, don Fidel, que solicitó el arriendo. Para don Fidel el negocio era más ventajoso también que para los demás, porque posee al lado de "El Roble" un pequeño fundo de cien cuadras, perfectamente regado y con buenas alfalfas, que es el pasto de que carece la hacienda de mi tío, que en cambio, es muy buena para siembras y para crianza. Al tiempo de reducir el negocio a escritura, se presentó una dificultad, y fue ésta la falta de un fiador. Don Dámaso no se había establecido aún en Santiago, y los demás amigos de don Fidel no se hallaban en situación de prestarle ese servicio. Mi tío exigió el fiador porque "El Roble" había sido comprado casi todo con la dote de su mujer, y no quería ni aun por amistad, dejar de revestir el arriendo de las garantías necesarias. En estas circunstancias, don Fidel recibió la oferta de don Simón Arenal como la de un ángel salvador. Don Simón le conocía poco; pero llevaba un fin al ofrecerle su fianza con tanta generosidad, y ese fin era el de satisfacer una ambición política.

"Don Fidel, con efecto, ejerció y ejerce aún gran influencia entre los electores del departamento en que se encuentra su fundo, y don Simón quiso conquistar esa influencia para hacerse elegir diputado. Acaso, me preguntarás, qué interés puede tener un hombre rico como don Simón en ser diputado. Ese interés se explica sabiendo que don Simón es de familia oscura, enriquecido recientemente, y que necesita ocupar puestos honrosos para relacionarse con la sociedad a que aspiran llegar los *caballeros improvisados*, que es un tipo bastante común entre nosotros y al que él pertenece. Desde entonces, don Fidel y don Simón estrecharon íntimamente su amistad; se hicieron compadres, se relacionó don Simón con las mejores familias de Santiago, y don Fidel pasó, mediante aquella y otras fianzas, de liberal a conservador, porque don Simón se había plegado desde el principio a este partido, con la experiencia que le daban sus años para saber que en política no medra entre nosotros el que no busca su apoyo al lado de la autoridad. Mi tío vio poco a poco, que perdía un amigo en su arrendatario, pero el contrato estaba firmado y no había lugar a ningún reclamo. Ahora, estando para expirar el término del arriendo, don Fidel quiere continuar a toda costa, porque han llegado días muy florecientes para la agricultura con el nuevo mercado de California, y envía a su compadre don Simón para obtener un nuevo arriendo de mi tío. Este me propone "El Roble" con un hijo suyo, a quien, naturalmente, facilitará capitales para la especulación. He aquí, pues, el negocio".

—Creo que debes aceptarlo —dijo Martín.

—He pedido algunos días para responder —repuso San Luis—, y vas a ver mi debilidad: este plazo lo he solicitado, porque no puedo abandonar completamente la esperanza de que Matilde me ame.

—¿Y qué ganas con esto, cuando siempre eres pobre? —preguntó Rivas, que vencía con dificultad las tentaciones que le daban de informar a su amigo de sus sospechas vehementes sobre este punto.

—Es cierto, soy pobre todavía contestó San Luis—; pero si ella me amase, podría tal vez obtener su mano cediendo el arriendo a su padre, lo que para él es una cuestión importantísima. Recomendándome de este modo a sus ojos, él y yo olvidaríamos lo pasado. Matilde sería el lazo de unión entre las dos familias, y yo, con el apoyo de mi tío, emprendería cualquier otro trabajo en compañía con su hijo.

Martín pensó que tal vez su última conversación con Leonor decidiría sobre la suerte de su amigo, pues no podía suponer que las repetidas preguntas que sobre él le había hecho la niña hubiesen sido por mera curiosidad.

—Tienes razón —dijo a San Luis—; pero en lugar de pedir un plazo indeterminado, creo que debes exponer tu plan a tu tío y hablarle con entera franqueza. Así, este asunto se arreglará mejor que esperando indeterminadamente.

Al dar este consejo, se proponía Martín en su interior participar a la hija de don Dámaso lo que acontecía si ella le llamaba de nuevo para hablarle de Rafael.

19

Leonor, para cumplir la promesa que hizo a su prima, se presentó en casa de ésta a las doce del día siguiente.

Matilde la recibió con un abrazo. Una noche de esperanza había dado a su rostro la frescura de la alegría y a sus ojos la viveza que le transmite el corazón cuando late por una expectativa de amor.

—Estamos solas —dijo, haciendo sentarse a Leonor—; mi mamá ha salido. ¡Ya me figuraba que no vendrías!

—Como viste, anoche llamé a Martín para preguntarle nuevas noticias sobre Rafael.

—Y muchas debe haberte dado, porque la conversación fue larga —observó Matilde, risueña.

—Todas las que recibí —dijo Leonor— se resumen en lo que anoche te dije: Rafael te ama.

—¿Cómo lo sabe Martín?

—Él se lo ha dicho, a lo que parece.

—Sí; pero no basta que él lo diga —exclamó Matilde, entristeciéndose —¿Qué puedo hacer yo?

Tú lo amas también.

—Es verdad; pero seguiremos separados.

—Tuya será entonces la culpa.

—¡Mía! ¿Y qué quieres que haga?

—El caso me parece muy claro. ¿Fue Rafael quien te abandonó?

—No; pero...

—Fuiste tú, ésta es la verdad.

—Bien sabes que no podía desobedecer a mi papá.

—Mas esta disculpa no vale para él —replicó Leonor—. San Luis, arrojado de tu casa, sin recibir noticias de tu parte, tuvo sobrado motivo para creerse olvidado.

—Yo le juré mil veces que jamás le olvidaría.

—Pero ibas a casarte con otro; ¿no era esto desmentir tus juramentos?

—Él debe saber que lo hacía contra mi voluntad.

—Mira, Matilde —dijo Leonor en tono serio—, yo creo que estos juramentos de amor son demasiado sagrados, sobre todo si son hechos a un hombre que tus padres recibían y festejaban. Si él empobreció después, tus juramentos no desaparecían por eso y debiste cumplirlos.

—Ya sabes —contestó Matilde con los ojos llenos de lágrimas— que no tuve fuerza contra la voluntad de mi padre.

—Lo sé —repuso Leonor— y no te hago esta reflexión sino para manifestarte que si realmente amas a San Luis, debes reparar tu falta, puesto que ya sabes que él no te ha olvidado.

—Sí, ¿pero cómo hachero?

—Escríbele —contestó con voz resuelta Leonor.

—¡Ah, no me atrevo! —exclamó Matilde.

—En tal caso, renuncia a su amor, puesto que no quieres dar el primer paso hacia la reconciliación.

Matilde se cubrió el rostro con las manos, prorrumpiendo en llanto.

—Pero, hijita —le dijo Leonor con acento más suave que el que había empleado hasta entonces, y acariciando con cariño a su prima—, te afliges sin razón. Es preciso que alguna vez tengas valor en la vida.

—¡Ah, tú hablas así porque no estás en mi lugar!

—Eso no —repuso con viveza Leonor—: yo tendré energía para cumplir mis juramentos si alguna vez los hago.

—Pero ya que a mí me falta valor, tú podías ayudarme.

—¿Cómo?

—Encargando a Martín de decirle lo que no me atrevo a escribir.

—Es verdad —dijo Leonor, reflexionando . Por las preguntas que yo le he hecho acerca de Rafael y por las confidencias de éste, Martín ya lo sabe todo: pero supongamos que por medio de él hagamos saber á San Luis que le amas todavía, ¿ bastará esto? ¿No es necesario que le des algunas explicaciones para sincerar tu conducta pasada?

—Tienes razón —contestó Matilde con desaliento.

—Es preciso añadió Leonor— que midas bien, antes de dar un paso decisivo, la distancia que le separa de Rafael. Debes pensar que una vez transmitida la noticia por medio de Rivas, San Luis querrá verte, oír de tu boca la justificación de tu conducta, y no podrás negarte a ello a menos de romper con él nuevamente y para siempre, porque tendrá razón para creerse el juguete de una burla.

—Yo le amo y tendré valor para todo si tu me ayudas —exclamó Matilde, secando el llanto que humedecía sus mejillas y estrechando con cariño las manos de Leonor.

—¡Al fin te decides! —dijo ésta—. Con tus vacilaciones me estabas haciendo dudar de la sinceridad de tu amor.

—¡Ah!, créeme, Leonor, le amo sobre todo; he llorado tanto durante este tiempo, que a veces para volverle a ver, a oír de sus labios los juramentos que antes me hacía, me creo con fuerzas de vencer todos mis temores.

—Veamos, pues, lo que se puede hacer —replicó Leonor.

—Me confío a ti, no me abandones —dijo Matilde, besándola con ternura.

—Yo creo que debes verle, ya que no te atreves a escribirle, y para esto Martín, como dijiste, puede servirnos.

—¿Cuál es tu plan?

—Avisarle que en la Alameda puede verse contigo.

—¿Cuándo? —preguntó Matilde, sin poder ocultar la ansiedad que aquella sola idea le causaba.

—Mañana; irás conmigo y Agustín nos acompañará.

—¡Dios mío! —murmuró Matilde, a quien la emoción hacía temblar cual si estuviese ya en presencia de Rafael—, ¡si mi papá llegase a saberlo!

—Yo me hago responsable de todo —contestó Leonor, que parecía animarse a medida que su prima se dejaba vencer por el miedo.

Matilde la abrazó, dándole las gracias entre sollozos que no podía reprimir.

—Nada me deberás, Matilde —repuso Leonor, correspondiéndole sus caricias—, porque, además de mi amor a ti, tengo otro interés al servirte.

—¡Otro interés! —exclamó Matilde, alzando la frente que apoyaba en el seno de su prima.

—Sí, otro interés —repuso ésta—: quiero reparar una falta de mi padre, que fue en gran parte, como tú me has dicho varias veces, la causa de que despidiesen a Rafael de tu casa.

En esta explicación de su interés por Matilde, callaba Leonor una razón tan poderosa para ella como la que acababa de aducir. Si bien era verdad que deseaba reparar el mal causado por su padre, no influía poco en su determinación el deseo de distraerse, para combatir el desconsuelo que su última conversación con Martín había dejado en su alma. Sentía tanto más esta necesidad cuanto que ella misma había provocado aquella conversación, que le dejaba un amargo desengaño al ver escapársele el triunfo que de antemano saboreaba su orgullo. Este era el primer golpe que recibía su amor propio y debía naturalmente, preocuparla y entristecerla. Sin renunciar a vengarse de aquella humillación de su vanidad, experimentó un ardiente deseo de ocuparse de algo, deseo propio de organizaciones vehementes como la suya, para quienes la reflexión y la calma son un martirio. Esa misma vehemencia la impedía considerar las consecuencias que el plan concertado podía tener para la reputación de su prima y para la de ella misma.

—Sabes que en la Alameda nos puede ver cualquier persona conocida y contarlo a mi papá —observó Matilde, tras una breve pausa.

—Es preciso, Matilde —exclamó Leonor, a quien indignaba toda señal de debilidad—, que hagas una resolución formal de adoptar alguno de los partidos que se presentan y que para mí están claramente trazados: renunciar al amor de Rafael, o ponerte con valor en situación que tu padre no pueda obligarte a que aceptes el marido que a él le plazca imponerte. Lo que acabo de aconsejarte fue suponiendo que estabas completamente decidida por Rafael. Si no es así, no des paso ninguno; pero olvídale.

—Tal vez esperando se presente la ocasión de...

—Dime, ¿no has esperado más de un año?

—Es cierto.

—Y en todo este tiempo, ¿ha dado San Luis el menor paso para acercarse a ti?

—No, ninguno —contestó Matilde con un hondo suspiro—: por eso creí que me despreciaba.

—Y, sin embargo, te ama; pero parece que su resentimiento, o tal vez el temor, le impide buscarte. Lo que hay de cierto es que nada avanzarás esperando. Él seguirá creyendo que le engañaste y las apariencias justificando su opinión.

—Bien lo conozco; pero temo tanto que mi papá llegue a saber...

—Pues yo, en tu caso, preferiría que lo supiese. Si tu amor es sincero y nunca, como dices, amarás a otro que Rafael, tarde o temprano lo que tanto temes sucederá.

—Yo me había resuelto a sufrir en silencio.

—Pero quisiste saber si San Luis te había olvidado.

—Sí.

—Y me dijiste que darías tu vida por recobrar su amor.

—Es cierto ¡Ah, quisiera tener tu valor!

—Si no lo tienes, renuncia a tu amor, aún es tiempo. Me pediste consejos y apoyo. Yo te he dicho lo que haría en tu situación. Mas, si no posees suficiente energía para vencer tus temores por el hombre que amas, tienes razón: no debes dar ningún paso comprometiente, porque la sociedad te despreciara y tú seguirías siendo desgraciada.

—¡Ah!, pero yo no renunciaré al amor de Rafael —exclamó Matilde—; tú tienes razón, he sufrido mucho ya para tener derecho de buscar mi felicidad.

—En ese caso, si tienes valor, sigue adelante. Entre sufrir en silencio y tal vez despreciada, a sufrir después de justificarte, yo prefiero lo último.

—Y yo también —dijo Matilde con resolución.

—Es decir, que hablaré con Martín.

—¿Qué le dirás?

—Que tú amas a Rafael: esto ya debe Rivas haberlo sospechado.

—¿Y qué más?

—Que mañana te pasearás conmigo por la Alameda, cerca de la pila, entre la una y las dos de la tarde. Que él puede encontrarse allí por casualidad y acercarse a nosotras si tú le saludas.

—Bueno —contestó Matilde, reprimiendo el temblor que estremecía todo su cuerpo.

—Para esto es preciso que me vaya pronto —dijo Leonor—, porque debo hablar con Martín antes que salga del escritorio de mi padre pues en la noche puede no presentarse la ocasión de hablarle.

Cuando se despedían las dos niñas, el coche de don Dámaso esperaba ya en la puerta por orden que Leonor había dejado en su casa.

Diéronse un tierno abrazo y despidiéndose hasta la noche, y Leonor subió al carruaje, que partió con velocidad.

20

Mientras Leonor y el recuerdo de Rafael vencían los temores en el corazón de Matilde, don Fidel Elías regresaba a su casa bajo el peso de la noticia que acababa de transmitirle don Simón Arenal sobre el arriendo de la hacienda de "El Roble".

Entró pensativo en el cuarto en que su mujer se entregaba la mayor parte del día a la lectura de sus novelistas y poetas favoritos. En aquel instante leía "El Sueño de Adán" en "El Diablo Mundo", de Espronceda, y oyó la voz de su marido cuando el héroe pide a Salada un caballo como lo pedía Ricardo III para reconquistar su reino. La presencia de don Fidel la sacó de su éxtasis poético para arrastrarla a la prosa de la vida.

—Me dice mi compadre Arenal —principió diciendo don Fidel— que el arriendo de "El Roble" no está nada seguro.

Doña Francisca le miró sin comprender lo que oía. Además estaba desde mucho tiempo acostumbrada a oír y no a dar su opinión en los asuntos que su marido dirigía, por lo cual ella sólo la daba en presencia de otros para manifestar su superioridad intelectual.

—Me acaba de decir don Simón —prosiguió él, creyendo que doña Francisca no le había oído— que don Pedro San Luis ha dicho que tiene que reflexionar antes de comprometerse a prolongar el arriendo de la hacienda.

—Esperemos, pues —contestó ella, deseosa de continuar su lectura.

—Bueno es decirlo —replicó don Fidel—, pero entretanto a mí me interesa mucho el saber una contestación definitiva, porque, si pierdo la hacienda, me puedo arruinar.

—Entonces, busquemos algunos empeños para don Pedro.

—Ya había pensado en ello, pero lo peor es esta maldita política, que me ha privado de su amistad cuando más la necesito.

—Ah, entonces te convences de que yo tenga razón —dijo, animándose, doña Francisca, al ver una oportunidad de desquitarse de las humillaciones a que su marido la condenaba en sociedad.

—Yo sé muy bien lo que hago y no soy niño para que me anden dando consejos —repuso con voz agria don Fidel—. Pero dejemos la hacienda para hablar de otra cosa. ¿Te parece que Agustín se decidirá por Matilde?

—No sé; quién sabe...

—Para contestar eso no se necesita mucha penetración —dijo impaciente don Fidel—. Yo te pregunto, porque un hombre ocupado como yo no tiene tiempo de andarse fijando en esas cosas que son buenas para las mujeres.

—Nada he visto que me haga pensar de otro modo —respondió doña Francisca, tomando con impaciencia el libro que acababa de dejar sobre una mesa.

—Porque siempre estás pensando en libros y en sonseras; mientras que yo sólo me ocupo del bienestar de la familia.

—Pero, ¿cómo quieres que me ocupe de mi parte, cuando crees que nadie puede hacer las cosas como tú?

—Y ésa es la verdad; el hombre ha nacido para dirigir los negocios; pero como yo no tengo tiempo para todo, es preciso que tú trabajes por ese lado. Agustín es un buen partido que no debemos dejar escaparse y yo hablaré con Dámaso sobre este negocio, puesto que yo debo hacerlo todo en esta casa.

Doña Francisca abrió el libro y aparentó estar leyendo. Don Fidel tomó su sombrero y salió persuadido de que sólo él era capaz de dirigir de frente varios negocios a un tiempo, porque él calificaba entre los negocios, como la generalidad de los padres, el establecimiento de una hija.

Doña Francisca le vio salir sin extrañarse, porque se hallaba acostumbrada a terminar de este modo sus conversaciones con su marido.

Volvió después a "El Sueño de Adán" deplorando la falta de poesía del hombre con quien se hallaba unida por los lazos indisolubles, y esta idea la hizo suspender la lectura para tornar su memoria a Jorge Sand, con quien se comparaba por su aversión a la coyuntura matrimonial.

El coche de don Dámaso, entretanto, llevó a Leonor con gran velocidad a su casa a pesar del malísimo empedrado de nuestras calles, que sólo ahora ha llamado la atención de la autoridad local.

Leonor atravesó con paso ligero el patio de su casa y llegó a la puerta del cuarto-escritorio de su padre.

En el tránsito de la casa de don Fidel a la suya había pensado ya el modo de desempeñar su comisión acerca de Martín. Su carácter le aconsejó una entera franqueza en este asunto. Así fue que, después de asegurarse de que Rivas estaba solo, entró en la pieza y se aproximó al escritorio en que aquél trabajaba.

Al verla, Martín se puso de pie. Su corazón latió con violencia y el color desapareció instantáneamente de sus mejillas.

—Siéntese usted —le dijo Leonor con cierto tono de superioridad.

—Permítame, señorita, permanecer de pie —contestó el joven, viendo que Leonor apoyaba una mano sobre la mesa y se quedaba inmóvil.

—Vengo con el mismo objeto de que antes le he hablado —repuso Leonor, acentuando estas palabras, cual si quisiera evitar a Rivas cualquier otra explicación de aquel paso.

—Estoy a sus órdenes, señorita —respondió Martín, con el acento de orgullosa modestia que había llamado antes la atención de la niña.

—Se trata de su amigo San Luis, de cuyas confidencias me habló usted anoche. El nombró a usted, por supuesto, la persona que ama.

—Es la señorita Matilde Elías, prima de usted.

—Rafael, según me dijo usted, la ama todavía.

—Es verdad.

—¿Cree usted que se alegrara de saber que Matilde le ha correspondido siempre?

—Creo que esta noticia le volvería la felicidad, señorita.

—Pues bien, usted puede decírselo: una nueva como ésta se recibe de un amigo con doble alegría, según me parece.

—Tendré un placer infinito en dársela —dijo Martín.

La sinceridad con que el joven pronunció aquellas palabras hizo conocer a Leonor que Rivas poseía un corazón capaz de abrigar una amistad verdadera. Esta observación templó un tanto el encono con que creía deber mirarle desde la noche anterior.

Parece que de vuelta a su casa Leonor había cambiado un tanto acerca del plan combinado con su prima, porque hizo ademán de retirarse.

—Una palabra, señorita —dijo Martín—; Rafael se ha creído engañado; ¿creerá ahora lo que voy a decirle'?

—No sé, y me parece que si le interesa, él puede buscar los medios de averiguar la verdad.

Leonor salió tras estas palabras, y Rivas dejó caer su frente entre las manos, que apoyó sobre la mesa que tenía delante.

"Está visto —se dijo con amargo desconsuelo—: me considera un poco más que a un criado; pero mucho menos que los jóvenes que la visitan."

La amargura de aquella reflexión nacía del imperioso acento con que Leonor acababa de hablarle y de la profunda tranquilidad que ella manifestaba en presencia de su turbación.

Continuó Rivas preocupado con estas ideas, hasta que dio fin a su trabajo de aquel día y se retiró a su cuarto. De allí salió pocos momentos después en dirección a la casa de San Luis.

—Nunca podrás —dijo a Rafael, que le recibió con cariño —darme en tu vida una noticia como la que te traigo.

—¡Una noticia! —exclamó Rafael con un presentimiento vago de la realidad—; habla, ¿qué hay?.

—Matilde te ama.

Rafael miró a su amigo con tristeza.

—Mira, Martín —le dijo—, no te chancees con lo que para mí hay de más serio en la vida. Me sometes en este momento a una horrible tortura, porque, sin creerte lo que con tan poca ceremonia me dices, me figuro, no obstante, que hay algo de cierto en ello.

—Es muy verdadero —replicó Rivas; respeto demasiado tu dolor para engañarte; óyeme.

Refirió entonces a San Luis sus distintas conversaciones con Leonor, y terminó por la que acababa de tener lugar.

Rafael le estrechó entre sus brazos con una alegría imposible de descubrirse.

—Me traes más que la felicidad —le dijo—: me traes la vida.

Principió a pasearse por la pieza, hablando de sus recuerdos y de sus esperanzas con una verbosidad increíble. Al cabo de un cuarto de hora, Martín conocía con sus pormenores todas las escenas de aquel amor puro y ardiente que había llenado la vida de su amigo, y envidiaba su felicidad.

—Me olvidaba de ti, mi buen Martín —le dijo Rafael, sentándose a su lado—; ¿y tus amores?

—No tienen historia —contestó Rivas—; su pasado, su presente y su porvenir no encierran más que desconsuelo. Es una locura de la que debo curarme, como me has aconsejado varias veces. Ya lo ves: ella me considera bueno para darte a conocer tu felicidad.

—Vamos, ten buen ánimo; Leonor tal vez te amará algún día. El interés que demuestra por su prima prueba que tiene un corazón noble y podrá comprenderte. Esto me reconcilia con ella y hasta con su padre, a quien perdono el mal que me ha hecho.

—No te vayas —le dijo San Luis—. Acompáñame a comer: comeremos con mi tía. Ella se alegrará tanto como yo de lo que sucede. Además, tengo necesidad de hablar aún contigo; las últimas palabras que dijo Leonor me hacen pensar ahora, porque es preciso que yo vea a Matilde, que hable con ella ¿Me dices que Leonor te contestó?...

—Que a ti te interesaba averiguar la verdad.

—¡Ya lo ves! Debo buscar un medio para ver a Matilde. A ver, tú eres ingenioso: ¿qué harías en mi lugar?

—Le escribiría: esto me parece muy natural.

—Las cartas me fastidian; yo quiero oír su voz, quiero decirle que la amo más que nunca. Vamos, piensa en algo mejor que eso. Las cartas de amor, o son frías o son ridículas por afectación. Además, una carta suya bastaría por una vez: pero es preciso que yo la vea.

—En una carta puedes pedirle una entrevista.

—Pero, ¿en dónde?

—Ella tal vez resuelva ese problema.

—Bueno, le escribiré.

Llamaron a comer. Rafael contó a su tía, antes de entrar al comedor, la noticia que Martín le había traído y comunicó su alegría a la señora. En la mesa, San Luis despidió al criado y le dijo a su tía:

—Es preciso que usted hable con mi tío Pedro y le refiera lo que sucede. ¡Ah, yo tuve una inspiración feliz cuando le pedí algunos días para reflexionar sobre el negocio que me propuso!

—¿Y qué le diré sobre esto? —preguntó doña Clara.

—Le dirá que este es un medio excelente de obtener el consentimiento de don Fidel: yo le cedo el arriendo de "El Roble" si mi tío me quiere hacer este servicio, y con esto nos reconciliamos. Si él lo exige para darme la mano de Matilde, estudiaré hasta recibirme de abogado, o si lo prefiere, trabajaré en el campo con el apoyo de mi tío. Usted, por supuesto, sabrá convencerle: mi tío nos quiere y es generoso. Yo no dudo de que él me haga este servicio.

Después de comer, Martín se despidió de la señora y de Rafael y llegó a casa de don Dámaso cuando la familia de éste salía del comedor. Al subir la escala que conducía a su habitación, oyó el sonido del piano que Leonor tocaba orgullosamente a su padre a esta hora.

Leonor esperaba ver a Martín en la mesa para continuar con él el plan de desdeñosa indiferencia por medio del cual quería vengarse de las palabras con que pensaba que Rivas había humillado su amor propio. Con la ausencia del joven, se figuró que habría ido a casa de San Luis y le pareció indudable que asistiría en la noche a la tertulia. Esta idea la ponía alegre, porque esperaba hacer arrepentirse a Rivas en la noche de sus palabras de la anterior.

63

21

En aquel mismo instante entraba Agustín Encina al cuarto de Rivas. El elegante había estrechado su amistad con Martín desde la noche en que le vio en casa de doña Bernarda.

Un principio de egoísmo, que dirige la mayor parte de las acciones humanas, imperaba en el ánimo de Agustín al buscar la amistad de Rivas, a quien miraba con el desprecio del elegante santiaguino por el que viste mala ropa.

"Martín podrá acompañarme a casa de los Molina y servirme mucho", se decía Agustín.

Esta idea le indujo a vencer su orgullo de poderoso hasta tratar a Rivas con cierta familiaridad.

La expresión de *servirme mucho,* que Agustín había empleado al acercarse a Martín, necesita explicarse desde el punto de vista social en que Encina la usaba al formular su reflexión.

Un joven visita una casa. El amor, esta estrella que guía los pasos de la juventud, le ha dirigido allí. La falta de animación que se nota en nuestras tertulias anuda la voz en la garganta del que tiene que confiar a los ojos la frase amorosa que el temor de ser oída por los profanos le impide pronunciar.

Pero el amor lleva el sello de la humanidad que le rinde su culto: tiene que desarrollarse y progresa. Las miradas que bastan para alimentar lo que Stendhal llama "admiración simple" no alcanzan a satisfacer las exigencias del corazón, que llega pronto a lo que el mismo autor distingue con el nombre de "admiración tierna". Es preciso entonces oír la voz de la mujer querida y confiarle también las dulces cuitas del alma enamorada. Mas la conversación es general o fría en la tertulia, y no es fácil dirigir en privado la palabra a una de las niñas.

Entonces busca un amigo.

Este puede entretener a mamá con una charla más o menos insípida, o a las hermanas, que siempre tienen el oído más listo que la madre.

Y el enamorado puede entonces desarrollar a mansalva su elocuencia de frases cortadas y de suspensivos.

En este sentido pensó Agustín que Rivas podría servirle mucho en casa de doña Bernarda, en la que la vigilancia de la madre era tanto mayor, a pesar de su afición al juego, cuanto era también mayor el peligro de la situación, siendo el galán de su hija un mozo de familia acaudalada.

Agustín entró en el cuarto de Rivas entonando el estribillo de una canción francesa.

—¿Usted no ha vuelto a rendir visita a las Molina? —dijo a Martín ofreciéndole un hermoso cigarro puro.

—No, no he vuelto —contestó Martín

—¿Qué no piensa usted retornar a la casa?

—Nada había pensado sobre esto.

—Son excelentes muchachas.

—Así me han parecido.

—Yo pienso ir esta noche a verlas. ¿Quiere usted acompañarme?

—Con mucho gusto.

—¿Qué le ha parecido Adelaida?

—Bastante bien, pero no tanto como a usted —dijo Martín, sonriéndose.

—¿Le han dicho a usted que estoy enamorado de ella? —preguntó Agustín.

—Lo he conocido a primera vista.

—Pues, hombre, es verdad; no hay ninguna niña de nuestros salones que me guste tanto como Adelaida.

—Malo —dijo Rivas.

—¿Por qué?

—Porque ese amor puede convertirse en pasión y hacerle cometer alguna locura.

—¿Qué llama usted locura? En París todos tienen esta clase de amores

—Llamo locura, por ejemplo, que usted llegase a querer casarse con ella.

—¡Bah, querido; usted no conoce el mundo! Todas estas chicas saben que un joven como yo no se casa con ellas.

Martín hizo todas las reflexiones morales que le vinieron a la imaginación para combatir los principios parisienses del elegante, quien se contentó con decirle que no conocía el mundo.

—Lo que hay de cierto es que yo la amo —dijo Agustín, para terminar la amonestación de Rivas—, y que solo o acompañado por usted seguiré visitándola. Sentiré, sí, que usted no me acompañe.

—Si usted quiere le acompañaré —respondió Martín.

Rivas dio esta respuesta recordando la pintura que San Luis había hecho del carácter de Adelaida y de sus aspiraciones a casarse con algún hombre rico.

—Eso es, hombre —contestó Agustín, contento de la respuesta—; es preciso ser complaciente con los amigos. Además, es necesario divertirse en algo, porque esta vida de Santiago es tan insípida. Conque ¿es *convenido*? Me voy a vestir y lo encuentro a usted listo dentro de media hora.

—Bueno, estaré pronto —contestó Martín, pensando también que él tenía necesidad de distraer de algún modo su tristeza.

Martín hizo la siguiente reflexión después de la salida del hijo de don Dámaso:

"Cada vez siento aumentar mi pasión a medida que la esperanza de ser amado se aleja. ¿No es mejor, como Rafael y Agustín, apagar en un amor fácil la sed del alma, que devora la tranquilidad del espíritu?"

Esta idea se revolvía en su imaginación mientras él se preparaba para la visita que debía hacer con Agustín. La tendencia del amor a curar sus pesares con el principio de los semejantes despertaba en él su orgullo, humillado ante la altanera majestad de Leonor.

La vuelta de Agustín le sacó de su meditación. Venía vestido con una elegancia irreprochable.

En el camino tomó luego la palabra para hablar de sus amores, hasta que llegaron a casa de doña Bernarda.

En ese momento, Leonor se había sentado al piano y tocaba con entusiasmo. Hallábase contenta de haber manifestado a Rivas que podía encontrarse con él sin conmoverse y deseaba su llegada para aterrarle con su desdén. No podía olvidar las palabras del joven al confesarle su propósito de no amar. ¿No era éste un reto insolente arrojado a su hermosura y que nadie hasta entonces se había atrevido a hacerle?

Cansada de tocar se retiró del piano, y fue a sentarse pensativa en un sofá.

Cada ruido de pasos que se oía en el patio hacía latir con violencia su corazón; así es que recibía con un frío saludo a las personas que llegaban. La ausencia de su prima vino a aumentar la duración de aquella larga noche, en la que esperaba explicarle sus razones por no haber descubierto a Rivas todo el plan acordado en el día.

Perdida la esperanza de ver llegar a Martín, su irritación se aumentó con aquel ligero incidente que la privaba del placer de una victoria. Parecíale que Rivas cometa una falta imperdonable no presentándose a recibir la insultante indiferencia con que se preparaba hacerle conocer el desprecio que la había inspirado su propósito de no amar.

Leonor creía de buena fe en aquel instante que ese propósito era usurpado contra los fueros de su belleza que todos debían admirar.

Don Dámaso, por su parte, sin preocuparse de la impaciencia de su hija ni del sueño en que doña Engracia había caído, con Diamela en las faldas, se sostuvo durante toda la noche en abierta oposición al ministerio, contra don Fidel y don Simón, que le atacaron vigorosamente.

Al llegar don Fidel a su casa, en donde Matilde, pretextando un fuerte dolor de cabeza, había quedado con doña Francisca, encontró sola a su mujer y entregada a la lectura de Jorge Sand.

Don Fidel, después de argumentar en contra de la oposición delante de su compadre y fiador, se preguntaba, al volver a su casa, si pasándose a la oposición podría obtener la prórroga del arriendo de "El Roble".

En presencia de doña Francisca siguió en voz alta sus reflexiones, que, girando en torno de las probabilidades que el caso presentaba, tomaron la forma que indican las siguientes palabras:

—La cosa sería acertar el golpe, porque si ahora me paso a la oposición, pierdo la fianza de mi compadre, que, como ya se encuentra figurando entre la gente decente, se echará para atrás conmigo. ¡Maldita política!

Doña Francisca, que bajo la impresión de su lectura se hallaba en disposición de reducirlo todo a teorías, exclamo para formular una:

—Mira, hijo: la política, como dice no sé qué autor, es un círculo inflamado que...

—Qué círculo, mujer, ni qué autor —replicó impaciente don Fidel—; si don Pedro me firmase un nuevo arriendo de "El Roble" Yo me reiría de todo el mundo.

Doña Francisca se contentó con levantar los ojos, como poniendo al cielo por testigo del prosaico corazón a que había unido el suyo.

22

Rivas y Agustín entraron en casa de doña Bernarda en circunstancias que la señora preparaba la mesa de juego y llamaba a dos amigos de Amador que con éste y el oficial de policía rodeaban a las niñas.

—Vaya, hijitos decía doña Bernarda—, no estén hablando sonseras y vengan a echar un manito.

Los dos amigos de Amador acudieron al llamado de la dueña de la casa, que recibió a los que llegaban en ese momento con el naipe en la mano.

Doña Bernarda quiso adelantarse a recibirles.

—No se incomode usted, señora, por nosotros —le dijo Agustín—, continúe siempre.

—No, hijito; no es incomodidad —contestóle doña Bernarda.

—Quiero decir a usted que no se moleste —replicó el joven Encina con graciosa sonrisa.

—¡Ah!, si no le había entendido al francesito de agua dulce exclamó con alegre carcajada doña Bernarda—. ¿Quieren ustedes echar un manito?

—Más tarde, señora —contestó Agustín—; vamos a saludar a estas señoritas.

Las niñas que se hallaban en la pieza vecina, fueron llamadas por su madre.

—Traigan la vela para acá —les dijo, y estaremos todos juntos.

Adelaida y Edelmira obedecieron aquella orden, y el oficial de policía les siguió con la palmatoria.

—Así me gustan los militares subordinados —fueron las palabras con que doña Bernarda alabó la galantería de Ricardo Castaños, que colocó la palmatoria sobre una mesa y se sentó al lado de Edelmira.

Agustín vio que en aquella pieza era difícil sostener una conversación animada con Adelaida sin ser oído, y empezó a hacer alabanzas del canto de Amador.

—¡Oh, yo soy loco por el canto! —dijo el joven Molina, que tomó inmediatamente la guitarra.

—¿Qué tonada le gusta más? —preguntó éste.

—La que usted *ame* más; todas me placen —contestó Agustín.

Amador afinó la guitarra, mientras que Agustín entablaba su conversación, y entonó luego algunos versos, acompañándose con la música monótona de nuestras antiguas tonadas:

> Yo no pienso matar
> Por quien por mí no se muere;
> Querer a quien me quisiere
> y al que no me quiera, ¡andar

Agustín, aprovechándose del ruido, decía con apasionado acento a Adelaida.

—Yo necesito una prueba de su amor.

—¡Y usted qué prueba me da? —preguntó ella.

—¿Yo? La que usted demande

—Si usted me quisiese, como dice —replicó la niña—, se contentaría con mi palabra y no me pediría más pruebas.

—Es que nunca puedo hablar con usted con libertad —repuso Agustín— y por eso insisto en lo que pedía la otra noche.

—¿La otra noche? ¿Qué cosa? No me acuerdo.

—Una cita.

—¡Ay, por Dios! Eso es mucho pedir.

—¿Por qué? —preguntó Agustín, con la más rendida entonación de voz.

—Si le doy una cita, ¿quién puede perder en ella? Soy yo, ¿no es verdad?

—No me cree usted bastante caballero?

—Al contrario; demasiado.

—¿Y por qué demasiado?

—Porque nunca se casaría conmigo —diga la verdad.

Adelaida al decir estas palabras, fijó en el joven una mirada penetrante. Era la primera vez que entraba en discusión tan franca con Agustín.

Este, confundido con semejante pregunta, vaciló un momento, pero, recurriendo a la elástica moral, cuyas teorías había desarrollado a Rivas en la tarde, respondió:

—Sí, ¿por qué lo duda?

Adelaida leyó en la vacilación la falsía de la respuesta, mas no dio señales de disgusto. Fingiendo, por el contrario, haber creído en ella, volvió a preguntar:

—¿No me engaña usted?; ¿me lo jura?

Agustín, lanzado en el campo de la mentira, no titubeó para responder al instante:

—Sí, se lo juro.

Y la ligereza con que lo dijo sirvió a Adelaida para confirmar la opinión que en la anterior respuesta le acababa de dar la incertidumbre del joven.

—¡Ah, si usted no mintiera! —exclamó con un acento de pasión que Agustín creyó sincero.

—Juro a usted que no miento —respondió el joven—; concédame usted la cita y hablaremos.

En este momento concluía la tonada de Amador, y Adelaida dijo con voz breve:

—Mañana a las doce de la noche; la puerta de calle estará abierta.

Agustín dio casi un salto sobre su silla; la alegría iluminó su rostro haciendo centellear sus ojos.

—Me rinde usted el más feliz de los mortales —exclamó apagando el sonido de su voz, que se confundió con las últimas vibraciones del canto.

—Retírese usted, porque mi madre nos mira —le dijo entre dientes Adelaida.

El elegante se dirigió a la mesa de juego, prodigando al mismo tiempo sus cumplidos a Amador por la tonada que no había escuchado.

—A ver, francesito —le dijo doña Bernarda, que tallaba al monte—, haga una parada a la sota.

Martín, entretanto, había permanecido solo en su asiento. Por una propiedad común a los verdaderos enamorados hallábase aislado en medio de las personas que le rodeaban y al compás de las notas de la tonada de Amador, él cantaba su amor sin esperanzas, en versos incoherentes, que sólo resonaban en su imaginación.

Cuando terminó el canto, sus ojos y los de Edelmira se encontraron.

La idea de buscar su consuelo en otro amor hirió de nuevo su mente En la mirada de Edelmira había una tristeza que cuadraba con la que a él le afligía.

En ese instante, Amador llamó al oficial para que le diese su voto sobre una mistela hecha en la casa, y Ricardo Castaños no pudo negarse a tan honorífica consulta. Rivas aprovechó aquella circunstancia para sentarse al lado de Edelmira.

—No esperaba verlo tan pronto por aquí —le dijo la niña.

—¿Por qué? —preguntó Martín.

—Porque la otra noche creo que no se divirtió usted mucho.

—Pero hablé algunos momentos con usted y ellos bastaron para darme deseos de volver.

Rivas dijo estas palabras para probar cómo serían recibidas, dominado por su idea de buscar un consuelo en un nuevo amor.

Edelmira le miró con aire de sorpresa y de sentimiento.

—¿Es usted como todos? —le preguntó.

—¿Por qué me hace usted esa pregunta?

—Porque me figuré que usted era distinto de los demás.

Rivas ignoraba la significación que dan generalmente las mujeres a frases como la última de Edelmira.

No pensó en que la admiración con que ella recibió su cumplimiento y lo que acababa de decirle podían perfectamente interpretarse como de feliz agüero para los nuevos amores a que aspiraba.

—¿Cómo me ha considerado usted entonces? —le preguntó.

—Sincero en sus palabras —contestó Edelmira—, e incapaz de jugar con cosas serias.

Aquella apelación sencilla a su honradez tuvo para el alma delicada y noble de Martín toda la fuerza de un amargo reproche. Vio al instante que iba a tomar un camino indigno de un hombre honrado, y la historia de Rafael trajo elocuentes a su memoria los remordimientos que su amigo le pintara en conversaciones posteriores a su primera confidencia.

—No crea —dijo— que haya mentido cuando le dije que el recuerdo de la conversación que tuve con usted me daba deseos de volver, es la verdad. El modo como usted me pintó el pesar que le causaba su posición en el mundo me inspiró una viva simpatía, porque encontré cierta analogía con mi propia situación.

—Me gusta más que usted me hable de este modo —repuso Edelmira— que como usted había principiado.

—Lo que acabo de decirle es sincero —replicó Martín.

—Sí, lo creo, y me gustaría mucho si usted, algún día, tiene bastante confianza en mí para hablarme con la franqueza que yo lo hice la otra noche.

—Ya he principiado, puesto que le digo que encuentro analogía entre mi situación y la de usted.

Continuaron de este modo su conversación durante largo rato. Edelmira había encontrado en Martín el tipo del héroe que las mujeres aficionadas a la lectura de novelas se forjan en la juventud, y cedía a un temor muy natural cuando no quería oír de su boca los galanteos que oía diariamente de Ricardo Castaños y de los demás jóvenes que frecuentaban su casa. Hallaba una grata satisfacción en penetrar en el alma de Rivas por medio de la expansión de la amistad, recurso de que instintivamente hacen uso las almas sentimentales que tienen horror innato a las formas estudiadas del lenguaje amoroso.

Martín, que había ya condenado en su conciencia la idea de inspirar un amor al que no podía corresponder, halló por su parte mucha dulzura en la amistad romántica que le ofrecía Edelmira. En poco rato su simpatía por aquella niña ocupó un lugar considerable en su corazón.

Hallaba en ella una sensibilidad exquisita unida a un profundo desprecio a las gentes que se creían con derecho a su amor, cuando eran incapaces de comprender la delicadeza de sus sentimientos. En su desconsuelo había cierto perfume de poesía, que rara vez deja de encontrar un eco amigo en el corazón de un joven moralmente bien organizado; así fue que Martín, cautivado por la sensibilidad que descubría en Edelmira, llegó a un punto de su conversación en que dijo estas palabras:

—Le confesaré la verdad: amo y sin esperanza.

Esta franca confesión, con la que Rivas se ponía en la imposibilidad de dejarse tentar de nuevo por la idea de buscar un consuelo en el amor de Edelmira, oprimió dolorosamente el corazón de la niña. Parecióle que le arrancaban una esperanza, que su conversación con Martín íbase revistiendo de formas precisas. Al mismo tiempo, esas palabras despertaron en su pecho lo que una media confidencia no deja nunca de despertar en una mujer: la curiosidad.

—¿Será una señorita rica y bonita? —preguntó.

—¡Es bellísima! —dijo Martín, con un entusiasmo que no procuró en disimular.

Esta contestación produjo una pausa, que fue interrumpida por Amador y el oficial, que entraron declarando que la mistela era de primera calidad.

Martín se levantó de la silla.

—Espero que usted no dejará de venir a verme —le dijo Edelmira.

—Teniendo ya una amiga como usted —contestó Rivas—, no necesitaré buscar compañero.

Todos rodearon en ese momento la mesa de juego y Amador tomó el naipe que dejaba doña Bernarda, contenta con haber ganado cien pesos.

El que perdía la mayor parte era Agustín Encina, que, entusiasmado con el buen éxito de sus amores, desafiaba a todos los circunstantes al juego, después de haber perdido, para manifestar delante de Adelaida su desprendimiento del dinero.

Amador hizo traer una botella de la nueva mistela para fomentar la animación de Agustín y las libaciones corrieron parejas con las apuestas.

Sin duda el hijo de doña Bernarda conocía alguno de los métodos con que cierta clase de jugadores se apoderan del dinero de los demás, con más cortesía pero no más honradez que los salteadores de camino, porque parecía haber avasallado a la fortuna ganando cada vez cantidades que al cabo de un cuarto de hora había agotado el dinero de Agustín.

—Juego sobre mi palabra —exclamó éste, apurando una copita de mistela, cuando se encontró sin plata.

—Como usted guste —contestó Amador—, pero yo abandonaría el partido en su lugar.

—¿Por qué? —preguntó el joven Encina.

—Porque está de mala suerte.

—Yo la compondré —contestó con orgullo el elegante, que miraba con desprecio a tan pobres adversarios.

Amador y otro de los que rodeaban la mesa cambiaron una mirada significativa.

—¿Cuánto apuestas? —preguntó el hijo de doña Bernarda, sacando las cartas.

—Seis onzas al siete de oros —dijo Agustín.

Al cabo de una hora había perdido mil pesos, que en media hora más se doblaron. Martín intervino entonces, y puso término al juego.

—Traiga usted papel y le firmaré un documento —dijo Agustín a Amador.

El documento fue otorgado por dos mil pesos. Agustín lo habría firmado por cuatro, porque en aquel instante recibía de Adelaida una mirada de amorosa admiración.

Al salir de casa de doña Bernarda, el joven Encina, entusiasmado con su conquista y con los vapores de la mistela, contaba, en su jerga peculiar, a Martín, la manera irresistible que había empleado para seducir el corazón de Adelaida.

Después de la salida de las visitas, quedaron en la pieza, al lado de la mesa de juego, doña Bernarda, Adelaida y Amador.

Edelmira se retiró después de oír de boca de su madre algunas amonestaciones sobre la necesidad en que está toda muchacha de buscarse un buen marido.

Cuando Amador se vio solo con su madre y su hermana mayor cerró la puerta por la cual acababa de pasar Edelmira.

—¿Qué hubo? —preguntó después de esto, dirigiéndose a Adelaida.

—Para mañana en la noche —contestó ella.

—¡Ah!, ¡ah! —exclamó doña Bernarda—, ¿el francés de agua dulce pidió una cita?

—No es la primera vez —dijo Adelaida.

—Estos ricos —repuso Amador— quieren andar engañando muchachas; éste la pagará caro.

—Entonces, mañana traes a tu amigo —añadió doña Bernarda.

—Le juro, pues —respondió Amador.

—¿Y si no quiere? —preguntó la madre.

—No le dé cuidado, mamita —contestó Amador, tomando una vela para retirarse.

Luego añadió acercándose a ella.

—No se le olvide no más lo que le dijimos.

—¿Que soy tonta para que se me vaya a olvidar? —contestó ella—; verís si yo sé hacer las cosas.

En el momento en que Amador se retiraba, se oyó un ligero ruido tras la puerta que éste había cerrado al principiar aquella conversación.

—Será la tonta de Edelmira que estará oyendo —exclamó doña Bernarda.

—¿Qué importa que nos oiga? —dijo Amador—; mañana ha de saber lo que pase.

La madre pareció satisfecha con la respuesta, y dio las buena noches a sus hijos.

23

Rafael San Luis había pasado con tanta prontitud del profundo abatimiento en que vivía a la felicidad, que después de despedirse de Martín le parecía un sueño la inesperada noticia que acababa de traerle su amigo. Su primer cuidado fue el de enviar a su tío para enterar a don Pedro de sus nuevos proyectos sobre la hacienda de "El Roble", con cuyo arriendo esperaba vencer las dificultades que le separaban de Matilde, ganándose la voluntad de don Fidel Elías.

Cuando se vio en su cuarto, rodeado de sus muebles, testigos de su constante dolor cubrió de besos el retrato que guardaba de su querida y volvió la memoria hacia los pasados tiempos de su dicha, no sin una triste impresión al recordar las acciones de su vida desde que la suerte le había separado de Matilde. El remordimiento de haber sacrificado el honor de Adelaida Molina al consuelo de sus penas habló entonces más alto en su conciencia que en los días anteriores. La felicidad le volvía hacia la virtud así como la desesperación le hiciera quebrantar sus leyes. Sintió con vergüenza que no iría puro como antes, a jurar amor a los pies de la que inmaculados le guardaba su corazón y su fe. Aquella fue la primera idea que vino a enturbiar la onda cristalina de su alegría y también la que le sacó de la contemplación en que se hallaba sumergido, para hacerle sentir la necesidad de mayores emociones que le distrajesen de su enojoso recuerdo.

Ver a Matilde y oír de su boca las tiernas protestas de su amor santamente conservado, fue lo que al momento ocupó su imaginación. Recordó con esto que la última frase de Leonor, que Rivas le había transmitido, le abría el camino para buscar los medios de llegar hasta Matilde. Sentóse a su mesa y principió a escribir con un ardor febril. Al cabo de una hora había roto dos cartas y escribía la siguiente, que fue la única que satisfizo su impaciencia:

Un amigo me acaba de decir que usted me ama todavía. No puedo pintarle la felicidad que esta noticia me trae de repente; sería preciso que usted me oyese, porque una carta no bastaría para contener la historia de los pesares que la nueva esperanza desvanece. Si es verdad que usted me conserva ese amor, que ha sido hasta hoy mi única dicha y mi único pensamiento querido, déjeme oírlo de su voz. Esta súplica se la haría de rodilla si usted pudiese verme, porque si usted la desoye, creeré que me han engañado, y volver a mi largo y desconsuelo sería horrible para mí.

San Luis se contentó con esta carta porque era la única que se hallaba en armonía con la agitación de su espíritu. Las largas frases de amor que había confiado a las dos primeras le parecieron muy frías para pintar el estado de su alma bajo la violenta emoción que le agitaba. Después de cerrarla, se dirigió a casa de don Fidel. Al llegar al umbral de aquella puerta que había atravesado por última vez con el corazón despedazado, temblaba como en la proximidad de un inmenso peligro.

Para entregar su carta no había imaginado otro medio que el inventado tal vez desde el origen de la escritura. La hora favorecía sus intenciones, porque la noche había llegado ya y el mal alumbrado de las calles le permitía acercarse a la casa sin temor de ser conocido. En el cuarto del zaguán preguntó por una criada antigua de doña Francisca, que había conocido durante sus visitas. Cuatro reales bastaron para que el criado que ocupaba la pieza del zaguán se prestase a llamar a la persona por quien Rafael preguntaba, y diez minutos después la carta se hallaba en manos de Matilde.

Llegada la hora en que don Fidel asistía con doña Francisca y su hija a casa de su cuñado, Matilde fingió un dolor de cabeza para quedarse, temiendo que en la tertulia de don Dámaso alguien pudiese leer en su semblante la turbación en que se hallaba después de leer la carta de San Luis.

A las ocho de la mañana del siguiente día, Leonor salía de una iglesia envuelta en su mantón y acompañada por un sirviente.

De la iglesia se dirigió a casa de su prima, que la recibió en la misma pieza en que habían estado el día anterior.

—¿Estás realmente enferma, como anoche me dijeron? —preguntó a Matilde, en cuyo rostro se veía la palidez que deja ordinariamente una noche de insomnio.

—Mira esta carta —fue la contestación de Matilde, que puso en manos de su prima la que Rafael le había dirigido.

—¿Y tu mamá? —preguntó Leonor, sentándose y sin mirar la carta.

—Está durmiendo.

Leonor echó hacia atrás el mantón que cubría su frente y empezó a leer. Después de terminar, alzó los ojos sobre su prima. Esta permanecía de pie, frente a ella, y en la actitud de un culpable delante del Juez.

—No habrás comprendido —le dijo Leonor— cómo San Luis te pide una entrevista después de nuestra conversación de ayer.

Matilde, en su turbación, no se había fijado en aquella circunstancia, y sólo entonces recordó que en su convenio con Leonor habían resuelto citar a Rafael para ese día.

—Es cierto —contestó.

—Al irme de aquí —repuso Leonor— cambié de plan. Me pareció más natural decir sólo la mitad de él y dejar que San Luis pidiese la cita. Esta carta manifiesta que no me engañé. ¿Has contestado?

—No, esperaba verte para hacerlo.

—¿Has cambiado de resolución desde anoche?

—Tampoco —dijo Matilde—. Es verdad que tengo miedo, pero me venceré. Ahora que Rafael me ha escrito, es imposible cambiar de determinación, porque si me negase creería que no le amo.

—Tienes razón. De modo que le contestarás ahora.

—¿Qué le diré?

—Lisa y llanamente lo que ayer convinimos. Es temprano y tu contestación llegará a tiempo. No olvides que es para las dos a más tardar. Yo estaré aquí con Agustín a la una.

Después de la salida de su prima, Matilde contestó en los términos que acababa de recomendarle, y envió su carta por el mismo conducto que había recibido la de Rafael.

Leonor llegó pronto a su casa y se dirigió a las piezas que ocupaba su hermano, a una de cuyas puertas dio tres ligeros golpes.

La voz de Agustín preguntó del interior:

—¿Quién es?

—¿No estás en pie? —preguntó Leonor.

—Entra, hermanita —dijo a la niña—. ¿Qué es esto tan de mañana? ¿Vienes de la iglesia?

Leonor dio una respuesta afirmativa a la última pregunta y se sentó en una poltrona de tafilete verde que le presentó el elegante.

—Y tú, ¿cómo estás tan temprano de pie? —preguntó la niña quitándose el mantón.

Agustín había pasado mala noche con la felicidad, que a veces desvela tanto como el pesar.

—No sé —dijo—, desperté temprano.

—Anoche te recogiste tarde.

—Sí, me entretuve por ahí —contestó Agustín, que veía con placer una ocasión de recordar su visita de la noche anterior.

—¿Dónde estuviste? —preguntó Leonor, con aire de distracción.

—En casa de unas niñas.

—¿Había muchos jóvenes?

—Algunos; yo estuve con Martín.

—¡Con Martín! —dijo Leonor, admirada—. ¿En casa de qué niñas?

—¡Ah!, hermanita, eres muy curiosa; se cuenta el milagro sin nombrar el santo.

—No sabía que a nuestro alojado le gustase visitar —dijo Leonor jugando con el libro de misa que tenía entre las manos.

—Como a todo hijo de vecino.

—¿Son bonitas las niñas?

—¡Oh, encantadoras!

El entusiasmo de esta respuesta produjo en Leonor una extraña sensación.

—¿Las conozco yo? —preguntó con curiosidad.

—No sé... puede ser.

Agustín dio esta contestación porque, si bien se hallaba con deseos de contar que era amado, no quería, por otra parte, hacer sospechar a su hermana la baja esfera social en que había ido a buscar sus conquistas amorosas.

—De esas niñas —dijo Leonor—, alguna debe gustarte.

—La más bonita —contestó Agustín con orgullo.

—¿Y ella te quiere?

—No faltan pruebas para creerlo.

Leonor había hecho las preguntas anteriores para no llamar la atención de su hermano sobre ésta otra.

—Martín... ¿hace la corte a alguna de ellas?

—No sé precisamente; pero le he visto conversar mucho con una hermana de la mía.

Agustín dio a este posesivo toda la fatuidad que le inspiraba el acuerdo de la cita que había obtenido de Adelaida.

—¿Y es bonita también? —preguntó Leonor.

—Bonita, ¡cómo no!, aunque no tanto como la otra; pero es interesante.

La niña se quedó pensativa durante algunos momentos. Sentíase humillada por aquella revelación.

Era claro que Rivas había mentido al contarle, con pretendida modestia, su propósito de no amar; y que probablemente hablaba de amor con otra cuando ella le esperaba para confundirla con su desdén. Mientras hizo estas reflexiones, se le ocurrió la idea de que su silencio podía despertar las sospechas de su hermano sobre la causa que lo motivaba y determinó llamar su atención sobre el asunto que la llevaba allí.

—¡Ah! —exclamó al instante de pensar en esto—, se me olvidaba que tengo que pedirte un servicio.

—¿Un servicio, hermanita? —dijo Agustín—, habla, *soy todo a ti*.

—Quiero que me acompañes hoy a la Alameda, entre la una y las dos de la tarde.

—¿Para qué? Hoy no es domingo.

—Después te diré; prométeme primero que me acompañarás.

—Te lo prometo, no tengo dificultad ninguna.

—Dime, Agustín, ¿tú estás verdaderamente enamorado de esa niña de que acabas de hablarme?

—¡Oh!, la amo *de todo corazón*.

—De modo que si no pudieses verla, lo sentirías mucho.

—Muchísimo; pero no creo que suceda.

—Eso no importa; supón que te separasen de ella.

—¡Caramba, no sería tan fácil!

—Ya lo sé; pero dalo por hecho.

—¡Ah!, ¿es una suposición? Bueno.

—Estando así, sin verla, ¿no agradecerías mucho a la persona que te proporcionase con ella una entrevista?

—¡Cómo no! ¡Se lo agradecería en el alma!

—Pues, es lo mismo que tú vas a hacer acompañándome a la Alameda.

—¡Ah, picarona!, tienes tus amorcillos, ¿eh?

—No, hijo, no soy yo —dijo, con tristeza, Leonor.

—Entonces, ¿quién es?

—Matilde.

—¡La primita! ¿Y éste es el cuántos? Porque cuando yo estaba en Europa, supe que tenía amores con Rafael San Luis, tú me escribiste que se iba a casar con otro y ahora quiere que la lleven a la Alameda para ver, sin duda, a un tercero. *¡Fichtre! ¡Excuse usted de lo poco!*

—No es para ver un tercero; Matilde no ha amado nunca más que a Rafael San Luis.

—Y entonces, ¿cómo iba a casarse con Adriano?

—En gran parte por culpa de mi papá.

—¡De mi papá, hermanita! No comprendo.

—Porque tú no has sabido que mi papá fue el que aconsejó al tío Fidel para que despidiese a San Luis de su casa.

—¿Y por qué?

—Dicen que porque estaba pobre Rafael.

—No deja de ser una razón.

—Aunque lo fuese, mi padre no debió intervenir para causar la desgracia de un joven bueno.

—Es verdad.

—Y yo creo que nosotros cumplimos con un deber reparando su falta en lo que podamos.

—Así me parece, es justo.

—Matilde ama siempre a San Luis, y nunca amará a otro.

—Hace bien; yo estoy por la constancia.

Leonor explicó en seguida lo restante de su plan, dejando a su hermano muy convencido de la necesidad de apoyar a Matilde en sus amores.

Despidiéronse después de esta conversación, prometiendo Agustín no faltar a la hora convenida.

El elegante se hallaba en un día de indulgencia, con la alegría que le causaba la expectativa de la cita; así fue que no tuvo un momento de escrúpulo para favorecer los amores de Matilde.

24

Un poco antes de la una del día, salió Leonor de su pieza al cuarto de la antesala. La completa elegancia de su traje hacía resplandecer su admirable belleza. Un vestido de popelina claro ajustaba su talle delicado, que se divisaba a través de un amplio encaje de Chantilly que guarnecía una manteleta bordada, de terciopelo negro. Los numerosos pliegues de la pollera se perdían longitudinalmente hacia el suelo, realzando la majestad de su porte, y un cuello de finos encajes de *valciennes* ajustado por un prendedor de ópalos, confundía su blanco bordo con el delicado cutis de su bien delineada garganta.

Leonor se sentó a esperar a su hermano, entreteniéndose en jugar con un quitasol que tenía entre las manos. Al cabo de cortos instantes se separó de su asiento y se puso delante del espejo de la chimenea, pasando una mano sobre sus lustrosos *bandeaux*, con un cuidado que acreditaba el culto que profesaba a su persona.

Muy distante se hallaba Leonor de figurarse que en ese momento dos ojos dirigían sobre ella una mirada ardiente a través de la vidriera de la puerta que comunicaba la antesala con el escritorio de su padre. Aquellos ojos eran los de Martín, que, habiendo oído cerrar la puerta por la cual Leonor acababa de pasar, se había puesto en observación, como muchas veces lo hacía para ver a la niña, que a esa hora estudiaba diariamente el piano.

Tanta belleza y elegancia hacían latir el corazón del enamorado mozo con desesperada violencia. Con la avidez de todo amante, quiso Rivas contemplar de más cerca a su ídolo e imaginó al momento un pretexto para acercarse. Sentía una extraña fascinación que le arrastraba en su amor a despreciar la altivez con que era tratado: era el efecto de la misteriosa fuerza que impulsa a todo infeliz a ponderar sus pesares, a todo criminal a seguir en la oscura senda a que un primer delito le arroja. Martín deseaba complacerse en su propia desgracia, sentir la opresión de su pecho ante la mirada altanera de Leonor, comparar cerca de ella la miseria de su destino con la opulenta riqueza y hermosura de la niña. Estas sensaciones le hicieron abrir la puerta con un ardor febril, sin explicarse lo que hacía y cegado ya por la desesperación sobre su suerte que la vista de Leonor le infundía. La niña volvió precipitadamente la cabeza hacia el punto en que se abría la puerta y vio aparecer a Martín, pálido y turbado ante ella.

Al momento vinieron a la memoria de Leonor sus propósitos de la víspera, y recibió el saludo del joven con fría mirada y orgulloso ademán.

Ante aquel saludo, conoció Rivas lo aventurado y temerario de lo que hacía.

—Señorita —dijo con voz tímida—, me he tomado la libertad de presentarme para decir a usted que ayer cumplí el encargo que usted se sirvió hacerme.

—Yo esperaba haber recibido anoche esa respuesta —contestó Leonor, sentándose.

Martín tomó el tirador de la puerta en señal de retirarse.

—Mi hermano me hizo esta mañana ciertas confidencias —dijo Leonor, sin dar tiempo a Rivas de hacer lo que intentaba—, que me han explicado por qué no sucedió lo que yo esperaba.

La palidez de Martín desapareció bajo un vivo encarnado al oír aquellas palabras, porque se figuró que Agustín hubiese hablado de la casa de doña Bernarda.

—No creí, señorita —contestó—, que usted aguardase con tanta impaciencia la respuesta

—De modo que usted ha vuelto la felicidad a su amigo —dijo Leonor, sin aceptar por ninguna señal exterior la disculpa del joven.

—Gracias a usted, señorita —repuso Martín, inclinándose.

—Este será un mal ejemplo para usted —replicó con una imperceptible sonrisa de malicia.

—No veo por qué, señorita.

—Porque la felicidad de su amigo puede influir contra los heroicos propósitos que usted me manifestó la otra noche.

—Rafael ocupa una posición muy distinta de la mía —dijo Rivas, con un acento tan naturalmente melancólico qué Leonor fijó en él una profunda mirada.

—¿Porque está seguro de ser amado? —preguntó.

—Precisamente.

—¿Y usted?

—Yo... no pretendo serlo —contestó Martín, con verdadera modestia.

—Es usted muy desconfiado. —replicó Leonor, con la sonrisa que un momento antes se había dibujado en sus labios.

—Creo que mi desconfianza podrá servirme de escudo contra mayor desgracia que la de no ser nunca amado.

—¿Mayor desgracia? ¿Cuál, por ejemplo?

—La de amar sin esperanza.

Martín pronunció estas palabras con voz tan íntimamente conmovida, que Leonor, a pesar de su imperio sobre sí misma, se puso encarnada y bajó la vista al encontrarse con la ardiente mirada del joven.

Su invencible orgullo la hizo al momento avergonzarse de su involuntaria emoción.

En el instante de bajar la vista oyó la voz de su amor propio escarnecido por su debilidad. De modo que, apenas sus dilatados párpados habían cubierto las pupilas, alzáronse de nuevo dejando ver la arrogante mirada del orgullo ofendido.

—No debe usted arredrarse ante esa desgracia —dijo—; pocos son los hombres que no encuentran alguna vez siquiera quien los ame. Por lo que me dijo Agustín, usted está en camino de encontrarse pronto a cubierto de lo que tanto parece temer.

Levantóse, al decir esto, de su asiento, con la majestad de una reina, y arrojó al joven, mirándole con aire de burla, que en nada disminuía su dignidad, estas palabras:

—Una de las niñas que ustedes visitaron anoche, dice Agustín que manifiesta afición por usted; ya ve que puede tener más confianza en su estrella.

Y salió de la pieza llamando a una criada y dejando a Rivas sin movimiento en el punto donde había permanecido de pie durante toda a conversación.

Muy luego oyó la voz de Leonor que decía:

—Di a Agustín, que le estoy esperando hace más de una hora.

Estas palabras le sacaron de su estupefacción. Abrió la puerta y entró al escritorio de don Dámaso con las lágrimas próximas a escapárseles de los ojos.

Las últimas palabras de Leonor y lo que había dicho después a la criada le hacían creer que le miraba como un objeto de pasatiempo y de burla. Esta creencia arrojó en su alma una tristeza que nubló los resplandores que todo joven divisa en el porvenir.

"Vamos —se dijo con rabia, apoyando ambas manos en la frente—, es preciso trabajar".

Y tomó la pluma con ardor desesperado, evocando el recuerdo de su pobre familia para calmar la desesperación que le oprimía el pecho y le daba deseos de llorar como un niño.

Leonor volvió a sentarse pensativa en el sofá que había ocupado mientras hablaba con Martín. Maquinalmente se detuvieron sus ojos en la puerta que el joven acababa de cerrar, y parecíale verle aún, de pie, próximo a esa puerta, pálido y turbado, dirigirle con ardiente mirada y conmovido acento aquella frase que en pocas palabras pintaba el melancólico desconsuelo de su alma: "Amor sin esperanza". Y bajó de nuevo, por un movimiento maquinal también, su vista; pero al levantarla otra vez no brillaban ya en sus ojos los rayos de su orgullo receloso y tenaz, sino la vaga expresión que pinta la alborada de una nueva emoción en el alma.

Leonor pensó entonces, mas sin formular con precisión tal pensamiento, que en aquellas palabras de un verdadero sentimentalismo, en la elocuente mirada de los ojos negros de Martín, en la íntima emoción que acusaba su voz, había mil veces más atractivos que en los estudiados cumplimientos de los elegantes jóvenes que cada noche le repetían sus hostigosos cumplidos. Aquella ligera entrevista dejaba en su ánimo una profunda y desconocida emoción, una tristeza indefinible que borraba de su memoria la imagen del pobre provinciano, tímido y mal vestido, para ceder su lugar al joven modesto y sentimental, que en pocas palabras dejaba entrever un corazón de grandes sensaciones.

La llegada de Agustín vino a cortar aquellas reflexiones, sin forma fija, en que vagaba complacida la mente de Leonor.

El elegante había apurado la combinación de la corbata con el chaleco y pantalones a la más perfecta armonía de los colores; el cutis lustroso de su cara atestiguaba el paso de la navaja sobre una barba naciente y su pelo despedía el perfume de la más rica pomada de jazmín de Portugal, que fabrica la Sociedad Higiénica de París.

—¿Te he hecho esperar, mi toda *bella?* —preguntó a Leonor, ostentando con arte la gracia de su pantalón cortado por Dussotoy en la capital de la elegancia.

—Algo —contestó Leonor, levantándose.

Salieron de la casa y llegaron poco después a la de don Fidel, donde les esperaba Matilde.

Esta había dado también un cuidado prolijo a su traje, que bien podía rivalizar en gracia con el de su prima. La resolución un poco violenta de que se había armado añadía cierta gracia a su belleza, modesta hasta la timidez, y sus ojos estaban animados por una viveza que aumentaba su brillo y su hermosura.

Pusiéronse en camino, aparentando una alegría que sólo Agustín tenía en realidad, porque Leonor y, sobre todo, Matilde no podían ocultar la turbación que de ellas se apoderaba al aproximarse a la Alameda. Al llegar al paseo de que nos enorgullecemos todos como buenos santiaguinos, Leonor había recobrado su serenidad y alentaba a Matilde, a quien el temor había hecho perder enteramente la viveza y animación que al salir de su casa se miraban en su semblante.

La Alameda estaba desierta como lo está en días que no son festivos. El alegre sol de primavera jugaba en las descarnadas ramas de los álamos y extendían sus dorados rayos sobre el piso del paseo.

Las dos niñas avanzaron con Agustín hasta el punto en que se encuentra la pila. La soledad del lugar infundió confianza en Matilde, y la conversación, que al llegar había languidecido, recobró su animación cuando estuvieron sentados no lejos del maitén que algún intendente amigo de los árboles nacionales hizo colocar en el óvalo de la pila como una muestra de su predilección.

Poco rato después que se hallaban en aquel lugar. Agustín dijo al oído de Leonor:

—Allí viene Rafael.

Matilde le había divisado desde lejos y hacía poderosos esfuerzos para ocultar y reprimir el temblor de su cuerpo.

San Luis se acercó al escaño y saludó con gracia a Leonor y a su prima primero, dando la mano a Agustín, que le acogió con risueño semblante. Igual cortesía había mostrado al saludar a cada una de las niñas, sin que hubiese podido distinguirse que una de ella ocupaba su corazón únicamente desde hacía muchos años.

Rafael tuvo también bastante oportunidad para entablar luego una conversación, en la que todos tomaron parte, destruyendo de este modo el natural embarazo que debía suceder al saludo. Con esa conversación, Matilde se serenó del todo y pudo dirigir, sin temblar, sus miradas a Rafael, con la ternura de un amor verdadero, que desdeña el artificio y deja retratarse en el rostro las gratas emociones que se apoderan del alma.

Leonor dio poco después la señal de la vuelta, levantándose y apoderándose del brazo de su hermano. Rafael ofreció el suyo a Matilde, y las dos parejas se pusieron en marcha con lento paso.

San Luis entabló pronto la conversación con que había soñado tantas veces en sus días de tristeza; pintó con calor sus pesares; hizo estremecerse de gozo el corazón de su amada con la expresión apasionada de un amor que había llenado su existencia, y reprimió con una alegría que le costaba reprimir las sencillas y tiernas palabras con que Matilde le contó los dolores del sacrificio que había hecho a la voluntad paterna. Hubo en esa mutua confidencia de dos corazones unidos por una pasión sincera y separados por la ambición, esa expansión sin arte que desborda del pecho inundado por una felicidad completa, palabras que contaban con una vida sin límites, miradas que brillaban con celestial ventura.

—En fin —dijo Rafael—, todos mis pesares los borra este momento; ya veo que los más locos sueños de la imaginación pueden realizarse. ¡Usted me ama!

Esta frase fue pronunciada cuando Matilde refería los temores que había vencido para dar la cita.

—Ahora —añadió la niña, que en aquel momento de suprema dicha sentía en su alma un valor decidido— mi resolución es irrevocable. He sufrido mucho para no tener en adelante la fuerza de resistir.

Rafael contó entonces su nuevo plan y las probabilidades con que contaba para vencer la obstinación de don Fidel. Este plan abría a los amantes el campo rosado de la esperanza, desarrollando a sus ojos los mirajes infinitos que siempre se presentan a los enamorados felices. Los alegres proyectos cernieron sobre ellos sus alas doradas y les pareció que el cielo era más azul y más puro el aire en que resonaban sus palabras.

En andar tres cuadras habían empleado cerca de media hora, durante la cual Agustín contaba a Leonor sus amores transformando, en su narración, a Adelaida en la hija de una de las principales familias de Santiago, y sin llegar a la relación de la cita que fue sustituida por mil pruebas de una violenta pasión, inventadas por la imaginación del elegante.

Al terminar la cuarta cuadra, Leonor se detuvo y fue preciso separarse: Matilde y Rafael creían no haber hablado todavía. El joven despidió como había saludado: llevaba la esperanza de una nueva entrevista si Leonor consentía en acompañar de nuevo a Matilde, mientras se ponía en ejecución el plan que debía dar por resultado el consentimiento de don Fidel Elías.

25

Nuestra narración debe en este punto retroceder hasta el día siguiente de la fiesta celebrada en casa de doña Bernarda para explicar las palabras que mediaron entre ésta, Adelaida y Amador, después de la visita en que Agustín Encina había obtenido la cita.

El secreto que Rafael había revelado a Martín sobre sus amores con Adelaida Molina era también conocido por Edelmira y Amador, a quienes esta niña lo había confiado para ocultar a su madre el fruto de su extravío.

Amador había servido de auxiliar a su hermana en este designio facilitándole los medios de ausentarse de casa de doña Bernarda durante un mes, al cabo del cual Adelaida regresó de un paseo a Renca, en donde dejaba a su hijo con una hermana de doña Bernarda.

Edelmira, por su parte, se había limitado a llorar por la falta de su hermana. Inútil nos parece referir circunstancialmente los medios de que se valió Amador para evitar las sospechas sobre tan delicado asunto. El resultado fue que Adelaida regresó al hogar de la familia sin que la más ligera mancha empañase a los ojos del mundo el lustre de su reputación.

Pero Amador era hombre que gustaba de sacar partido de los accidentes de la vida para compensar los rigores de la suerte contra su siempre necesitado bolsillo. Por eso se valió del ascendiente que aquel secreto le daba sobre su hermana, para obligarla a ser menos desdeñosa con el amartelado hijo de don Dámaso Encina.

Adelaida meditaba sólo alguna venganza contra el que la abandonaba, cuando Agustín entró a la casa, atraído por sus lindos ojos. El elegante llegaba, como se ve, en mal momento y debió, naturalmente, sufrir por algunos días los desdenes que su mala estrella le depara.

Sin embargo, Agustín no se desalentó con los primeros reveses, y atribuyó a su constancia la sonrisa afable que sus requiebros hicieron dibujarse en los labios de Adelaida, cuando Amador había ordenado aquella amabilidad con la mira de sacar algún partido de aquel amor de un hijo de familia.

La ambición hizo entrever a Amador hasta la posibilidad de enlazar su estirpe plebeya y pobre con la dorada del nuevo amante de Adelaida.

Esta se dejó dominar y consintió en representar el papel que en aquella comedia le asignaba su ambicioso hermano, sin esperar más ventaja de su obediencia que la posibilidad de mejorar de fortuna, y poder así, con mas probabilidad, encontrar algún medio de vengarse de Rafael San Luis.

Al día siguiente de la fiesta celebrada por doña Bernarda en honor de su cumpleaños, Amador entró al cuarto de Adelaida en circunstancias que doña Bernarda y Edelmira habían salido a las tiendas.

—¿Cómo te fue anoche con Agustín? —preguntó Amador, sentándose—. ¿Siempre enamorado?

—Siempre —contestó Adelaida, sin levantar la vista de una costura en que se hallaba ocupada.

—¿Y tú qué le dices?

La niña miró a su hermano con la resolución que naturalmente se pintaba siempre en su semblante.

—Yo —dijo— nada casi le contesto, porque hasta ahora no me has explicado lo que quieres hacer.

—¿Lo que quiero hacer? ¿No te he dicho que le hagas creer que le quieres?

—¿Y para qué?

—Primero, porque estoy pobre —dijo Amador, encendiendo un cigarro y lanzando al aire el tostoro con que acababa de encenderlo.

—No sé cómo estás pobre cuando casi todas las noches le ganas plata —replicó Adelaida, volviendo a su costura.

—Harto saco con ganarle: me firma documentos.

—¿Y por qué no le cobras?

—¿Sabes lo que sucede? Varias ocasiones ha pasado lo mismo; uno le gana al hijo de un rico y, cuando no le quieren pagar, se va donde el padre que se pone furioso y lo amenaza a uno con mandarlo a la cárcel.

—¿Y la plata que te pagó Agustín?

—Eso, es muy poco; una o dos onzas; se me van entre los dedos.

Adelaida se quedó en silencio.

Amador dejó pasar un corto rato, y dijo:

—Lo que yo quiero es que tú y yo saquemos alguna buena ventaja. Dime, ¿no te gustaría casarte con Agustín?

—Ya sabes que yo lo primero que quiero es que Rafael me las pague.

Esta vulgar contestación resonó de un modo extraño entre los labios de Adelaida, en cuyos ojos brillaron al mismo tiempo los sombríos reflejos de un odio concentrado y tenaz.

—Yo te ayudaré si tú me ayudas —le dijo Amador—. Mira, no seas lesa: si haces lo que te digo, te casas con Agustín y eres rica. ¿Qué más quieres?

—Tú hablas de casamiento como si fuera tan fácil —replicó Adelaida que no se atrevía a contradecir a su hermano, que era dueño de su secreto.

—Cierto que es difícil —contestó éste—; pero yo sé cómo hacerlo.

—¿Cómo?

—Le vas dando esperanzas a Agustín. ¿No me has dicho que siempre te está pidiendo cita?

—Cierto.

—Bueno; cuando yo te avise, le das la cita. Entonces llego yo con un amigo que tengo por ahí y lo obligo a casarse.

—Sí, ¿pero quién nos casa?

—Mi amigo; no te dé cuidado.

—Tu amigo no es más que sacristán.

—¿Y eso qué importa?; escúchame primero. Como hemos de tener que decírselo a mi madre y ella no consentiría si supiese que mi amigo no es más que sacristán, le decimos que es cura o que trae licencia para casar.

—¿Y después?

—Yo digo a mi madre que después que ella vea que están casados le diga a Agustín que no te dejarán juntarte con él hasta que no se lo avise a su familia y den parte que se han casado. Así, estoy seguro de que mi madre no se opone. Agustín se lo tiene que contar a su padre y éste como no hay remedio, se conforma y da parte a los amigos. Yo le aconsejaré a Agustín que diga en su casa que se van a casar en el campo o en cualquiera parte. Una vez que haya dado parte descubro yo la cosa a Agustín que por no pasar por la vergüenza de contarlo y que en Santiago se rían de él, se casa entonces de veras.

—Pero entonces me aborrecerá, viendo lo que yo hago con él.

—¿Y para qué le vas a decir que sabes nada? Mira, apenas él entre a la cita nos presentamos mi madre y yo, tú te haces la inocente y lloras o gritas si ríe da la gana; entretanto yo obligo a Agustín y se casan. Agustín creerá que tú no sabías nada.

Adelaida opuso a este plan algunas objeciones demasiado débiles ante la voluntad de su hermano, que en caso de formal resistencia la amenazaba con perderla. Este plan, además, no dejó de lisonjear un tanto su orgullo que la hizo divisarse como la mujer de un joven rico y de la primera clase de la sociedad, con la que podría rozarse entonces de igual a igual, triunfando de la envidia de sus amigas. Otra causa obraba, además, en el ánimo de Adelaida para someterse con muy pequeña resistencia a la voluntad de Amador; esta causa tomaba su origen del estado de su alma. Abatida por la conciencia de su desgracia, fácilmente se adhería al nuevo plan que le ofrecía la probabilidad de cambiar su destino por la felicidad de una existencia regalada con los goces materiales del lujo, que ocupan tan vasto lugar en el alma humana.

Después de esta conversación, Adelaida templó sus rigores con Agustín hasta el punto de hacerle creer que correspondía a su amor y darle la cita para la cual el elegante se preparaba después del paseo a la Alameda con Leonor y su prima.

Amador, en los días que habían mediado entre su conversación con Adelaida y el designado para la cita, tuvo cuidado de hacer entrar en sus miras a doña Bernarda, a quien la idea de ver a su familia enlazada con la opulenta de los Encina le hizo concebir gran orgullo por haber dado a luz un hombre como Amador, capaz de concebir un plan como el que éste le revelaba. Mecida por dulces esperanzas, prometió su cooperación, creyendo, según Amador se lo decía, que el amigo complaciente de su hijo era un sacerdote con licencia para bendecir la unión de Adelaida y Agustín.

—Si no hacemos esto, madre —había dicho Amador al exponerle su plan—, el día menos pensado alguno de estos ricos nos seduce a la niña y quedamos frescos.

—Tienes mucha razón contestó doña Bernarda, con los ojos húmedos de la viva emoción que le causaba la idea de los regalos con que la rica familia de su yerno, por fuerza, colmaría necesariamente a su hija, si no por amor, a lo menos por vanidad.

—No crea tampoco —añadió Amador— que todo está en casarlos, porque es preciso que la familia de Agustín reconozca el matrimonio.

—De juro, pues —repuso la madre.

—Entonces, haga lo que le digo: cuando usted dé parte a su familia, le dice al mocito, entonces le entrego a su mujer.

—¿Y si no quiere?

—Lo amenazo yo, pues, y le digo que le sale peor.

Con estas explicaciones, se comprenderá ahora el sentido de la conversación que, después de la salida de Agustín y de Rivas, tuvo lugar entre doña Bernarda y sus dos hijos mayores, la noche anterior a la fijada para la cita.

26

Agustín regresó con su hermana del paseo en que habían acompañado a Matilde, consultando a cada momento su reloj, cuyos punteros, se le figuraba, retardaban aquel día su marcha, que él medía con su impaciencia de ver llegar la noche.

Había convenido con Adelaida que, para alejar toda sospecha, no se presentaría a la visita ordinaria en casa de doña Bernarda y que un postigo de una pequeña ventana con reja de palo, que daba a la calle, indicaría, estando abierto, que su querida lo esperaba.

Aquel día Martín no se presentó a la hora de comer, había recibido una esquela de San Luis que lo llamaba para referirle sus emociones del paseo y hablarle de la felicidad que desbordaba de su corazón.

Agustín sostuvo la conversación en la mesa con gran prodigalidad de galicismos y frases afrancesadas, algunas de las cuales, según decía doña Engracia, la regalona Diamela comprendía, porque así lo indicaba el movimiento de sus orejas.

Don Dámaso, preocupado con sus indecisiones políticas, mezclaba algunas palabras a la conversación de su hijo, palabras que por su poca analogía con el asunto de aquélla habrían hecho pensar que estaba dormido o era cordo, y Leonor evocaba, sin pensarlo, ni quererlo, la sentimental imagen de Martín, apoyado a la puerta y dirigiéndole aquella mirada que a un mismo tiempo había hecho experimentar a su corazón una sensación de calor y de frío inexplicable.

Después de comer, Agustín se retiró a su cuarto y fumó varios cigarros, para adormecer su impaciencia, siguiendo en las caprichosas formas que dibuja el humo al subir al techo el giro caprichoso también de sus esperanzas y devaneos.

A las nueve de la noche entró al salón de su familia despidiendo un olor de agua de Colonia de lavanda y de varios *bouquets* favoritos de otras tantas princesas y duquesas europeas, que pronto llenó los ámbitos del salón, revelando la prolija escrupulosidad con que el elegante se había perfumado para el mejor éxito de su amorosa correría.

Para engañar su impaciencia, se sentó al lado de Matilde, que pocos momentos antes había llegado con sus padres. El corazón de la hija de don Fidel había comunicado a su rostro la alegría con que palpitaba. En las mejillas de Matilde lucía ese color diáfano y brillante con que las emociones de un amor feliz iluminan el rostro de la mujer, que parece adquirir una nueva vida en su atmósfera vital del sentimiento. En tal disposición encontró Agustín a su prima y le fue fácil entablar con ella una conversación animada que pronto recabó sobre San Luis.

Don Fidel y doña Francisca, que desde distintos puntos observaban a su hija, notaron la animación con que Matilde hablaba, y supusieron al instante, presumiendo de gran experiencia, que entre aquellos dos jóvenes que con tanta viveza conversaban debían estarse iniciando los preliminares de una pasión.

Tal idea sugirió distintas reflexiones a los observadores padres de Matilde.

"¡Ah!, ¡ah! yo no me equivoco nunca; bien había pensado yo que se habían de querer", pensaba don Fidel.

Doña Francisca decía, mirando a su hija:

—Después de todo, no deja de ser una felicidad la de poseer un alma vulgar, extraña a los estáticos arrobamientos de las almas privilegiadas, que atraviesan el erial de la existencia sin encontrar otra capaz de comprender la delicadeza con que aspiran a realizar...

Y ambos se imaginaban que la alegría que animaba el rostro de Matilde no podía provenir sino de la galantería con que su primo debía estarla cortejando.

Martín entró en ese momento al salón. Traía en su pecho el peso de las confidencias de su amigo, que, naturalmente, le ponían en la precisión de envidiar una felicidad que le parecía imposible alcanzar para sí. La aspiración de ser amado, sueño constante de la juventud, cobraba en su alma proporciones inmensas y con incansable tenacidad le esclavizaba.

Leonor, que temía no verle presentarse aquella noche, lejos de confesarse la satisfacción que acababa de sentir al verle aparecer, encontró en su orgullo razones para considerar la visita del joven como una osadía, después de la escena de la mañana. El altivo corazón de aquella niña mimada por la naturaleza y por sus padres no quería persuadirse de que en la lucha que había emprendido para jugar con sus propios sentimientos y burlar el decantado poder del amor, iba por grados perdiendo su altanera seguridad y dando cabida a ciertas emociones extrañas, cuyo dulce imperio le parecía una humillación de su dignidad.

Martín, después de saludar, se había sentado solo, no lejos del piano, y dirigía a hurtadillas sus ojos hacia el punto en que Leonor hablaba con Emilio Mendoza.

Desde su asiento no podía notar el cambio que se había hecho en el rostro de Leonor, que agitada por los sentimientos que acabamos de describir, aparentó oír con gran interés las palabras de Mendoza, que apenas escuchaba momentos antes.

Al cabo de algunos minutos, Leonor pareció cansada de la afectada atención con que oía las palabras galantes del joven y cayó nuevamente en su distracción. Aprovechándose entonces de un instante en que Emilio Mendoza contestaba a una pregunta de doña Francisca, Leonor se dirigió al piano, en cuyo banquillo se sentó, dejando correr distraídamente sus dedos sobre las teclas.

Martín, en aquel momento, recordaba como una felicidad perdida la conversación que algunos días antes había tenido con Leonor en aquel mismo lugar. El corazón que ama sin esperanzas se ve obligado a poetizar las más insignificantes escenas pasadas, a falta de poder esperar en el presente ni en el porvenir. Por esto, Rivas evocaba el recuerdo de aquella conversación, olvidándose voluntariamente del pesar que entonces le había dado.

—Martín, en ese libro que tiene a su lado está la pieza que busco; tenga la bondad de pasármelo.

Estas palabras, dichas por Leonor en tono muy natural, sacaron al joven de su meditación. Al tiempo de pasar el libro, su espíritu buscaba la intención de aquella orden con la inclinación de todo enamorado a imaginar un sentido oculto a todas las palabras que oye de la persona a quien ama. La frialdad con que Leonor le dio las gracias, poniéndose a hojear el libro, le persuadió de que al pedírselo ella no había tenido otra intención que la de buscar una pieza. Martín, novicio en el amor, pensaba siempre lo contrario de lo que en su caso habría pensado alguno de los fatuos que pululan en los salones, figurándose que, para conquistar un corazón, no tienen más que, como el sultán usa de su pañuelo, arrojar una mirada a la víctima que pretenden avasallar.

Martín iba a retirarse, cuando dijo Leonor sin dirigirse a él:

—Las hojas de este libro no se sujetan.

Y al mismo tiempo sostenía el libro con la mano izquierda, tocando algunas notas con la derecha.

—Si usted me permite —le dijo, acercándose, Martín—, yo puedo sujetar el libro.

Leonor, sin contestar, dejó a la mano del joven ocupar el lugar en que tenía la suya y empezó a tocar la introducción de un vals que le era familiar.

—¿Podrá usted volver la hoja solo? —le preguntó, al cabo de algunos instantes.

—No, señorita —contestó Rivas, que temblaba de emoción—; esperaré que usted me indique el momento oportuno.

La conversación estaba ya principiada, y era preciso seguirla. A lo menos así pensó Leonor, mientras que Rivas había olvidado todos sus pesares, entregándose a contemplar a la niña, que fijaba su vista alternativamente en el libro y en el piano.

—Hoy habrá visto usted a su amigo —dijo Leonor, cuando tuvo que mirar a Rivas para indicarle que era preciso volver la hoja.

—Sí, señorita contestó Martín—; lo he encontrado el hombre más feliz del mundo.

—De modo que usted le habrá compadecido —repuso Leonor, mirando fijamente al joven.

—¡Yo!, ¿y por qué, señorita? —exclamó éste, admirado.

—Para ser consecuente con su teoría de huir del amor como de una desgracia.

—Mi teoría se refiere al amor sin esperanza.

—Ah, se me había olvidado. ¿Y ese amor puede existir?

Martín tuvo al momento la idea de citarse como un ejemplo de lo que Leonor aparentaba dudar; de pintarle con la elocuencia de una profunda melancolía los dolores que destrozan al alma que ama sin esperanza; de revelarle su adoración respetuosa y delirante con palabras que pintaran los tesoros de pasión que guardaba en su pecho para la que ignoraba poseer su absoluto dominio. Pero al momento, también, anudó la voz en su garganta y heló el valor de que se sentía animado el recuerdo del glacial desdén con que Leonor había recibido sus palabras y su involuntaria mirada en la conversación de la mañana. Vióse de antemano escarnecido por su amor, se figuró con espanto la altanera y sarcástica mirada con que la niña recibiría sus palabras, y su alma se replegó palpitante a la reserva que su condición le imponía.

Estas reflexiones pasaron por su espíritu con tal rapidez, que sólo medió un instante muy breve entre la pregunta de Leonor y la respuesta que él dio.

—Se me figura que sí, señorita —contestó, tratando de dominar su emoción.

—¡Ah!, es decir, que usted no está seguro

—Seguro no, señorita.

—En su amigo, sin embargo, tiene usted un ejemplo de que no debe considerarse como una desgracia.

—Rafael había sido amado antes, de modo que podía esperar volverlo a ser.

—Eso no: si él hubiese pensado como usted, habría tratado de olvidar, y es digno ahora de su felicidad porque ha tenido constancia.

—¿De qué serviría ser constante a un hombre que no se atreviese a confesar nunca su amor? —dijo Rivas, alentado por el raciocinio y la conclusión de Leonor.

—No sé —contestó ella—; por mí parte no comprendo en un hombre esa timidez.

—Señorita, se trata de su felicidad y tal vez de su vida —replicó con emoción Martín.

—¿No exponen los hombres muchas veces su vida por causas menos dignas?

—Es verdad; pero entonces combaten contra un enemigo, y en el caso de que hablamos tal vez pueden dar a su amor más precio que a su vida. Rafael, por ejemplo, del que hemos hablado, no creo que tiemble en presencia de un adversario, y, no obstante, jamás se habría atrevido a dirigirse a su prima de usted sin las felices circunstancias que los han reunido. Un amor verdadero, señorita, puede poner tímido como un niño al hombre más enérgico, y si ese amor es sin esperanza, le infundirá mayor timidez aún.

—Dicen que todo se aprende con la práctica —dijo Leonor, con una ligera sonrisa—, y presumo que el modo de vencer esa timidez esté sujeto a la misma regla.

Martín no contestó, porque temía adivinar el objeto de aquella observación.

—¿No lo cree usted? —le preguntó Leonor.

—Difícil me parece —contestó él.

—Sin embargo, nada se pierde ensayándolo y creo que usted está en camino de hacerlo.

—¡Yo!, jamás lo he pensado.

Leonor no se dignó replicar.

—Usted se olvida de volver la hoja —le dijo, después que había tocado todo el vals de memoria.

—Esperaba la señal —contestó Martín, turbado ante la fría mirada con que Leonor dijo aquellas palabras.

La niña, entretanto, había vuelto a principiar el vals.

—¿Y qué plan tiene ahora su amigo? —preguntó.

—En primer lugar —contestó Rivas—, no piensa más que en volver a la señorita Matilde.

—El domingo pensamos salir a caballo al Campo de Marte; allí puede verla.

—Esta noticia me la agradecerá en el alma —dijo Rivas—, si usted me permite dársela.

Leonor cesó de tocar y abandonó el piano. Martín, que por falta de esperanza miraba todo por el lado del pesimismo, pensó que aquella conversación había sido sostenida por Leonor para llegar a decirle las ultimas palabras, así como en una carta se pone muchas veces en la postdata el objeto que la ha dictado.

Agustín lo sacó de su meditación, viniendo a conversar con él hasta las once de la noche, hora a que ambos se retiraron.

Poco después se retiró también don Fidel Elías con su mujer y Matilde.

—¿Has visto —dijo en el camino a doña Francisca— lo que Agustín y Matilde han conversado? Que es lo que yo decía: ya se quieren, estoy seguro de ello, y mañana voy a hablar con Dámaso para que arreglemos el matrimonio.

—¿No sería mejor esperar hasta saber de cierto si se aman? —observó doña Francisca.

—¡Esperar! ¿Se te figura que un partido como Agustín se encuentra tan fácilmente? Si esperamos no faltará quien lo comprometa. ¡Quién sabe en dónde visita! No, señor, en estas cosas es preciso ser vivo. Mañana hablaré con Dámaso.

En ese mismo momento Agustín daba una nueva mano a su elegante traje y vaciaba en su ropa mezcladas gotas de las más afamadas esencias de olor para asistir a la cita.

27

Media hora antes de la convenida se encontraba Agustín en las inmediaciones de la casa de doña Bernarda.

Las visitas se habían retirado, y la criada cerró la puerta de calle, que rechinó al girar sobre sus goznes. No lejos de Agustín, que ocultó su rostro bajo el cuello de un ancho paletó, pasaron dos de los visitantes de doña Bernarda con Ricardo Castaños, el oficial de policía.

El corazón del hijo de don Dámaso palpitó de alegría al ver abrirse el postigo que daba la señal de que era esperado. Considerábase en ese instante como el héroe feliz de alguna novela, y de antemano se regocijaba su orgullo al pensar que una mujer bonita le amaba lo bastante para sacrificarle su honra. Esta reflexión le realizaba considerablemente a sus propios ojos llenándole de amor y reconocimiento hacia la divina criatura que le entregaba su corazón, fascinada por los irresistibles atractivos de su persona.

En la dulce expectativa de su dicha le sorprendieron las campanas de algunos relojes de iglesias que daban las doce. Era la hora convenida, y Agustín, a pesar de la satisfacción de su orgullo, sintió miedo al empujar suavemente la puerta, que se abrió con el mismo ruido con que se había cerrado. Al oír este ruido, el elegante tuvo tentaciones de arrancar y retrocedió algunos pasos; pero, viendo que nada se movía en el interior de la casa, se adelantó con más seguridad y entró en el patio.

El patio estaba oscuro, lo que le permitió distinguir mejor un rayo de amortiguada luz que se divisaba a través de la puerta de la antesala, que no estaba cerrada herméticamente. Adelaida no le había dicho que le esperaría con luz, y aquella circunstancia no dejó de desconcertar su valor.

Después de unos momentos de perplejidad, que empleo en observar a través de la puerta, el silencio que reinaba en toda la casa le decidió a entrar, lo que hizo con grandes precauciones, a fin de evitar el ruido de esta nueva puerta que tenía que traspasar. Un instinto de precaución le aconsejó dejarla entreabierta para tener expedito el camino de la huida en caso necesario.

La pieza en que Agustín acababa de penetrar estaba sola y alumbrada por una luz que ardía tras de una pantalla verde, en una palmatoria de cobre dorado.

Agustín sintió aumentarse el miedo con que había entrado al encontrarse solo, y le pasó por la mente la idea de una traición. Como entre sus prendas morales no figuraba el valor, tenía necesidad de apelar a la fuerza de su pasión y a su poco enérgica voluntad para no dar cabida a los consejos del miedo que le impedían a volverse de prisa por el camino que acababa de andar.

La entrada de Adelaida, en circunstancias que su voluntad iba ya a negarle su apoyo, le volvió repentinamente a la calma y a la idea de su felicidad.

—Ya temía que usted no llegase —dijo a la niña, tratando de tomarle una mano, que ella retiró.

—Estaba esperando en mi cuarto —contestó Adelaida— que todo estuviese en silencio.

—¡Qué imprudencia la de dejar la luz! —exclamó con tierno acento el enamorado, dirigiéndose hacia la mesa para apagarla.

—No la apague usted —le contestó Adelaida, fingiendo una dolorosa turbación, que llenó de orgullo al joven al ver el temor amoroso que inspiraba.

—¿No tiene usted confianza en mí? —dijo, renovando su ademán de apoderarse de una mano de Adelaida.

—Sí, pero con luz estamos mejor —contestó ésta, retirando su mano.

—¿Por qué no me deja usted su mano? —preguntó el joven.

—¿Para qué?

—Para hablar a usted de mi amor y sentir entre las mías esa divina mano que...

85

Un gran ruido cortó la declaración del galán, que vio con espanto abrirse una puerta y aparecer en ella a doña Bernarda y Amador con luces que cada cual traía.

El primer impulso de Agustín fue el de huir por la puerta que había dejado entreabierta, mientras que Adelaida se había arrojado sobre una silla, ocultando su rostro entre las manos.

Amador corrió más ligero que Agustín y se interpuso entre éste y la puerta, amenazándole con un puñal.

El rostro del elegante se puso pálido como el de un cadáver, y la vista del puñal le hizo dar, aterrorizado, un salto hacia atrás

—¡No ve, madre! —exclamó Amador—, ¿qué le decía yo? Estos son los caballeros que vienen a las casas de las gentes pobres pero honradas, para burlarse de ellas. Pero yo no consiento en eso.

Mientras esto decía, Amador daba vuelta a la llave y, sacándola de la chapa, la ponía en su bolsillo y se adelantaba al medio de la pieza con aire amenazador.

—¿Qué ha venido usted a hacer aquí? —exclamó, con voz atronadora, dirigiéndose a Agustín.

—Yo... creía que no se habían acostado y... como pasaba por aquí...

—¡Mentira! —le gritó Amador, interrumpiéndole.

—¡Ah, francesito —exclamó doña Bernarda—, con que así te metes en las casas a seducir a las niñas!

—Mi señora, yo no he venido con malas intenciones —contestó Agustín.

—Esta picarona tiene la culpa —dijo Amador, aparentando hallarse en el último grado de exasperación—, porque si ella no hubiese consentido, el otro no podría entrar. Esta me la ha de pagar primero.

Tras estas palabras, se arrojó sobre Adelaida con furibundo ademán, y dirigió sobre ella una puñalada con tanta maestría, que cualquiera hubiese jurado que sólo la agilidad con que Adelaida se levantó de su silla la había librado de una muerte segura.

Doña Bernarda se echó en los brazos de su hijo, dando gritos de espanto e invocando su clemencia en nombre de gran número de santos. Amador parecía no escucharla y preocuparse sólo del maternal abrazo, que al parecer le privaba de todo movimiento.

—Pues si usted no quiere que ésta pague su maldad —exclamó—, déjenme solo con este mocito, que quiere deshonrarnos porque es rico.

Su ademán se dirigía entonces a Agustín, que temblaba en un rincón, en donde detrás de unas sillas se guarecía.

Al oír estas palabras y al ver cómo Amador arrastraba a su madre para desasirse de sus brazos, Agustín creyó llegado su último instante y elevó fervientes súplicas al Eterno para que le librase de tan temprana e inesperada muerte.

Un supremo esfuerzo de Amador echó a rodar por la alfombra el cuerpo de su madre, y de un salto llegó al punto en que Agustín se encomendaba al Todopoderoso, parapetándose lo mejor que podía detrás de las sillas.

Al ver que Amador levantaba el tremendo puñal, Agustín se arrojó de rodillas, implorando perdón.

—¿Y qué ofrece, pues, para que lo perdonen? —le preguntó el hijo de doña Bernarda, con aire y acento amenazadores.

—Todo lo que ustedes exijan —contestó el aterrado amante—: mi padre es rico y les daré...

—Plata, ¿no es así? —exclamó Amador, haciendo chispear de fingida cólera sus ojos—. ¿Te figuras que te voy a vender mi honor por plata? ¡Así son estos ricos! Si no tienes mejor cosa que ofrecer, te despacho aunque después me *afusilen*.

—Haré lo que ustedes quieran —dijo con lastimosa voz Agustín penetrado de espanto a la vista del desorden que se pintaba en el semblante de Amador.

—Lo que yo quiero es que te cases o *de no* te mato —contestó Amador, con tono de resolución.

—Bueno, me caso mañana mismo —dijo Agustín, que miraba aquella condición como el único medio de salvar la vida.

—¡Mañana! ¿Te quieres reír de nosotros? ¿Para que te mandases cambiar quién sabe dónde? No; ha de ser ahora mismo.

—Pero ahora no puedo, ¿qué diría mi papá?

—Tu papá dirá lo que se le antoje: ¿para qué tiene hijos que quieren deshonrar a la gente honrada? Vamos: ¿te casas o no?

—Pero ahora es imposible —exclamó, desesperado, el elegante.

—¡Imposible! ¿No ves, tonta —dijo Amador, dirigiéndose a su hermana—, no ves para lo que éste te quiere?, para reírse de ti. ¡Ah yo conozco a los de tu calaña! —exclamó, mirando a Agustín—. Por última vez: ¿te casas o no?

—Le juro a usted que mañana...

Amador no le dejó concluir la frase, porque, quitando las sillas que de Agustín le separaban, quiso apoderarse del joven.

Mientras quitaba las sillas, había dado tiempo a doña Bernarda de acercarse, y ésta sujetó su brazo, colgándose de él, cuando Amador alzaba el puñal en el aire.

Agustín, que no vio el movimiento d doña Bernarda, se arrojó al suelo prometiendo que consentía en casarse.

—¡Ah, ah!, ¿consientes, no? —le dijo Amador—. Haces bien, porque sin mi madre te habría traspasado el corazón. Vamos a ver, ¿dirás al padre que yo traiga que quieres casarte?

—Sí, lo diré.

—Yo veo que lo hace de miedo —exclamó Adelaida—, y no quiero casarme así.

—No, no es de miedo —contestó, avergonzado, el elegante—: yo ofrecía hacerlo mañana, pero su hermano no me cree.

—Ahora mismo —dijo Amador—: yo lo mando.

Dirigióse a todas las puertas del cuarto y las cerró, guardándose las llaves.

Luego sacó del bolsillo la que pertenecía a la puerta que comunicaba con el patio, que abrió.

—Ustedes me esperarán aquí —dijo—, yo voy a buscar al cura que vive aquí cerca. Si usted se arranca —añadió, dirigiéndose a Agustín— me voy mañana a su casa y le cuento al papá todas sus gracias, además de ajustar con usted la cuenta después.

—No tenga usted cuidado —contestó Agustín, que aún se sentía humillado con la observación de Adelaida.

Amador salió, cerrando con llave la puerta que caía al patio.

Oyese el ruido de sus pasos sobre el empedrado y luego el de la puerta de calle que se abría y se cerraba.

Inmediatamente después, Agustín pareció salir del espanto que la bien fingida cólera de Amador le había causado y se dirigió a doña Bernarda:

—Señora —le dijo—, yo prometo que me casaré mañana si usted me deja salir; ahora es imposible que lo haga, porque papá no me perdonaría que me casase sin avisarle.

—¡Las cosas del francesito! —exclamó doña Bernarda, haciendo un movimiento de hombros—. ¿Que no ve que Amador es capaz de matarme si lo dejo arrancarse? ¡Tan mansito que es ya lo vio usted *endenantes* que por nada no le ajusta una puñalada a la niña!

—Pero, señora, por Dios, yo le juro que vuelvo mañana a casarme.

—Si yo pudiera, lo dejaría salir —exclamó Adelaida, mirándole con desprecio—, y si no me obligasen no me casaría, porque veo que usted me estaba engañando.

Agustín se tiró con desesperación su perfumado cabello. Todo parecía rebelarse en su contra.

—Se engaña usted —exclamó, con voz de súplica—, porque la amo de veras; pero no creo que usted considere honroso para usted lo que me obligan a hacer. Yo me casaría sin necesidad de que me amenazasen.

—Consígalo si puede con Amador —le dijo doña Bernarda—. ¿Qué quiere que hagamos nosotras?

Entre súplicas y respuestas transcurrió como un cuarto de hora.

Agustín se sentó desesperado y ocultó el rostro entre las manos, apoyando los codos sobre las rodillas. A veces, le parecía una horrible pesadilla lo que acontecía y divisaba la vergüenza a que se vería condenado diariamente delante de su familia y de las aristocráticas familias que frecuentaba.

Un ruido de pasos resonó en el patio y entró luego Amador.

—Aquí está el padre —dijo a Agustín con sombrío tono de amenaza—. ¡Cuidado con decir que no, ni chistar una sola palabra que haga ver lo que hay de cierto, porque a la primera que diga, lo tiendo de una puñalada!

Dichas estas palabras, volvió a la puerta que caía al patio.

—*Dentre, mi padre* —dijo, aquí están todos.

Un sacerdote entró a la pieza, con aire grave. Un pañuelo de algodón doblado como corbata y atado por las puntas sobre la cabeza, que además estaba cubierta por el capuchón del hábito, le ocultaba parte del rostro y parecía puesto para librar del aire a una abultada hinchazón que se alzaba sobre el carrillo izquierdo.

Un par de anchas antiparras verdes ocultaban sus ojos y cambiaba el aspecto verdadero de su fisonomía con ayuda del pañuelo amarrado sobre la cara.

—Vaya, *párense*, pues —dijo Amador.

Doña Bernarda, Adelaida y Agustín se pusieron de pie.

El padre hizo que Adelaida y Agustín se tomasen de las manos. Doña Bernarda y Amador se colocaron a los lados. Después, acercando la vela que tomó en una mano al libro que había abierto y tomado con la otra, comenzó con voz gutural y monótona del caso, la lectura de la fórmula matrimonial.

Terminadas las bendiciones, Agustín se dejó caer sobre una silla más pálido que un cadáver.

El padre se retiró acompañado de Amador, después de firmar una partida del acto que acababa de verificarse.

Amador regresó luego a la pieza en que permanecían silenciosa la madre y los recién casados.

—Vaya, don Agustín —dijo, con cierta sorna—, ya está usted libre.

—Jamás me atreveré a confesar un casamiento celebrado de este modo —contestó Agustín, con voz sombría.

—Por poco se aflige el francesito —dijo doña Bernarda—. ¿Que no quiere a la Adelaida, pues?

—Por lo mismo que la amo habría querido casarme con ella con el consentimiento de mi familia —replicó Agustín, que, viéndose casado, quería, por lo menos, destruir en el ánimo de Adelaida la mala impresión que su resistencia hubiese podido dejarle.

—¡Vaya! Lo mismo tiene adelante que por las espaldas —exclamó Amador—: en lugar de pedir antes de casarse el consentimiento al papá, se lo pide después.

—No es lo mismo contestó el novio, y pasará mucho tiempo antes que pueda decir a papá que estoy casado.

Estas palabras oprimieron la voz de Agustín con la idea que le desesperaba, de hallarse emparentado con aquélla que algunas horas antes consideraba sólo digna de servir a sus caprichos.

—Pues, hijito —le dijo doña Bernarda—, no piense que le entrego la mujer hasta que avise a su familia que está casado. Allí en la casa de su papá es donde usted la recibirá.

Esta nueva declaración no hizo tanto efecto en el ánimo de Agustín, porque lo tenía ya embargado con la realidad abrumadora de su triste aventura.

—Y si él no da parte, madre —dijo Amador—, yo tengo boca; pues, ¿qué estás pensando?, y no me morderé la lengua para contar que mi hermana está casada.

La amenaza de Amador pareció impresionar más fuertemente al contristado joven que la de doña Bernarda.

—Es preciso que a lo menos me den tiempo para preparar el ánimo de papá —exclamó exasperado—. ¡Cómo quieren que lo haga de repente!

—Se le darán algunos días, —contestó Amador.

—Y en estos días, ¿usted promete callarse?

—Lo prometo.

—Vaya, pues ya es tarde —dijo doña Bernarda—, y será bueno que se vaya para su casita.

Agustín se dirigió entonces a Adelaida, que fingía perfectamente un pesar desgarrador.

—Veo —le dijo— que usted sufre tanto como yo de la violencia que han cometido sus *parientes*.

Adelaida bajó los ojos, suspirando.

—Yo habría querido darle mi mano de otro modo —continuó el elegante.

—Y yo siento mucho que...

Aquí los sollozos cortaron la voz de Adelaida, dejando con esta reticencia más agradable impresión en el espíritu del joven que si hubiese dicho algo, porque pensó que Adelaida era, como él, víctima de la trama.

—No te aflijas, tonta —dijo doña Bernarda a su hija.

—Esa aflicción —repuso Agustín— me prueba que ella no participa de lo que ustedes han hecho.

Para sellar la tardía entereza con que pronunció aquellas palabras, Agustín salió encasquetándose hasta las cejas el sombrero.

—No se le olvide lo convenido —le dijo Amador, asomándose a la puerta de la antesala cuando Agustín llegaba a la de la calle.

Dio un fuerte golpe a esta puerta, como toda persona débil que descarga su cólera contra los objetos inanimados, y se dirigió a su casa con el pecho despedazado por la vergüenza y por la rabia.

Amador, entretanto, había cerrado la puerta y echándose a reír:

—¡Vaya con el susto que le metí! —exclamó—. ¡Hasta se le olvidaron todas las palabras francesas con que anda siempre!

Después de algunos comentarios sobre la conducta que debían observar en adelante, separáronse los dos hijos de la madre, dirigiéndose cada cual a su aposento.

Adelaida encontró a su hermana en pie:

—¿Cómo has consentido en pasar por esa farsa? —le dijo Edelmira, que, al parecer, había observado sin ser vista la escena del supuesto matrimonio.

—Me admira tu pregunta —respondió Adelaida—, ¿no ves que Agustín se habría burlado de mí si hubiese podido? Todos esos jóvenes ricos se figuran que las de nuestra clase han nacido para sus placeres. ¡Ah, si yo hubiese sabido esto antes, tendría mejor corazón; pero ahora los aborrezco a todos igualmente!

Edelmira renunció a combatir los sentimientos que la desgracia había hecho nacer en el corazón de su hermana.

—Este —añadió Adelaida— habría jugado con mi corazón como *el otro* si yo lo hubiese querido; no está de más darle una buena lección.

Como Edelmira no contestó tampoco a estas palabras, Adelaida se calló siguiendo en su imaginación las reflexiones que, como la que precede, manifestaban la preocupación constante de su espíritu. Adelaida, así como tantas otras víctimas de la seducción que en su primer amor reciben un temible desengaño, había perdido los delicados sentimientos que germinan en el corazón de la mujer, entre los dolores del desencanto y el violento deseo de venganza que el abandono de Rafael había despertado en su pecho. Su alma, que en la dicha habría encontrado espacio para explayar los nobles instintos, arrojada en su primera y más pura expansión a la desgracia, parecía sólo capaz de odio y de sombrías pasiones. Ignorando su historia, todos atribuían a orgullo la indiferencia con que Adelaida consideraba las cosas de la vida. Esta historia de un corazón destrozado al nacer a la vida del sentimiento es bastante común en todas las sociedades y en la nuestra, particularmente en la esfera a que Adelaida pertenecía, para que no encuentre un lugar preparado en este estudio social.

Adelaida había hecho de su rencor el pensamiento de todos sus instantes, de modo que en su criterio no existía ya diferencia entre las personas que se presentasen para saciarlo, con tal que perteneciesen a la aristocracia de nuestra sociedad. Por esto no había tenido un solo momento de compasión por las aflicciones de Agustín, el que, después de entrar en su cuarto, se arrojó sobre la cama dando rienda suelta a su desesperación.

28

Los días que mediaron entre las escenas referidas en el capítulo anterior y el domingo en que Leonor había anunciado a Rivas que saldría con su prima al Campo de Marte, fueron para Agustín fecundos en tormentos y sobresaltos. Tenía ese vigilante receloso sinsabor que tortura el alma del que ha cometido una falta y se figura que los triviales incidentes de la vida vienen de antemano preparados por el destino para descubrirle a los ojos del mundo. Una pregunta de Leonor sobre los amores que él le había confiado antes, alguna observación de su padre sobre sus frecuentes ausencias de la casa, le arrojaban en la más desesperante turbación y hacíanle ver en los labios de todos las fatales palabras que revelaban su secreto. Hijo de una sociedad que tolera de buen grado la seducción en las clases inferiores, ejercida por sus compatricios, pero no un acto de honradez que concluyese por el matrimonio para paliar una falta, Agustín Encina no sólo temía la cólera del padre, los llantos y reproches amargos de la madre, el orgulloso desprecio de la hermana, que le amenazaban, si descubría su casamiento, sino que en medio de esas espadas de Damocles suspendidas sobre su garganta divisaba el fantasma zumbón e implacable que domina en nuestras sociedades civilizadas, ese juez adusto y terrible que llamamos el *qué dirán*. El infeliz elegante, que tan caro expiaba su conato de libertinaje en el campo de fácil acceso que forma la gente de *medio pelo*, perdía el color, el sueño y el apetito ante la idea de ver divulgada su fatal aventura en los dorados salones de las *buenas familias*, y escuchaba, por presentimiento, los malignos comentarios que al ruido de las tazas del té, alrededor del brasero, al compás de algún aria de Verdi o de Bellini, harían de su situación los más caritativos de sus amigos. Al peso de estas ideas había perdido su genial alegría y su decidida afición al afrancesamiento del lenguaje. La conciencia de su situación le hacía mirar con indiferencia las más elegantes prendas de su vestuario: el mundo no tenía ya ventura para él. ¡Una corbata negra le bastaba por un día entero para envolver su cuello! ¡Había visto cambiarse la corona florida de Don Juan y de Lovelace fue pensaba colocar en sus sienes para que la turba la envidiase, en la coyunda abrumadora de un matrimonio clandestino y contraído en baja esfera! Sólo su falta de coraje le libertaba del suicidio, única salida que divisaba en tan angustiado y vergonzoso trance. Si contar que una seducción era una gloria, referir la verdad era un baldón que le arrojaba para siempre en la vergüenza. He ahí su situación, que Agustín no podía disimularse, y que a fuerza de pensar en ella cobraba por instantes las más aterradoras proporciones.

Durante estos días de continuo sinsabor, Agustín asistía todas las noches a casa de doña Bernarda y representaba, por consejo de Amador, el papel de galán que los demás amigos de la casa le conocían, para alejar así toda sombra de sospecha acerca de su matrimonio. En todas estas visitas se acompañaba con Martín, a quien engañaba también, refiriéndole supuestas conversaciones con Adelaida, a fin de hacerle creer que siempre se hallaba en los preliminares del amor.

Martín le seguía gustoso, porque encontraba en sus conversaciones con Edelmira un consuelo a los pesares que le agobiaban. La confianza que se habían prometido aumentaba de día en día. Valiéndose de ella, y sin hablar de su amor a la hija de don Dámaso, Rivas descubría a Edelmira la delicadeza de su corazón y el fuego juvenil de sus pasiones exaltadas por un amor sin esperanza. Edelmira oía con placer esas dulces divagaciones sobre la vida del corazón que para los jóvenes, que viven principalmente de esa vida, tiene tan poderosos atractivos. Cada conversación le revelaba nuevos tesoros en el alma de Rivas, a quien veía ya rodeado de la aureola con que la imaginación de las niñas sentimentales engalana la frente de los cumplidos héroes de novela. Y hemos dicho ya que Edelmira, a pesar de su oscura condición leía con avidez los folletines de los periódicos que un amigo de la familia le prestaba.

Ricardo Castaños veía con gran disgusto las conversaciones de Edelmira y Martín, a quien consideraba como su rival. En vano había querido desprestigiarle, refiriendo con colores desfavorables para Rivas la aventura de la plaza y la prisión del joven. Los recursos mezquinos de su intriga habían producido en el corazón de Edelmira un efecto enteramente contrario al que él se prometía. La guerra que un amante odiado declara contra su preferido rival en el corazón de una mujer sirve la más de las veces para aumentar su prestigio, por esa tendencia hacia la contrariedad natural a la índole femenil. Por esto, mientras mayor empeño desplegaba el oficial para dañar a Martín en el ánimo de Edelmira, con mayor fuerza se desarrollaban en ésta los sentimientos opuestos en favor de aquel joven melancólico, de delicado lenguaje, que daba al amor la vaporosa forma que encanta el espíritu de la mujer.

Entre Edelmira y Martín, sin embargo, no había mediado ninguna de esas frases galantes con que los enamorados buscan el camino del corazón de sus queridas. Martín tenía con Edelmira un verdadero afecto de amistad, cuya solidez aumentaba a medida que descubría la superioridad de la niña sobre las de su clase, mientras que Edelmira le miraba ya con esa simpatía que en la mujer toma las proporciones del amor, sobre todo cuando no es solicitado.

Mucho agradaba a Agustín la asiduidad de las visitas de Rivas a casa de doña Bernarda. Temiendo exasperar a la familia con su ausencia, no se atrevía a faltar una sola noche y creía que acompañado por un amigo era menos notable a sus propios ojos y a los de Adelaida la ridícula y falsa posición en que se hallaba colocado.

Entretanto, Amador había principiado ya a recoger los frutos de su intriga, cobrando a su supuesto cuñado algunas deudas de juego que éste, por asegurar su silencio, se había apresurado a pagarle, diciendo a su padre, al tiempo de pedirle el dinero, que era para pagar algunas cuentas de sastre.

Amador rebosaba de alegría al ver la facilidad con que Agustín había satisfecho su exigencia, y se había apresurado a derrochar el dinero con esa facilidad que tienen los que lo adquieren sin trabajo. Además de sus gastos presentes, le había sido también preciso cubrir el importe de otros atrasados, para suspender por algún tiempo las continuas persecuciones a que sus deudas le condenaban. Con decidido amor al ocio, sin profesión ninguna lucrativa y sin más recursos que el juego, Amador se hallaba siempre bajo el peso de un pasivo muy considerable con atención a sus eventuales entradas. El dinero de Agustín le trajo, pues, cierta holganza a que aspiraba al emprender el plan con que le había engañado. Con un reloj que debía a su habilidad en hacer trampas, y una gruesa cadena que acababa de comprar, Amador había adquirido gran importancia a sus propios ojos y aparentaba aires de caballero en el café, que le hacían notar de toda la concurrencia.

91

El sábado que procedió el día fijado para el paseo a la Pampilla, en casa de don Dámaso Encina, tuvo lugar entre doña Bernarda y Amador una conversación que debía atacar de nuevo la tranquilidad de Agustín.

Era por la mañana, y Amador trataba de recuperar el sueño que los espirituosos vapores que llenaban su cerebro después de una noche de orgía ahuyentaban de sus párpados, produciendo en todo su cuerpo la agitación de la fiebre.

Doña Bernarda entró al cuarto de su hijo después de haber esperado largo rato a que se levantase.

—Vamos, flojeando —le dijo—; ¿hasta cuándo duermes...?

—Ah, es usted, mamita —contestó Amador, dándose vuelta en su cama.

Estiró los brazos para desperezarse, dio un largo y ruidoso bostezo y, tomando un cigarro de papel, lo encendió en un mechero que prendió de un solo golpe.

—Me he llevado pensando en una cosa —dijo doña Bernarda, sentándose a la cabecera de su hijo.

—¿En qué cosa? —preguntó éste.

—Ya van porción de días que Adelaida está casada —repuso doña Bernarda—, y Agustín no le ha hecho ni siquiera un regalito.

—Es cierto, pues, que no le ha dado nada.

—De qué nos sirve que sea rico entonces; uno pobre le habría dado ya alguna cosa.

—Yo arreglaré esto —dijo Amador, con tono magistral—, no le dé cuidado, madre. ¡Si el chico quiere hacerse desentendido, se equivoca! No pasa de hoy que no se lo diga.

—Al todo también, pues —observó la madre—, no sólo no confiesa el casamiento a su familia, sino que se quiere hacer el inocente con los regalos.

—Déjelo no más, yo lo arreglaré —dijo Amador.

Doña Bernarda entró entonces en la descripción de los vestidos que convendrían a su hija, sin olvidar los que a ella le gustaría tener, indicando las tiendas en que podrían encontrarse. Lo prolijo de los detalles hacía ver que la buena señora había meditado detenidamente su asunto, del cual impuso con escrupulosidad a Amador. En su enumeración entraron, además de los vestidos de color, una buena basquiña negra y un mantón de espumilla para ella, que no podía, por el calor sufrir el de merino. Ayudada con los conocimientos aritméticos que Amador había adquirido en la escuela del maestro Vera, cuyo recuerdo hace temblar aún a algunos desdichados que experimentaron el rigor de su férula, doña Bernarda sacó la cuenta del número de varas de género de hilo que entraban en una docena de camisas para Adelaida, con más el importe de los vuelos bordados que debían adornarlas, el de dos docenas de medias, varios pares de botines franceses y diversos artículos de primera necesidad para la que, según ella, estaba destinada a figurar en breve en la más escogida sociedad de Santiago.

—Pero, madre —le dijo Amador—, ¿cómo quiere que Agustín o yo vayamos a comprar todo eso? ¿No será mejor que él dé la plata y usted haga las compras?

—¡Ve, qué gracia! Por supuesto —respondió doña Bernarda.

—Le diré que con quinientos pesos se puede comprar lo más necesario.

—O seiscientos; mejor es de más que de menos —dijo la madre.

En la noche se presentó Agustín acompañado de Rivas.

Amador le llamó luego a un punto de la pieza, distante del que ocupaban las demás personas que allí había.

—¿Y... cuándo avisa, pues, a su familia? —dijo al elegante, que palideció bajo la mirada de su dominador.

—Es preciso hacerlo con tiento —contestó—, porque si no elijo bien la ocasión, papá puede enojarse y desheredarme.

—Eso está bueno —replicó Amador—; ¿pero usted se ha olvidado que tiene mujer? ¿En dónde ha visto novio que no haga ni un solo regalo?

—He estado pensando en ello. Usted sabe que no puedo pedir plata a papá todos los días.

—¡Qué! Un rico como usted no puede hallarse en apuros por la friolera de mil pesos; el lunes voy a buscarlos a su casa.

—¡Pero el lunes es muy pronto! —exclamó, aterrorizado, Agustín—; el otro día no más pedí mil pesos, ahora es imposible; ¿qué dirá papá?

—Papá dirá lo que le dé la gana; lo cierto del caso es que yo iré el lunes a buscar los mil pesos.

—Espéreme siquiera unos quince días.

—¡Quince días! ¡Qué poco! ¡*Dejante* que me tiene usted avergonzado con la mamita y las niñas, porque les tenía dicho que a todas les regalaría algo!

—Esa es mi intención; pero necesito tiempo para pedir a papá la plata sin que entre en sospechas.

—Y si entra, ¿qué tiene, pues? ¿Que se está figurando que siempre nos hemos de estar callados? Yo no digo que usted no le haga a papá el ánimo sobre lo del casamiento; pero lo de la plata es otra cosa. El viejo es bien rico y no importa que le duela.

—Pero, ¿cómo pedirle tan pronto?

—No sé cómo, ya le digo, el lunes sin falta me tiene por allá.

Retiróse Amador, dejando perplejo y abismado al infeliz que tenía en su poder. La rabia que la exigencia de dinero despertaba en Agustín se calmaba, o, más bien, reprimía su ímpetu por el temor de ver revelado el secreto de su casamiento, que él se lisonjeaba de poder aplazar hasta un tiempo más oportuno, figurándose, como todo el que con un carácter débil se encuentra en alguna apurada alternativa, que el tiempo le reservaba algún modo de salir del difícil trance en que se veía colocado.

Bajo el peso de semejante situación, se retiró Agustín a las once de la noche, sin que las palabras de Adelaida ni los cariños que doña Bernarda le prodigaba hubiesen podido calmar la inquietud que oprimía su corazón. En el camino anduvo silencioso al lado de Martín, a quien el extraño silencio de su nuevo amigo no alcanzaba a preocupar, porque, como todo enamorado que no se halla con su confidente prefería caminar en silencio, para dar rienda suelta a sus pensamientos sobre Leonor.

29

Amaneció el domingo en que Leonor había anunciado que saldría con su prima al Campo de Marte.

Algunos pormenores que daremos acerca de estos paseos en general están más bien dedicados a los que lean esta historia y no hayan tenido ocasión de ver a esta gloriosa capital de Chile cuando se preparaba para celebrar los recuerdos del mes de septiembre de 1810.

Estos preparativos son la causa de los paseos al Campo de Marte, en que nuestra sociedad va a lucir sus galas de su lujo, allí primero y después a la Alameda. Para celebrar el simulacro de guerra que anualmente tiene lugar en el Campo de Marte el día 19 de septiembre, los batallones cívicos se dirigen a ese campo en los domingos de los meses anteriores, desde junio, a ejercitarse en el manejo de las armas y evoluciones militares con que deben figurar la derrota de los dominadores españoles.

En esos domingos, nuestra sociedad, que siempre necesita algún pretexto para divertirse, se da cita en el Campo de Marte con motivo de la salida de las tropas.

Antes que las familias acomodadas de Santiago hubiesen reputado como indispensable el uso de los elegantes coches que ostentan en el día, las señoras iban a este paseo en calesa y a veces en carreta, vehículo que usan ahora solamente las clases inferiores de la sociedad santiaguina.

Los elegantes, en lugar de sillas inglesas y caballos inglesados en que pasean su garbo al presente por las calles laterales del paseo, gustaban entonces de sacar en exhibición las enormes montañas de pellones las antiguas botas de campo y las espuelas de pasmosa dimensión, que han llegado a ser de uso exclusivo de los verdaderos *huasos*.

Pero entonces como ahora, la salida de las tropas a la Pampilla era el pretexto de tales paseos, porque la índole del santiaguino ha sido siempre la misma. y entre las señoras, sobre todo, no se admite el paseo por sus fines higiénicos, sino como una ocasión de mostrarse cada cual los progresos de la moda y el poder del bolsillo del padre o del marido para costear los magníficos vestidos que las adornan en estas ocasiones.

En Santiago, ciudad eminentemente elegante, sería un crimen de lesa moda el presentarse al paseo dos domingos seguidos con el mismo traje.

De aquí la razón por qué en Santiago sólo los hombres se pasean cotidianamente y por qué las señoras sienten, cuando más cada domingo, la necesidad de tomar el aire libre de un paseo público.

Los que desean ir al llano y no tienen carruaje en qué hacerlo, se pasean en la calle del medio de la Alameda, con la seriedad propia del carácter nacional, y esperan la llegada de los batallones, observándose los vestidos si son mujeres, o buscando las miradas de éstas los varones.

Antes que el tambor haya anunciado la venida de los milicianos, los coches se estacionan en filas al borde de la Alameda, y los elegantes de a caballo lucen su propio donaire y el trote de sus cabalgaduras, dando vueltas a lo largo de la calle y haciendo caracolear los bridones en provecho de la distracción y solaz de los que a pie les miran.

La crítica, esta inseparable compañera de toda buena sociedad, da cuenta de los primorosos trajes y de los esfuerzos con que los *dandies* quieren conquistarse la admiración de los espectadores.

En cada corrillo de hombres nunca falta alguno de buena *tijera*, que sobre los vestidos de los que pasan corte algún otro con sus correspondientes ribetes de ridículo.

Las señoras, por su parte, aplican su espíritu de análisis al traje de las que pasan, recordando, con admirable memoria, la fecha de cada vestido.

—El de la Fulana, ese vestido verde de una pollera, es el que tenía de vuelos el año pasado, que se puso en el Dieciocho.

—Miren a la Mengana con la manteleta que compró ahora tres años: ella cree que nadie se la conoce porque le ha puesto el encaje del vestido de su mamá.

—El vestido que lleva la Perengana es el que tenía su hermana antes de casarse, y era primero de su mamá, que lo compró junto con el de mi tía.

Con estas observaciones, que prueban la privilegiada memoria femenil, se mezclan las admiraciones sobre tal o cual *adefesio* de las amigas.

Las tropas desfilan, por fin, en columna por la calle central de la Alameda, en medio de la concurrencia que deja libre el paso, y los oficiales que marchan delante de sus unidades reparten saludos a derecha e izquierda con la espada, absorbiéndose a veces en esta ocupación hasta hacerse pisar los talones por la tropa que marcha tras ellos.

En 1860, época de esta historia, había el mismo entusiasmo que ahora por esta festividad, precursora de la del Dieciocho, bien que entonces el lado norte de la Alameda no se llenase completamente como en el día de brillantes carruajes, desde los cuales muchas familias asisten al paseo sin moverse de muelles cojines.

Leonor había anunciado a su padre que deseaba ir a la Pampilla a caballo con su prima, y aquel deseo había sido una orden para don Dámasco, que a las doce del domingo tenía ya preparados los caballos.

Había uno para Leonor y otro para Matilde, de hermosas formas y arrogante trote.

Otro de paso para don Dámaso, a quien su hija había exigido la acompañase.

Dos más, destinados a Agustín y a Rivas, a quien su nuevo amigo había convidado para ser de la comitiva.

El día era de los más hermosos de nuestra primavera.

A las tres de la tarde había gran gentío en el Campo de Marte, presenciando las evoluciones y ejercicio de fuego de los milicianos. Los coches, conduciendo hermosas mujeres corrían sobre el verde pasto del campo, flanqueado por elegantes caballeros que trotaban al lado de las puertas, buscando las miradas y las sonrisas. Alegres grupos de niñas y jóvenes galopaban en direcciones distintas, gozando del aire del sol y del amor. Entre estos grupos llamaban la atención el que componían Leonor, su prima y los caballeros que las acompañaban. El trote desigual de las cabalgaduras hacía que las niñas marchasen a veces solas, a veces rodeadas por los hombres que se disputaban su lado. A este grupo habían venido a agregarse Emilio Mendoza y Clemente Valencia, que picaban sus caballos para escoltar a Leonor. Siempre retirado de ella y contemplando con arrobamiento, seguía Martín la marcha, sin fijarse en las bellezas del paisaje que desde aquel llano se divisan. Leonor se le presentaba en aquellos momentos desde un nuevo punto de vista, que añadía desconocidos encantos a su persona. El aire daba a sus mejillas un diáfano encarnado; el ruido bélico de las bandas de música hacía brillar sus ojos de animación, y su talle, aprisionado en una chaqueta de paño negro, de la cual se desprendía la larga pollera de montar, revelaba toda la gracia de sus formas. El placer más vivo se retrataba francamente en su rostro. No era en aquel instante la niña orgullosa de los salones, la altiva belleza en cuya presencia perdía Rivas toda la energía de su pecho; era una niña que se abandonaba sin afectación a la alegría de un paseo, en el que latía de contento su corazón por la novedad de la situación, por la belleza del día y del paisaje, por las oleadas de aire que azotaban su rostro, impregnadas con los agrestes olores del campo, húmedo aun con el rocío de la noche.

La comitiva se había detenido un momento cerca de un batallón que cargaba sus armas. Al ruido de la primera descarga, los caballos se principiaron a mover, dando saltos algunos de ellos, que se repitieron a la segunda descarga. Entre los más asustados se encontraba el caballo de don Dámaso, que al ruido de los tiros había perdido su pacífico aspecto para transformarse en el más alborotado bridón.

—Y me habían dicho que era tan manso —decía don Dámaso, palideciendo al sentirlo encabritarse con furia, cuando, después de la segunda descarga, principió el fuego graneado.

Al ruido continuo de este fuego, todos los caballos principiaron a perder la paciencia y algunos a seguir el ejemplo del de don Dámaso, que en un espanto había echado al suelo una canasta de naranjas y limas que un vendedor presentaba a los jóvenes. Con este incidente hubo un cambio en la posición de cada jinete, y ora fuese efecto de la casualidad, ora de un movimiento intencional, Leonor se encontró de repente al lado de Rivas; y Matilde, que trataba de contener los movimientos de su caballo, oyó a su lado la voz de San Luis que la saludaba.

—Aquí estamos mal —dijo Leonor a Martín—. ¿Le gusta a usted galopar?

—Sí, señorita —contestó Rivas.

—Sígame entonces —repuso Leonor, volviendo su caballo hacia el sur.

Hizo señas al mismo tiempo a Matilde, que emprendió el galope, mientras que don Dámaso arreglaba con el naranjero el precio de las naranjas que por causa de él se habían ido a parar a manos de los muchachos que siempre escoltan a los batallones en sus salidas al llano.

—Síguelas tú, ya las alcanzo —dijo don Dámaso a Agustín, al ver partir, a los que con él estaban, a galope tendido.

Leonor azotaba a su caballo, que iba pasando del galope a la carrera, animado también por el movimiento del de Martín.

Este corría al lado de Leonor sintiendo ensancharse su corazón por primera vez al influjo de una esperanza. El convite de la niña para que la siguiese, la naturalidad de sus palabras, la franca alegría con que ella se entregaba al placer de la carrera, le parecieron otros tantos felices presagios de ventura. Bajo la influencia de semejante idea, mientras corría, contemplaba con entusiasmo indecible a Leonor, que, animada por la velocidad creciente del caballo, con el rostro azotado por el viento, vivos de contento infantil los grandes ojos le parecía una niña modesta y sencilla que debía tener un corazón delicado y exento del orgullo con que hasta entonces le había parecido.

La carrera se terminó muy cerca del lugar que ocupa la cárcel penitenciara. Leonor se detuvo y contempló durante algunos momentos a los demás de la comitiva, que habiendo sólo galopado, venían aún muy distantes del punto en que ella se encontraba con Rivas.

—Nos han dejado solos —dijo, mirando a Martín, que en ese momento se creía feliz por primera vez desde que amaba.

Durante la carrera y alentado por las ideas que describimos, Martín hahia resuelto salir de su timidez y jugar su felicidad en un golpe de audacia. Al oír las palabras de Leonor, sintió palpitar con violencia su corazón, porque veía en ellas una ocasión de realizar su nuevo propósito. Armóse entonces de resolución y con voz turbada:

—¿Lo siente usted? —le preguntó.

Para seguir paso a paso el estudio del altanero corazón de la niña nos vemos obligados a interrumpir con frecuentes advertencias las conversaciones entre ella y Martín. Entre dos corazones que se buscan, y sobre todo cuando se encuentran colocados a tanta distancia como los que aquí presentamos, cada conversación va marcando sus pasos graduales que deben conducirlos a estrecharse o a separarse para siempre. La poca locuacidad es un rango peculiar de semejantes situaciones. En las presentes circunstancias muy pocas palabras habían bastado para poner a esos dos corazones frente a frente. Leonor estaba muy lejos de pensar que iba a recibir aquella pregunta por contestación, y esa pregunta sola fue bastante para despertar su orgullo. Había mandado convidar a Martín para librarse del galanteo infalible de sus dos enamorados elegantes, que, sobre todo en los últimos días, la fastidiaban. En Rivas veía Leonor el objeto de la lucha que se había propuesto para sacar triunfante su corazón, y contaba con la timidez del joven, acaso con su frialdad real o calculada, mas no con la osadía que revelaba la pregunta. Para contestarla acudió Leonor a esa indiferencia glacial, con que había castigado ya a Martín en otra ocasión, fingiendo no haber oído, dijo solamente:

—¿Cómo dice usted?

La sangre del joven pareció agolparse toda a sus mejillas, que cambiaron su juvenil sonrosado con el rojo subido de la vergüenza. Pero Rivas, como todo hombre naturalmente enérgico, sintió rebelase su corazón con aquella contrariedad, y a pesar de que latía con violencia y de que su lengua parecía negarse a formular ninguna sílaba, hizo un esfuerzo para contestar:

—Pregunté, señorita, si usted sentía verse a solas conmigo —dijo—, para explicar a usted que la he seguido por orden suya y temiendo que pudiera sucederle algún accidente.

—¡Ah! —exclamó Leonor, no ya indiferente, sino con tono picado—. Usted ha venido para socorrerme en caso necesario.

—Para servirla, señorita —replicó, con dignidad, el joven.

Leonor oyó con placer el acento de aquellas palabras, que revelaban cierta altanería en el que las había pronunciado.

Usted se impone demasiadas obligaciones para pagar nuestra hospitalidad —le dijo—. ¿No basta que usted sirva a mi padre en todos sus negocios?

—Señorita —repuso Martín—, yo me coloco en la posición que usted parece señalarme, porque aún estoy lejos de tener una alta idea de mi importancia social.

—¿Se compara usted con alguien que le parezca muy superior?

—Con esos caballeros que vienen hacia nosotros, por ejemplo.

—¿Con Agustín?

—No, señorita, con los otros, con los señores Mendoza y Valencia.

—¿Y por qué con ellos precisamente? —preguntó Leonor con una ligera turbación que disimuló con maestría.

—Porque ellos, por su posición, pueden aspirar a lo que yo no me atrevería.

Cuando Rivas dijo estas palabras, la cabalgata, que venía a galope corto hacia el lugar en que se encontraba con Leonor, estaba ya muy próxima.

—No veo la diferencia que usted indica —contestó Leonor con voz que parecía afectuosa y confidencial—; a mis ojos un hombre no vale ni por su posición social ni mucho menos por su dinero. Ya ve usted —añadió, con una ligera sonrisa que bañó en la más suprema felicidad el alma de Rivas— que casi siempre pensamos de diverso modo.

Dio con su huasca un ligero golpe al anca de su caballo y se adelantó a juntarse con los que llegaban.

Martín la vio alejarse diciéndose:

"¡Extraña criatura! ¿Tiene corazón o sólo cabeza? ¿Se ríe de mí o, realmente, quiere elevarme a mis propios ojos?"

El grupo que formaba la comitiva había llegado hasta el punto en que Martín se encontraba cuando hacía estas reflexiones. Ellas, como se ve, eran muy distintas de las que sus anteriores conversaciones con Leonor le habían sugerido. Ya la esperanza doraba con sus reflejos el horizonte de sus ideas, abriendo nuevo campo a las sensaciones de su pecho y a los devaneos de su espíritu. Esa esperanza sola era para Martín una felicidad.

Mientras Leonor y Rivas tenían la conversación que precede, los demás de la comitiva caminaban hacia ellos, como dijimos, a galope corto, que fue poco a poco cambiándose en trote. Rafael se había colocado al lado de Matilde y repetido con ella una conversación sobre el mismo tema que la primera, el mismo también en que se engolfan todos los enamorados. En su rostro resplandecía la felicidad; y sus ojos, al mismo tiempo que sus labios, se juraban ese amor al que siempre los amantes dan por duración la eternidad. San Luis, que deseaba aprovechar el momento para informar a su amante de los progresos favorables de su intento de unirse a ella, salió del idilio amoroso para hablar de las realidades.

—Mi tío —dijo se encuentra perfectamente dispuesto a servirme y protegerme: mis esperanzas aumentan. Si su padre vuelve a empeñarse por el arriendo de la hacienda, es lo más probable que seamos felices. ¿Podré contar con que usted tenga la entereza de confesar a su padre que me ama todavía?

—Sí, la tendré —contestó Matilde—; si no soy de usted, no seré de nadie.

—Esas palabras —repuso Rafael— las recibiría de rodillas; con el sufrimiento, mi amor por usted ha aumentado, puede decirse, porque se ha arraigado para siempre en mi pecho.

Insensiblemente volvieron al eterno divagar sobre la misma idea que forma el paraíso de los enamorados que se comprenden. Así llegaron al lugar en que se hallaba Martín. Algunas palabras habló San Luis, después de esto, con Leonor y Rivas y, viendo acercarse a don Dámaso, se retiró al galope.

Don Dámaso había arreglado su asunto con el naranjero y emprendió la marcha para reunirse a los suyos. A su edad, y cuando no se monta con frecuencia a caballo, el cuerpo se resiente pronto del movimiento algo áspero de la cabalgadura, aun cuando sea de paso, como la que él montaba. Al llegar al grupo en que estaban sus hijos, don Dámaso esperaba descansar del largo trote que había dado; pero Leonor emprendió luego la marcha y los demás la siguieron, con gran descontento de don Dámaso, a quien el sol y el cansando comenzaban a dar el más triste aspecto.

Caminando alrededor de los carruajes y de la gente de a caballo que rodeaba los batallones, la comitiva encontró el coche en que doña Engracia se paseaba, acompañada por doña Francisca, y con Diamela en las faldas. Don Dámaso aseguró a su mujer que no estaba cansado y comió alegremente, con los demás, limas, naranjas y dulces que en tales ocasiones se pasan de los coches a los de a caballo. Pero, por su mal, Leonor parecía infatigable, y fue preciso seguirla en nuevas excursiones hasta la hora de regresar a la Alameda. Allí volvieron a detenerse junto al coche de doña Engracia. En diez minutos de reposo, don Dámaso se figuraba haberse repuesto de la fatiga: mas al emprender de nuevo la marcha, su cuerpo, que se había enfriado, sintió todo el peso del cansancio, y el paso del caballo, a pesar de su suavidad, le arrancó ahogados gemidos, que el buen caballero confundió con la promesa formal de no volver a semejantes andanzas. Sus juramentos se repitieron varias veces, porque fueron muchos los paseos que dio su hija a lo largo de la Alameda, deteniéndose sólo durante pequeños momentos, que don Dámaso aprovechaba para volver a su lugar el nudo de su corbata, que parecía querer dar la vuelta completa de su pescuezo con el movimiento de la marcha, y para volver su sombrero a su natural posición, trayéndolo del cuello de la levita, en que iba a reposar, dejando la frente al aire, sobre los puntos de su cabeza en que acostumbraba asentarlo.

Al bajar del caballo en el patio de la casa, don Dámaso hizo algunos gestos que manifestaban su lamentable estado, y rogó a Leonor que en ese año no le volviese a convidar para salir a tales paseos.

30

Inmensos esfuerzos de paciencia y las más reiteradas súplicas tuvo que emplear Agustín Encina para obtener de Amador algunos días de plazo de su exigencia de dinero. Sin otra mira que la de ganar tiempo, había solicitado aquel aplazamiento, porque sabía que un nuevo pedido de plata a su padre despertaría las sospechas de éste y haría probablemente descubrir su casamiento.

La idea dominante de Agustín era ocultar este casamiento alentado por la vaga esperanza de todo el que, puesto en una difícil posición espera del tiempo, más bien que de su energía, el allanamiento de las dificultades que le rodean.

Su amor a Adelaida, basado sobre las elásticas ideas de moralidad que la mayor parte de los jóvenes profesan, se había modificado singularmente desde que se creía unido a ella por lazos indisolubles. Encontrando una esposa donde él había buscado una querida, sus sentimientos, de una pasión que él juzgaba sincera, se entibiaron ante la inminencia del peligro con que su enlace le amenazaba a toda hora. Temiendo siempre la burla y el deshonor, según las leyes del código que rige a las sociedades aristocráticas, Agustín sólo pensaba en conjurar en el más largo tiempo posible este peligro, en vez de ocuparse de Adelaida.

Así transcurrieron los días hasta el 10 de septiembre. Doña Bernarda, en ese día, manifestó a su hijo que el Dieciocho estaba muy próximo y que nada había comprado aún para solemnizar tan gran festividad.

En todas las clases sociales de Chile es una ley que nadie quiere infringir la de comprar nuevos trajes para los días de la patria.

Doña Bernarda observaba esa ley con todo el rigor de su voluntad y pensaba que en aquella ocasión podrían, ella y sus hijas, acudir a las tiendas mejor que nunca, con el auxilio del dinero que Agustín debía entregar a Amador.

Esta consideración dio lugar a un acuerdo entre la madre y el hijo para exigir el pago de la cantidad estipulada sin otorgar un solo día más de plazo que los ya concedidos.

En la noche del día en que se verificó tan terminante acuerdo, Agustín vino como de costumbre con Rivas a casa de doña Bernarda.

Amador notificó a su supuesto cuñado la orden conminatoria, y anunció que se presentaría sin falta al día siguiente para recibir la suma. Los ruegos de Agustín se estrellaron contra la voluntad de Amador, que fulminó la terrible amenaza de divulgar la noticia del matrimonio.

Edelmira conversaba entretanto con Martín, en los momentos que podía sustraerse de la porfiada vigilancia de Ricardo Castaños. En esas conversaciones hallaba aquella niña nuevos encantos cada día, y abandonaba su corazón a los dulces sentimientos que Martín le inspiraba, sin atreverse a manifestar al joven un amor que él no había contribuido a formar de ningún modo. Edelmira, como ya lo hemos dicho en otras ocasiones, era dada a la lectura de novelas y por naturaleza romántica, esta cualidad le daba la fuerza de cultivar en su pecho un amor solitario, al que poco a poco iba entregando su alma, sin más esperanza que la de amar siempre con esa melancolía voluptuosa que las pasiones de este género despiertan comúnmente en el corazón de la mujer, la que posee una organización más pasiva que la del hombre en estos casos, porque sus sentimientos son más puros también.

De vuelta a la casa, Agustín no quiso entrar al salón y se retiró a su cuarto. En el camino había luchado victoriosamente contra su debilidad, que le aconsejaba confiarse enteramente a Martín y ponerse bajo el amparo de sus consejos. Pero el amor propio había triunfado y Agustín guardó su secreto y su pesar para él solo, esperando con temor la llegada del siguiente día.

Martín se retiró también a su cuarto, sin presentarse en el salón, como en las noches anteriores lo había hecho. Después del paseo a caballo, la esperanza que en su pecho habían hecho nacer las palabras de Leonor permanecía en el mismo estado. La niña había destruido con estudiada indiferencia los deseos que alentaban a Rivas de declararle su amor, mas no le desesperaba tampoco, porque a veces tenía palabras con las cuales la pregunta que en la Pampilla le había hecho Martín volvía, como entonces, suscitando las mismas dudas en su espíritu.

Durante aquellos días, don Fidel, por su parte, había hecho serias reflexiones acerca de la determinación que anteriormente anunciara a su mujer. No obstante que aparentaba no seguir en todo más que los consejos de su propia inteligencia, la observación hecha por doña Francisca sobre lo prematuro de su proyecto tuvo bastante fuerza a sus ojos para obligarle a esperar. Pero don Fidel era hombre de poca paciencia, así fue que transcurridos los días que mediaron entre la última de sus conversaciones con su mujer, que hemos referido y el 10 de septiembre, a que han llegado los acontecimientos de nuestra narración, don Fidel determinó llevar a efecto su propósito de hablar a don Dámaso sobre su deseo de ver unidos *in facie ecclesia* a Matilde con Agustín. Este enlace, según sus cálculos, era un buen negocio, puesto que su sobrino heredaría por lo menos cien mil pesos. Así calculaba don Fidel con la precisión del hombre para quien las ilusiones del mundo van tomando el color metálico que fascina la vista a medida que se avanza en la existencia.

A pesar de esto, don Fidel no descuidaba el negocio del arriendo de "El Roble". Su ambición le aconsejaba mascar a dos carrillos, como vulgarmente se dice, y le parecía que era una empresa digna de su ingenio la de casar a Matilde con Agustín y obtener al mismo tiempo un nuevo arriendo por nueve años de la hacienda en que se cifraban sus más positivas esperanzas de futura riqueza. Con tal mira había suplicado de nuevo a su amigo don Simón Arena el hacer otra tentativa cerca del tío de Rafael para conseguir el arriendo deseado.

Don Fidel no creyó necesario esperar la respuesta de su amigo, y el día 11 se apresuró a dirigirse a casa de don Dámaso antes de las doce del día, hora en que su cuñado salía a dar una vuelta por las calles y a conversar algunas horas en los almacenes de los amigos, ocupación de la que muy pocos capitalistas de Santiago se dispensan.

Mientras camina don Fidel, nosotros veremos a Amador Molina que llega a casa de don Dámaso, como en la noche anterior lo había anunciado a Agustín. El hijo de doña Bernarda era aquella vez puntual como todo el que cobra dinero, y llevaba el sello del *siútico* más marcado en toda su persona que en cualquiera de las demás ocasiones en que ha figurado en estas escenas.

Sombrero bien cepillado, aunque viejo, inclinado a lo *lacho* sobre la oreja derecha.

Corbata de vivos y variados colores, con grandes puntas figurando alas de mariposa.

Camisa de pechera bordada por las hermanas, bajo la cual se divisaba la almohadilla forrada en raso carmesí, que por entonces usaban algunos, con pretensiones de elegantes, para ostentar un cuerpo esbelto y levantado pecho.

Chaleco bien abierto, de colores en pleito con los de la corbata, abotonado por dos botones solamente y dejando ver a derecha e izquierda los tirantes de seda, bordados al telar por alguna querida para festejarle en un día de su santo.

Frac de color dudoso, y dejando ver por uno de los bolsillos la punta del pañuelo blanco.

Pantalones comprados a lance y un poco cortos, color perla, algo deteriorados.

Y, por fin, botas de becerro, con su ligero remiendo sobre el dedo pequeño del pie derecho, y lustradas con prolijo cuidado.

Añádase a esto un grueso bastón, que Amador daba vueltas entre los dedos, haciendo molinete, y un cigarrillo de papel, arqueado por la presión del dedo pulgar de la derecha bajo el índice y el dedo grande; en el dedo siguiente, una sortija con este mote en esmalte negro: "Viva mi amor", y se tendrá el perfecto retrato de Amador, que, al entrar en casa de don Dámaso, acarició sus bigotes y perilla, como para darse un aire de matamoros, propio para infundir serios temores en el ánimo de su víctima.

Agustín le esperaba entregado a una mortificadora inquietud. En sus ojos hundidos, en la palidez de su rostro, se veían, a más de los temores del momento, las angustias de una noche de insomnio y de sobresalió.

Hacía poco que la familia de don Dámaso había concluido de almorzar cuando Amador se encontró en el patio de la casa.

Oíase en el interior el sonido del piano en que Leonor ejecutaba algunos ejercicios. Don Dámaso y Martín se encontraban en el escritorio despachando algunas cartas de negocios, y Agustín, tras los vidrios de una puerta, observaba con ojo inquieto a las personas que atravesaban el patio.

Al ver a Amador, abrió con precipitación la puerta y le hizo entrar.

Amador se sentó sin que le ofrecieran asiento y puso su sombrero sobre la alfombra.

—¡Caramba! —dijo, pasando en revista el amueblado y adornos de la pieza—, ¡esto está de lo que hay!

Agustín cerró bien las puertas, mientras que Amador sacaba su mechero y encendía el cigarro que se había apagado...

—¿Y... ya están prontos los regalito? —preguntó al joven, que se paró a su frente pálido y turbado.

—Todavía no —dijo Agustín—; estoy seguro que papá se va a enojar con este pedido de plata.

—Qué le haremos, pues; tendrá dos trabajos: el de enojarse y el de soltar las pesetas.

—Y si no quiere, lo perdemos todo —replicó Agustín, suplicante—. ¿por qué no espera algunos días?

—Si yo tuviera casa como ésta y muebles y criados y buena *bucólica*, de seguro que esperaba; pero, hijito, la familia está pobre y su mujer no puede andar vestida como una cualquiera. Si el viejo se enoja, es porque no sabe que usted se ha casado; yo le daré a tragar la píldora si quiere hacerse el cicatero; déjelo no más.

Agustín se volvió desesperado hacia la puerta que daba al patio y vio a don Fidel Elías que entraba al escritorio de su padre. Aquella visita le pareció un favor del cielo.

—Mire usted —dijo a Amador—; allí va mi tío Fidel entrando al cuarto de mi padre. ¿Cómo quiere que vaya ahora a pedirle dinero?

—Aguardaremos a que el tío Fidel se vaya —respondió Amador—. ¿No tiene usted por *hei* un puro y alguna copita de licor? Así conversaremos como buenos hermanos.

Agustín le dio un cigarro habano y le presentó una licorera con copas y botellas. Amador prendió el cigarro en su mechero, se sirvió una copa de coñac, que tragó como una gota de agua; llenó de nuevo la copa y miró con satisfacción a su víctima.

—No está malo —dijo—; ¡vaya lo que vale ser rico! ¡Y uno que tiene que echarse al estómago un anisado ordinario!

Los dejaremos seguir su conversación mientras que damos cuenta de la que don Fidel y don Dámaso acaban de entablar.

Don Fidel llevó a su cuñado a un rincón de la pieza, mientras Rivas escribía sobre una mesa en otro.

—Te vengo a hablar de un asunto que me preocupa desde hace días —le dijo en voz baja—, y que nos interesa a los dos.

—¿Cómo así? —preguntó don Dámaso, tomando, para hablar, el mismo aire de misterio con que se le había dirigido don Fidel.

—Como tú no eres muy observador, no te habrás fijado en una cosa.

—¿En qué cosa?

—Tu chiquillo y mi chiquilla se quieren —dijo don Fidel al oído de su cuñado.

—¿De veras? —preguntó, con admiración, don Dámaso—, no me había fijado.

—Pero yo me fijo en todo y a mí no se me va ninguna: estoy seguro de que están enamorados.

—Así será.

—Bueno, pues, te vengo a ver para eso: es preciso que nos arreglemos; Agustín me parece un buen muchacho y no será un mal marido.

—¡Pero, hombre, todavía está muy joven para casarse!

—¿Y yo, de qué edad te parece que me casé? Tenía veintidós años no más. Es la mejor edad. Los que no se casan pronto es por tunantear. Si quieres que tu hijo se pierda, déjalo soltero y verás como te cuesta un ojo de la cara. ¡Ah, yo conozco estas cosas!; ¿no ves que a mí no se me va ninguna?

—Puede ser, puede ser —repuso don Dámaso, siguiendo su propensión a inclinarse al parecer de aquel con quien hablaba—; pero es preciso ver lo que dice la Engracia primero. ¿No ves que yo solo no es regular que disponga de un hijo?

—¡Ah!, es decir que andas buscando disculpas —dijo don Fidel, olvidando, con la impaciencia, el hablar en voz baja.

—No, hombre, por Dios —replicó don Dámaso—; yo no busco disculpas; pero, ¿no te parece muy natural que consulte antes a mi mujer? Porque, al fin y al cabo, ella es la madre de Agustín.

—Pero lo que yo deseo saber es tu determinación: ¿apruebas o no lo que te he venido a proponer?

—Por mi parte, cómo no, con mucho gusto.

—¿Y te empeñarás con tu mujer para que consienta?

—También.

—Acuérdate de lo que te digo: si dejas a tu hijo soltero, el día menos pensado se bota a tunante y te come un ojo de la cara: yo sé lo que son estas cosas, pues a mí no se me van así no más.

Con la seguridad de nuevas promesas de don Dámaso, se retiró don Fidel, satisfecho del modo cómo había conducido aquel negocio y dejando a su cuñado pensativo.

—En eso de los gastos no le falta razón —murmuró recordando los frecuentes desembolsos de dinero que había hecho últimamente por Agustín.

Metió las manos en los bolsillos y principió a pasearse pensativo a lo largo de la pieza.

Amador, entretanto, empezaba a impacientarse de esperar y se levantó a espiar la salida de don Fidel.

—Vamos, ya se va el tío —dijo, viéndole salir.

Agustín miró a don Fidel, que atravesaba el patio con el semblante alegre por las felicitaciones que se iba dando a sí mismo. Con él se iba también la esperanza de librarse, por un día a lo menos, de pedir el dinero a su padre. Intentó de nuevo conseguir un plazo, pero Amador se mostró inflexible.

101

—Vaya, pues —dijo éste—, tendré yo mismo que ir a hablar con el papá: esto va pareciendo juego de niños.

—Bueno, espéreme esta noche en su casa y le llevaré la plata o la contestación de papá —exclamó Agustín, armándose de una resolución desesperada.

—No, no, aquí estoy bien —contestó Amador, sentándose y encendiendo otro cigarro—; vaya no más, hable con el papá y tráigame la contestación.

Agustín alzó los ojos al cielo implorando su ayuda, y se dirigió al cuarto de don Dámaso como una víctima al suplicio.

31

Don Dámaso continuaba su paseo y sus reflexiones.

El vaticinio de su cuñado le parecía un oportuno aviso para fijarse en adelante con más cuidado en la conducta de su hijo.

Martín concluyó sus quehaceres y se retiró del escritorio, dejando a su huésped entregado a sus reflexiones.

Cuando Agustín entró en el cuarto, don Dámaso le miró siguiendo la ilación de sus ideas.

—Agustín, ¿en dónde visitas ahora? —le preguntó.

Agustín, que había preparado ya la frase con que debía entablar su petición de dinero, se turbó al oír la pregunta de su padre. Temeroso de ver divulgado su secreto, parecíale que semejante pregunta era un indicio evidente de que don Dámaso tenía ya alguna sospecha de su casamiento.

—¿Yo? contestó balbuciente—, visito en algunas, como usted sabe y...

—Sería tiempo que pensases ya en trabajar en algo —le dijo don Dámaso, interrumpiéndole.

—Oh, yo estoy muy dispuesto a trabajar. ¡Ojalá ahora mismo se presentase la ocasión!

—Bueno, me gusta oírte hablar así —le dijo el padre, revistiéndose de un aire doctoral—: los jóvenes no deben estar ociosos, porque no hacen más que perder tiempo y dinero.

Esta reflexión caía muy mal para las circunstancias de Agustín. No obstante, la idea de ver aparecer a Amador y de que todo se descubriese le dio ánimos para persistir en la resolución con que había entrado.

—Así es, papá dijo—; usted tiene razón y por eso yo deseo trabajar.

—Está bien, hijo. Yo te buscaré una ocupación.

—Gracias: cuando esté trabajando no pensaré en hacer gastos como ahora, que, sin saber cómo, me encuentro con una deuda de mil pesos.

Agustín pronunció su frase con la mayor serenidad que le fue posible y observó con ansiedad el efecto que producía en su padre.

Don Dámaso, que había vuelto a su paseo, se detuvo y fijó los ojos en su hijo. Las palabras que don Fidel acababa de decirle tomaron entonces en su imaginación un alcance profético.

—¡Mil pesos! —exclamó—; ¡pero hace muy pocos días que te di otro tanto!

—Es cierto, papá; pero, yo no sé cómo..., se me había olvidado..., y además, con los amigos y el sastre...

—Fidel tiene razón —dijo agitado don Dámaso—, estos muchachos no piensan más que en gastar.

Luego, volviéndose hacia Agustín:

—¡Pero, hombre, mil pesos! Es decir, ¡dos mil pesos en menos de dos meses! Caramba, amigo: usted está gastando como que no le cuesta nada.

—En adelante será otra cosa y usted verá cuando yo esté trabajando —repuso en tono meloso el elegante.

—¡Eh!, ¡qué has de trabajar! Ahora los mocitos no piensan más que en botar la plata que sus padres han ganado a fuerza de trabajo. Sí, señor, Fidel tiene razón, todos son unos tunantes.

—Yo le prometo a usted que trabajaré, y cuando pague los mil pesos que debo, no gasto un centavo más.

—A mí no me bastan esas promesas, amiguito. ¿Sabe usted lo que hay? Es preciso entrar en una vida arreglada.

—Oh, yo estoy tan dispuesto que...

—Sí, sí, ésas son buenas palabras, así dicen todos. No, amigo, la que yo llamo vida arreglada es la del matrimonio. ¿Me entiende usted?

Agustín bajó los ojos espantado del giro que tomaba la entrevista. Era imposible ya retroceder, y lo que más importaba en ese momento era ganar tiempo. Esta fue la única reflexión que surgía del espíritu del angustiado mozo.

—Es preciso, pues, que pienses en casarte —continuó don Dámaso con tono más tranquilo, pues al ver que Agustín había bajado la vista, creyó que era en señal de sumisión y obediencia.

Don Dámaso, que sólo era enérgico por momentos, sentía un verdadero placer en cuanto veía respetada su autoridad. La actitud con que su hijo quiso ocultar el terror que en su corazón despertaron sus palabras le dispuso muy favorablemente hacia él. Como Agustín seguía con la vista clavada en la alfombra, don Dámaso continuó con mayor afecto.

—A ver, Agustín, conversemos como amigos. A mí me gusta que me respeten, es cierto; pero deseo también que mis hijos tengan confianza conmigo.

—¿Qué te parece tu primita?

—¿Mi primita?

—Sí, Matilde, es buena moza.

—Oh, sí, muy buena moza.

—Y tiene buen genio, ¿no es cierto?

—Excelente, papá, muy buen genio.

—¿No te gustaría para mujer?

—¡Mucho, papá! —contestó Agustín, que quería salir del paso manifestándose sumiso y complaciente.

—Pues, hijo —exclamó con alegría don Dámaso—, acaba de estar tu tío y me dice que para él sería una felicidad la de verte casado con su hija.

—Si a usted le parece bien, yo...

—Me parece bien, hijo, muy bien; es preciso entrar en juicio desde temprano para tener una vejez feliz.

—Sin duda, papá; pero iba a decirle que Matilde no me quiere.

—Bah, ríete de eso, hijo —replicó don Dámaso, golpeando de nuevo el hombro a Agustín—; lo mismo creía yo antes de casarme. Hay niñas tímidas que aun cuando quieran a un joven no se atreven a dárselo a conocer, así es tu primita, pero háblale un poco y verás. Yo estoy seguro que ella te está queriendo. Mira, no estoy seguro, pero creo que tu tío me lo dijo aquí.

Don Dámaso agregaba esta duda, que no lo era en su espíritu, para persuadir a su hijo que tan dócil se le manifestaba.

—No, papá, no puede ser. Matilde ama a otro.

—Cuentos, hijo: todas las niñas tienen amorcillos hasta que se presenta uno y les habla de casamiento.

—En fin, papá —replicó Agustín, no queriendo en aquellas circunstancias contrariar a su padre—, creo que la cosa no es tan urgente que...

—Urgente y muy urgente —dijo el padre con tono distinto del afectuoso con que había hablado hasta entonces.

—Yo necesito saber si ella me ama y si...

—Todo eso está muy bueno. Yo también necesito que no andes por ahí botando mi dinero. Es preciso que mires esto como muy serio.

—Sin duda, papá, y así que usted me haya dado para pagar lo que debo...

—¿Cuánto es?

—Mil pesos.

—¿Nada más?

—Nada más.

—No vengamos después con que nos hemos olvidado de algo

—Es todo lo que necesito.

—Está bien, hijo; mañana me traes las cuentas de lo que tengas que pagar, y tu contestación sobre la prima, y todo se pagará; vaya pues: esta convenido.

Agustín miró estupefacto a su padre, que no le dio tiempo de replicar, porque salió inmediatamente del cuarto.

"Las cuentas y la contestación sobre Matilde —replicó abismado el elegante—; ahora sí que estoy mucho peor de lo que vine. ¿Cómo salir de este apuro?"

Dirigióse pensativo y desesperado a su cuarto, en donde Amador le esperaba.

—No ve, pues —dijo contestando a la interrogadora mirada con que Amador le recibía, con su apuro lo ha echado todo a perder.

—¿Cómo?, ¿cómo es eso?, ¿qué es lo que hay? —preguntó Amador, mirando con inquietud el descompuesto semblante de su víctima.

—Que usted lo ha echado todo a perder —repitió Agustín, dejándose caer con profundo abatimiento sobre una silla.

—Pero, diga, pues, ¿cómo ha sido?, ¿qué hubo?

—Papá se incomodó.

—¿Se incomodó?, ¡vean qué lástima! ¿y después?

—Dice que para pagar quiere ver las cuentas.

—¿Qué cuentas?

—Las cuentas de lo que le dije que debía.

—¿Y qué hay con eso, pues? Le lleva las cuentas.

—Pero, ¿cómo se las llevo si no existen?

—Vaya, amigo, por poco se echa a muerto usted; yo le haré las cuentas que quiera.

104

Agustín miró con espanto al que con tanta frialdad le hablaba de presentar documentos que no existían. El semblante de Amador respiraba una serenidad perfecta, y había en sus ojos una tranquilidad que le asustó. Por un presentimiento repentino se vio Agustín lanzado con aquel hombre en la vía vergonzosa de la falsificación y del engaño a que con tanta naturalidad le convidaba Amador. Este solo presentimiento le hizo ruborizarse y temblar.

Con él se despertaron también en su pecho los instintos de delicadeza que el miedo había hasta entonces sofocado, y ellos le infundieron la energía que le faltaba para preferir una franca confesión de lo ocurrido antes que mancharse con el contacto impuro del que le ofrecía los medios de engañar a su padre.

—Mañana —dijo—, sin necesidad de documentos, haré que papá me dé esa cantidad.

—Bueno, pues, yo no espero más que hasta ...mañana —respondió Amador, tomando su sombrero; si el papá se enoja y no quiere dar la plata, yo le largo el agua y se lo cuento todo. Hasta mañana, pues.

Saludó con aire de amenaza y salió del cuarto.

Agustín se tomó la cabeza con las manos y permaneció inmóvil por algunos instantes.

Luego levantó los ojos, en los que brillaba un rayo de resolución, y dejando el asiento en que se encontraba, salió del cuarto y subió la escala que conducía a las habitaciones de Rivas.

Martín, sentado delante de una mesa, estudiaba, o más bien leía en un libro sin comprender. La sorpresa se pintó en su rostro al ver entrar con precipitación a Agustín, cuyas descompuestas y pálidas facciones indicaban la agitación a que su espíritu se hallaba entregado.

Rivas se levantó saludando con cariño a Agustín, que empezó a pasearse pensativo por la pieza. Terminado el primer paseo, se detuvo y miró en silencio a Martín.

— Amigo —le dijo—, soy muy desgraciado.

—¡Usted! —exclamo Rivas con asombro.

—Sí, yo; si hubiese seguido sus consejos no estaría como estoy; perdido para siempre.

Martín le presentó una silla.

—Veo que usted esta muy agitado, Agustín —dijo—. Siéntese aquí. Si usted me viene a buscar para confirmar sus pesares, cuente con que, además de agradecerle esa confianza, haré lo posible por darle algún consuelo.

—Muchas gracias —contestó Agustín, sentándose—. Es cierto que vengo a confiárselo todo. ¡Ah!, desde hace algunos días, amigo, he sufrido mucho, y como no he tenido a nadie con quien hablar, me siento con el corazón oprimido. Ahora me acordé que usted me dio un buen consejo, que por desgracia no seguí, y he venido a desahogar mi pecho con usted, porque creo que es buen amigo.

Había en estas palabras un profundo sentimiento que conmovió el corazón de Martín. El elegante, que había devorado solo sus penas, se expresaba con tal abandono que Rivas sintió por él un interés sincero y afectuoso.

—Si usted me permite —le dijo—, seré su amigo. Pero, ¿qué le sucede? Tal vez alguna cosa a la que da usted más importancia de la que tiene en realidad.

—No, no; le doy la importancia que merece. ¿Sabe lo que hay? ¡Estoy casado!.

—¡Casado! —repitió Martín en el mismo tono en que Agustín lo había dicho.

—Sí, casado. ¿Y se figura usted con quién?

—No puedo figurármelo.

—Con Adelaida Molina.

—¡Con Adelaida! Pero, ¿desde cuándo? Cierto que esto me parece muy extraño.

—Oígame usted y sabrá lo que ha sucedido: todo por no haber seguido sus consejos.

Agustín refirió a Rivas el suceso del matrimonio con sus más pequeñas circunstancias, y luego las continuas exigencias de dinero, hasta las escenas por que había pasado aquel día con Amador y con don Dámaso.

—A pesar de la osadía con que usted dice que Amador le amenaza en revelar a su padre este secreto —observó Martín reflexionando—, yo encuentro todo esto muy sospechoso. ¿Sabe usted si el que les puso las bendiciones era cura?

—No sé; un padre que no he visto en mi vida.

—¿Presentó alguna licencia el cura para poder casarlos?

—No sé, es un padre que no he visto en mi vida.

—¿Presentó alguna licencia el cura para poder casarlos?

—No sé; yo estaba entonces tan turbado que no sabía lo que me pasaba.

—Debemos ante todo hacer una cosa.

—¿Cuál?

—Informarnos en todas las parroquias y hacer registrar los libros de matrimonios desde el día en que usted se casó.

—¿Y para qué?

—Para ver si la partida existe, porque no me faltan sospechas de que usted sea juguete de alguna intriga, por lo que usted refiere.

—¡Es cierto, usted tal vez tenga razón! —exclamó Agustín, como iluminado por un rayo súbito de esperanza.

—Si la partida no está asentada en ninguna parroquia, es claro que el matrimonio es nulo, porque ha sido hecho sin el permiso competente.

—Si usted descubriese esto —le dijo Agustín con entusiasmo—, sería mi salvador, le debería la vida.

—¿Amador ha dicho que volverá mañana?

—Sí, a la misma hora que hoy.

Martín designó entonces las parroquias que él recorrería, señalando otras a Agustín con el mismo objeto.

—Para esto no debe usted pararse en gastos —le dijo—; es preciso desplegar la mayor actividad; es necesario que nosotros tengamos la certidumbre sobre esto antes que Amador se presente aquí, y que hayamos prevenido a su padre de usted.

—¿A mi padre?, ¿y para qué?

—Para evitar que Amador u otro cualquiera venga a sorprenderle.

—¿Y si el casamiento no es nulo?

—Es preciso tener valor y franqueza. ¿No tendrá don Dámaso razón para ofenderse con usted si otra persona en vez de usted le trae la noticia?

—Es cierto.

—Además, si por desgracia el matrimonio fuese válido, previniendo a su padre con tiempo, podrá tal vez arreglar las cosas de algún modo que a nosotros no se nos ocurre.

—Cierto —repitió Agustín, admirando la previsión con que Rivas raciocinaba.

—Vamos, pues —dijo éste—, es preciso ponernos en marcha.

—Bajo a mi cuarto y allí tomaré el dinero que tengo; son doscientos pesos, y partiremos, ¿no le parece?

—Lo más pronto será lo mejor —dijo Rivas, tomando su sombrero y bajando con Agustín.

Pocos momentos después salieron, cada cual en dirección a los puntos donde se dirigían sus pesquisas.

32

Don Fidel Elías regresó a su casa felicitándose, como dijimos, de su actividad y maestría para conducir los negocios.

Entre nosotros es bastante conocido el tipo de hombre que dirige a este fin todos los pasos de su vida. Para tales vivientes, todo lo que no es negocio es superfluo. Artes, historia, literatura, todo para ellos constituye un verdadero pasatiempo de ociosos. La ciencia puede ser buena a sus ojos si reporta dinero; es decir, mirada como negocio. La política les merece atención por igual causa y adoptan la sociabilidad por cuanto las relaciones sirven para los negocios. Hay en esas cabezas un soberbio desdén por el que mira más allá de los intereses materiales, y encuentran en la lista de precios corrientes la más interesante columna de un periódico.

Entre estos sectarios de la religión del negocio se hallaba, como ha visto el lector, don Fidel Elías por los años de 1850; es decir, diez años ha. Y en diez años la propaganda y el ejemplo han hecho numerosos sectarios.

Don Fidel, ya lo dijimos, miraba como un buen negocio el casar a Matilde con Agustín Encina. Mas no por eso dejaba de interesarse vivamente en el otro negocio que tenía entre manos: el arriendo de "El Roble".

Dijéronle en su casa que don Simón Arenal había estado a buscarle, y sin dejar el sombrero ni entrar en explicaciones con doña Francisca sobre su entrevista con don Dámaso, se dirigió, lleno de curiosidad, a casa de don Simón.

Doña Francisca le vio salir con el placer que muchas mujeres experimentan cada vez que se ven libres de sus maridos por algunas horas. Hay gran número de matrimonios en que el marido es una cruz que se lleva con paciencia, pero que se deja con alegría, y don Fidel era un marido—cruz en toda la extensión de la palabra.

Doña Francisca leía, a la sazón, "Valentina", de Jorge Sand, y don Fidel, hombre de negocios, con toda la frialdad de tal, hacía una triste figura comparado con el ardiente y apasionado Benedicto. Por esta causa doña Francisca vio con gusto salir a su cruz, y volvió con vehemencia a la lectura.

Don Fidel no se cuidaba de Jorge Sand más que de los pobres del hospicio, y así fue que salió sin ver los reflejos de romántico arrobamiento que brillaron en los ojos de su consorte; harto más le importaba el negocio de "El Roble" que estudiar las impresiones de su mujer.

Llegó a casa de don Simón con la respiración agitada y el ánimo inquieto por la duda.

Don Simón le ofreció asiento y un cigarro de hoja, asegurándole que era de los mejores que salían de la cigarrería de Reyes, situada en la plazuela de San Agustín.

Con un cigarro se entablan entre nosotros la mayor parte de las conversaciones entre hombres y puede decirse que el cigarro es uno de los agentes de sociabilidad más acreditados y activos.

Don Fidel Elías encendió el suyo y esperó, no sin emoción, que su amigo le dijese el objeto de la visita que había estado a hacerle.

¿Le dijeron que estuve en su casa? —fue la pregunta de don Simón.

—Sí, compadre —contestó don Fidel—, y apenas lo supe me vine derecho para acá.

—Fui a decirle que he cumplido su encargo.

—Ah, ¿estuvo usted con don Pedro San Luis?

—Anoche.

—¿Y qué dice la hacienda?

—El hombre pone sus condiciones para hacer un nuevo arriendo.

—¿Qué condiciones?

—Una que es muy difícil se figure usted.

—¿Que es muy dura?

—Según como usted la considere.

—Vamos a ver, dígalo, compadre; hablando es como se hacen los negocios.

Don Pedro me ha dicho que desea que su hijo principie a trabajar.

—Y, ¿qué hay con eso?

—Que para que su hijo trabaje lo piensa asociar con su sobrino.

—¿Con Rafael San Luis?

—Sí.

—Hasta ahora no veo lo que tengo que hacer con eso.

—Que piensa dar en arriendo "El Roble" a su hijo y a su sobrino, en caso que usted no consienta en lo que Rafael le ha pedido.

—¿Qué le ha pedido?

—Que solicite para él la mano de Matilde.

Don Fidel no se hallaba preparado para recibir un ataque semejante. No halló qué decir. Sus facciones se contrajeron como las de un hombre que se entrega a una profunda reflexión.

—De veras que esto no me lo podría figurar —dijo.

—Esa es su condición —repuso el compadre.

—¿Y si yo accediese a ella? —preguntó con ligera pausa.

—En ese caso arrendaría a usted "El Roble" y pondría a trabajar a su hijo y a su sobrino en otra hacienda.

—Y a usted, ¿qué le parece, compadre?

—¿A mí?, no sé; esto ya se hace un asunto de familia.

—Así es —dijo, volviendo a sus cavilaciones, don Fidel.

Ante todo, se dijo que el asunto merecía pensarse detenidamente porque la propuesta de don Pedro no parecía desechable a primera vista. Hemos dicho que don Fidel tenía comprometida la mayor parte de su fortuna en la hacienda de "El Roble", y esta consideración obraba poderosamente en su ánimo para mirar como preferible el casamiento de Matilde con Rafael que con Agustín. Según todas las posibilidades, éste tendría fortuna, pero sólo a la muerte de su padre, y don Fidel calculó que don Dámaso, en perfecta salud como se hallaba viviría largos años aún. Además, el apoyo que su cuñado podía prestarle era problemático y nunca tan ventajoso para sus negocios como un nuevo arriendo de "El Roble" por nueve años.

—Usted sabe que Rafael estuvo ahora tiempo para casarse con Matilde —dijo al cabo de estas consideraciones.

—Así supe —respondió don Simón.

—La cosa se deshizo por mi cuñado —prosiguió don Fidel—. Rafael no tenía nada entonces; pero es un buen joven.

Don Simón aprobó con la cabeza.

—Si su tío le presta su apoyo, no es un mal partido —continuó don Fidel.

—Así parece.

—Lo mejor, compadre, será no tomar sobre esto una resolución precipitada; tiempo tenemos, pues, para pensarlo.

Varió entonces de conversación y permaneció media hora más con el compadre, dirigiéndose después a su casa.

Llegó en momentos en que doña Francisca leía el pasaje en que Benedicto se encuentra en la alcoba de Valentina. La llegada de don Fidel interrumpió su lectura cuando su corazón nadaba en pleno romanticismo.

Don Fidel le refirió sus dos visitas de aquel día: su medio compromiso con don Dámaso y la inesperada condición que se le imponía para el arriendo de "El Roble".

De aquella relación descartó doña Francisca la prosa referente a los negocios con que don Fidel la había sazonado y formuló en su imaginación la parte poética que se desprendía de la constancia de Rafael San Luis. En el estado en que se encontraba por la lectura de "Valentina", bastaba esta circunstancia para decidirla por la propuesta de don Pedro.

—¡Ah! exclamó—. Mira lo que es un verdadero amor.

—Y, trabajando en el campo —dijo don Fidel—, el mocito ese puede ser un partido.

—¡Eso sí que prueba un corazón bien organizado! —continuó ella con entusiasmo.

—Porque la otra hacienda de don Pedro es un buen fundo —observó don Fidel, dispuesto a sufrir por primera vez las románticas divagaciones de su mujer, porque veía que ella era de su opinión en aquel negocio.

—¡Oh!, estoy segura de que hará feliz a Matilde.

—Con tres mil vacas, puede sacar todos los años una buena engorda.

—Creo que no hay que vacilar, hijo; es una felicidad para nosotros.

—Así me parece; es una hacienda en la que, por término medio, se cosechan de cinco a seis mil fanegas de trigo.

—Rafael, además, es un joven ilustrado.

—Sin contar con la lana y carbón, que dejan una buena entrada.

—Tú lo reduces todo a —dinero exclamó impaciente doña Francisca, horrorizada de la prolijidad con que su marido raciocinaba sobre intereses cuando se trataba de la felicidad de Matilde.

—Hija, lo demás es pura pamplina —contestó don Fidel, impacientándose también del entusiasmo romántico de su consorte, cuando uno no tiene mucha plata y tiene familia, debe, ante todo, fijarse en lo positivo. Yo digo esto porque conozco al mundo mejor que nadie, y a mí no se me va ninguna. ¿De qué nos serviría que Rafael fuese enamorado como un Abelardo, si no tuviese con qué mantener a su familia?

—La plata no basta para la felicidad —dijo doña Francisca, alzando los ojos al cielo con vaporosa expresión.

—Que me den plata y me río de lo demás —replicó don Fidel—. Anda que vayan a mandar a la plaza con amor y buen corazón y con llevarse leyendo libros.

—Bueno, pues, hablemos de otra cosa; sobre esto tengo mis convicciones asentadas.

—Lo que yo tengo asentado es tu porfía —exclamó don Fidel, viendo que su mujer, en vez de convertirse a su doctrina, evitaba la discusión.

Doña Francisca miró su libro para resignarse con algún pensamiento poético.

—Es decir, que aceptamos lo que don Pedro propone —dijo don Fidel, apenas después de una pausa, que empleó en calmar su mal humor.

—Haz lo que te parezca —contestó doña Francisca.

—Así lo entiendo, a mí no me puede dar nadie lecciones, porque sé muy bien lo que hago; el arriendo de "El Roble" por otros nueve años nos conviene más que lo que tu hermano podría favorecernos.

—Pero tendrás que hablar con Dámaso, diciéndole lo que hay.

—Le diré que la constancia de Matilde me ha vencido y..., en fin, no se me dejará de ocurrir algo.

Salió de la pieza y doña Francisca fue a buscar a su hija para anunciarle la feliz noticia.

Mientras que don Fidel se ocupaba de este modo de sus negocios don Dámaso había informado a su mujer y a su hija del objeto con que su cuñado le había visto. Para don Dámaso la opinión de Leonor era de tanto peso como la de doña Engracia, que, como madre, principió por oponerse al casamiento de su hijo.

—¿Y tú, hijita, qué dices de esto? —preguntó el caballero a Leonor.

—Yo, papá contestó ella—, creo que ustedes no deben precipitarse.

—¿No ves?, lo mismo digo yo —exclamó doña Engracia acariciando a Diamela, acción que ella empleaba para expresar cualquier emoción que la agitara.

—¡Pero si dejamos soltero a este muchacho se va a hacer un derrochador de dinero insufrible! ¡Es lo único que ha aprendido en Europa! —dijo don Dámaso, que, como capitalista y antiguo comerciante, miraba las cosas desde el punto de vista material.

—Trataremos de corregirle —contestó doña Engracia, acariciando la cabeza de Diamela.

—Eso es insignificante; somos bastante ricos —repuso Leonor, dirigiendo a su padre su altanera mirada.

—En fin, él ha quedado de contestar mañana —replicó don Dámaso—; veremos pues.

Don Dámaso salió a dar su paseo diario por el comercio, y la madre y la hija quedaron solas.

—Es preciso que hables con Agustín, hijita —dijo doña Engracia, que contaba más con el influjo de Leonor sobre toda la familia que con el suyo.

—Pierda cuidado, mamá —respondió la niña—, ese casamiento no se hará.

Doña Engracia abrazó a Diamela para manifestar su alegría y la perrita correspondió a sus caricias moviendo la cola en todas direcciones.

A la hora de comer, la familia se encontraba reunida en la antesala. Martín, que llegaba en ese momento, fue llamado cuando iba a subir a su cuarto.

Agustín llegó pocos instantes después, en circunstancias que la familia se sentaba a la mesa. Sus ojos buscaron alguna esperanza en los de Rivas, pero éste se encontraba en presencia de Leonor, y, por consiguiente, muy poco dispuesto a ocuparse de otra cosa.

Doña Engracia trató de romper la monotonía que emanaba de la preocupación general apelando a las gracias de Diamela. Pero Diamela se hizo en vano la muerta, mientras que su ama suponía que pasaban sobre ella carruajes y caballos punzándola con golpes incitativos del caso. Esta gracia, que se enseñaba a todos los perros chilenos en las casas, llamó muy poco la atención de Agustín, cuyo corazón fluctuaba entre los temores y la esperanza; y mucho menos la de Martín, que se hallaba, por el pensamiento, prosternado ante su ídolo, con esa reverencia del alma que sólo infunde el primer amor.

Al salir del comedor, Agustín se acercó a Rivas, que siempre se quedaba atrás para dejar pasar a la familia.

—Vamos a mi cuarto —le dijo, con un tono de actor que da una cita para revelar al protagonista el secreto de su nacimiento.

Agustín había perdido su pretenciosa naturalidad y sus desaliñadas frases con los últimos sufrimientos. Su espíritu estaba cubierto con los tintes sombríos del drama romántico y por esto empleaba aquel tono para llamar a Martín.

Este le siguió al cuarto indicado y se sentó en la silla que Agustín le ofreció.

—¿Cómo le ha ido? —fue su primera pregunta, después de cerrar la puerta con llave.

—Muy bien contestó Rivas—; en las parroquias que he recorrido y en la curia no existe ninguna partida de matrimonio. ¿Y usted ha encontrado algo?

—Nada tampoco —contestó Agustín, con alegría.

—Mañana temprano tendré los certificados —dijo Martín.

—Y yo también.

—¿No ve usted? El matrimonio es nulo; lo que ahora importa es que el secreto no salga de la familia.

Agustín no pudo contenerse y dio a Rivas un fuerte abrazo, diciéndole:

—Usted es mi salvador, Martín.

Apenas había pronunciado estas palabras, se oyeron algunos golpes a la puerta.

—¿Quién es? —preguntó Agustín.

La voz de Leonor contestó a esta pregunta del otro lado de la puerta.

—¿Le abrimos? —preguntó a Martín el elegante.

Rivas hizo con la cabeza un signo afirmativo. Su corazón había latido con violencia al oír la voz de la niña.

Agustín abrió la puerta, y Leonor entró.

—Parece que están ustedes tratando de secretos muy importantes cuando están tan encerrados —dijo al ver a Martín, que se puso de pie y caminó hacia la puerta como para retirarse.

—¿Por qué se va usted? —le preguntó.

—Tal vez tiene usted algo que hablar con Agustín —contestó el joven.

—Es cierto, tengo algo que hablar con el, pero usted no está de más.

Leonor se sentó en un sofá. Agustín, a su lado, y Martín, en una silla algo distante.

—Mi papá —dijo Leonor— nos lo ha contado todo antes de comer.

—¡Cómo todo! exclamó Agustín.

—La visita del tío y sus intenciones.

—¿Sobre qué? —preguntó Agustín.

—¿No te ha hablado mi papá de casamiento?

—Sí.

—¿Con Matilde?

—Sí.

—A eso vino mi tío Fidel.

—Ah, ah, eso lo sabía —dijo Agustín.

—¿Qué piensas contestar?

—Que no puedo.

—Mi papá espera lo contrario.

—Por lo que yo le contesté hoy, ya lo creo; pero es que no podía hablar claro —dijo Agustín mirando a Rivas.

—¿Y ahora?

—Es decir, mañana será otra cosa.

—¿Por qué?

—Hermanita, en todo esto hay un secreto que no puedo confiarte.

—¿Un secreto?

—Lo único que puedo decirte es que me he encontrado en un gran peligro y estaba perdido si no me hubiese auxiliado Martín.

Leonor miró a aquel joven, a quien su padre elogiaba siempre y que aparecía ahora como el salvador de su hermano.

"Yo sabré ese secreto", se dijo, al ver la ardiente y sumisa mirada con que Martín recibió la suya.

Siguió por algunos instantes la conversación, alentando a su hermano en la negativa con que debía contestar a su padre. Luego cambió insensiblemente de asunto y habló de música, de sus estudios en el piano y de las piezas más en boga, consultando a veces la opinión de Agustín y la de Rivas, y concluyó por estas palabras:

—Esta noche les tocaré un vals nuevo que tal vez ustedes no conocen.

Con esto quedó Martín citado para la noche, porque Leonor le había mirado sólo a él al decir estas palabras.

Con esta persuasión asistió en la noche a la tertulia de don Dámaso, en la que faltaban don Fidel y su familia, que habían juzgado prudente no presentarse aquella noche.

Pocos minutos después de la llegada de Martín, se dirigió Leonor al piano y llamó al joven con la vista. Martín se acercó temblando. La disimulada cita que había recibido y la mirada con que la niña le llamaba a su lado bastaban para llenarle de turbación.

—Este es el vals —le dijo Leonor, extendiendo sobre el atril una pieza de música.

Principió a tocarla, y Martín se quedó de pie, para volver la hoja.

—A lo que veo —le dijo Leonor, tocando los primeros compases—, usted ha venido a ser la providencia de la familia.

—¿Yo, señorita? —preguntó él con turbación—; ¿por qué?

—Mi padre dice que para sus negocios usted es su brazo derecho.

—Es que exagera los pequeños servicios que he podido hacerle.

—Además, sin usted, tal vez Matilde sería siempre desgraciada.

—En eso he tenido un papel muy insignificante para que usted me atribuya méritos de que carezco.

—Es verdad que usted fue al principio muy reservado.

—No era un secreto mío, sino de mi amigo.

—A quien supuso usted muy pronto que yo amaba.

—Suposición involuntaria, señorita; de la que pronto me desengañé.

—Hay más todavía: Agustín dice ahora que usted es su salvador.

—Otra exageración, señorita; he hecho muy poco por él en razón de lo que debo a su familia.

—No creo que sea tan poco, por lo que dice Agustín.

—Nunca haré lo suficiente considerando mi agradecimiento hacia su padre.

—Agustín me ha dejado inquieta, diciéndome que todo el peligro en que se ha encontrado no ha desaparecido todavía.

—Yo tengo mejor esperanza que él, señorita.

—¿Es un asunto tan grave que no pueda confiarse? —preguntó Leonor, empezando a impacientarse con las evasivas respuestas de Martín.

—Señorita, es un secreto que no me pertenece.

—Creía —replicó ella revistiéndose de su altanería— que he dado a usted bastantes pruebas de confianza para que pudiese corresponderla.

—Lo haría con toda mi alma si pudiese.

—¡Es decir, que sobre usted nadie tiene influencia ninguna! —exclamó Leonor, con tono sarcástico.

—Usted la ejerce imperiosísima sobre mí, señorita —contestó Rivas acompañando estas osadas palabras con una ardiente mirada.

Leonor no se dignó mirarle; sin embargo, sintió perfectamente el fuego de aquella mirada. Siguió durante algunos momentos tocando el vals sin hablar una sola palabra y dejó el piano cuando terminó.

En lo restante de la noche no tuvo para Rivas una sola mirada y conversó largo rato con Emilio Mendoza, que, al retirarse, se creía el preferido.

Leonor al acostarse, se confesaba vencida por la obstinación con que Rivas había callado su secreto; pero en esa reflexión, hecha a solas y sin doblez alguno, hallaba un motivo de admiración por aquel carácter leal y caballeroso que prefería arrastrar su desdén a traicionar la amistad. Ella tenía bastante elevación de espíritu para comprender la delicadeza de la reserva de Martín, y en su pecho prevalecía el aprecio a tal reserva sobre el deseo de esclavizar al joven, deseo que antes imperaba en su voluntad y le pedía su orgullo.

33

A las nueve de la mañana siguiente, Agustín y Martín se hallaban reunidos, después de haber salido una hora antes en busca de los certificados que el día anterior habían pedido en las parroquias más inmediatas a la casa de doña Bernarda.

Con aquellos certificados, Agustín había vuelto a la alegría natural de su carácter, y prodigaba a Rivas mil protestas de amistad y reconocimiento eternos.

—*Soy* a *usted* por la vida entera —le decía, leyendo aquellos certificados—; con estos papeles voy *fudroayar* a Amador. ¡Veremos ahora quién de los dos *hace el fiero*!

—Yo insisto —dijo Martín— en que es preciso imponer a su padre de lo que sucede.

—¿Usted cree? No veo la necesidad absoluta.

—Por lo que usted me cuenta —repuso Martín—, Amador es capaz de ir a verse con don Dámaso, al oír la negativa de usted sobre el dinero.

—Es cierto.

—Y en ese caso será muy difícil explicar el asunto cuando don Dámaso esté bajo la impresión que le producirá una noticia como la que Amador le daría.

—Tiene usted razón; pero es el caso de que yo no me atrevo a ir a hablar con mi padre.

—Iré yo, le instruiré de todo lo ocurrido.

Agustín manifestó a Rivas su agradecimiento por aquel nuevo servicio, empleando su lenguaje peculiar de frases francesas españolizadas.

Martín se dirigió al escritorio de don Dámaso, pues sabía que a esa hora esperaba el almuerzo escribiendo. Entabló la conversación sin rodeos y refirió la desgraciada aventura de Agustín, atenuando en cuanto le fue posible su conducta. Don Dámaso le oyó con la inquietud de un padre que ve comprometida la honra de su hijo y la propia. El honor de las Molina le importaba un bledo, y se pasmaba de la insolencia de esas gente que, por conservar su reputación, querían casar al hijo de un caballero. Al fin contó Rivas su entrevista con Agustín el día anterior, los pasos que habían dado y las sospechas que le asistían sobre la nulidad del matrimonio. Esto último permitió a don Dámaso respirar con libertad.

—Con estos certificados de los curas —dijo recorriendo los papeles que Rivas le presentaba— dijo que no queda duda sobre el asunto.

—El hermano de la niña —dijo Martín— debe presentarse hoy nuevamente en busca del dinero.

—¿Cómo le parece a usted que le recibamos?

—Yo creo que será mejor dar un golpe decisivo antes de que él se presente— contestó Rivas.

—¿Cómo?

—Presentándose usted, hoy mismo, en la casa, y declarando a la madre que el matrimonio es nulo. Por el conocimiento que tengo de Amador, se me figura que hay algún misterio en esto: es hombre capaz de todo.

Don Dámaso, acostumbrado a seguir en sus negocios las inspiraciones de Martín, halló acertado aquel consejo.

—¿A qué hora le parece a usted que debo ir?

—Antes de que venga Amador, después del almuerzo; Amador debe venir a las doce.

Convinieron entonces en el giro que don Dámaso debía dar a la entrevista.

—¿No me acompaña usted? —dijo don Dámaso a Martín.

—Señor —contestó el joven—, yo debo a esa pobre familia algunas atenciones y me dispensará usted de acompañarle. Fuera de Amador, las demás personas que la componen son buenas gente: Adelaida es una niña desgraciada.

—Si esto se arregla como lo espero —dijo don Dámaso—, será un nuevo servicio que le deberemos a usted.

—Le suplicaré que usted no toque este asunto con Agustín, que ha sufrido bastante en estos días y se encuentra bien arrepentido.

—Bueno, lo haré así por usted.

Un criado anunció que el almuerzo estaba en la mesa. Don Dámaso se dirigió al comedor hablando sobre otros negocios con Martín.

Durante el almuerzo buscó en vano éste los ojos de Leonor. La niña se había impuesto tanta más reserva y frialdad para con Rivas, cuanto mayor era el interés que sentía por él. Las reflexiones de la noche precedente habían sido fecundas en deducciones ventajosas para Martín pero Leonor, al cabo de ellas, se había hecho por primera vez una pregunta franca: "¿Estaré enamorada?"

Esta pregunta había surgido como un relámpago cuando, tras largas reflexiones, el sueño había principiado a cerrar sus lindos párpados guarnecidos de hermosas pestañas. Leonor abrió tamaños ojos

114

al oírla con el corazón. El sueño huía espantado y en balde le buscó ella enterrando su perfumada cabeza en la almohada de plumas en que la apoyaba. Mil ideas incoherentes se dibujaron entonces en su espíritu. Semejantes a la salida del sol, cuyos rayos bañan de vívida luz algunos puntos, dejando la sombra relegada en otros, esa idea de amor, luminosa, radiante, acompañada de su cortejo de reflexiones súbitas iluminó parte de su alma, si así puede decirse, con hermosos resplandores, y dejó la oscuridad y confusión en otras. Amar le parecía un sueño encantado y venturoso; pero su orgullo debía también elevar su voz en aquel supremo instante. Amar a un joven pobre y desconocido, a un joven que hasta entonces no había llamado la atención de ninguna mujer, le parecía una desgracia; mas tal vez porque sus mejillas se encendieron ante el pensamiento de lo que diría la sociedad al unir en sus comentarios caseros, el nombre de Martín Rivas al suyo. La imaginación de aquella niña fue durante aquel insomnio un espejo, donde vinieron a reflejarse todas las suposiciones de un corazón en lucha con un poderoso sentimiento. La altiva desdeñadora de tantos elegantes se vio enamorada de un joven modesto que vivía alojado en su casa y gozaba, por única fortuna, de una pensión de veinte pesos, mientras que sus amigas, a quienes había considerado siempre como consideraría una reina hermosa a las damas de su corte, se casarían con jóvenes de riqueza y de nombre, a los que darían orgullosas el brazo en el paseo.

"No pensemos más en esta locura", fue lo que Leonor se dijo, dándose vuelta en el lecho, para no oír sobre su almohada los violentos latidos de su corazón.

Y volvió a buscar el sueño, pero a buscarlo en vano.

A la mañana siguiente, tomó Leonor la fatiga del insomnio por la victoria de su voluntad. La claridad del día, que disipa las proporciones fantásticas que durante la noche cobran generalmente las ideas, introdujo en su espíritu un entorpecimiento que ella creyó ser su habitual y fría indiferencia. Pero al ver entrar a Martín con su padre, el espíritu se despejó de nuevo, y de nuevo volvió también la lucha entre la voluntad orgullosa y el corazón, con el entero vigor de la ilusión y de la juventud.

Pero Martín ignoraba todo esto y no vio en la indiferencia de Leonor más que la tiranía de su mala estrella y el constante presagio de indeterminable desventura.

Así, pues, el almuerzo fue silencioso. Doña Engracia sólo hablaba de cuando en cuando con la regalona Diamela, y Agustín dirigió la vista sobre su padre para leer en su semblante la impresión que le había producido la revelación de su secreto. Don Dámaso estaba tan preocupado con la entrevista aconsejada por Rivas, que fue, a los ojos de su hijo, impenetrable, y se retiró al fin del almuerzo, sin que Agustín hubiese podido adivinar si estaba o no perdonado.

Llamó don Dámaso a Martín y salieron juntos con dirección a casa de doña Bernarda.

—Aquella es la casa —dijo Rivas, señalándola.

Don Dámaso se separó de Martín y entró en la casa que éste le había señalado.

Doña Bernarda se encontraba cosiendo con sus hijas en la antesala.

—¿La señora doña Bernarda Cordero? —preguntó don Dámaso.

—Yo, señor —contestó doña Bernarda.

Don Dámaso entró en la pieza. Por su aspecto conoció doña Bernarda que era un caballero y se levantó ofreciéndole una silla.

—Señora —dijo don Dámaso—, ¿cuál de estas dos señoritas es la que se llama Adelaida?

—Esta, señor —respondió la madre, señalando a la mayor de sus hijas.

Adelaida tuvo un vago presentimiento de que aquel caballero venía allí por algún asunto concerniente a su matrimonio con Agustín. La pregunta que acababa de oír daba sobrado fundamento para tal sospecha.

—Desearía hablar con usted a solas algunas palabras —dijo don Dámaso a la madre, después de haber mirado atentamente a Adelaida y a Edelmira.

Doña Bernarda mandó salir a sus hijas.

—He venido aquí, señora —prosiguió don Dámaso—, porque deseo arreglar con usted un asunto desagradable.

—¿De qué cosa, señor? —preguntó doña Bernarda.

—Aquí se ha cometido un abuso que puede ser para usted y para su familia de graves consecuencias —respondió don Dámaso, con tono solemne.

—¿Y quién es usted? —preguntó ella, con admiración, por lo que oía.

—Soy el padre de Agustín Encina, señora.

—¡Ah! —exclamó, palideciendo, doña Bernarda.

—Yo quiero suponer que usted haya obrado de buena fe al creer que casaba a Agustín con su hija.

—¡Conque se lo han contado ya! Qué quiere, pues, señor. Su hijo andaba en malas y hubo que casarlos.

—Pero lo que usted tal vez no sabe es que ese casamiento es nulo.

—¡Cómo, nulo!

—Es decir, Agustín y su hija no están casados.

—¡Qué está hablando!; casados y muy casados.

—Pues yo tengo la prueba de lo contrario.

—No hay pruebas que se tengan, aguárdese un poquito.

Al decir estas palabras doña Bernarda se acercó a la puerta del patio.

—Amador, Amador —dijo, llamando.

Amador se encontraba en este momento vistiéndose para ir a casa de Agustín. Acudió al llamado de su madre, y palideció al ver a don Dámaso, a quien conocía de vista.

—Mira, hijo —exclamó la madre—, mira lo que me viene a decir este caballero.

—¿Qué cosa? —preguntó Amador con voz apagada.

—Dice que no es cierto que su hijo está casado con Adelaida.

Amador trató de sonreírse con desprecio, pero la sonrisa se heló en sus labios. Se hallaba tan distante de figurarse que iba a oír semejante aserción, que se sintió ante ella desconcertado y vacilante. Pero imaginó que no había salvación posible sino en la más obstinada negativa y volvió a esforzarse para sonreír.

—No sabrá, pues, este caballero lo que ha sucedido —respondió con aire burlón.

—Sé muy bien que se ha cometido una violencia —exclamó don Dámaso—, y tengo documentos para probar que el matrimonio a que se arrastró a mi hijo es completamente nulo.

—A ver, pues, ¿cuáles son las pruebas? —preguntó Amador.

—Aquí están —dijo don Dámaso, mostrando los papeles que Martín le había entregado—, y me serviré de ellas en caso necesario.

Amador veía que el asunto iba tomando un sesgo peligroso, pero no se atrevía a proponer una transacción en presencia de su madre.

—Bueno, si usted tiene pruebas, nosotros también —contestó—; veremos quién gana.

Don Dámaso reflexionó que era mejor conducir amigablemente el negocio, y prosiguió:

—Las pruebas que yo tengo son incontestables: el casamiento es nulo a todas luces; pero como éste es un asunto que puede perjudicar mi reputación y a la de mi familia, he venido a entenderme con esta señora para que nos arreglemos sin hacer ruido ni dar escándalo.

—Qué escándalo, pues, si están —casados dijo doña Bernarda, consultando el semblante de su hijo.

Amador evitó la mirada, porque se sentía colocado en muy mal terreno.

—Convengo —dijo don Dámaso— en que mi hijo hizo mal en venir a una cita, pero esa cita era un lazo que se le tendía.

—Sí, pues, ¿no quería que lo dejasen no más? —exclamó doña Bernarda—. ¿Y porque es rico se figura de que los pobres no tienen honor? Al todo también, ¡por qué no lo dejamos que fuese el amante de la niña! ¡Ave María, Señor!

Cálmese usted, señora —le dijo don Dámaso—, es preciso que usted mire este asunto tal como es.

—Como es lo miro, ¿y diei? Están casados y no hay más que decir.

—Yo puedo llevar este asunto a los tribunales y probaré allí la nulidad del casamiento, pero, en ese caso, no me contentaré con eso, porque pediré un castigo para los que han tendido un lazo aun joven inexperto.

—¡Sí, qué inexperto, y se vino a meter a la casa a las doce de la noche —exclamó doña Bernarda—. Qué haces tú, pues —añadió, mirando a su hijo—, ya se te pegó la lengua.

—Vea, señor, mi madre tiene razón —dijo Amador— Usted no puede probar que el casamiento es nulo, porque nosotros tenemos pruebas de lo contrario.

—¿Cuáles son esas pruebas?

—Yo sabré, y cuando llegue el caso...

—¿Existe la partida de casamiento anotada en alguna parroquia?

Amador se quedó callado, y doña Bernarda le preguntó:

—¿No me dijiste que se la habían entregado al cura?

—Deje no más, madre —contestó él, no hallando cómo salir del paso—; cuando llegue el caso, sobrarán pruebas

—¿No ve, caballero? Hay pruebas y están casados, y no hay más que conformarse —exclamó doña Bernarda.

—Lo que mi madre dice es verdad —repuso Amador—, si usted no quiere que esto se sepa, lo podemos callar hasta que a usted le parezca.

No lo callaré por mi parte y me presentaré hoy mismo entablando acción criminal contra ustedes.

—Entable cuanto le dé la gana; hey veremos —contestó doña Bernarda, consultando otra vez la mirada de su hijo.

—Por supuesto —dijo Amador, para contentar a su madre.

Don Dámaso se levantó con impaciencia.

—Hacen ustedes mal en obstinarse —replicó—, porque lo perderán todo. Yo me encuentro dispuesto a dar lo que sea justo en calidad de indemnización por la calaverada de mi hijo, si ustedes consienten en callarse sobre este asunto; pero si me obligan a esclarecerlo ante los tribunales, seré inflexible y el castigo recaerá sobre los culpables.

—Como le parezca —dijo doña Bernarda—; nada me quitará que los he visto casarse. ¿No es cierto, Amador?

—Cierto, madre, así fue.

117

—Ustedes reflexionarán en esto —dijo don Dámaso, y si mañana no he tenido una contestación favorable, me presentaré al juez.

Salió sin saludar y atravesó el patio, entregado a una mortal inquietud. La confianza con que doña Bernarda aseveraba el hecho y el testimonio de Amador, cuyas vacilaciones no podía apreciar don Dámaso, le arrojaban en una desesperante perplejidad. A pesar de los certificados que tenía en su poder, parecíale que doña Bernarda y Amador se hallaban en posesión de alguna prueba irrecusable, que podía hacerle perder tan importante causa. Bajo el peso de tales temores, llegó a su casa con el rostro encendido y vacilante el ánimo en medio de tan terrible duda.

34

No era don Dámaso Encina capaz de tomar determinación alguna en asunto de trascendencia por consejos de su propio dictamen; de manera que, al llegar a su casa, llamó a su mujer y a Leonor para consultarles sobre la marcha que convendría adoptar en trance tan difícil y delicado.

Al oír la relación del caso, doña Engracia estuvo en peligro de accidentarse. Su orgullo aristocrático le arrancó una exclamación que pintaba la rabia y la sorpresa que en oleadas de fuego envió la sangre a sus mejillas.

—¡Casado con una *china!* —dijo con voz ahogada, apretando convulsivamente a Diamela entre sus brazos.

Y la perrita soltó un alarido de dolor con semejante inesperada presión, que hizo coro con la voz de su ama y dio a sus palabras una importancia notable.

Don Dámaso se tomó la cabeza con las dos manos, exclamando:

—Pero, hija, el matrimonio es nulo, ¿no ves que tenemos pruebas?

—¡Qué dirán, por Dios, qué dirán! —volvió a exclamar doña Engracia, apretando con más fuerza a Diamela, que esta vez dio un gruñido de impaciencia, aumentando la desesperación de don Dámaso.

Este se volvió hacia Leonor, que permanecía impasible en medio de la confusión de sus padres.

—Dile, hija —repuso—, que el matrimonio es nulo y que hay como probarlo.

—Eso no basta, eso no basta —respondió doña Engracia—, ¡toda la sociedad va a saber lo que ha sucedido y no se hablará de otra cosa!

—Papá —dijo Leonor—, ¿no dice usted que Martín fue el que imaginó el buscar las pruebas que usted tiene?

—Sí, hijita, Martín.

—Creo que lo más acertado, entonces, sería llamarle; él tal vez nos indicará lo que debe hacerse.

—Tienes razón —contestó don Dámaso, como si le hubiesen dado un medio infalible de salir de aquel aprieto.

Hizo llamar a Martín, que se presentó al cabo de cortos instantes.

Don Dámaso le refirió su visita a doña Bernarda y la obstinación que había encontrado en ésta y en su hijo.

—Y ahora ¿qué haremos? —fueron las palabras con que terminó su relación.

—Yo estoy persuadido de que todo es una farsa —contestó Rivas—, pues, según lo que usted refiere, si ellos tuviesen las pruebas de que hablan, las habrían manifestado, y sobre todo Amador, a quien conozco, no habría estado tan humilde.

—Lo que se necesita es asegurarse de todo eso, tener una prueba irrecusable de la nulidad del matrimonio y comprar el silencio de esas gente —dijo Leonor a Martín, con tono tan perentorio y resuelto, como si ella y el joven tuviesen solos el cargo de ventilar aquel asunto de familia.

—Usted hiere la dificultad, señorita —respondió Martín—, aquí se trata de comprar. Me asiste la sospecha de que Amador es el que tiene el hilo de esta trampa y creo que con dinero se podrá llegar al fin que usted indica.

—Mi papá —repuso Leonor— está pronto, según entiendo, a gastar lo necesario.

—¡Cómo no, cuanto sea preciso! —exclamó don Dámaso.

—Con mil pesos será bastante —dijo Martín.

—¿Se encargará usted de todo? —preguntóle don Dámaso.

—A lo menos me comprometo a hacer lo humanamente posible por arreglarlo —contestó Rivas, con tono resuelto.

—Excelente —exclamó don Dámaso, ¿quiere usted llevar una libranza a la vista contra mi cajero?

—No será malo, porque eso valdrá más que una promesa mía —dijo Martín.

Don Dámaso pasó al escritorio para firmar el documento.

Doña Engracia luchaba, entretanto, con la sofocación en que la había puesto la noticia, y con Diamela, que, cansada de sus faldas hacía esfuerzos para saltar sobre el estrado.

Leonor se acercó a Martín, que permanecía de pie, algo distante del sofá en que doña Engracia y su hija se encontraban.

—¿De modo que sin que usted lo quisiese —le dijo he sabido el secreto que usted me ocultaba?

—Espero que usted me hará justicia —contestó Rivas—. ¿Podía divulgar un secreto que no me pertenecía?

—Y lo comprendo —replicó la niña con altanería—, puesto que usted estaba más interesado en ocultarlo que divulgarlo, como dice usted.

—¡Interesado! ¿En qué?

—Se trataba de personas que usted visita con Agustín.

—Es verdad que le he acompañado allí varias veces.

—Según dice papá, hay dos niñas, bonitas ambas —dijo con malicia Leonor— y entiendo que Agustín hace la corte a una sola.

Martín no encontró cómo justificarse de aquella imputación tan directa; en presencia de Leonor, lo hemos dicho ya, el joven perdía su natural serenidad. Turbado con la acusación que encerraban las palabras que acababa de oír, halló una respuesta más significativa que la que se habría atrevido a dar con entera sangre fría.

—Desde hoy me retiro de la casa —contestó; creo que no puedo ofrecer mejor justificación.

Se impone usted un sacrificio enorme —le dijo Leonor, con sonrisa burlona.

En este momento volvió don Dámaso con el vale que había ofrecido, y Leonor se retiró al lado de su madre.

Martín oyó las recomendaciones del padre de Agustín sin prestarle gran atención y salió más preocupado de las palabras de Leonor que del paso que se acababa de comprometer a dar. Aquellas palabras y la sonrisa con que fueron dichas le volvían a la idea de que era el juguete de los caprichos de Leonor. Persuadíase de que ésta abrigaba un corazón fantástico y cruel.

"Es demasiado orgullosa para permitir que la ame un hombre sin posición social, como yo", se decía, con profunda amargura.

En alas de esta triste reflexión, se lanzaba Martín al campo inmenso en que los amantes desdeñados aspiran el acre perfume de las pálidas flores de la melancolía. Todo sufrimiento tiene un costado poético para las almas jóvenes. Martín se engolfaba en la poesía de su desconsuelo, prometiéndose servir a la familia de Leonor en razón directa de los desdenes que de ella recibía. Halagaban a su corazón, huérfano de esperanzas, aquellas ideas de sacrificio con que los enamorados infelices sustentan la actividad del corazón, como para sacar partido de su desventura.

"Sufrir por ella —se decía—, ¿no es preferible a una indiferencia fatigosa?"

Así, poco a poco, iba recorriendo su alma las distintas fases de un amor verdadero, y se encontraba entonces en situación de aferra se a sus pesares como a un bien relativo en vez de desear la calma de la indiferencia, este Leteo cuyas mágicas aguas imploran solamente los corazones gastados.

Pensando en Leonor se dirigió a cumplir el compromiso contraído con la familia de Agustín.

"Si salgo bien —pensaba—, ella tendrá que agradecérmelo, puesto que la tranquilidad de los suyos no puede serle también indiferente."

En casa de doña Bernarda habíase establecido conciliábulo después de la salida de don Dámaso. Doña Bernarda, Adelaida y Amador hablaban en el cuarto de éste sobre la visita que acababan de recibir.

—Yo me alegro de que lo sepan todos esos ricos —decía la madre, sin advertir la preocupación pintada en el rostro de sus dos hijos.

Después de disertar sobre el asunto y edificar castillos en el aire, poniendo por cimiento la validez del matrimonio, se retiró doña Bernarda con estas palabras, dirigidas a su hija, que bajaba la frente para ocultar los temores que la asaltaban:

—No se te dé nada, Adelaida, el rico ése tiene que tragarse la píldora, aunque haga más gestos que un ahorcado; serás su hija por más que le duela, y te ha de llevar a la casa no más.

Cuando Adelaida y Amador quedaron solos, fijaron el uno en el otro una profunda mirada.

—Alguien ha metido la mano en esto —dijo Amador—, porque Agustín no es capaz de dudar de que está bien casado. ¡No será mucho que esa tonta de Edelmira!...

—Entretanto —observó Adelaida—, si descubren la verdad nos hunden. ¿Como probamos nada si ellos se presentan a la justicia?

—Así no más es —contestó Amador, rascándose la cabeza—, se nos ha dado vuelta la tortilla.

—Tú me has metido en esto —replicó Adelaida, presa ya del miedo que le inspiraba el resultado, y es necesario que trates de acomodarlo todo.

—¡Eh, si yo te metí, fue para tu bien! —exclamó Amador—, y la cosa no está tan mala, porque el viejo está muy interesado en que no se sepa lo sucedido. Yo estoy seguro de que si yo fuese a confesarle la verdad me daría las gracias.

—No hay más que hacer entonces —contestó Adelaida, presurosa de verse libre a tan poca costa de las consecuencias de aquel asunto.

—No *seáis* tonta —le dijo Amador, en tono de amigable confidencia—. El viejo ofreció plata si nos callábamos.

—Yo no quiero plata —replicó Adelaida, con orgullo—; yo quiero salir del pantano en que me has metido.

—Bueno, pues, yo te sacaré —respondió Amador.

Adelaida se retiró, después de exigir a su hermano formal promesa de hacer lo que ella pedía.

Amador calculaba que, aceptando la proposición que don Dámaso había formulado, todavía le quedaba algún provecho que sacar del desenlace desgraciado de su empresa.

"A mi madre —se dijo— la contento con un regalito, para que no se enoje cuando le cuente que la estaba engañando, y me queda todo lo demás que me den."

Animado con esta reflexión, resolvió escribir a Agustín para pedirle una entrevista. Se hallaba ya sentado y tomaba la pluma cuando Martín golpeó a la puerta de su cuarto.

Como Amador ignoraba el objeto de aquella visita, tomó un aire de seriedad para saludar a Martín.

—Vengo de parte de don Dámaso Encina —dijo éste, sin aceptar la silla que le ofreció Amador.

—Aquí estuvo esta mañana —contestó Amador, esperando que Rivas le dijese la comisión que llevaba.

—Me ha encargado que me vea con usted solo.

—Aquí me tiene, pues.

—Al hacerme este encargo, me dijo que no había podido entenderse con doña Bernarda.

—Así no más fue; usted conoce a mi madre, no aguanta pulgas en la espalda.

—Me dijo don Dámaso que, por lo poco que usted había hablado, le parecía más tratable que la señora.

—Eso es lo que tiene mi madre; luego se le va la mostaza a las narices.

—Mi objeto, pues, es el de arreglarme con usted sobre este desagradable asunto de Agustín.

—¡Qué más arreglado de lo que está!

—Don Dámaso me ha dicho que haga presente a usted las consecuencias de este asunto si llega a ponerse en manos de la justicia; ustedes no tienen ningún medio de probar la validez del casamiento, y don Dámaso, por su parte, puede probar que aquí se ha cometido una violencia, para la cual pedirá un castigo. Si por el contrario, usted confiesa la nulidad de este matrimonio y ofrece alguna prueba de seguridad que ponga a la familia de Agustín al abrigo de todo cuidado en este punto, don Dámaso ofrece alguna indemnización para transar amigablemente, porque reconoce la falta de su hijo, bien que no podía cometerla sin participación de Adelaida.

Amador se quedó pensativo durante algunos momentos.

—Si usted tuviese una hermana —añadió Amador—, y alguno anduviese..., pues..., enamorándola, como usted sabe, ¿no es cierto que usted trataría de escarmentarlo?

—Sin duda.

—Bueno, pues, eso fue lo que hice con Agustín.

—Bien hecho; pero usted llevó la cosa demasiado adelante.

—Así no se meterá otra vez en esas andanzas.

—Usted puede hacer terminar este asunto ahora mismo —dijo Martín, sacando el vale de don Dámaso—; vea usted el papel.

—¿Qué es esto? —preguntó Amador, mirando el papel.

—Usted pidió ayer mil pesos a Agustín; pues bien, su padre se los ofrece a cambio de una carta.

—¿De una carta? ¿Y qué quiere que le diga?

—Lo que usted acaba de decirme: que quiso castigar a Agustín y fingió un casamiento.

Amador creyó que se había resistido ya lo suficiente para fijarse en la palabra "fingió", que Rivas dijo para sondear el terreno. El documento de mil pesos estaba allí tentándole, por otra parte, y él calculó que obstinándose no podría conseguir nada mejor que lo que se le ofrecía, y quedaba, con su obstinación, expuesto a las consecuencias de un pleito.

—Vaya, pues —dijo, sonriéndose—, dícteme usted la carta.

Dictóle, entonces, Martín una carta en la que Amador exponía las razones que había tenido para castigar a Agustín. Terminada esta explicación:

—¿De quién se valió usted para esto? —preguntó Rivas.

—De un amigo.

Continuó dictando Martín, valiéndose de la relación que Agustín le había hecho del suceso y completándola con las explicaciones de Amador, que dio también el nombre y calidad del que le había servido para la representación de su farsa.

—¿Usted me promete que no le seguirá ningún juicio? —preguntó Amador, al dar el nombre del sacristán.

—Bajo mi palabra, ya ve usted que esta carta es sólo un documento para la tranquilidad de don Dámaso, y que de ningún modo puede perjudicar a usted ni a nadie. Cualquiera que la lea, verá que ha sido un asunto en que se ha dado una buena lección a un joven que no iba por el buen camino.

Firmó Amador la carta y recibió el vale devorándolo con la vista.

"Después de todo —pensó, doblándolo—, no está tan malo, y no me ha costado mucho ganarlo."

Rivas volvió a casa de don Dámaso lleno de alegría, porque esperaba que con el éxito de su comisión no podría menos que encomendarse favorablemente a los ojos de Leonor.

35

Guardó Amador, como guardaría una reliquia un devoto, el documento que le hacía dueño de mil pesos, y se dirigió al cuarto de Adelaida.

—Todo está arreglado —le dijo, refiriéndole la entrevista que acababa de tener con Martín en todos sus pormenores, excepto lo referente al vale que tenía en el bolsillo.

Mil pesos eran para el hijo de doña Bernarda una suma enorme. La facilidad con que la ganaba, lejos de satisfacer su ambición, la despertó más poderosa, sugiriéndole la siguiente reflexión que hizo en voz alta:

—Si no nos hubiesen vendido, otro gallo nos cantaría. Se me pone que Edelmira es la que se lo ha contado todo a Martín.

Adelaida no respondió. Hallábase contenta con el pacífico desenlace de una intriga de cuya participación se había pronto arrepentido, y le importaban poco las suposiciones de Amador, que miraba el asunto por su aspecto pecuniario.

—Nadie puede haber sido sino esa tonta de la Edelmira —prosiguió Amador—; pero me las pagará.

—Tú te encargarás de contarle a mi madre lo que ha sucedido —le dijo Adelaida.

—Es preciso dejar que pasen algunos días; se lo diremos después del Dieciocho. Ahora la cosa está muy fresca y se enojaría mucho.

De este modo convinieron, Amador y Adelaida, en no turbar la alegría que esperaban gozar en los días de la patria. Conocedores del violento carácter de la madre, suponían, con razón, que la noticia verdadera de lo acaecido irritaría su enojo y les privaría tal vez de las diversiones que Amador esperaba procurarse con el dinero que iba a recibir.

—Si yo se lo cuento ahora —dijo Amador—, se enojará conmigo, pero con ustedes no sólo se enojará, sino que las encierra en el Dieciocho y no las deja salir a ninguna parte.

Sólo pueden apreciar la importancia de este argumento los que sepan el apego de todas nuestras clases sociales por las fiestas cívicas que solemnizan el aniversario de nuestra independencia. No ver el Dieciocho (ésta es la expresión más genuina en esta materia) es un suplicio para cualquier persona joven en Chile, y sobre todo en Santiago, donde el aparato y pompa que se da a esta solemnidad atraen la presencia de muchos habitantes de otros pueblos vecinos.

Pero, de los personajes de la presente historia, el que menos se preocupaba de la proximidad del gran día, y sí mucho de adelantar su negocio sobre la hacienda de "El Roble", era don Fidel Elías. Resuelto a aceptar las propuestas que por medio de don Simón Arenal había recibido, y no contento con la mediación de tercero, don Fidel hizo una visita a don Pedro San Luis y entró en tan franca explicación con él sobre el negocio, que al cabo de poco rato daba la promesa de que su hija se casaría con Rafael el mismo día en que se firmase el nuevo arriendo de "El Roble".

—Usted encontrará muy natural también —le dijo don Pedro— que mi sobrino vuelva a visitar la casa de usted.

—¡Cómo no! Ya sabe usted que sólo por consejos extraños me privé del placer de recibir a su sobrino. Cuando quiera presentarse mi casa, será perfectamente recibido —contestó don Fidel.

—Muy luego —repuso don Pedro— iré yo a pagar esta visita y me acompañará Rafael.

A esa hora, en casa de don Dámaso, Agustín esperaba con impaciencia la vuelta de Rivas.

Leonor entró en el cuarto de su hermano y se suscitó la conversación sobre el asunto de casamiento que preocupaba a toda la familia. Agustín que ya había recobrado una parte de su locuacidad, refirió a su hermana los pormenores del suceso.

—Y la otra hermana, ¿qué tal es? —preguntó Leonor.

—Muy buena moza —contestó Agustín.

—¿No me dijiste que una de ella gustaba a Martín?

—Sí, pues, ésa: Edelmira —dijo Agustín, que en su agradecimiento por los favores que Rivas le estaba prestando, no vaciló en dar por cierto lo que en su espíritu era sólo una sospecha.

Leonor se quedó pensativa.

—Ahí está Martín — exclamó el elegante, divisando a Rivas que atravesaba el patio en dirección al escritorio de don Dámaso.

Llamóle Agustín y Rivas entro en la pieza.

Leonor y Agustín le preguntaron al mismo tiempo:

—¿Cómo el fue?

—Perfectamente —contestó Martín—; traigo una carta que calmará todas las inquietudes.

Al decir esto, presentó a Leonor la carta de Amador Molina.

—¿La puedo leer yo? —preguntó la niña— ¿no es reservada para mí? Digo esto —añadió mirando a su hermano—, porque este caballero es tan reservado conmigo.

—¡A ver, lee la carta hermanita —exclamo Agustín—; yo quemo de impaciencia!

—Parece que te va volviendo el francés —le dijo, riendose, Leonor.

—Es que la noticia de Martín me da *transportes inoídos* de alegría —dijo el elegante abrazándola.

Leonor dio lectura a la carta, mientras que a cada párrafo Agustín exclamaba:

—¡Oh, perfecto, perfecto!

—Me haz dicho que este mozo es ordinario —dijo que la niña después de leer la firma—, replicó Agustín—, no sé cómo eso es *hecho*, porque Amador puede llamarse un *siutique pur sang*.

Entonces le han dictado la carta —repuso Leonor, riéndose de la frase de Agustín: y mirando a Rivas con malicia, añadió—. ¿Habrá sido tal vez la señorita —Edelmira?

—¡Oh, ah! exclamó Agustín, cuya alegría había aumentado con la lectura de la carta—: o es *mademoiselle* Edelmira, o alguien que se le acerque, ¿no es esto, Martín?

—Amador escribió en presencia mía —contestó Martín, poniéndose encarnado.

—Eso no hace nada —dijo Agustín—, lo principal es que yo *redevengo garçon*.

—Bien se te conoce el lenguaje —le dijo Leonor.

La carta fue llevada por Leonor a don Dámaso, que hablaba con doña Engracia, mientras que Diamela hacía cabriolas en la alfombra. Al oír su lectura, el rostro de don Dámaso se iluminó de alegría; cada frase produjo en su semblante el mismo efecto del sol cuando, por la mañana, extiende poco a poco sus rayos en la dormida pradera.

Doña Engracia, para expresar su emoción, se había apoderado de Diamela, a quien estrechaba con fuerza a cada movimiento aprobativo de la cabeza de su marido.

—Papá —observó Leonor—, yo creo que la carta ha sido dictada por Martín. ¿No la encuentra usted bien escrita?

—Tiene razón. Vea usted: bien dice la Francisca, que es aficionada a leer: el estilo es el hombre, según no sé quién, un acabado en *on*... En fin, poco importa; gracias a Martín todo está arreglado: si este mozo es para todo. Mira, Leonor, tú debes hacerle aceptar algún regalo; a mí nunca me quiere admitir nada.

—Ahí, veremos —contestó la niña—; no me parece fácil.

Agustín fue llamado entonces de orden de don Dámaso, y recibió una severa reprimenda por su calaverada.

—Qué quiere usted, papá —dijo el joven, algo confundido—; *es preciso que juventud se pase*.

—Bien está, pero que se pase de otro modo —replicó don Dámaso, con gravedad de una barba de comedia—. Lo mejor —añadió en voz baja, acercándose a doña Engracia— será que pensemos seriamente en casarlo: la propuesta de Fidel llega muy a tiempo.

La señora dio un fuerte apretón a Diamela, para expresar el sentimiento de toda madre al ver pasar a un hijo al bando de Himeneo.

En la noche buscó Martín en balde una de aquellas conversaciones al son del piano, que a un tiempo formaban su delicia y su martirio; pero Leonor tocó sin llamarle, y Emilio Mendoza sirvió para volver la hoja de la pieza.

En un momento en que Agustín se había sentado junto a Rivas, aquel llamó a su hermana, que se retiraba del piano.

—Ven a ayudarme a alegrar a Martín —le dijo—: está de una *tristeza navrante*.

—Sin duda —respondió Leonor—, principia a sentir el peso de la promesa que hizo, tal vez irreflexivamente.

—¿Qué promesa, señorita? —preguntó Rivas.

—La de retirarse de la casa de las *señoritas* Molina —dijo Leonor con altivez y acentuando con la voz la palabra que ponemos en cursiva.

—La promesa me la hice a mí mismo, y podría, sin faltar a nadie quebrantarla —replicó Martín, picado.

—No lo creo; ¡tiene usted propósitos tan sostenidos! —dijo la niña.

—¿Qué propósitos son ésos? —exclamó Agustín—; veamos *que yo sepa*: todo lo de este amigo me interesa ahora.

—El de no amar a nadie, por ejemplo —contestó Leonor.

—¿Verdad, querido? —preguntó el elegante.

—Y, sin embargo, parece que con la señorita Molina iba flaqueando su voluntad —repuso Leonor con acento burlón, antes que Rivas pudiese contestar a la pregunta de Agustín.

Y con estas palabras la niña volvió la espalda y fue a sentarse al lado de su madre.

—Esta Leonor es *petillante* de malicia —dijo Agustín al ver retirarse a su hermana.

"¡Es cruel!", se dijo para sí Martín, con profundo abatimiento, y se retiró del salón.

Esa misma noche tuvo lugar la visita de Rafael a casa de Matilde en compañía de don Pedro.

Los amantes recobraron, en sabrosa conversación, los días que habían estado sin verse. Don Fidel hizo al sobrino de don Pedro una acogida tanto más cordial cuanto mayor era el beneficio que esperaba del negocio de "El Roble", y doña Francisca tuvo con Rafael algunos momentos de conversación en los que pudo dar rienda suelta a su romanticismo alimentado por la lectura de Jorge Sand.

—La mujer de la moderna civilización —le dijo, bajo la influencia de las teorías del autor favorito— no es menos esclava que en tiempo del paganismo. Siendo una flor que sólo se vivifica al contacto de los rayos del amor —añadió con entusiasmo—, el hombre ha abusado de su fuerza para coartar hasta la libertad de su corazón. Usted comprenderá por qué con su constancia ha dado pruebas de poseer un alma superior a las metalizadas con que diariamente nos rozamos.

Y San Luis, que bogaba a velas desplegadas en el mar de las ilusiones del amor, tomó a lo serio aquella frase y continuó la conversación en el mismo tono romántico de su interlocutora.

—No está de más —decía en otro punto del salón el tío de San Luis a don Fidel— que esperemos siquiera un mes antes de verificar este enlace; mientras tanto, yo me ocuparé de la suerte de Rafael, que debe trabajar con mi hijo.

Así quedó arreglado: que el matrimonio tendría lugar a mediados del entrante mes de octubre, mientras que los jóvenes olvidaban el mundo jurándose un amor indefinido.

Después de la salida de las visitas, cayó doña Francisca en plena realidad al oír los proyectos de su marido sobre nuevos trabajos que pensaba emprender en "El Roble", contando con el nuevo arriendo. Pasar de las teorías sobre la emancipación de la mujer al cómputo de las fanegas de trigo que daría tal o cual potrero, era un contraste demasiado notable para su poética imaginación que, como ordinariamente acontece a las de su sexo, abrazaba con vehemencia intolerable las ideas de su autor favorito. Contentase, entonces, con recomendar entre dos bostezos a don Fidel la visita que debía hacer a su hermano, y se retiró con su hija.

Al día siguiente llegó don Fidel en casa de don Dámaso, en circunstancias que éste y su familia salían de almorzar.

—Tío, *encantado de verle* —dijo Agustín, saludando a don Fidel.

Este llamó aparte a don Dámaso, y, después de algunos rodeos, le participó el objeto de su visita, que desbarataba los planes de su cuñado, el que persistía en su idea de establecer a Agustín.

36

Llegaron los días de la patria, con sus blanqueados en las casas, sus banderas en las puertas de calle y sus salvas de ordenanza en la fortaleza de Hidalgo. Latió el corazón de los cívicos con la idea de endosar el traje marcial, para lucirlo ante las bellas; latió también el de éstas con la perspectiva de los vestidos, de los paseos y de las diversiones; pensaron en sus brindis patrioteros los patriotas del día, para el banquete de la tarde; resonó la Canción Nacional en todas las calles de la ciudad, y Santiago sacudió el letargo habitual que lo domina, para revestirse de la periódica alegría con que celebra el aniversario de la independencia.

Pero los días 17 y 18 del glorioso mes no son más que el preludio del ardiente entusiasmo con que los santiaguinos parece quisieran recuperar el tiempo perdido para las diversiones durante el resto del año. Los cañonazos al rayar el alba; la Canción Nacional cantada a esa hora por las niñas de algún colegio, con asistencia de curiosos provincianos que llegan a la capital con propósito de no perder nada del 18; la formación en la plaza y la misa de gracia en la Catedral, el paseo a la Alameda, la asistencia a los fuegos y al teatro, no son más que los precursores de la gran diversión del día 19: el paseo a la Pampilla.

No es Santiago en ese día la digna hija de los serios varones que la fundaron. Pierde entonces la afectada gravedad española que durante todo el año la caracteriza. Es una loca ciudad, que con alegres paseos se entrega al placer de populares fiestas. En el 19 de septiembre, Santiago ríe y monta a caballo; estrena vestidos de gala y canta los recuerdos de la independencia; rueda en coche con ostentación ataviada, y pulsa la guitarra en medio de copiosas libaciones. Las viejas costumbres y la moderna usanza se codean por todas partes, se miran como hermanas, se toleran sus debilidades respectivas y aúnan sus voces para entonar himnos a la patria y a la libertad.

Una descripción minuciosa de las fiestas de septiembre sería una digresión demasiado extensa y que para los santiaguinos carecería del atractivo de la novedad. Los habitantes de las provincias las conocen también, por la relación de los viajeros y por las que en sus pueblos se celebran a imitación de la capital. Omitiremos, pues, esa descripción para contraernos a los incidentes de la historia que vamos refiriendo.

A las oraciones del día 18, los voladores de luces anunciaban el principio de los fuegos artificiales. Cada uno de estos cohetes que estallaban a grande altura era saludado por la multitud apiñada en la plaza, con mil exclamaciones, entre las que los ¡Oh! y los ¡Ah! del soberano pueblo formaban un coro de ingenua admiración. En un grupo, compuesto de la familia de doña Bernarda y de sus amigos, se discutía el mérito de cada cohete y se prodigaban saludos a las personas conocidas que pasaban.

Amador daba el brazo a doña Bernarda; Adelaida descansaba en el de un amigo de la casa, y Edelmira, a pesar suyo, había aceptado el de Ricardo Castaños, que se aprovechaba de la ocasión para hablar a la niña de su amor, inalterable.

A la sazón entraba otro grupo a la plaza, compuesto de las familias de don Dámaso y de don Fidel. Leonor había tenido el capricho de ir a los fuegos y había sido preciso acompañarla. Doña Engracia con su marido cerraban la marcha de la comitiva, llevando a la izquierda a una criada que cargaba en sus brazos a Diamela. Adelante caminaban Matilde y Rafael, en amorosa plática, Leonor y Agustín, hablando de cosas indiferentes, y Rivas daba el brazo a doña Francisca, que trataba de entablar con él alguna romántica conversación.

Pero Agustín no se contentaba con que le oyesen los que llevaba a su lado, y hacía en voz alta la descripción de los fuegos de París.

La comitiva se detuvo en un punto inmediato al que ocupaba la familia de doña Bernarda.

—¡Oh, en París un fuego de artificio es cosa admirable! —exclamó Agustín, en el momento en que cuatro arbolitos lanzaban al aire sus cohetes inflamados.

—¡Oh! ¡Ah! —exclamó al mismo tiempo la multitud, en señal de aprobativa admiración.

—¡Ay, la *vieja*; esconde a Diamela! —gritó doña Engracia, al ver salir en dirección a ellos, del arbolito más próximo, uno de los cohetes que llevan ese nombre.

La turba aplaudió la confusión que la vieja introdujo en un grupo de espectadores, a través del cual pasó con la velocidad del rayo.

—¡Cómo aplaudirían si viesen el *bouquet* en París! —dijo Agustín—. ¡Eso sí que es magnífico!

—Oh, retirémonos de aquí —exclamó doña Engracia, al ver el inminente peligro en que Diamela se había encontrado—. ¡Pobrecita —añadió, tomando a la perra en sus brazos—, está temblando como un pajarito!

Doña Francisca, entretanto, no abandonaba su intento de conversación romántica.

—Nunca me siento más sola decía a Rivas— que en medio del bullicio de la muchedumbre; cuando se vive por la inteligencia, todas las diversiones parecen insípidas.

Un fuego graneado de chispeadoras *viejas,* que pasó sobre la cabeza de la familia, ahorró a Martín el trabajo de contestar.

—Aquí va a sucedernos alguna avería —dijo doña Engracia, ocultando a Diamela bajo la capa.

Para calmar los temores de la señora, la comitiva se dirigió a otro punto más seguro, pasando por delante de doña Bernarda y los suyos.

—¿Quién es ésa que va con Rafael? —preguntó doña Bernarda.

—Es la hija de don Fidel Elías —contestó Amador.

—Lo engreído que va, ni saluda siquiera —repuso doña Bernarda.

Adelaida palideció al ver a Matilde y a Rafael pasar a su lado. La historia de Rafael le era bien conocida para poder calcular la importancia de lo que veía.

—Mira, mira dijo —Agustín a Leonor, mostrando a Adelaida—, aquélla es la niña con quien me querían casar.

—¿Y la otra es la hermana? —preguntó Leonor.

—Sí.

—¿Esa es la enamorada de Martín?

—La misma.

—Es bonita —dijo Leonor.

Martín pasó con su pareja, haciendo un ligero saludo a las Molina, y Edelmira, al contestarlo, ahogó un suspiro.

—Si supiese que usted quiere a ese jovencito Rivas —le dijo el oficial—, yo me vengaría de él.

—Y Agustín no nos mira tampoco —dijo doña Bernarda—; el francesito quiere hacerse el desentendido.

Los volcanes que estallaron en aquel momento llamaron hacia ellos la atención de doña Bernarda.

Los fuegos se terminaron por el castillo tradicional, con los ataques obligados de buques. Ningún incidente ocurrió que tuviese relación con los personajes de esta historia, los que se retiraron a sus casas pacíficamente y algunos de ellos reflexionando sobre el encuentro que habían tenido.

Doña Bernarda no podía conformarse con que Agustín hubiese manifestado tanta indiferencia y menosprecio por su familia.

—Si se anda con muchas —decía—, yo publico por todas partes que está casado con mi hija, y que arda Troya.

Amador trataba de calmarla, asegurándole que él arreglaría el asunto apenas terminasen las fiestas del 18.

En el teatro fue Martín, desde una luneta, testigo de la admiración que la belleza de Leonor suscitaba entre la concurrencia. Casi todos los anteojos se dirigían al palco en que la niña ostentaba su admirable hermosura, ataviada con lujosa elegancia. Las alabanzas de los que la rodeaban, sobre la belleza de Leonor, acariciaban el alma de Rivas infundiéndole una dulce melancolía. Escuchaba, en las melodías de la música y en el murmullo que formaban las conversaciones, cierta voz amiga, hija de su ilusión, que le presagiaba la ventura de ser amado algún día por aquella criatura tan favorecida por la naturaleza. Semejante a los mirajes que por una ilusión óptica ofrecen las grandes planicies a los ojos del viajero, ese presagio de amor desaparecía ante Rivas cuando éste quería darle la forma de la realidad, pues tenía entonces que considerar la distancia que de Leonor le separaba, y, alejándose del presente, iba a dibujarse vago y confuso entre las sombras de un porvenir distante.

Pasada la primera satisfacción del triunfo, Leonor había pensado en Martín. Halló cierta orgullosa satisfacción en la idea que en ese momento le ocurría, de desdeñar la admiración de todos, para ocuparse de un joven pobre y oscuro, al que con su amor podía elevar hasta hacerle envidiar por los más elegantes y presuntuosos de aquella perfumada concurrencia. Esta idea surgió naturalmente de su espíritu caprichoso y amigo de los contrastes. Al abandonarse a ella, buscó Leonor a Martín con la vista y no tardó en encontrarle. Una mirada de fuego respondió a la suya y la hizo ruborizarse. Cada movimiento de su corazón, que le anunciaba que el amor le invadía, era una sorpresa, como lo hemos visto ya, para el orgullo de Leonor. La impresión que la mirada de Rivas acababa de hacerle fue bastante para que alzara con orgullo la frente y mirase con altanería a la concurrencia, como desafiando su crítica y su poder: se creía dueña todavía de su corazón y se dijo en ese momento que ella podía hacer de Martín un hombre más feliz que los que la miraban, sin pensar que esta sola reflexión argüía en contra de su pretendida independencia.

Pasaron el primero y segundo entreacto, mientras que Leonor luchaba sin saberlo, entre su amor y su orgullo. Al bajarse el telón en el segundo acto, volvió a buscar los ojos de Martín y le hizo una señal para que subiese al palco, señal que el joven no se hizo repetir.

Leonor abandonó el primer asiento y ocupó uno en un rincón del palco, dejando otro vacío a su lado, que ofreció a Martín.

—Parece —le dijo— que usted no se divierte mucho esta noche.

—¡Yo, señorita! —exclamó el joven—. ¿Por qué cree usted eso?

—Le he visto pensativo y ¿sabe lo que me he figurado?

—No.

—Que está usted arrepentido del propósito que formó el otro día en mi presencia.

—No recuerdo cuál sea ese propósito.

—El de no volver a casa de las señoritas Molina.

—Siento tener que contradecirla —repuso Martín, tomando el tono de risa con que Leonor había hablado—, pero le aseguro a usted que no había vuelto a recordar tal propósito, lo que prueba que me cuesta muy poco el cumplirlo.

—En la plaza vi a la niña y le alabo el gusto: es bonita.

—Para tan sincera alabanza de la belleza de una niña —dijo Martín— se necesita hallarse en el caso de usted.

—¿Por qué? —preguntó Leonor, sin comprender el sentido de aquellas palabras.

—Porque sólo estando segura de la superioridad puede confesarse la belleza de otra —respondió el joven.

—Veo que va usted aprendiendo el lenguaje de la galantería —le dijo Leonor, con tono serio.

Aquel tono era la voz de su orgullo, que no consentía en que el joven saliese de su esfera de admirador tímido y respetuoso. Ese mismo orgullo le hizo arrojar a Martín su altanera mirada de reina y preguntarle:

—¿Me cree usted rival de esa niña?

El corazón de Rivas se oprimió con dolor al recibir esa mirada, y volvió a su pensamiento de que, bajo el magnífico exterior de belleza, aquella criatura extraña ocultaba un alma cruel y burlona.

—No he tenido tal idea —dijo con melancólica dignidad—, y siento en el alma la interpretación que se ha dado a mis palabras.

Desde la galería del teatro, en donde la familia Molina ocupaba varios asientos, Edelmira había visto entrar a Martín y sentarse al lado de Leonor.

—Estoy seguro de que Martín está enamorado de esa señorita —dijo a Edelmira el oficial de policía, que no la abandonaba un instante.

Y Edelmira ahogó otro suspiro, pensando en que aquella observación de su celoso amante sería tal vez verdadera.

Al mismo tiempo, decía doña Bernarda a su hija mayor:

—Mira, Adelaida, el otro Dieciocho estarás también sentada en palco con tu francés, no se te dé nada.

Después de la sentida contestación de Martín, Leonor se quedó pensativa, y el joven se retiró al cabo de algunos instantes.

"He sido muy severa", pensó Leonor, al verle retirarse, proponiéndose borrar la impresión que sus palabras hubiesen dejado en el ánimo de Rivas, al tomar el té en la casa de vuelta del teatro.

Pero Martín no volvió a su luneta ni le halló Leonor en el salón al llegar a la casa.

—¿Martín no ha llegado? —preguntó a la criada que había llevado la bandeja del té.

—Llegó temprano, señorita —contestó ésta.

Al acostarse, Leonor había olvidado los triunfos del teatro, las lisonjeras palabras con que varios jóvenes habían halagado su vanidad durante la noche, los rendidos galanteos de Emilio Mendoza y la tímida adoración del acaudalado Clemente Valencia, pensaba sólo en la dignidad con que Martín había contestado a su mirada de desprecio.

"He sido muy severa —se repetía—; él ha sufrido; ¡pero no se ha humillado!".

Su orgullosa índole no podía prescindir de la admiración al encontrar más dignidad en el pobre provinciano que en los ricos elegantes de la capital, siempre dispuestos a doblegarse a todos sus caprichos.

37

Tirada por una yunta de bueyes y con colchas de cama puestas a guisa de cortina, caminaba a la diez de la mañana del 19 de septiembre una carreta con toldo de totora, de las que usan ciertas gente para los paseos a la Pampilla.

En esa carreta, sentada sobre almohadas y alfombras, iba la familia Molina en alegre charla con algunos de sus amigos. Doña Bernarda apoyaba su diestra sobre una canasta de fiambres, y en otra con botellas, la izquierda. Sus dos hijas iban al frente de ella y, reclinado junto a Edelmira, el oficial Ricardo Castaños que, por gracia especial de su jefe, había obtenido permiso para faltar a la formación en aquel día. Al lado de Adelaida se hallaba otro galán, y sentado al frente, casi a caballo sobre el pértigo, con ambas piernas colgando y con la guitarra entre los brazos, completaba Amador Molina aquel cuadro característico del 19 de septiembre.

La canción que éste entonaba era a propósito para el caso y terminaba con el verso:

Tira, tira, carretero.

Que en coro repetían los de adentro, imitando con boca y manos el ruido de los voladores y apurando repetidos vasos de ponche preparado *ad hoc* por las inteligentes manos de Amador.

No seguiremos en su marcha a la familia de doña Bernarda, que a su llegada al Campo de Marte recibió su colocación en una de las calles que forman frente a la cárcel-penitenciaría, compuesta de las numerosas carretas con ventas y familias que llegan al campo en ese día.

En casa de don Dámaso Encina golpeaban el empedrado del patio con sus herrados cascos de hermosos caballos, que a las dos de la tarde montaron Rivas y Agustín.

Los dos jóvenes llegaron a la Alameda por la calle de la Bandera y siguieron la corriente de carruajes y de jinetes en cabalgatas que se dirigen a esa hora principalmente al Campo de Marte.

—Es preciso que te animes —decía Agustín a Martín, haciendo encabritarse su caballo para lucir su gracia a los espectadores que se estacionan en las puertas de calle en las casas de la Alameda.

Esta frase con que Agustín quería comunicar el contento a Rivas no era más que la continuación de las reiteradas instancias con que había vencido la resistencia de su amigo para acompañarle al paseo.

—¿La familia vendrá al llano? —preguntó Martín.

Creo que no —contestó Agustín—; mamá tiene miedo de salir en este día.

Mientras tanto, la familia Molina colocada, como dijimos, en una de las calles de carretas, se entregaba con ardor a las diversiones del día. Las zamacuecas se sucedían las unas a las otras, y con ellas, las abundantes libaciones que aumentaban singularmente el entusiasmo patriótico de los danzantes.

Amador animaba a los demás con el ejemplo; doña Bernarda bebía vaso tras vaso a la salud de los que bailaban; el oficial de policía improvisaba frases galantes en honor de Edelmira, y varios curiosos que habían rodeado la carreta aplaudían cada baile y apuraban el vaso con alegres dichos y descompasadas risas. La animación, en una palabra, se pintaba en todos los rostros, menos en el de Edelmira, que asistía con pesar a una diversión tan contraria a sus delicados y sentimentales instintos.

Mas Ricardo Castaños no se daba por derrotado por la indiferencia con que su querida miraba la general alegría; y como en un rapto de amor, quisiese apoderarse de una mano de Edelmira, doña Bernarda, que le sorprendió al empinar una copa de mistela, exclamó entre risueña y enojada:

—Mira, oficialito, que si te andáis con muchas te mando meter a la *plenipotenciaria* que está aquí enfrente.

Con grandes aplausos celebraron los circunstantes aquella amenaza, que acompañó doña Bernarda con un ademán con que señalaba la cárcel-penitenciaria, a la que el pueblo da comúnmente el nombre con que la señora la había designado.

Aquel aplauso llamó la atención de Agustín y Rivas, que en ese instante pasaban por delante de la carreta y no habían podido distinguir a la familia Molina entre las personas de a caballo que la rodeaban.

—Aquí parece que se divierten —dijo Agustín, picando su caballo.

Martín le siguió de cerca.

Doña Bernarda vio al momento a los jóvenes y se adelantó hacia ellos, exclamando:

—¡Aquí está el francesito! Señor Rivas, cómo lo pasa. Anoche andaban ustedes muy enterados; no conocían a los amigos.

—¡Es posible, señora! —dijo con fingida admiración el elegante—. ¿Anoche, dice usted? No tuve el honor de verla.

—Sí, sí, hágase el disimulado no más —respondió doña Bernarda.

—Doy a usted mi palabra de honor que...

—No me dé palabra, mire —añadió, presentándole un vaso, y en tono mas bajo—: tomemos un trago por su mujercita. Conque el papá dice que el matrimonio es de por ver, ¿no?

Amador, que se había acercado apenas divisó a los jóvenes, oyó las palabras de su madre, pero no tuvo tiempo de impedir que Agustín le respondiese:

—Yo entiendo que ya todo está arreglado, y papá cree lo mismo.

—¿Arreglado? ¿Cómo es eso? —preguntó doña Bernarda a su hijo.

—Sí, madre —contestó Amador—; después hablaremos de esto; ahora nos estamos divirtiendo.

—Mejor, pues —exclamó doña Bernarda, exaltada ya un tanto por el licor—; tanto mejor, Cuchito es de la familia y es preciso que se baje a divertirse con nosotros.

—Siento en el alma no poder —dijo Agustín, a quien Amador hacía señas de no contradecir a su madre.

—Aquí no hay alma que se tenga —dijo doña Bernarda, apoderándose de las riendas del caballo de Agustín—, ¿Es usted de la familia o no? ¡Qué es esto, pues!

El tono con que doña Bernarda dijo aquellas palabras hizo conocer a Amador que peligraba su secreto y que era preciso calmar a su madre para no tener que explicarle su arreglo con Martín sobre el supuesto enlace en circunstancia tan poco propicia.

—Mi madre no sabe nada todavía —dijo al oído de Agustín—, y si usted no se apea, es capaz que arme aquí un bochinche.

—Yo no puedo descender —contestó Agustín, que temía mostrarse en público en semejante compañía.

Los que rodeaban al grupo de la familia Molina se habían retirado casi todos al ver que el baile había cesado.

Entretanto, doña Bernarda no soltaba las riendas del caballo de Agustín y exigía que se bajase.

—Empéñese usted para que se apee dijo Amador a Martín—; hágame este servicio.

Martín vio que, para calmar a doña Bernarda, era preciso bajarse; y contribuyeron a su decisión estas palabras que Edelmira le dijo al mismo tiempo:

—¿Se avergonzará usted de que le vean aquí?

—Vamos, francesito —exclamaba doña Bernarda—, si no te apeas me enojo.

Martín echó pie a tierra, y Agustín siguió su ejemplo, tomando después el vaso que doña Bernarda le presentaba.

En ese momento Ricardo Castaños quebraba un vaso en el pértigo de la carreta porque Edelmira hablaba con Martín.

—Usted nos ha olvidado —le decía la niña, con una mirada en que se retrataban los progresos que el amor había hecho en su corazón durante la ausencia de Rivas.

—No la he olvidado a usted —respondió éste—; pero para tranquilizar a la familia de Agustín he prometido que no volvería a casa de usted.

—¿De modo que yo voy a sufrir por faltas ajenas? —exclamó con ingenuidad Edelmira.

—¡Usted! ¿Y por qué? —preguntó el joven—, ¿por qué puede sufrir?

—Mas de lo que usted se imagina contestó, ruborizándose, la niña—; en estos días lo he conocido.

Martín no tuvo tiempo de contestar, porque sus ojos se detuvieron con espanto en un carruaje que se acababa de detener frente a ellos.

En ese carruaje se hallaban Leonor y don Dámaso.

Agustín estaba como una grana y no hallaba hacia qué punto dirigir la vista.

Don Dámaso le hizo señas de acercarse:

—¡Tú con esas gentes! —le dijo.

—Papá, voy a explicarle —contestó avergonzado el elegante.

—Monta a caballo y síguenos —repuso don Dámaso.

Leonor se había reclinado en el fondo del coche, después de arrojar una mirada de profundo desprecio.

Al mismo tiempo Edelmira decía a Martín:

—Usted me ha dicho que tendría confianza en mí.

—Es verdad —le contestó Rivas, haciendo heroicos esfuerzos para ocultar su vergüenza y desesperación.

—¿Ama usted a esa señorita? —preguntó Edelmira, fijando en el joven una ardiente mirada y con voz temblorosa de emoción.

—¡Qué pregunta! —exclamó Martín, apelando a una sonrisa—; sería mirar muy alto.

—Vamos, vamos —le dijo entonces Agustín—; papá dice que le sigamos.

Y después de dar enredadas disculpas, montaron a caballo y emprendieron el galope tras el carruaje de don Dámaso.

"Yo he de saber lo que hay", se dijo doña Bernarda.

Edelmira reprimió una lágrima que asomaba a sus ojos, y tomó la guitarra que Amador le presentaba para que cantase una zamacueca.

—¡Viva la patria! —exclamó Amador, para distraer la preocupación de su madre.

—¡Que viva! —respondieron diversas voces de los que rodeaban, a pie y a caballo, la carreta.

Y esa invocación patriótica resonó en medio del fuego graneado de las tropas, entre el ruido de las vecinas *chinganas,* y alcanzó a llegar como un sarcasmo a los oídos de Martín, que se alejaba al galope, maldiciendo su estrella por la desagradable sorpresa que se le había preparado.

Edelmira, entretanto, con la muerte en el alma, entonó maquinalmente los versos de la zamacueca, a cuyo compás empezó de nuevo la danza y la alegría de los demás. Y siguió el contento y continuaron las libaciones, hasta que la retirada de las tropas señaló a los de las carretas la hora de abandonar aquel teatro de su periódica alegría.

38

La presencia de Leonor en el Campo de Marte sorprendió tanto más a los jóvenes cuanto que, por la mañana, había dicho en el almuerzo que sólo iría a la Alameda.

Tal había sido, en efecto, la intención de Leonor en la mañana de ese día. Después de su conversación con Rivas en el teatro y de reconocer que le había tratado con demasiada severidad, experimentó un deseo de encontrarse sola y de meditar sobre el estado de su corazón, estado propio de la nueva faz en que por grados iba penetrando su alma, esclava hasta entonces de las frívolas ocupaciones de la vida maquinal en que la mayor parte de las mujeres chilenas dejan pasar los más floridos años de su existencia. No creemos aventurada, después de meditarla, la expresión "maquinal" con que hemos calificado el género de vida de nuestras bellas compatriotas. Leonor, como casi todas ellas, sin más ilustración que la adquirida en los colegios, había encontrado que la principal preocupación de las de su sexo versaba sobre las prendas del traje y las estrechas miras de una vida casera y de círculo. Su natural altanería le inspiró, desde luego, el deseo de triunfar en esa arena y brilló por la elegancia como brillaba por su hermosura, fue la reina del buen tono y la heroína de algunas fiestas. Estos triunfos bastan para llenar la vida mientras que el corazón permanece indolente al excitante influjo de su verdadero destino. Pero hemos visto que el hastío había golpeado, aunque suavemente, a su alma, y hemos también seguido paso a paso las metamorfosis de su corazón desde que conoció a Martín. Había llegado Leonor al punto de pensar en el joven por la mañana después de haberlo hecho durante gran parte de la noche. Parecíale ya que su plan de avasallar a Martín era un juego cruel y encontraba capciosos argumentos para crear la necesidad de manifestarle arrepentimiento de sus sarcásticas palabras. En estas meditaciones, en las que el espíritu, como una araña colgada de su hilo, baja y sube repetidas veces, empleó Leonor una hora, después de haber dicho que no iría a la Pampilla.

Todo espíritu vigoroso es generalmente impaciente; Leonor pensó que esperar hasta la noche para ver a Martín y calmar su tristeza con alguna mirada o una palabra consoladora sería poner un siglo entre su deseo y la ejecución. En amor, toda dilación se mide por siglos; tan ambicioso es el corazón cuando se encuentra en el verdadero campo de su gloria, que encuentra miserables los términos ordinarios con que apreciamos el tiempo. Entonces, Leonor decidió borrar ese siglo. Su determinación de ir al Campo de Marte fue para don Dámaso una orden, como lo era todo deseo de su hija. He aquí la causa natural por qué Leonor llegó a ver a Martín y a su hermano cuando acababan de bajarse del caballo.

Al ver Leonor a Rivas conversando con Edelmira sintió en su corazón un hielo que jamás había experimentado. Con el firme propósito de despreciarle y de no pensar más en él, no se ocupó de otra cosa durante la vuelta a la Alameda. ¿Por qué Martín le parecía más interesante desde que otra mujer, joven y bonita, le amaba? Leonor no pudo explicarse este enigma, mientras desfilaban ante sus ojos los grupos de seres paseantes que van y vienen por la Alameda en la tarde del diecinueve de septiembre, las engalanadas mujeres con sus vestidos nuevos, las tropas que marchan al compás de música marcial por la calle del medio, y las tristes figuras de los cívicos de Renca y de Ñuñoa, con sus raídos y estrafalarios uniformes, por las calles laterales. Sus ideas se confundían como esas masas de seres humanos que pasaban delante de su vista. Sentíase triste por la primera vez de su vida, y regresó a su casa de mal humor.

En esa noche Martín no fue al teatro, y Leonor oyó con disgusto la justificación de su hermano, que explicó a don Dámaso la escena de la carreta. A pesar de una larga conversación que tuvo en el teatro con Matilde y Rafael sobre generalidades de amor, no pudo desterrar de su imaginación la idea de que Rivas, quebrantando su promesa, dejaba el teatro por la casa de doña Bernarda. Al acostarse había reflexionado tanto sobre el mismo asunto, que su orgullo no se rebelaba ante la idea de tener por rival a una muchacha de *medio pelo*, de modo que al día siguiente, habiendo oído a Agustín que Rivas iba a almorzar con Rafael San Luis, sintió helada la atmósfera del comedor, donde esperaba verle.

Martín había buscado un pretexto para ausentarse, porque no se atrevía a comparecer delante de Leonor después de lo ocurrido en la Pampilla.

—Leonor —dijo Agustín a Rivas cuando éste volvió de casa de Rafael— es la que menos cree en las disculpas que he dado, es preciso que tú la convenzas, porque lo que ella cree, lo cree también papá y todavía está serio conmigo.

En la comida de ese día, Martín tuvo una verdadera sorpresa, que le dejó perplejo sobre lo que debía pensar, durante algunos momentos. Ocasionó esta sorpresa al aire natural de afabilidad con que Leonor le saludó y dirigió varias veces la palabra. Al cabo de sus reflexiones concluyó Rivas por esta triste deducción, propia de un enamorado que no se cree correspondido: "Me mira con demasiado desprecio y no está de humor para burlarse de mí".

—Ahora es la ocasión de que me justifiques —le dijo Agustín, al salir del comedor.

—Apenas me atrevo —contestó Rivas, que deseando hablar con la niña, necesitaba que alguien le alentase a ello.

—Ila me ese favor —replicó el elegante—. Ella te mira bien; mira, esta mañana me preguntó que por qué no habías ido anoche al teatro.

Diciendo esto, Agustín llevó a su amigo al salón, en donde Leonor se había sentado a tocar el piano.

Hemos visto que Martín, a pesar de su timidez de enamorado, sentía despertarse su energía en presencia de las dificultades. En aquella ocasión cobró fuerzas al verse solo con Leonor, pues Agustín le dejó junto al piano y se acercó a hojear un libro a la mesa del medio.

—No le vi a usted anoche en el teatro —le dijo Leonor, con una naturalidad que tranquilizó completamente al joven.

133

—Quedé algo cansado del paseo —contestó él.

Leonor le miró con malicia:

—Sin embargo —le dijo—, usted se bajó a descansar en la Pampilla y había elegido un buen lugar.

—Me ha dicho Agustín que usted no parece dar mucho crédito a la explicación que hizo de los motivos que nos obligaron a dar ese paso.

—En lo que usted encontrará demasiada malicia, ¿no es verdad?

—O muy mala idea de nosotros.

—No; a usted le hago entera justicia, porque reconozco el mérito de su inventiva.

—¿Cómo así, señorita?

—Porque siendo la explicación dada por Agustín demasiado ingeniosa para que yo pueda atribuírsela, he debido, naturalmente, pensar que es de usted.

—Por más que este juicio sea honroso para mi capacidad, no puedo aceptarlo; Agustín no ha hecho más que referir la verdad de lo acaecido.

—Pero hay algo que yo vi y que él no ha explicado.

—¿Qué cosa?

—Una conversación, con apariencias de muy tierna, que usted tenía con la señorita Edelmira.

—Ya que usted me hace el honor de recordar algo que me concierne, me permitirá contestarle con entera franqueza.

—¿Alguna confidencia? —preguntó Leonor, con un aire indefinible de inquietud reprimida y de disimulada indiferencia.

—No, señorita, una explicación sobre lo que usted vio.

—Sé de antemano que la explicación será satisfactoria, puesto que reconozco su facilidad de inventiva.

—Puede usted calificarla después de oírme.

—A ver.

—Es cierto que hablaba ayer con interés cuando usted me vio al lado de Edelmira.

—¡Vaya, veo que usted va teniendo confianza en mí para contarme sus secretos! —dijo Leonor con extraño acento y sin mirar a Rivas.

Hubiérase dicho que aquellas palabras habían salido de su boca después de luchar con acelerados latidos de su corazón. Un hermoso prendedor de camafeo rodeado de perlas, que sujetaba su cuello de finos encajes, bajaba y subía como esquife que se mece sobre las olas tan visible era lo oprimido y afanoso de su respiración al pronunciar aquella exclamación.

—No es un secreto, señorita; lo que he querido contar a usted es como le he dicho, una sencilla pero franca explicación.

—A ver, pues, ya le escucho.

—El interés que tenía y tendré siempre para hablar con esa niña nace señorita, del aprecio verdadero que he concebido por su carácter.

—¡Cuidado, con mucho calor habla usted de ese aprecio!

—Soy apasionado en mi afectos, señorita.

—Por eso le digo "cuidado"; dicen que ese aprecio se cambia con facilidad en amor.

—No le temo.

—¿Porque lo desea?

—Porque sé que no puedo amarla.

—Es usted muy presuntuoso, Martín —dijo Leonor, con acento grave y mirándole risueña al mismo tiempo.

—¿Por qué, señorita?

—Porque fía demasiado en la fuerza de su voluntad.

—¡Bien quisiera poder contar con ella! —exclamó Rivas con sincero acento de pesar—; viviendo por la voluntad sería más feliz.

Leonor evitó seguir la conversación en ese terreno, como un picaflor que abandona la atractiva belleza de la rosa, de miedo a sus espinas, y se contenta con las más modestas flores que la rodean en un jardín.

—Veamos —le dijo— si usted es tan franco como dice.

—Póngame usted a prueba.

—Esa niña le ama a usted.

A través de la sonrisa con que Leonor acompañó esa frase, había en su mirada un aire de angustia que sólo muy expertos ojos habían adivinado.

—No lo creo, señorita —contestó Martín, con tono resuelto.

—Sea usted sincero, Agustín me lo ha dicho.

—Lo ignoro completamente, y con temor de dar a usted pobre idea de mi modestia, le diré que lo sentiría si así fuera.

—¿Por qué?

—Por lo que usted me ha tachado de presuntuoso; porque no podría amarla.

—Ah, usted aspira más alto y la cree de oscura condición.

—Eso no. Yo me hallo en el caso de abogar por la independencia del corazón. Ante el amor, no deben valer nada las jerarquías sociales.

—Entonces la causa que usted tiene para no amar a esa niña es un misterio.

Volvió Leonor a abandonar por ese lado la conversación, porque le ocurriría la pregunta escabrosa que explicase la causa de que hablaban: "¿Entonces, está usted enamorado de otra?"

Pero ella no preguntó eso, sino que, como lo había hecho un momento antes, hizo lo que podría llamarse una vuelta.

—Anoche —dijo al joven— estuve algo terca con usted.

—Mucho he estudiado, señorita —dijo Rivas, con tristeza—, el modo de no desagradar a usted cuando tengo el honor de hablarla, y confieso que he sido casi siempre desgraciado.

—¡Se ha fijado usted en esto! —dijo con estudiada admiración la niña.

—Son incidentes de mucha importancia para mí, señorita —contestó con voz conmovida Martín.

El prendedor de camafeo volvió a mecerse como el esquife sobre las olas.

Al mismo tiempo, Leonor se turbó en una nota del vals que sabía de memoria y clavó los ojos en el papel de música que tenía a la vista.

—Tiene usted la memoria demasiado feliz —dijo, después de repetir varias veces la nota en que había tropezado.

135

—No es la memoria, señorita; es el constante temor de desagradarla.

—¡Por Dios!, ¿me cree usted de muy mal genio? —exclamó Leonor, aparentando sorpresa para ocultar su turbación.

—Sólo desconfío de mí, señorita.

—Le repetiré lo que creo haberle dicho antes; no veo motivos para esa desconfianza. Si realmente me hubiese desagradado, ¿no evitaría toda conversación con usted?

Estas palabras fueron acompañadas con los últimos golpes del vals, que Leonor tocó antes que le hubiese llegado su turno. Sus manos temblaban al cerrar el piano y, sin decir nada más, se acercó a la mesa junto a la cual Agustín seguía hojeando el libro.

Más turbado que ella, permanecía Martín en el mismo punto que ocupaba durante la conversación. Parecióle que un rayo de luz había iluminado de súbito su mente para dejarle en la más completa oscuridad después. Al interpretar, en pro de su amor, las sencillas palabras que acababa de oír, su corazón se oprimió espantado como en presencia de su abismo y tuvo vergüenza de su tenacidad. ¡Ella estaba allí, majestuosa y altanera como siempre, hermosa hasta el idealismo, rica, admirada de todos!

"¡Qué locura!", se dijo, con frío en el pecho oprimido por los violentos embates de su corazón.

Agustín se acercó a Leonor.

—Espero que Martín te habrá convencido, hermanita —le dijo, estrechando cariñosamente con ambas manos la cintura de la niña.

—¿De qué? —preguntó Leonor, poniéndose encarnada.

Parece que aquella pregunta coincidía de una manera casual con lo que en ese momento era su mayor preocupación.

—De que fue imposible resistir y tuvimos que *descender* del caballo —repuso Agustín.

—Ah, sí: enteramente —contestó la niña, saliendo del salón.

—Me alegro —dijo Agustín a Rivas—. Ella convencerá a papá y nos arreglaremos del todo con él.

39

Disipados los vapores del licor en el cerebro de doña Bernarda Cordero, después del paseo al Campo de Marte del día 19, acudiéronle los recuerdos, a la mañana siguiente, sobre las palabras que de boca de Agustín había oído. De ellas se desprendía, con claridad, que existía un arreglo sobre el asunto del casamiento y corroboraban esta deducción las equívocas razones que había empleado Amador en aquella circunstancia. ¿Qué arreglo era aquél?, ¿y por qué se le dejaba ignorar sus cláusulas a ella, madre de la interesada?, fueron preguntas que surgieron de la mente de doña Bernarda, tras larga meditación, avivando, como era consiguiente, su curiosidad y dando origen a un propósito firme de aclarar semejante enigma y de no permitir, como ella decía, "que la hagan a una tonta y quieran meterle el dedo en la boca".

Interrogó al efecto a su hijo, quien, deseoso de aplazar cuanto fuese dable la explicación de lo acaecido, contando con que el enojo de su madre disminuiría en proporción del tiempo que transcurriese, respondió con evasivas explicaciones que, lejos de adormecer sus sospechas, las aumentaron.

Reiteró varias veces doña Bernarda sus preguntas y, firme en sus propósitos, Amador contestó con nuevos subterfugios, tratando, sin embargo, de dejar traslucir con vaguedad la verdadera proporción del hecho. Y como pasasen algunos días sin que doña Bernarda renovase sus indagaciones, el mozo se persuadió de que un sistema de gradual explicación era el más a propósito para enterar a su madre de lo ocurrido, sin que la magnitud del desengaño irritase su mal humor, como temía, con razón, sucediese, revelándole sin rodeos el engaño de que, por realizar su abortado plan, le había hecho víctima.

Pero no era doña Bernarda Cordero de las que podían satisfacer su curiosidad con incompletas explicaciones, de manera que, lejos de contentarse con lo que Amador le contestaba, resolvió dar un golpe, a su entender maestro, que, al par que la impondría de todo, serviría eficazmente para la total conclusión de aquel asunto.

Cubierta con su mantón salió un día de su casa, a principios de octubre, resuelta a tener una entrevista con el padre del que ella reputaba su yerno. Había discurrido sobre aquel paso durante varios días y meditado también con detención acerca de las palabras que emplearía en la entrevista, y de la energía con que se hallaba dispuesta a rechazar toda proposición de avenimiento que no tuviese por base la unión de los esposos reconocida por toda la familia de don Dámaso, que, como rico, debía hospedarlos en su casa y darles, como ella decía, "casa y mesa puesta".

Don Dámaso le ofreció asiento y doña Bernarda entabló pronto la conversación.

—Vengo, pues, señor —dijo—, al asuntito que usted sabe.

—A la verdad, señora —contestó don Dámaso—, no sé de qué asunto me habla usted.

—¡Vaya!, ya no sabe, ¿de qué ha de ser, pues?, del asuntito aquél, pues.

—Tenga usted la bondad de explicarse.

—Dígame, señor, ¿que se le ha olvidado que su hijito está casado con mi hija?

—Señora —dijo con sorpresa don Dámaso; mucho me extraña que venga usted a hablarme de este asunto.

—Y entonces, pues ¿quién quiere que le hable? ¿No soy la madre? ¡Las cosas suyas! Yo no más he de ser, pues.

Como se ve, doña Bernarda desplegaba desde el principio de la conversación la energía y claridad con que tenía resuelto dar término al negocio.

—No estamos ahora en que usted sea la madre; nadie lo niega —replicó don Dámaso, algo incómodo con las preguntas y exclamaciones de su interlocutora—. Me extraña que parezca ignorar que todo está arreglado y que no hay más que hablar sobre la materia.

—¡Y *diei,* pues! Lo mismo digo yo; si todo está arreglado, que se junten, pues, ¿*pa qué* estamos embromando?

—¿Quiénes quiere usted que se junten?

—Esos niños. ¡Mire qué gracia! Agustín con mi hija. ¿quiénes han de ser?

—Pero, señora, parece que usted no quiere entender: le repito que todo está arreglado.

—Bueno, pues, lo mismo me dice Amador, pero lo que yo quiero saber es qué clase de arreglo es ése.

—¡Cómo! ¿No lo sabe usted?

—Y si lo supiese, ¿*pa qué* se lo preguntaba?

—Su hijo de usted, su mismo hijo, ha confesado que el matrimonio había sido una farsa.

—¡Cómo es eso!, y yo ¿que no lo vi? ¡A Dios, pues, al todo también!, ¿qué soy tonta? ¿Y el cura que los casó?

—El cura no era cura: era un amigo de su hijo de usted.

—¿Quién dice eso?

—El mismo Amador.

—¿Qué está loco? ¡Yo se lo había de oír!

—El hecho es que él lo ha confesado.

—¿A quién?

—A mí.

Don Dámaso, al contestar, se dirigió a su escritorio y mostró a doña Bernarda la carta de Amador.

—Vea usted —le dijo; aquí tiene usted una carta de su hijo en la que refiere la verdad de lo ocurrido.

—A ver qué dice la carta —respondió doña Bernarda, que, no sabiendo leer, no quería confesarlo.

—Aquí la tiene usted —dijo don Dámaso, mostrando el papel.

Don Dámaso leyó la carta de Amador, desde la fecha hasta la firma.

Aquella súbita revelación dejó aterrada a doña Bernarda. Las confusas respuestas en que distintas ocasiones había recibido de su hijo no le habían dado la menor sospecha de la verdad. Figurábase siempre que el arreglo a que Amador aludía era un convenio ajustado para aplazar el reconocimiento del matrimonio por parte de la familia de Agustín. La cara, cuya lectura acababa de oír, echaba por tierra toda sus esperanzas y descorría ante sus ojos el velo que ocultaba el cuadro de su vergüenza. Su carácter irritable quedó exasperado por aquella ocurrencia y sólo penso en regresar a su casa para descargar sobre sus hijos todo el peso de su cólera.

—Si esto hay —dijo, temblando de indignación—, me la han de pagar.

Despidióse de don Dámaso y con paso ligero se dirigió a su casa.

Durante el tiempo que doña Bernarda empleó en formar la resolución de ver a don Dámaso, que, como hemos visto, ejecutó a principios de octubre, ningún incidente digno de mencionarse había ocurrido entre los demás personajes que figuran en nuestra narración.

Felices y apacibles corrían los días para Matilde y Rafael San Luis, que entregados a los devaneos de un amor que nada contrariaba, esperaban con ánimo tranquilo el día prefijado de la unión. Nuevas seguridades que don Fidel tenía recibidas sobre el segundo arriendo de "El Roble" le hacían aceptar las repetidas visitas del enamorado amante de su hija con la más afectuosa benevolencia, mientras que doña Francisca se entregaba a sus lecturas favoritas y tenía largas y románticas conversaciones con su futuro yerno, quien la acompañaba, con la complacencia del hombre feliz, en las correrías al país de los sueños de que doña Francisca gustaba para descansar de la vida prosaica de la capital.

No respiraban en la grata atmósfera de la felicidad en que se mecían Matilde y su familia, las hijas de doña Bernarda Cordero, a quien hemos visto salir llena de indignación de su entrevista con don Dámaso.

Adelaida gemía en silencio, combatida por el despecho de la noticia que pronto se había difundido en Santiago sobre el casamiento de Rafael San Luis.

Nadie debe extrañarse de que llegase a oídos de Adelaida Molina la nueva del enlace proyectado de su antiguo amante. En nuestra capital, toda especie circula con rapidez asombrosa y pasa de boca en boca recorriendo los diversos círculos y jerarquías de nuestra sociedad. Además, Adelaida pertenecía a una clase social que aspira siempre a las consideraciones de que la clase superior disfruta, y que por esto vive impuesta de sus alteraciones, que se complace en comentar, y de sus debilidades, que critica con placer. No es extraño, pues, que la voz pública, tan sonora en sociedades que se ocupan de intereses pequeños las más veces, como la de Santiago, llevase a los oídos de Adelaida que Rafael San Luis iba a dejar el estado en el que podía ofrecerle una reparación de su falta.

Al lado de Adelaida suspiraba su hermana en la melancolía de su amor solitario.

Poseía Edelmira uno de esos corazones para los cuales la ausencia es un estimulante. En los días que Martín había dejado de visitar su casa, su amor había crecido como las flores de nuestros cerros, que, solitarias, no reciben más riego que el de las aguas del cielo. Lo que fecundaba su amor era sólo su imaginación exaltada por su característico sentimentalismo.

También vino después a darle nuevo pábulo la observación que el oficial había hecho en el teatro. La belleza y majestad de Leonor la habían anonadado. Parecíale imposible que un hombre pudiese verla sin amarla, y Martín vivía en su propia casa. El joven cobraba entonces a sus ojos las proporciones gigantescas del hombre amado por otra mujer: el adagio sobre la fruta del cercado ajeno está realizándose todos los días, aun en los amores más ideales y platónicos.

A los pesares de consumir su fuego en las meditaciones melancólicas del aislamiento, juntábanse en Edelmira los que una pasión que le era odiosa le causaban diariamente.

Ricardo Castaños soportaba sus desdenes con admirable constancia y era apoyado en sus pretensiones por doña Bernarda y por Amador, que le miraban como un excelente partido. Los hombres no podemos tal vez apreciar ese hastío que causa a la mujer la perseverancia de los amantes importunos, porque hay fibras en el corazón de la mujer de cuya sensibilidad carecen las nuestras que pudieran comparárseles en lo moral.

Aquella obstinación del joven Castaños era para Edelmira un suplicio atroz, desde que habían resonado en su alma los conciertos con que el corazón celebra la alborada de sus primeros amores. Para buscar un alivio a sus pesares, Edelmira apeló a un medio que acaso muchas niñas de ardiente imaginación habrán practicado en la soledad de sus corazones. Escribía cartas a Martín, que jamás enviaba, pero que poderosamente contribuían a alimentar su ilusión. En esas cartas brillaban celajes de pasión en medio de las nubes de una fraseología imitada de los folletines más románticos, que habían dejado profundos recuerdos en su imaginación. Todas estas Calipsos, en la ausencia del amante, tienen mil encantadores recursos para sustentarse con recuerdos y fingidas venturas.

Edelmira escribió muchas cartas antes de hallar insípido este amoroso pasatiempo, que no llegó a deja de satisfacerla hasta bastante tiempo después de los primeros días de octubre a que hemos llegado en esta historia.

Muy lejos se hallaba Martín Rivas de figurarse que era el objeto de una pasión semejante. El interés con que Edelmira le reconvino por su ausencia, en su corta conversación con ella en el Campo de Marte, aumentó su aprecio y amistad por aquella niña, sin hacerle sospechar, sino muy vagamente, que bajo esa apariencia de amigable solicitud se ocultaba otro más poderoso sentimiento. Martín no llevó sus reflexiones en este caso más allá de esta suposición: "Si yo le hiciese la corte, tal vez me amaría".

Vivía en exceso preocupado de su propio amor para adivinar el de otra persona a quien poco había visto en los últimos días. La conducta de Leonor influía en que esa preocupación no decayese en el desaliento, porque en las conversaciones subsiguientes a la que oímos en el anterior capítulo le había dejado siempre vislumbrar una esperanza, que a las veces rechazaba Martín como un delirio y que en otras ocasiones revestía de las formas de la realidad.

No obedecía Leonor con tal conducta a las veleidades de la coquetería, ni al propósito estudiado de aumentar con el aguijón de las dudas la pasión de Rivas. Era en sus reticencias, y a veces en sus poco significativas palabras, tan sincera como si hubiese declarado con franqueza su amor. La situación en que se encontraba con respecto a Martín era nueva y excepcional para ella. Acostumbrada a lo que puede llamarse el miramiento social, rodeada de galanes ricos y elegantes, celebrada por su belleza como la más digna de aspira a los más brillantes partidos, Leonor, para declarar en voz alta su amor a Martín, tenía que vencer ideas arraigadas desde la niñez en su espíritu y se hallaba en la necesidad de medir la importancia del hombre que había conquistado su corazón antes de arrastrar las preocupaciones y quebrantar los usos de la sociedad en que vivía. De aquí sus frecuentes conversaciones con Rivas y las vacilaciones con que a veces pronunciaba palabras de esperanza, que ella juzgaba significativas, y que sólo servían para perpetuar las dudas en que el joven vivía desde algún tiempo.

40

Dejamos a doña Bernarda Cordero camino de su casa, después de oír de boca de don Dámaso la revelación del secreto que le ocultaba su hijo.

Durante la marcha, la irritación que esta noticia le había causado se aumentó, como era de figurarse. Destruía aquella revelación tan ambiciosas esperanzas, concebidas por causa de Amador, que, al verlas desvanecerse, su encono contra el que, engañándola, se las hiciera abrigar, crecía en proporción del prestigio que cualquier esperanza adquiere cuando es perdida. Así fue que al entrar en su cuarto arrojó sobre una silla el mantón y llamó a su hija mayor con desabrida voz.

Adelaida se presentó al momento.

—¿Y tu hermano? —le preguntó doña Bernarda.

—En su cuarto estará —contestó la hija.

—Llámalo; tengo que hablar con ustedes.

Pocos instantes después llegaron a la pieza en que doña Bernarda esperaba, Adelaida y Amador.

Doña Bernarda miró a su hijo con expresión de ira reconcentrada.

—Conque me has estado engañando, ¿no? —le dijo, apoyando ambas manos en la cintura y con un singular movimiento de cabeza.

—¡Yo! ¿Por qué, pues? —contestó Amador, que, como todo el que vive con la conciencia vigilante por causa de alguna falta, sospechó al momento el significado de aquella pregunta, que le hizo palidecer.

—¡No sé, pues! estaré tonta que hasta mis hijos me engañan. ¡Era lo que faltaba! Conque Adelaida está bien casada, ¿no?

—Pero, madre, ¿ no le he estado diciendo estos días que ya todo estaba arreglado?

—¡Bonito el arreglo! ¡No hagáis otro y quedarás limpio! Arreglado, quedando nosotros como unos negros. ¿Con qué caras vamos a andar por la calle? Hasta los chiquillos nos señalarán con el dedo.

—¡Las cosas suyas! —dijo Amador, confundido.

Doña Bernarda se exasperó con esta exclamación, que en su estado de irritabilidad creyó poco respetuosa. Esta fue la señal para que, descargando sobre Amador y sobre Adelaida todo el peso de su furor prorrumpiese en desatinadas maldiciones, horrorosos insultos y amenazas terribles, que la decencia nos impide transcribir. Adelaida, más tímida que Amador, creyó libertarse de aquella granizada de improperios que amenazaba degenerar en vías de hecho, dando con temblorosa voz esta disculpa:

—Yo no tuve la culpa, mamita.

A lo que Amador replicó en tono sarcástico.

—Sí, pues; la habré tenido yo. ¡No ve que era yo el que me iba a casar! Bueno, pues; yo no me ando con santos tapados.

—Y, ¿quién es, entonces? —exclamó doña Bernarda—. ¿No fuiste tú quien me vino a hablar del casamiento? ¿Para qué me engañaste? Algún interés tenías.

—¿Qué interés quiere que tuviese? ¡Esto sí que es bonito!

—¿Y cómo ésta dice que no tuvo la culpa? —preguntó doña Bernarda. señalando a su hija.

—Sí, pues: porque ella lo dice ya fue cierto.

—En la carta dices que tú trajiste a un amigo vestido de padre.

—¿En qué carta?

—En la que *escribisteis* a don Dámaso.

—Así fue; pero no lo hice por mí, sino por Adelaida.

Doña Bernarda se volvió hacia ésta con la vista inflamada de cólera.

—Yo no tengo la culpa —repitió Adelaida, en contestación a esa mirada.

—Eso es, pues: échame la culpa a mí ahora —dijo Amador, picado y respondiendo a otra mirada de su madre.

Luego añadió:

—Si ella no tiene la culpa, pregúntele por qué lo hacía yo.

—A ver, responde, pues —dijo a Adelaida doña Bernarda.

—¿Por qué?... ¿Cómo sé yo? Tú me dijiste que me convenía.

—¡No ves! —exclamó doña Bernarda—, bien lo decía yo; tú solo tienes la culpa.

A su exclamación agregó la señora una nueva granizada de insultos dirigidos a su hijo, que sólo pudo hacerla interrumpirse con estas palabras:

—Averigüe bien primero lo que pasa en su casa y no me insulte sin razón.

Adelaida dirigió una mirada suplicante, que Amador no pudo ver porque sólo pensaba en calmar a su irritada madre.

—¿Qué pasa en mi casa? —preguntó ésta.

—Que le diga Adelaida si no fue por ella que yo lo hice. Nada le cuesta decir que no tiene la culpa; yo no tengo nada que tapar y ella sí que tiene.

Adelaida conoció el peligro en que estaba si su hermano seguía hablando y tomó la palabra para echar sobre ella toda la responsabilidad de lo acaecido, mas aquel recurso era tardío después que las sospechas de algún nuevo misterio entraron en el espíritu de la madre con lo que acababa de oír. En vano Adelaida juró que ella había incitado a su hermano sólo por el deseo de casarse con un caballero; doña Bernarda repetía sólo por contestación esta pregunta:

—Sí; pero algo tienes que tapar cuando éste lo dice.

Hubiéranse calmado las sospechas de doña Bernarda si Amador hubiese confirmado las aseveraciones de su hermana; pero se guardó bien de hacerlo, porque temía ver de nuevo descargarse sobre él la cólera de su madre.

Entretanto, como viese doña Bernarda que Adelaida repetía lo mismo y que Amador callaba, volvióse hacia éste y prorrumpió en amenazas si no le descubría la verdad.

Si no me la confiesas —le dijo, mostrándole los puños y en el mayor estado de exaltación—, te hago sentar plaza de soldado por incorregible; acuérdate que todavía no tienes veinticinco años.

Poco importaba a Amador semejante amenaza, que fácilmente podía burlar abandonando la casa materna. Mas, para mantenerse en cualquier otra parte, era preciso ganar la subsistencia trabajando, y Amador era holgazán inveterado. Parecióle más fácil confesar la verdad, perdiendo a su hermana, que entrar en riña abierta con su madre, la que siempre proveía a sus necesidades y a veces, a fuerza de economía, le sacaba de grandes apuros, pagando sus deudas. La relajación de sus costumbres le había privado de todo sentimiento noble desde temprano, por lo cual no pensó ni un instante en sacrificarse por Adelaida arrostrando solo la indignación de doña Bernarda. Las sugestiones de su egoísmo hablaron únicamente en su pecho, y sin vacilar refirió a su madre la consecuencia de los amores de Adelaida con Rafael San Luis, buscando, al fin, algunas palabras para atenuar el hecho.

Doña Bernarda palideció al oír la terrible revelación de Amador y se arrojó furiosa sobre Adelaida, a quien arrastró por el cuarto, asiéndola de las hermosas trenzas de su pelo y dando gritos descompasados.

Acudieron a sus veces Edelmira y la criada, que, con Amador, interpusieron juntos sus esfuerzos para arrancar a Adelaida de manos de doña Bernarda.

A fin de impedir que los gritos de la madre y de la hija, unidos a los de los demás que por ella interesaban, llegasen a oídos de los que por la calle pasaban, la criada corrió al patio y cerró la puerta de la calle. Mientras tanto, doña Bernarda desplegaba fuerzas extraordinarias para su sexo y edad, no sólo arrastrando a Adelaida, a quien el dolor arrancaba lastimeros quejidos, sino dando fuertes bofetones a

Edelmira y Amador, que luchaban por arrancarle su víctima. Un frío espectador de aquel drama doméstico habría, tal vez, desatendido la voz de la compasión por lo grotesco del cuadro, cuyo principal personaje era doña Bernarda repartiendo furiosos manotones con la diestra, mientras que en la mano izquierda se había envuelto las largas trenzas de la infeliz muchacha. Pero como todo en la tierra, aquella escena debía tener un término, como en efecto lo tuvo, pues al enviar doña Bernarda una palmada a Edelmira, que con heroico arrojo le apretaba ambos brazos, la mano izquierda de doña Bernarda se soltó de las trenzas, y el impulso que a su derecha había dado fue tal, que no sólo arrojó sobre una silla a la compasiva Edelmira, sino que, falta de apoyo con la caída de ésta, fue a rodar doña Bernarda al medio de la pieza, quedando, con la exasperación en que se encontraba y el golpe que al caer recibió, sin movimiento ni sentido. Levantáronla sus hijos, ayudando a esta operación la misma Adelaida, y la llevaron a su cama, en donde la criada le frotaba los pies, Amador le echaba agua en la cara y las niñas lloraban sin desconsuelo abrazadas la una de la otra.

Recobró por fin su espíritu la señora, y vertió amargas lágrimas sobre la deshonra de Adelaida. Al exceso de agitación en que se había encontrado, sucedió el abatimiento que en lo físico y en lo moral van en pos de todo esfuerzo extraordinario, y se sintió tan molida al día siguiente, que le fue más grato permanecer en el lecho para recobrarse. Todo el reconocimiento que abrigaba hacia Rafael San Luis por servicios que le debía, se tornó en odio y deseo de venganza con la revelación de su conducta, y empleó el día en descubrir un medio de tomar una justa reparación de su afrenta. Mas, como sus meditaciones no le dieran un resultado satisfactorio, resolvió apelar a las vías de conciliación, que tal vez acarrearían la felicidad y la honra a su familia.

Satisfecha de su nueva resolución, dirigióse, algunos días después de la escena que le daba origen, a casa de Rafael San Luis.

Eran las diez de la mañana, Rafael se encontraba solo en su cuarto. La presencia inesperada de doña Bernarda le llenó de turbación y de funestos presentimientos el alma: sin embargo, trató de dominarse y de recibirla con cariñosa urbanidad.

Parece que la señora ocultaba también por su parte los sentimientos que la ocupaban, para manifestar una tranquilidad que estaba muy lejos de experimentar en aquel momento. Sentóse con rostro risueño en el poltrona que con amable sonrisa le presentó Rafael, y, echando hacia atrás el mantón con que se cubría la cabeza, dijo con acento de reconvención amistosa:

—Ya usted se nos ha perdido de la casa, pues.

—No es por falta de amistad, créamelo, *misia* Bernarda —contestó el joven.

—Algún motivo tiene. ¿No sabe, pues?, herradura que *cascabelea*, clavo le falta.

—¿Qué motivos pudo tener? Absolutamente ninguno: usted conoce mi amistad.

—Cómo no, y yo también le he querido harto. Vea: el otro día no más le estuve diciendo a Adelaida: "¿Qué es de don Rafael? ¿Que le han hecho algo que no viene?".

Rafael se fijó al momento en que doña Bernarda nombraba sólo a su hija mayor, y con esto aumentaron sus presentimientos de que aquella visita tenía otro objeto que la simple apariencia de amistad con que se anunciaba.

—Le doy a usted las gracias por su cariño —contestó.

—Bueno, pues, ¿y que no piensa volver a vernos? —preguntó doña Bernarda.

—Casi todas las noches las tengo ocupadas y, a pesar de mi deseo, no sé cuándo pueda ir —respondió Rafael, que quería descubrir cuanto antes el objeto de la visita.

—Sí, pues, así lo decíamos allá en la casa: ¡cuándo ha de volver!; ya tiene otras amistades de gente rica y se avergonzará de venir a casa.

—¡Avergonzarme! Se engaña usted, *misia* Bernarda.

—La prueba está, pues, en que no quiere volver —replicó la señora, con tono en que se advertía la falta de afabilidad que había empleado al principio.

Rafael notó esa falta y se dejó llevar de su poco paciente carácter.

—No he dicho que no quiero volver —dijo—, sino que no puedo.

—Lo mismo tiene: el caso es que no vuelve y yo sé por qué.

En estas palabras el tono de descontento había aumentado.

—La causa es la que he dicho; no tengo tiempo.

—Por ahí andan diciendo que usted va a casarse.

—¿Lo ha oído usted?

—Ayer no más. ¿Y es cierto?

—Puede ser.

—¡No ve! ¿No se lo decía?

—Es un compromiso muy antiguo; data de antes que tuviese el gusto de conocer a usted.

—Antiguo será, pues, ¿qué le digo yo?; pero se le olvida que también por casa tiene compromiso.

Al pronunciar estas palabras, fijó resueltamente doña Bernarda su mirada en Rafael, mientras que en sus facciones se veía el sello de una resolución premeditada y firme.

El joven palideció al oírlas: aunque la sola presencia de doña Bernarda le daba vehementes sospechas de lo que la llevaba a su casa, no esperaba que tan sin rodeos se atreviese a atacarle.

—No sé a qué cosa se refiere usted —contestó, fingiendo no adivinar el sentido de lo que oía.

—Cómo no ha de saber, y mejor que yo también. Más vale que nos arreglemos como amigos.

—En fin, señora, ¿qué es lo que usted quiere? —exclamó Rafael, con impaciencia.

—Que usted se case con mi hija, que por usted está deshonrada —contestó, con energía, doña Bernarda.

—Imposible —dijo el joven—; estoy comprometido a casarme con una señorita que...

Doña Bernarda le interrumpió furiosa.

—¿Y a nosotros qué nos tiene que sacar? Mi hija también es señorita y usted la engañó con palabra de casamiento; si usted fuese caballero, debía cumplir su palabra.

En vano buscó Rafael argumentos y disculpas para paliar su falta; doña Bernarda replicó siempre con la contestación que acababa de dar.

—En fin —exclamó San Luis, exasperado—, es absolutamente imposible que me case con su hija, y lo mejor que usted puede hacer por ella es aceptar la propuesta que voy a hacer.

—¿Qué propuesta? —preguntó la señora.

—Tengo doce mil pesos que heredé de mi padre; prometo reconocer a mi hijo y dar a Adelaida la mitad de esta suma.

—No es plata lo que yo pido —contestó doña Bernarda.

Y añadió a esto mil recriminaciones que Rafael tuvo que soportar con humildad, concluyendo con esta amenaza:

—No quiere casarse, ¿no? Pues yo me presentaré al juez, y veremos quién pierde; la desgracia de mi hija la saben ya muchos para que yo me pare en ella al presentarme. Usted quiere la guerra; se la daremos, no le dé cuidado.

Y salió de la pieza de Rafael, dejándole entregado a una mortal inquietud.

Rafael San Luis escribió a Martín, citándole para el portal que ahora llamamos portal viejo o Bellavista, para distinguirlo del de Tagle y del pasaje Bulnes.

Una hora después hallábanse los dos amigos reunidos en el lugar designado y tomaron el camino de la Alameda.

—Necesito de tu consejo para un asunto grave —dijo Rafael, apoyándose en el brazo de Rivas.

—¿Qué es lo que hay? —preguntó éste.

—En medio de la calma ha aparecido una nube que presagia tempestad; no te imaginarías nunca a quién he tenido de visita.

—¿A Adelaida Molina?

—¡A doña Bernarda! Lo sabe todo y quiere que me case con su hija.

—Tiene razón —dijo fríamente Martín.

—Ya lo sé —replicó, incómodo, Rafael—, y no te pedía tu opinión sobre eso.

—Adelante.

—No se me ocurre ningún medio de parar este golpe. He ofrecido la mitad de lo que tengo, y la maldita vieja no se contenta con seis mil pesos.

—En ese caso, haz lo que todavía puedes: ofrece los doce mil.

—No admitirá, no quiere oír hablar de nada si no consiento en casarme. Me parece inútil decirte que esto es imposible, pues no habría consentido en ello aun cuando no me hallase en vísperas de mi soñada felicidad.

Martín se quedó silencioso, pensando que aquella frase podría salvar a muchas infelices niñas expuestas a la seducción si pudiesen oírla.

—¿Qué harías tú en mi caso? —preguntó Rafael.

—Discurriendo como acabas de hacerlo y puesto que doña Bernarda no quiere oír hablar más que de matrimonio, le quitaría la ocasión de pensar en ello.

—¿Cómo?

—Casándome pronto.

—Tienes razón; pero siempre queda un peligro.

—¿Cuál?

—Doña Bernarda me amenazó con presentarse al juzgado.

—¿Crees tú que se atreviese a hacerlo?

—Mucho lo temo; es mujer violenta y capaz de abrigar odios irreconciliables. Creo que por vengarse de mí no se arredraría ante la necesidad de propalar la deshonra de su hija.

—Queda un medio, aunque no seguro.

—¿A ver?

—Amador es codicioso.

—Más que un avaro de comedia.

—Le pagaremos unos quinientos pesos por que obtenga de su madre la promesa de desistir de su presentación.

—¿Podrías tú hablar con él?

—Con mucho gusto.

—Me harías con esto un gran servicio —exclamó Rafael, reconocido—. ¡Tú sabes lo que he sufrido antes de verme como ahora a las puertas de la felicidad! ¡La amenaza de doña Bernarda me hace temblar! Si mi conciencia estuviese tranquila, no me sucedería esto; pero, como tú dices, la pobre señora tiene razón y de nada le sirve mi arrepentimiento.

—En fin, haremos lo que se pueda.

—Te debo ya el inmenso servicio de haberme devuelto a Matilde, y si consigues que doña Bernarda se calle, te la deberé de nuevo. ¡Cómo podré pagarte jamás!

—Hablemos de otra cosa. ¿No eres mi amigo?

—Bueno: hablemos de tus amores, ¿cómo siguen?

—Siempre mal —dijo Rivas con una sonrisa que no alcanzó a borrar la melancolía de su rostro.

—No creo que tan mal —replicó Rafael.

—¿Por qué? ¿Sabes tú algo? —preguntó con interés Martín.

—Matilde me dice que su prima habla de ti constantemente; éste es un buen presagio.

—Hablará de mí como de tantos otros.

—Ahí está la particularidad: habla sólo de ti. A ver, cuéntame, ¿qué hablas con Leonor? Yo tal vez sea más perspicaz que tú.

Provocado así a una confidencia, refinó Martín todas las conversaciones que había tenido con Leonor, especificando las menores ocurrencias y conservando hasta las palabras con la feliz memoria de los enamorados Habló con calor de sus recientes esperanzas y con angustia de su desaliento: éste y aquéllas, merced a la elocuencia de un amor verdadero, aparecieron a Rafael como la luz de la luna, que en un cielo entoldado brilla de repente y desaparece después tras espesos nubarrones.

—Si no hay sobre qué funda una certidumbre —le dijo al fin—, no falta en qué apoya esperanzas; yo, en tu lugar, haría un acto de audacia para realizarlas.

—¿Como?

—Le escribiría.

—¡Nunca!, ¡nunca burlaría así la confianza de los que me dan tan generosa hospitalidad!

—Martín, amigo, no eres de este siglo.

Martín sólo contestó con un suspiro ahogado.

—¿Es decir, que te resuelves a vivir en la duda? —repuso San Luis.

—Sí; además, te lo confieso, la majestad de Leonor me anonada. El valor que a veces he tenido para contestarle con alguna energía me abandona cuando no estoy con ella y mido la inmensa distancia que nos separa. ¡Me veo tan oscuro, tan pequeño al contemplarla!

—En fin, tú eres dueño de hacer lo que te parezca.

Los dos jóvenes se levantaron de un sofá de la Alameda en que se hallaban.

—¿Cuándo te ocuparás de mi asunto? —preguntó Rafael.

—Hoy mismo, si puedo: voy a escribir a Amador. ¿Cuánto puedo ofrecerle?

—Tú arreglarás el asunto como mejor sea posible: yo estoy dispuesto a sacrificar cuanto tengo.

Separáronse frente a la bocacalle del Estado, y se marcharon cada cual a su casa.

A esa hora hallábase en su cuarto Amador Molina con el oficial amante de su hermana Edelmira, que acababa de entrar.

—Amador, vengo a hablar contigo —había dicho, después de saludar, Ricardo Castaños.

—Aquí estoy pues, hijo —contestó Amador—, ¿qué se ofrece?

—Tú sabes que yo quiero a tu hermana.

145

—*Algo te tienta* amigo; todos somos aficionados, pues.

—Pero creo que ella no me quiere.

—¡Adiós! ¿ Y qué mejor quería?

—A ti, ¿qué te parece?

—¡Qué me ha de parecer! Que te quiere y harto.

—¿Y cómo no lo dice?

—Que no conoces lo que son las mujeres? ¡Vaya, pareces niño! No hay una que no disimule.

—Entonces, ¿tú crees que se casaría conmigo?

—De juro, pues, hombre. Anda, encuentra una que no le guste casarse. No hay más que hablarles de *casaca* y se les ríe la cara.

—Y a tu madre, Amador, ¿qué le parecera?

—Le ha de parecer bien no más. ¿A quién no le gusta casar a sus hijas?; hasta a los ricos, pues, hombre.

—¿Entonces tú le puedes hablar por mí?

—Bueno, pues, hijo —contestó Amador, dando un abrazo a Ricardo.

—Yo soy corto de genio para esto —repuso el oficial—, y me acordé de ti: Amador me sacará de apuro dije, y vine, pues.

—Bien hecho, esta noche misma le hablo a mi madre, y pierde cuidado.

Pocos momentos después se separaron ambos, contentos. El oficial, con la esperanza de unirse a la que de todo corazón amaba, y Amador, con la idea de que la misión de que quedaba encargado serviría para obtener el perdón de doña Bernarda, que, desde que había descubierto la verdad de su abortada intriga, sólo le hablaba para reñirle.

Hallábase entregado a estas reflexiones cuando oyó golpear a la puerta del cuarto y salió a ver quién golpeaba.

Un criado le entregó una carta: era de Martín Rivas, que le pedía le esperase a la oración en el óvalo de la Alameda para hablar de un asunto que interesaba a toda la familia de doña Bernarda.

—¿Qué *contesta* le llevo? —preguntó el criado, cuando vio que Amador había terminado de leer la carta.

Contestó Amador por escrito que se encontraría puntualmente a la hora y en el lugar indicados.

Cuando se halló solo de nuevo y preocupado en adivinar el objeto con que Rivas le citaba, pensó en que era más prudente esperar, para cumplir con el encargo que Ricardo le había dejado, el haberse visto con Martín.

Poco antes de la hora convenida acudió Amador al óvalo de la Alameda, adonde llegó Rivas algunos momentos después.

Sin rodeos habló Martín del objeto con que le llamaba y le ofreció doscientos pesos para que intercediese con doña Bernarda, a fin de hacerla desistir de su amenaza.

—¿Usted dice que Rafael ofreció seis mil pesos para mi hermana, y que mi madre no quiso? —preguntó Amador.

—Sí —contestó Rivas.

—Yo le diré, pues, mi madre es porfiada, y está furiosa conmigo por lo de la carta: con los mil pesos que me dieron no me pagan lo que tengo que aguantar.

—Habrá trescientos pesos para —usted dijo Martín.

—¿Y no ofrecen nada más para Adelaida y su niño?
—Ocho mil pesos; Rafael no puede dar más porque no tiene.
—Veremos, pues.
—¿Cuándo me dará usted la contestación?
—No sé, pues, ¡quién sabe cuándo conteste mi madre!
—Tan pronto como la tenga, me escribirá usted.
—Bueno.

Regresó Amador a su casa después de esta conversación y halló a su madre cosiendo con sus dos hijas.

—Mamita —le dijo al oído—, vaya para su cuarto, que tengo que hablar con usted.
—¿Qué hay? —preguntó doña Bernarda cuando estuvo sola con su hijo en el cuarto de dormir.

Amador principió justificándose de las cosas pasadas y asegurando que todo lo había hecho por el interés de la familia.

—No le había querido volver a hablar de esto —añadió—, hasta no tener alguna otra cosa buena que decirle.

—¿Entonces tienes algo bueno ahora? —preguntó doña Bernarda, algo apaciguada.

—¡Cómo no; *dejante* que yo ando siempre pensando en la familia y usted todavía enojada conmigo!

—A ver, pues, ¿qué es lo que hay?
—¿No le gustaría casar a una de sus hijas?
—¡Qué pregunta!
—¿Qué tal le parece Ricardo?
—Bueno.
—Quiere casarse con Edelmira.

El semblante de doña Bernarda se llenó de alegría.

—Ricardo tiene buen sueldo y puede ascender —añadió Amador.
—Me parece muy bien —dijo la madre.
—Entonces usted hablará con Edelmira.
—Yo hablaré esta noche.
—Es preciso que se *ponga tiesa*, mamita, porque Ricardo dice que ella no lo quiere.
—Que venga a hacer la *taimada* conmigo —dijo en tono de amenaza doña Bernarda.
—Eso es, *no dé soga*, porque maridos como Ricardo no se ofrecen todos los días.
—Que haga la *taimada* no más, déjate estar.
—Hay también otra cosa.
—¿Cuál?

Refirióle Amador su reciente conversación con Martín y dijo que ofrecía siete mil pesos para el hijo de Adelaida, con tal que doña Bernarda desistiese de su acusación.

—Ya sé que no me conviene presentarme al juez dijo doña Bernarda—; estuve a verme con un procurador que conozco, amigo del difunto Molina, y me dijo que no sacaría más que alimentos.

147

—Y, además —repuso Amador—, ¿para qué ir a hacer que esto ande por los tribunales, cuando los siete mil pesos es mejor?

Amador había hablado dos veces de siete mil pesos, en lugar de ocho que Martín le había facultado para ofrecer. Su cálculo era que, ofreciendo la primera cantidad, quedarían mil pesos a beneficio suyo, además de su gratificación de trescientos pesos.

—Reciben ustedes los siete mil pesos —añadió—, y nadie sabe para qué son.

—Poco importa que sepan —dijo doña Bernarda, con tono sombrío: la criada de aquí lo sabe.

—¿Quién se lo dijo?

—Yo se lo pregunté, y ella se lo habrá contado quién sabe a cuántas; lo sabe también la que tiene el niño y lo sabrán todos; ¡maldito futre; le ha de costar caro!

—Pero es mejor mamita, que aseguremos primero la plata.

—Allá, entiéndanse ustedes como puedan —replicó con desabrido acento la señora.

Y se retiró a buscar su costura, jurando entre dientes que Rafael tendría que arrepentirse toda la vida de lo que había hecho.

Amador contestó al día siguiente que su madre se comprometía a no presentarse al juez con tal que se diese a Adelaida la cantidad estipulada, valiéndose, para dar esta respuesta, de lo que doña Bernarda había dicho acerca de su consulta con su amigo el procurador. Grande fue su sorpresa cuando en lugar de entregarle Rafael los ocho mil pesos de los que él esperaba reservarse mil, vio a Martín encargado de extender una escritura de donación a nombre de San Luis y depositar el dinero en una casa de comercio, con cargo de entregar a Adelaida los intereses.

Practicadas estas diligencias, fue Rivas a casa de Rafael a darle cuenta de ellas.

—A pesar de esto —le dijo—, no debes considerarte como libre de un nuevo ataque hasta que no estés casado.

—Así lo creo —contestó Rafael—, y por eso he conseguido con mi tío que obtenga reducción del plazo fijado por don Fidel. Espero estar casado dentro de dos semanas, a más tardar.

41

Doña Bernarda esperó el día siguiente para hablar a Edelmira de las pretensiones de Ricardo Castaños a su mano. Impresionada con la conversación que acababa de tener con Amador y segura de su autoridad con respecto a su familia, no se dio prisa en hablar a una de sus hijas sobre matrimonio cuando tenía que pensar en vengarse del agravio hecho a la otra. Dejó, pues, para el día siguiente el asunto de Ricardo Castaños, y se entregó a reflexionar en los medios de castigar a Rafael San Luis.

Satisfactorio fue, probablemente, el resultado de sus reflexiones, porque al levantarse doña Bernarda parecía más tranquila que en los días anteriores, y su voz, al llamar a Edelmira, perdía la aspereza conque trataba a los de su casa desde su visita a la de don Dámaso Encina.

Edelmira acudió temblorosa al llamado de su madre, porque no se figuraba que pudiese tener que decirle nada de lisonjero, en el estado de irritación en que la había visto durante los últimos días.

—Siéntate aquí —le dijo doña Bernarda, señalando una silla junto a ella—. Se te ofrece una buena suerte —añadió, después de un breve silencio.

Edelmira levantó sobre su madre una mirada de tímida interrogación.

—Ya ves —prosiguió la señora— lo que le ha pasado a tu hermana por tonta. Yo también he tenido la culpa por dejar que entren en casa estos malvados *futres*. Pero tu has tenido más juicio que la otra y por eso Dios se acuerda ahora de ti.

Doña Bernarda hizo una pausa en su exordio moral, para encender un cigarro, pausa durante la cual el corazón de su hija se colmó de amargos presentimientos.

—Ricardo —prosiguió doña Bernarda— quiere casarse contigo.

Edelmira se puso pálida y tembló sobre su silla.

—Es un buen muchacho —continuó la madre—; tiene buen sueldo y lo han de ascender. Nosotros somos pobres, y cuando se ofrece un partido como éste, no hay que soltarlo.

Esperó en silencio algunos instantes, doña Bernarda, para oír la contestación de su hija. Pero Edelmira nada respondió, miraba a la alfombra con abatida frente y parecía luchar con las lágrimas que asomaban a sus ojos.

—¿Qué te parece, pues, hija? —preguntó la madre.

La niña pareció hacer un esfuerzo y levantó al cielo los ojos cual si invocara su auxilio.

—Mamita... —dijo en tono balbuciente—, yo no quiero a Ricardo.

—¿Cómo es eso? —exclamó doña Bernarda—. ¡Estamos frescos! ¡Miren qué princesa para andarse regodeando! ¿Qué me importa a mí que no lo quieras? ¿De dónde has sacado que es preciso querer? ¿Me lo habrás oído a mí, por acaso? ¡Miren si será lesa ésta! Te buscarán un marqués, a ver si te gusta. ¡*Contimás que sois* tan bonita! ¡No será mucho que queráis a algún futre también!

—¡Yo no, mamita! —exclamó la niña, que se figuraba que doña Bernarda iba a leer en sus ojos y adivinar su amor a Martín.

—¿Y entonces, pues, qué más quieres? ¡Allá todas tuviesen la misma suerte!

—Yo no deseo casarme, mamita —dijo con humilde voz Edelmira.

—Sí, pues; haces muy bien; para estar viviendo siempre a costillas de la madre. ¡Bonitas hijas! Una..., ya se sabe... ¡Bendito sea Dios! ¡El difunto Molina había de ver esto; bien hizo Dios en llevárselo! ¡Y esta ahora, no quiere casarse! En vez de aliviar a su pobre madre. ¿Quieres no ser tonta, niña?

Concluyó doña Bernarda estas exclamaciones con una risa que infundió más temor a Edelmira que el que le habría dado una amenaza. No pudo sostener tampoco la terrible mirada con que su madre la acompañó y tuvo que inclinarse temblorosa y sumisa, en señal de obediencia.

Doña Bernarda encendió otro cigarro, para serenarse, y se acercó después a su hija.

—¿Qué hay, pues? —le dijo.

—Yo no estaba preparada para esto —respondió Edelmira, dejando rodar las lágrimas que se habían agolpado a sus ojos.

—¿Que te digo yo que te cases mañana, pues? Si no corre tanta prisa. Yo te hablo porque soy tu madre y sé que te conviene.

Estas palabras descubrieron un nuevo horizonte a los ojos de Edelmira. Veía que una resistencia obstinada habría colmado la irritación de su madre, hasta exasperarla, y conoció que lo único que le era permitido en semejante trance era ganar algún tiempo.

—Eso es lo que yo pido, mamita —dijo—; deme siquiera un mes para contestar.

—Eso es..., llévate esperando para que el otro se aburra y se mande a cambiar. Se te figura que dentro de un mes me vas a encontrar muy mansita, ¿no? ¿Quién manda aquí, pues? Ya te digo que no te vas a casar mañana, pero la contestación la has de dar luego.

—Pero, mamita...

—¿Que es esto, pues? ¿Estás pensando que yo he de consentir en que se pierda esta ocasión? ¡Parece que no me conocieras! Date a santo con que te espere algún tiempo.

—Haré lo que usted diga, mamita.

—Así me gusta, eso es hablar como una buena hija.

—Pero me dará usted siquiera unos dos meses para prepararme.

—Sobra con un mes, y no hay más que hablar.

Edelmira bajó la frente con resignación.

—Y no andes con tonteras, pues, en este tiempo —repuso la madre—. Con él, formalita, pero no soberbia, y dejémonos de caras afligidas. Vas a ser más feliz que todas.

Edelmira se retiró a su cuarto después de oír algunas otras amonestaciones que le hizo doña Bernarda, con el tono autoritario que, desde los asuntos de Adelaida, empleaba con los de su familia.

Al encontrarse sola, se arrojó sobre una silla junto a la cabecera de su cama y regó con abundantes lágrimas la almohada, confidente de sus amores solitarios. Despedíase en su llanto de sus largas veladas llenas de ilusiones sentimentales, tanto más queridas cuanto más irrealizables se presentaban; decía un tierno adiós a las informes esperanzas, a las melancólicas alegrías, a las castas aspiraciones de ese amor huérfano e ignorado que se había complacido en alimentar y como un consuelo contra las amarguras de su existencia. Abatida por el primer golpe de tan inesperado dolor, no pensó en resistir ni en buscar los medios de sustraerse a la crueldad de su destino, pensó en llorar tan solo, como lloran los niños, por buscar un desahogo al corazón oprimido.

Doña Bernarda, por su parte, pensó que, asegurado en cierto modo el porvenir de una de sus hijas, le quedaba todavía la misión de vengar la pérdida del porvenir de la otra, idea que no había abandonado un solo instante desde la fatal revelación de los amores de Adelaida. Su encono contra ésta disminuía en razón del que alimentaba contra Rafael, y poco a poco se habituó a considerar a su hija más desgraciada que culpable. La vista de su nieto, que hizo llevar a la casa, lejos de mitigar su sed de venganza, la encendió más activa y tenaz, llegando a constituirse en una necesidad imprescindible. Dominada por esta idea, entabló relaciones con los criados que servían a don Fidel Elías, y se halló instruida de este modo de los preparativos que en la casa se ejecutaban para el casamiento de Matilde, espió los pasos de San Luis, que vivía entregado a su amor, olvidado ya de los temores que le habían inspirado las amenazas de doña Bernarda, y meditó en silencio su venganza, sin hacer a nadie partícipe de sus proyectos.

Mientras tanto, en la situación de Leonor y de Martín no había más variación que las incidencias naturales de un amor con las condiciones del que hemos pintado, en el que el orgullo, vencido a medias, por una parte, y la excesiva delicadeza, por la otra, se hallaban colocados en el resbaladizo terreno que habitan los corazones enamorados. Mediaban ya entre ellos esas miradas vagas con que dos amantes empiezan a comprenderse; esas palabras que, balbucientes, pronuncian los labios aunque se refieran a extraño asunto que el que ocupa los corazones esas reticencias en las cuales se apoyan, en casos semejantes, los espíritus, para lanzarse en la siempre florida región de la esperanza, esa atmósfera especial, tibia, embalsamada, de que los amantes se sienten circundados cuando, en medio de todos, viven solos, y hallan en el silencio elocuentes armonías, en el aire venturosos presagios, en la naturaleza entera una secreta complicidad del inmenso sentimiento que los agita. Y, sin embargo, ellos no eran felices.

Leonor veía desarrollarse ante sus ojos el magnífico panorama del amor y se impacientaba ya de la timidez de Martín. Ella era demasiado orgullosa para dar el primer paso; él, demasiado reverente para subir el pedestal en que colocaba a su ídolo; y ambos suspiraban. Y en esos instantes de abatimiento, en que el corazón divisa la esperanza como un miraje, Leonor, despertando a su antiguo orgullo, juraba olvidar a Martín, y Martín, que tanto no presumía de sus fuerzas, pedía al cielo le arrancase del pecho aquella imagen y, con ella, su amor desventurado. Pero una mirada desbarataba aquel propósito y hacía olvidar aquella súplica: volvían a quemar sus alas en la nueva luz, ¡mariposas que, lejos de su dulce calor, no encontraban ya la atmósfera vital indispensable a sus vidas!

42

    Habiéndose fijado para el día más cercano el plazo acordado, entre las familias respectivas, al enlace de Matilde con Rafael, notábase ya gran movimiento en casa de don Fidel Elías con motivo de su próxima festividad.
    Los parientes de Matilde enviaban sus regalos a la novia.
    Doña Francisca, descendiendo a los prosaicos detalles de la vida, preparaba con su hija los moldes a la moda para la confección de los vestidos.
    Hacíanse frecuentes viajes a casa de la modista para probarse el vestido nupcial y otros de lujo, encomendados al ingenio de la misma *artista*.
    Se discutía con calor sobre las alhajas, abriendo y cerrando las cajitas forradas en terciopelo que venían de alguna joyería alemana de la calle Ahumada.
    Llegaban visitas y se hablaba por lo bajo al principio. Venía poco a poco la conversación de trapos y el tono de las voces iba *in crescendo*, como en el aria de don Basilio. Se exhibían los regalos, se exaltaba un molde para deprimir otro y se agregaban los comentarios sobre la cruz de brillantes que toda novia tiene, hasta que muchas veces el marido se convierte en otra más pesada de llevar.
    Se iban las visitas y, antes de guardar lo que acababan de ver, llegaban otras con las cuales se ponían en tabla los mismos asuntos que los de la recién concluida sesión.
    Y así se pasaban los días.
    Analizar las múltiples ilusiones que en tales circunstancias mecían el corazón de Matilde, como mecen el de casi todas las que se casan por su voluntad (que de las obedientes y resignadas hay gran suma), sería lo mismo que describir la magnífica salida del sol en un despejado cielo de primavera. Las flores de esa ilusión abrían sus temblorosas hojas a las caricias del amor que llenaba su pecho y embalsamaban el aura que en los oídos de un amante murmura sus divinas promesas. Así, para Matilde, la vida pasada y sus deberes eran sueño; el presente, la dicha, y del porvenir irradiaba tan viva luz que, como la del sol ofuscaba su vista y prefería no mirarla.
    —Tú, que no amas —decía, estrechando las manos de Leonor con dulce abandono—, no puedes comprender mi felicidad.
    Leonor fijaba en ella una profunda mirada; de esas que pertenecen sólo al cuerpo cuando vaga en algún otro punto del alma.
    —Mira —continuaba su prima—, cuando estoy lejos de Rafael me encuentro sin palabras; tal vez un amor como el mío no halle ninguna que lo pinte en toda su extensión. Pero a ti, ¡qué te importa todo esto! —añadía, viendo que Leonor caía poco a poco en una distracción mal disimulada.
    —Cómo no —contestaba Leonor, con una suave sonrisa.
    —No me comprendes.
    —Te comprendo muy bien.
    —¡Ah! ¿Estás enamorada?
    En la viveza con que esta pregunta fue hecha por Matilde veíase que por un momento la mujer vencía a la amante, la curiosidad al placer de hablar de su amor.
    Leonor contestó con igual viveza, pero poniéndose colorada:
    —¡Yo! no, hijita.
    —Mientes.
    —¿Por qué?

—No eres ahora, Leonor, lo que eras antes. ¿Cuándo estabas nunca pensativa como ahora te veo muchas veces? Dime, no seas reservada. Mira que yo a veces soy adivina. ¿Cuál de los dos, Clemente o Emilio?

Leonor no contestó más que avanzando ligeramente el labio inferior con magnífico desdén.

Matilde nombró, entonces, a muchos de los elegantes de la capital, y obtuvo la misma contestación. Por fin añadió en tono de exclamación:

—¿Será Martín?

—¡Oh! ¡Qué locura!

Las mejillas de Leonor se encendieron con vivísimo encarnado.

—¿Y por qué no? —repuso Matilde—: Martín es interesante.

—¿Te parece? —preguntó Leonor, fingiendo la más absoluta indiferencia.

—Yo lo encuentro así, y ¿qué tiene que sea pobre?

—Oh, eso no —exclamó Leonor, levantando la frente con su regia majestad.

—Tiene gran corazón.

—¿Quién te lo ha dicho?

—Tú misma.

Leonor bajó la frente y fingió haberse picado un dedo con un alfiler. —Me has dicho también que tiene talento —prosiguió Matilde—. ¿Quieres negármelo también?

—Es cierto.

—¿No ves? Tengo buena memoria.

—Pero tú le alabas tanto porque le estás agradecida.

—Bueno, pero repito lo que te oigo.

—También le debemos algunos servicios en casa.

—Que tú le agradeces mucho.

—Es cierto.

—Más que si fuese otro cualquiera, puesto que me hablas siempre de él.

Leonor no dio ninguna contestación.

—¿Sabes que yo tengo derecho de enojarme contigo? —dijo Matilde—. ¿Por qué?

—Porque desconfías de mí, después que por mi parte te he confiado siempre mis secretos.

—¿Qué quieres que te cuente?

—Que amas a Martín. ¿Podrás negarlo?

—Yo misma lo he ignorado por mucho tiempo.

—¡Al fin lo confiesas!

—Es verdad; conozco que no puedo dejar de pensar en él —dijo Leonor levantando con orgullo su linda frente.

—Estoy segura que él te quiere hace tiempo.

—¿Quién te lo ha dicho? —preguntó con vivo interés Leonor.

—Nadie, pero se conoce a primera vista.

Vencida su natural reserva, Leonor refirió a su prima la historia de su amor, que hemos visto gradualmente desenvolverse y crecer en su pecho. Habló con feliz memoria de todas sus conversaciones con Martín, como éste las había contado a Rafael San Luis, sin omitir ninguna circunstancia, ni aun las impresiones que había sentido al creer a Rivas enamorado de otra.

—¡Ah! ¿también estás celosa?

—Celosa, no; pero si supiese que amaba a otra, tendría bastante fuerza de voluntad para olvidarle.

—Por lo que me cuentas —repuso Matilde—, nunca se ha atrevido él a hablarte de amor.

—Nunca.

—¿Ni tú le has dejado comprender nada?

—No sé, tal vez alguna palabra mía le dé qué pensar; pero puedo volver atrás el día que quiera.

—¡Pobre Martín! —exclamó Matilde, después de un breve instante de silencio—. En tu posición puedes ser más compasiva con él.

—¿Te parece?

—Darle a entender que le quieres, ¿qué te haría perder?

—Te advierto que es orgulloso y tal vez no habla por orgullo.

—O por delicadeza: tú le conoces mejor que yo.

Esta observación dejó a Leonor pensativa. Al cabo de algunos instantes miró el reloj; eran las dos de la tarde.

Satisfecha su curiosidad, Matilde había vuelto de nuevo a su asunto favorito y hablaba de Rafael, cuando entro doña Francisca con un nuevo vestido para su hija.

Dejaremos a Matilde admirar el vestido con su madre, para seguir a Leonor, que se despidió de ellas, subió al elegante coche de su familia, que la esperaba a la puerta, y dio orden de tirar para su casa.

Al bajarse del carruaje vio en el zaguán a una criada de mala catadura, con una carta en la mano, que preguntaba por don Martín.

Leonor entró, sin que aquella criada llamase de un modo particular su atención; mas no sin pensar y decidir que la carta vendría de Rafael San Luis o de otro amigo.

El criado del zaguán llevó la carta a Martín, que se encontraba en el dormitorio de don Dámaso.

Martín abrió la carta y leyó lo que sigue, después de la fecha:

Usted es mi único amigo, y como me lo ha dicho varias veces, confío en su palabra. Por eso me dirijo a usted, cuando los que pudieran aconsejarme me abandonan o me persiguen. En mi pesar, vuelvo los ojos al que tal vez tenga palabras de consuelo con qué secar el llanto que los llena, y por eso quiero confiarlo, Martín, lo que me sucede. Mi madre quiere casarme con Ricardo Castaños, que me ha pedido. Estaba tan lejos de pensar en eso, que hasta ahora no sé lo que me pasa. Usted siempre me ha manifestado amistad y me aconsejará en esto caso, contando con que siempre se lo agradecerá su amiga.

EDELMIRA MOLINA

Martín leyó dos veces esta carta sin adivinar que la sencilla naturalidad de sus frases, escritas con intenciones que encontrarán más tarde su explicación, encerraban un mundo de tímidas esperanzas.

—¿Quién trajo esta carta? —le preguntó.

—Una niña que dijo que volvería por la contesta —respondió el sirviente, con la casi imperceptible sonrisa que usan los de su clase para manifestar a sus amos que saben bien de lo que se trata.

—Bueno, ahora te daré la contestación —dijo Martín.

El criado salió de la pieza, y Rivas escribió lo siguiente:

Edelmira:

Mucha sorpresa me ha causado su carta, y le agradezco infinito la confianza que usted me manifiesta. Proviene mi sorpresa de las mismas causas que motivan la turbación en que usted parece encontrarse, y me hallaba tan poco preparado para dar mi opinión sobre un asunto de esta naturaleza, que, a la verdad, nada acierto a decirle de un modo terminante y que encuentre satisfactorio.

Me pide usted que la aconseje, sin pensar, tal vez, que es muy delicada la materia sobre que debo hacerlo. Ante todo, confesaré que no puedo ser juez imparcial en el presente caso, porque cuanto pueda decirle se resentirá de la sincera amistad que le profeso. Si se me pidiera formular un voto por el porvenir de usted, al punto lo formularía tan ardiente y verdadero por su felicidad, que dejaría mi ánimo contento por la idea que todos abrigan que puede realizarse un deseo justo, pidiéndolo al cielo con entero fervor del corazón. Pero se trata de aconsejarla sobre un punto que puede decidir para siempre de su suerte, y me falta decisión para hacerlo. Nadie es mejor juez que uno mismo, Edelmira, en asunto como el que a usted la ocupa; consulte su corazón: el corazón habla muy alto en estos casos.

Si, fuera de esto, mis palabras tuviesen algún poder para calmar la aflicción de que usted me habla, o me hallase en la feliz situación de poder prestarle algún servicio, no vacile usted en escribirme, en honrarme con la confianza que me ofrece en su carta y en valerse de mí cuando crea que pueda serle de alguna utilidad.

Su amigo afectísimo,

MARTÍN RIVAS

Cerró Martín esta carta y la dio al criado, con encargo de entregarla a la persona que había de venir por ella.

En la comida se habló del próximo matrimonio que tendría lugar en la familia, y gracias a la verbosidad de Agustín pudo Leonor dirigir varias veces la palabra a Rivas en el curso de la conversación general.

Al salir de la mesa, Agustín tomó el brazo de su amigo y ambos acompañaron a Leonor hasta el salón, en donde ella, como de costumbre, se sentó al piano, mientras que los jóvenes se mantuvieron de pie al lado de ella.

—Hoy estuve con Matilde —dijo Leonor, como continuando la conversación del comedor—, no pueden ustedes figurarse lo contenta que está.

—Es natural, señorita —dijo Martín.

—Los franceses —añadió Agustín— dicen: *l'amour fait rage et l'argent fait mariage;* pero aquí el amor hace de los dos: *rage et mariage.*

—Creo que ahora es la niña más feliz de Santiago —repuso Leonor.

—¿Por qué no la imitas, hermanita? —dijo Agustín—; tú puedes ser tan feliz como ella cuando quieras, ¿no tienes dos elegantes enamorados?

Martín fijó en la niña una mirada profunda y palideció.

—¿Dos no más? —preguntó riéndose, Leonor.

Con estas palabras, la palidez de Martín cambió de repente en vivo encarnado.

—Cuando digo dos —replicó Agustín—, hablo de los que más te visitan, mi *toda bella*; ya sabemos que puedes elegir entre los más ricos, si quieres.

—¡Qué me importan los ricos! —exclamó con desdeñoso tono Leonor.

—¿Preferirías algún pobre, hermanita?

—Quien sabe.

—No comprendes el siglo, entonces; te compadezco.
—Hay muchas cosas que pueden valer más que la riqueza —dijo la niña.
—Grave error, *ma charmante;* la riqueza es una gran cosa.
—¿Y usted piensa lo mismo que Agustín? —preguntó Leonor, dirigiéndose a Rivas.
—Pienso que en ciertos casos puede ser una necesidad —contestó Martín.
—¿En qué casos?
—Cuando un hombre, por ejemplo, considera la riqueza como un medio para llegar hasta la que ama.
—Pobre idea tiene usted de la mujeres, Martín —díjole la niña en tono serio, no todas se dejan fascinar por el brillo del oro.
—Sí, pero todas *rafolan* por el lujo —exclamó Agustín.
—Me he puesto en el caso de un hombre oscuro y que aspire muy alto —repuso Martín con resolución.
—Si ese hombre vale por sí mismo —replicó Leonor—, debe tener confianza en hallar quien le comprenda y aprecie; usted es muy desconfiado.

Estas palabras las dijo Leonor levantándose del piano y en circunstancias que Agustín se acababa de alejar.

—Desconfío —dijo Martín— porque me encuentro tan oscuro como el hombre que he puesto por ejemplo.

—Ya ve usted que para mí —le contestó la niña con voz conmovida— la riqueza no es una recomendación, y hay muchas como yo.

Hubiérase dicho que Leonor tenía miedo de oír la contestación de Martín, porque se alejó al instante de pronunciar estas palabras.

Rivas la vio desaparecer, con el corazón palpitante como el que en sueños ve realizada su felicidad y despierta al asirla. Cuando la niña hubo desaparecido, su imaginación se engolfó buscando el sentido de lo que acababa de oír.

En este momento entraba un criado de casa de don Fidel Elías preguntando por Leonor, a quien entregó un papel que contenía sólo estas palabras:

Ven a verme, necesito de ti. Creo que voy a volverme loca de dolor. Te espero al instante.

Tu prima.

MATILDE

Para conocer los sucesos que dieron origen a esta carta, acaecidos después de la salida de Leonor, debemos volver a casa de don Fidel Elías, en donde dejamos a Matilde con su madre.

43

Poco después que salió Leonor del salón en donde dejaba a doña Francisca y a Matilde, llegaron Rafael, don Fidel Elías y don Pedro San Luis.

Mientras que los dos últimos hablaban con la dueña de casa, Matilde y Rafael se retiraron juntos al piano, al cual se sentó la niña y con distraída mano principió a tocar mientras hablaba con su amante.

En esa conversación habitaron por un momento los castillos en el aire que los amantes dichosos edifican dondequiera que miren; hablaron de ellos, únicamente de ellos, cual cumple a los enamorados, seres los más egoístas de la creación; repitiéronse lo que mil veces se habían jurado ya, y se quedaron, por fin, pensativos, en muda contemplación, absorto el espíritu, enajenada de placer el alma, palpitando a compás los corazones y perdida la imaginación en la felicidad inmensa que sentían.

Ese cielo limpio y sereno del amor feliz, esa atmósfera transparente que los rodeaba, se turbaron de repente. Una criada entró en el salón y se acercó al piano.

—Señorita —dijo en voz baja al oído de Matilde—, una señora desea hablar con usted.

—¡Conmigo! —dijo la niña, despertando del dorado sueño en que se hallaba, mirando a su amante.

—Sí, señorita.

—¿Quién es? Pregúntale qué quiere.

La criada salió.

—¿Quién me tiene que buscar a mí? —dijo Matilde, engolfando otra vez su mirada en los enamorados ojos de Rafael.

La criada regresó poco después que Matilde acababa de pronunciar aquellas palabras.

Matilde y Rafael la vieron venir y se volvieron hacia ella.

—Dice que se llama doña Bernarda Cordero de Molina —fueron las palabras de la criada.

Hubiérase dicho que un rayo había herido de repente a San Luis, porque se puso pálido, mientras Matilde repetía con admiración el nombre que había dicho la criada.

—Yo no conozco a tal señora —dijo, consultando con la vista a Rafael.

Este parecía petrificado sobre la silla. El golpe era tan inesperado y con tal prontitud acudieron a su imaginación todas las consecuencias de la visita anunciada, que la sorpresa y la turbación le embargaban la voz. Mas no embargaron del mismo modo su espíritu, que al instante calculó lo angustiado de la situación en que se veía. Dotado, empero, de un ánimo resuelto, vio que era preciso salir del trance por medio de algún golpe decisivo, y aparentando ese fastidio del que por algún importuno se ve precisado a dejar una ocupación agradable, dijo a Matilde:

—Mándale decir que vuelva otra vez.

—La niña notó la palidez de San Luis y la turbación que pugnaba por disimular.

—¿Qué tiene usted? —le preguntó con amable solicitud.

—¿Yo? Nada absolutamente.

—Pregunta a ésa qué es lo que quiere —dijo Matilde, volviéndose a la criada.

—Si dice, señorita, que tiene que hablar con su merced.

La niña volvió, indecisa, a consultar la vista de Rafael, y éste repitió lo que había dicho.

—Que vuelva otra vez.

—Dile que estoy ocupada, que vuelva después —repitió Matilde a la criada.

Esta salió del salón.

—Cuando menos será alguna viuda vergonzante dijo la niña con una sonrisa.

—Puede ser —contestó el joven, tratando también de sonreírse.

En aquel momento encontrábase Rafael en situación parecida a la de una persona nerviosa que espera la detonación de un arma de fuego: respiraba con dificultad y hacía esfuerzos para apercibir todo ruido que viniese del exterior. Con inmensa inquietud calculaba el tiempo que la criada emplearía para llegar y dar a doña Bernarda la respuesta que llevaba, lo que ésta objetaría y lo que la criada o doña Bernarda tardarían en llegar al salón. Esta última hipótesis nacía en el turbado espíritu del joven del conocimiento que tenía del carácter tenaz y resuelto de doña Bernarda.

Así pasaron cinco minutos de mortal angustia para Rafael y de inexplicable silencio para Matilde, que buscaba en sus ojos la continuación del idilio que, un momento hacía, cantaban con el alma.

Abrióse por fin la puerta del salón y los espantados ojos de Rafael vieron entrar a doña Bernarda, haciendo saludos que a fuerza de rendidos eran grotescos.

Matilde y los demás que allí había la miraron con curiosidad. La niña y su madre no pudieron prescindir de admirarse al ver el traje singular con que la viuda de Molina se presentaba.

Preciso es advertir que doña Bernarda se había ataviado con el propósito de parecer una señora a las personas ante quienes había determinado presentarse. Sobre un vestido de vistosos colores, estrenado en el pasado Dieciocho de Septiembre, caía, dejando desnudos los hombros un pañuelo de espumilla, bordado de colores, comprado a lance a una criada de una señora vieja, que lo había llevado en sus mejores años. Sin sospechar que aquel traje olía de luego a luego a gente de medio pelo, doña Bernarda entró convencida de que le bastaría para dar a los que la viesen una alta idea de su persona. A esto agregaba sus amaneradas cortesías, para que viesen, según pensaba en su interior, que conocía la buena crianza y no era la primera vez que se encontraba entre gente.

—¿Quién será esta señora tan rara? —preguntó en voz baja Matilde a Rafael.

Este se había puesto de pie, y con semblante demudado y pálido dirigía una extraña mirada a doña Bernarda.

—¿Cuál será doña Francisca Encina de Elías? —preguntó ésta.

—Yo, señora —contestó doña Francisca.

—Me alegro *del* conocerla, señorita, y este caballero será su marido ¿no? Aquella es su hijita, no hay que preguntarlo: pintadita a su madre. ¿Cómo está, don Rafael? A este caballero lo conozco, pues cómo no: hemos sido amigos. Vaya, pues, me sentaré porque no dejo de estar cansada. ¡Los años pues, *misiá Panchita,* ya van pintando: cómo ha de ser! La demás familia, ¿buena?

—Buena —dijo doña Francisca, mirando con admiración a todos los circunstantes y sin explicarse la aparición de tan extraño personaje.

Los demás la contemplaban de hito en hito con igual admiración a la que en el rostro de la dueña de casa se pintaba.

—¿Que es loca? —preguntó Matilde a Rafael.

Y al dirigirle la vista notó tal angustia en las pálidas facciones del joven, que, instantáneamente, sintió oprimírsele con inexplicable miedo el corazón.

Doña Bernarda, entretanto, viendo que nadie le dirigía la palabra y temiendo dar prueba de mala crianza si permanecía en silencio, lo rompió bien pronto.

—Yo, pues, señora —dijo—, le he de decir a lo que vengo. Para eso hice llamar a su hijita, porque a mí no me gusta meter bulla. Entre gente cortés las cosas se hacen *callandito.* La niña, pues, me mandó decir con una criada que volviese otro día: eso no era justo, pues ya estaba aquí yo, y como soy vieja y mi casa está lejos, por poco no he echado los bofes. Dejante que he *sudado el quilo* en el camino, ¿cómo me iba a volver a la casa así no más, con la cola entre las piernas y sin hablar con nadie? ¿Que acaso vengo a pedir limosna? Gracias a Dios no nos falta con que comer. Conque me dije: ya es tiempo, antes que se casen, y me vine, pues.

Aprovechó una pausa doña Francisca, en la que doña Bernarda tomaba aliento, para preguntarle:

—¿Y a qué debo el honor de esta visita?

—El honor es para mí, señora, para que usted me mande. Señora, lo iba a decir, pues estaba resollando. Me dicen que usted va a casar a su hijita. ¡Pero vean, si es pintada a su madre!

—Así es, señora —contestó doña Francisca.

—Y con ese caballero, ¿no es cierto? —repuso, señalando a Rafael, doña Bernarda.

Rafael hubiera querido hundirse en la tierra con su desesperación y su vergüenza.

157

—Señora —dijo con acento de despecho a doña Bernarda—, ¿qué pretende hacer usted?

—Aquí a *misia Panchita* se lo vengo a decir.

—No debía permitir que siga hablando sus locuras esta mujer —dijo Rafael a doña Francisca.

—¿Locuras, no? —exclamó con la vista colérica doña Bernarda—; allá veremos, pues, si son locuras. Vea señora —añadió, volviéndose a doña Francisca—, dígale a la criada que llame a la muchacha que me espera en la puerta con un niñito. Veremos si yo hablo locuras.

—Pero, señora —exclamó don Fidel, tomando un tono y además autoritarios—. ¿Qué significa todo esto?

—Está claro, pues, lo que significa —replicó doña Bernarda—. Ustedes van a casar a su niña con un hombre sin palabra. Van a verlo, pues.

Levantóse rápidamente de su asiento y se dirigió a la puerta.

—Peta, Peta —gritó—, ven acá y trae al niño.

Todos se miraron asombrados, menos Rafael, que se apoyaba al piano con los puños crispados y colérico el semblante.

Entró la criada de doña Bernarda trayendo un hermoso niño en los brazos.

—Vaya, pues, aquí está el niño —exclamó doña Bernarda—. Que diga, pues, don Rafael si no es su hijo. ¡Que diga que tiene palabra y que no ha engañado a una pobre niña honrada!

—Pero señora —dijo don Fidel.

—Aquí está la prueba, pues —repuso doña Bernarda—. ¿No dice que yo hablo locuras? Aquí está la prueba. Niegue, pues, que este niño es suyo y que le dio palabra de casamiento a mi hija.

Profundo silencio sucedió a estas palabras. Todos fijaron su vista en San Luis, que se adelantó temblando de ira al medio del salón.

—He pagado con cuanto tengo a su hija —exclamó—, y asegurado como puedo el porvenir de esta criatura: ¿qué más pide?

Matilde se dejó caer sobre un sofá, cubriéndose el rostro con las manos, y volvieron a quedar todos en silencio.

—A ver, pues, señora —dijo doña Bernarda—, yo apelo a usted, a ver si le parece justo que porque una es pobre vengan, así no más, a burlarse de la gente honrada, ¿qué diría usted si, lo que Dios no permita, hicieran otro tanto con su hija? A cualquiera se la doy también.

Aunque pobre, una tiene honor, y si le dio su palabra, ¿por qué no la cumple, pues?

—Nada podemos hacer nosotros en esto, señora —dijo don Fidel, mientras que don Pedro San Luis se acercaba a su sobrino y le decía:

—Me parece más prudente que te vayas; yo arreglaré esto en tu lugar.

Rafael tomó su sombrero y salió, dando una mirada a Matilde, que ahogaba sus sollozos con dificultad.

Don Pedro San Luis se acercó a doña Bernarda.

—Señora —le dijo en voz baja—, yo me encargo del porvenir de este niño y del de su hija; tenga usted la bondad de retirarse y de ir esta noche a casa; usted impondrá las condiciones.

Ora fuese que doña Bernarda diese más precio a la venganza que por espacio de tantos días había calculado, que a la promesa de don Pedro; ora que, posesionada de su papel, quisiese humillar con su orgullo plebeyo el aristocrático estiramiento de los que con promesas de dinero trataban de acallar su voz, miró un instante al que así hablaba y, bajando después la vista, dijo con enternecido acento:

—Yo no he pedido nada a usted, caballero; vengo aquí porque creo que esta señora y esta niña tienen buen corazón, y no han de querer dejar en la vergüenza a una pobre niña que ningún mal les ha hecho y a este angelito de Dios, que quieren dejar *guacho,* ni más ni menos. Más tarde, don Rafael puede casarse con mi hija, cuando se le pase la rabia y vea que no se ha portado como gente.

—Pero, señora —dijo don Fidel—, me parece que Rafael es libre de hacer lo que le parezca, y usted debía entenderse con él.

—Yo sé bien lo que hago cuando vengo aquí —replicó, con voz más enternecida aún, doña Bernarda—. Lo que yo quiero saber —añadió, dirigiéndose a Matilde y a su madre— es si estas señoritas consentirían en que mi pobre hija se quede deshonrada, cuando ellas tienen honor y plata, no como una pobre, que no tiene más caudal que su honor. ¿Cómo no han de tener conciencia, pues —repuso, después de un prolongado sollozo—, cuando ni una que es pobre haría una cosa así? ¡Ya le van a faltar maridos a esta señorita con lo donosa que es!. Dios es justo, señorita, y los que son buenos, son buenos. ¿Para qué le digo más? Yo se la doy a cualquiera y que meta su mano en la conciencia, ¿se casaría cuando se sabe que por su causa queda en la vergüenza una pobre niña y una criatura como un *guachita* de los huérfanos?

Doña Bernarda terminó estos raciocinios con la voz cortada por los sollozos, alzando los ojos y las manos al cielo, y sonándose con estrépito, al tiempo que repetía varias veces algunas de las palabras que acababa de decir.

—Vea, señora —le dijo doña Francisca, en cuya romántica imaginación habían producido un favorable efecto las razones alegadas por doña Bernarda—. Usted ve; ahora no es posible decidir un asunto de tanta importancia; veremos a Rafael cuando se haya calmado y mañana o pasado decidiremos.

—Ustedes lo van a ver, pues, señoritas —contestó doña Bernarda—, y, sobre todo, la que se iba a casar, creyendo que su novio era libre, pues. Ya le digo no más, ¿qué hará mi pobre hija, a quien han engañado? Así es la suerte de los pobres, y gracias a Dios que nuestra familia es buena y no tiene don Rafael nada que sacarle; el difunto Molina, mi marido, tenía su comercio y no le debía a nadie ni un Cristo.

—Todo se tendrá presente —dijo doña Francisca.

—Bueno, pues, señorita; en usted confío. *Contimás* que en esto yo he andado como gente, pues que me dije: mejor es ir a ver a esas señoritas que viven engañadas, que no presentarme al juez y que el asunto ande en boca de todos. ¿Qué culpa tienen ellas, pues, para que tenga que aparecer su nombre en la casa de justicia? Si son señoras, pues que me dije, han de querer arreglarlo todo sin bulla y han de ser cristianas con la gente pobre pero honrada. Más vale tener agradecidos que enemigos; en eso no hay duda, y a una niña bonita y rica, donde le faltó un novio, le he vinieron ciento al tiro, lo que no les pasa a los pobres, a quienes las engañan cada y cuando hay ocasión.

—Bueno, pues, señora, trataremos de arreglar esto.

Volvió doña Bernarda, ya deshecha en llanto, a reproducir sus argumentos, teniendo cuidado de dar una forma más precisa a las amenazas que acababa de insinuar con cierta maestría, y manifestando que se hallaba dispuesta a seguir el asunto hasta en sus últimas consecuencias, con lo cual salió, dejando en la mayor consternación a los que la habían escuchado.

44

Matilde se arrojó en los brazos de su madre con la voz embargada por los sollozos.

—Vamos —dijo don Fidel—, espero que no tomarán ustedes a lo serio los desatinos de la vieja. Que hable cuanto le dé la gana. ¡Cómo podemos nosotros volverle el honor a su hija! ¿No le parece, mi señor don Pedro?

El interés hablaba por boca de don Fidel en aquellas palabras. La idea de romper el ajustado enlace de su hija con Rafael le parecía deplorable, considerando que de tal enlace dependía el arriendo de "El Roble".

—Yo hablaré ahora mismo con la señora y trataré de apaciguarla —contestó a su pregunta don Pedro San Luis.

—Me parece muy bien, y le doy a usted las gracias. ¡Vaya con las ideas de la vieja! Estábamos bien que fuésemos nosotros, con una quijotería a reparar los extravíos de sus hijas. ¿Por qué no las cuida como debe, en vez de venir a quejarse de la seducción? Vean que vestales tan...

—Hijo, basta, por Dios —exclamó doña Francisca, escandalizada de las máximas sociales que empezaba a exponer su marido delante de Matilde.

—¡Qué hay pues! Yo sé lo que digo —replicó don Fidel, que se irritaba de cualquier objeción de su mujer—. ¡Esa vieja es una loca y quién sabe qué más! ¡Como si yo no conociera el mundo!

—Pero, hijo —volvió a decir doña Francisca con elocuente ademán y mirada en que pedía a su marido respetase el dolor de su hija.

Mal juez era don Fidel, preocupado siempre con su arriendo de "El Roble", para conocer lo que hubiera herido el corazón de Matilde.

Sólo pensó en que la aflicción de ésta provenía del temor de perder a su novio, y se acercó a ella, golpeándole cariñosamente un hombro.

—No se te dé nada, hijita —le dijo—. Nadie te quitará tu marido.

Don Pedro San Luis aprovechó aquella interrupción de la disputa matrimonial que acababa de iniciarse para asegurar de nuevo que cooperaría cuanto le fuese posible al arreglo de aquel asunto y despedirse.

Hallándose entonces don Fidel en el seno de los suyos, dio rienda suelta a su verdadera preocupación.

—Ustedes —dijo— dejan irse así no más a don Pedro. Ya se ve; yo soy el que tengo que hacerlo todo en esta casa.

—¿Y qué podíamos hacer nosotras? —preguntó, indignada, doña Francisca.

—¿Qué podían hacer? ¡no es nada! Ser más amables con él. Repetir, como yo, que no haremos caso de esa vieja loca y hacerle toda clase de atenciones. ¡Bien quedábamos si se me escapase el arriendo!

—Yo no estoy para pensar en arriendos —replicó doña Francisca, llevándose a su hija y dejando a don Fidel continuar sus reflexiones especulativas.

Matilde se arrojó de nuevo en brazos de su madre cuando se vio sola con ella. Se habían retirado al cuarto de la niña y allí pudieron ambas dar libre curso a su llanto.

—¡Ah, mamá, quien lo hubiera creído! —dijo Matilde, levantando los ojos anegados en lágrimas.

Un largo silencio siguió a esta dolorosa exclamación, en que el pecho herido de la amante exhalaba el dolor de tan amargo desengaño.

Doña Francisca secó sus ojos y conoció que su deber era el de infundir valor a su hija, cuyo primer abatimiento tomaba las proporciones de la desesperación, a medida que su espíritu salía del anonadamiento causado por lo cruel e inesperado del golpe que acababa de recibir.

—Vamos, hijita —le dijo, prodigándole tiernos cariños—, cálmate, por Dios, todo podrá arreglarse.

—¡Arreglarse mamá! —exclamó Matilde levantándose con una energía de que se la hubiera creído incapaz—, ¡arreglarse!, ¿y cómo? ¿Cree usted, como mi papá, que lloro la pérdida de un marido? ¿Es decir que yo no le amaba? ¿Es decir que puedo amar aún al hombre que me hace creer que he sido siempre su único amor, cuando, cansado tal vez de otro, viene a buscarme para quedar libre de los compromisos contraído en otra parte? ¡Ah, qué me importa un marido si lo que lloro es mi amor! Cuando perdí a Rafael la primera vez, ¿me vio usted desesperarme como ahora? Sufrí el golpe con valor porque le creía digno de un sacrificio. Me separaba de él: pero nadie me hacía despreciarle. Y ahora, ¡qué diferencia!...

Los sollozos ahogaron su voz, que produjo sonidos inarticulados, mientras que la pobre niña llevaba las manos a su corazón, que le oprimía el pecho con violentos latidos.

—No, llores, hijita, cálmate —fueron las únicas palabras que pudo proferir la madre, convencida de que en ese instante no había consuelo alguno para mitigar tan acerbo dolor.

—Aun suponiendo que mi amor resistiese al desengaño con que acaban de herirlo —repuso Matilde, tranquilizándose poco a poco con los afectuosos cariños de su madre—: suponiendo que yo pudiese olvidar lo que acabo de ver, ¿podría vivir tranquila a su lado? ¿Nadie tendría derecho a acusar mi egoísmo, y sería feliz sabiendo que por mí vivía sacrificada una niña infeliz, que no ha cometido más falta que la de engañarse? ¿No me engañaba yo también creyéndole que jamás había amado a otra? Mire, mamá: esto es horrible; cuanto más pienso en ello, veo que es un abismo sin fin. ¡No le amo ya: le aborrezco!

"¿Quién puede asegurarme que no se ha casado con la madre de su hijo por falta de amor, sino tal vez porque era pobre? ¿Quién me hará creer que no me prefería sino por la riqueza de mi papá?".

Esta suposición cruel pareció arrojar un nuevo e inmenso dolor al pecho de la niña, que cesó de hablar, miró con ojos desesperados a su alrededor y prorrumpió de repente en desesperados gemidos. En vano buscó doña Francisca las más cariñosas palabras para templar su desesperación; en vano le estrechó contra su corazón conjurándola, por su amor, a que no se abandonase a ese pensamiento. Matilde no la oía, no sentía sus halagos, no entendía el sentido de las palabras que llegaban a su oído. Conducida por la última idea que había expresado, repasaba en la memoria las horas de su amor, los juramentos, las dulces miradas, y esa idea la guiaba en el florido campo de los recuerdos tronchando con mano impía las ilusiones que lo esmaltaban.

Algunas horas pasaron de este modo. Matilde hablaba, a veces, siguiendo un hilo de sus reflexiones y caía luego en el violento pesar que cada idea nueva arrojaba, como pábulo, al fuego voraz de su creciente dolor. Este, como la felicidad, encuentra pequeño el recinto de un solo corazón amigo al que confiarse; por esto fue que Matilde, pareciéndole que su madre no alcanzaba a comprender lo que sentía, se acercó a la mesa y escribió a Leonor las pocas palabras que recibió ésta, después de dejar caer, como vimos, una esperanza en el alma de Martín.

45

Media hora después de recibir la carta de Matilde, llegó Leonor a casa de ésta, acompañada por su padre.

Leonor entró en la pieza de su prima, de la que acababa de salir doña Francisca, y don Dámaso en la antesala, a donde, al saber su llegada, vinieron don Fidel y su mujer.

En un largo abrazo permanecieron las dos niñas sin proferir una palabra, hasta que Leonor, que no acertaba a explicarse la causa de la aflicción de Matilde, rompió el silencio:

—¿Qué hay?, ¿qué tienes? —preguntó—. Tu carta me ha llenado de sobresalto.

Matilde, entonces, haciendo un esfuerzo para desechar el llanto que, a la vista de su prima, había vuelto a su ojos, le refirió minuciosamente la escena en que doña Bernarda Cordero había sido la principal protagonista.

Leonor se quedó abismada con aquella revelación y, al compadecer a su prima, surgió en su espíritu la idea siguiente, que manifestaba el estado de su corazón. "Tal vez Martín esté en amores con la otra. ¡Es tan amigo de San Luis!"

—¿Qué harías tú en mi lugar? —preguntó Matilde, creyendo que su prima pensaba sólo en su desgracia.

—¿Yo?... De veras, Matilde, que no sé qué decirte.

—Pero ponte en lugar mío: ¿qué harías?

—¿Podrías tú perdonarle? —preguntó Leonor, sin dar a su prima la respuesta que le pedía.

—Podré perdonarle —contestó ésta—; pero ya no podré amarle.

—Es muy difícil aconsejar en estos casos —repuso Leonor.

No te pido un consejo. Quiero saber lo que tú harías en mi caso.

—Le despreciaría.

—Es preciso que sepas que mi papá no quiere por nada romper este matrimonio.

—Entonces lo rompería yo —dijo Leonor con su característica resolución.

—Es lo que yo haré también —dijo Matilde—. Ya no temo nada, y toda la autoridad de mi papá no basta para obligarme a sufrir más de lo que acabo de sufrir.

Quedaron en silencio algunos instantes, y Matilde añadió:

—¿Cómo hacerlo? Mi papá se negará a decirlo; ni a él ni a su tío.

—Escríbele, entonces —dijo Leonor.

—Tienes razón: que todo se acabe de una vez, así nada podrá hacer después mi papá.

Se sentó al lado de la mesa y tomó la pluma.

Al escribir el nombre de su amante, sus ojos se nublaron con lágrimas que fueron a caer sobre el pliego en que había puesto la mano.

—¿Qué le diré? —preguntó a Leonor, con voz apagada.

—No te precipites. Piénsalo bien —respondió ésta.

—No, no —exclamó Matilde, con energía—, estoy perfectamente resuelta, y nadie me hará cambiar sobre esto.

—Creo que con pocas palabras basta.

Matilde se puso a escribir, alentada por la febril agitación en que se encontraba. Al cabo de algunos minutos enderezó el cuerpo y leyó:

Entre usted y yo todo está concluido. Me parece inútil extenderme en explicaciones sobre una resolución que está justificada con tan poderosos motivos en mi conciencia. Le escribo para evitar cualquier otra explicación que no estoy dispuesta a oír ni a leer:

MATILDE ELIAS

—Con eso basta —dijo Leonor.

Matilde llamó a una criada y le recomendó llevar a su destino la carta, sin que en casa sospechasen a qué salía.

Hecho esto, se sentó al lado de su prima.

—Tenía necesidad de verte —le dijo, porque tú me das valor. Ya lo ves: no he vacilado ni temblado.

Con este esfuerzo pareció anonadada, pues ocultó su rostro y sólo se vio su cuerpo agitado por los sollozos.

—Aún es tiempo, si quieres —le dijo Leonor—; la criada no debe haber salido todavía.

—¡Qué! ¿Crees que me arrepiento? No lloro por eso. ¡Todo se ha concluido!

Don Dámaso escuchó también la relación de lo acaecido de boca de su hermana, con la consiguientes interrupciones hechas por don Fidel, que se preciaba de explicar mejor el asunto.

—Bien lo decía yo —exclamó son Dámaso, que no olvidaba el peso de las manos de Rafael—, ese mozo es un tunante.

—Pero, hombre, ¿,quién no ha hecho otro tanto? —replicó don Fidel—. Son niñerías por las que todos han pasado.

—¡Jesús, Fidel, qué principios! —exclamó escandalizada su consorte.

—Mira hija —repuso éste, en sentencioso tono, las mujeres no conocen el mundo como nosotros.

—Pero conocen la moralidad.

—¿Y quieres decir que yo soy inmoral porque tengo filosofía? —preguntó con agrio tono don Fidel—. Yo conozco el mundo más que tú. Que lo diga tu mismo hermano.

Don Dámaso, que era partidario a tejer, valiéndonos de la expresión chilena, no sólo en política, sino en todos los casos, dijo:

—Es cierto que muchos cometen esta clase de faltas. Yo no lo niego.

—¿No ves, no ves? —dijo don Fidel a su mujer—. Cuando yo digo que conozco el mundo, es porque estoy seguro de ello. Lo de Rafael es un pecadillo insignificante, y luego se echará en olvido.

—No sé que lo olvide tan pronto Matilde —contestó doña Francisca.

—Lo olvidará, ¿que no conozco yo a las mujeres? Dentro de dos días ni se acuerda de tal cosa.

—Lo veremos —dijo doña Francisca.

—Lo verás. Yo no me equivoco.

Mientras don Fidel buscaba una caja de fósforos para encender un cigarro, don Dámaso se acercó a su hermana.

—Lo que yo te aseguro —le dijo— es que ese muchacho no es bueno.

—Y Matilde no lo perdonará —respondió doña Francisca.

—Mejor, hija, tanto mejor. Ese hombre no puede hacerla feliz. En tu lugar yo me opondría al casamiento.

—Pero tú debes ayudarme también —le dijo doña Francisca.

—¡Oh!, cuenta conmigo —exclamó don Dámaso.

Volvió don Fidel a donde ellos estaban, y poco rato después don Dámaso hizo llamar a Leonor y se despidió con ella de su hermana y su cuñado.

En la noche refirió Leonor a Martín el suceso en casa de don Fidel.

—La pobre Matilde —le dijo es muy desgraciada, y empiezo a creer que usted tiene fundamento para practicar su teoría de la absoluta indiferencia.

—Desgraciadamente —dijo Rivas—, no siempre puede uno ser dueño de su corazón, y esa teoría se queda casi siempre como tal, sin poderse practicar.

—¡Ah! Usted ha cambiado ya —exclamó Leonor—; mucho poder tiene entonces la señorita Edelmira.

—No es ella, señorita —replicó Martín—, la que ha echado por tierra mi propósito.

Leonor no quiso proseguir la conversación porque la sinceridad con que Martín había hablado destruía la sospecha concebida en casa de Matilde.

Al verla abandonar su asiento, las esperanzas que la conversación de la tarde le había dado abandonaron a Martín.

"Siempre igual —se dijo—. ¿Acaso no amará nunca?"

Pocos después salió del salón y de la casa, encaminándose a la de Rafael: pero Rafael no estaba en su casa.

—Salió hace una hora —le dijo su tía.

—Volveré mañana temprano; tenga usted la bondad de decírselo —dijo Martín, despidiéndose de la señora.

En aquella misma noche, don Fidel fue a casa de don Pedro San Luis.

—Lo que conviene —le dijo después de exponer sus teorías sobre la vida social— es hacer cuanto antes este casamiento.

—Pues yo creo que debemos dejar pasar algún tiempo, a menos que ellos mismos deseen otra cosa. Es preciso ver modo de arreglarnos con esta vieja que puede incomodarnos.

—Yo haré que los muchachos se vean mañana —repuso don Fidel, que en un aplazamiento del matrimonio veía sólo la demora de su arriendo.

En este momento entró Rafael en la pieza. Los dos que conversaban no pudieron reprimir un movimiento de admiración al verle. Su descompuesto semblante, el turbado mirar, la expresión extraña del saludo que les hizo y el aire de acerba melancolía con que se dejó caer sobre una silla, dejaron mudos por algunos segundos a don Pedro y a don Fidel.

Este interrumpió primero el silencio, dirigiendo la palabra a Rafael:

—Cabalmente —le dijo, estábamos aquí con el señor don Pedro diciendo que lo que ahora conviene es apresurar el casamiento, yo hablo por la felicidad de mi hija, ¿qué le parece?

—Es inútil, señor —contestó el joven con voz apagada.

—¡Cómo inútil! —exclamó, levantándose, don Fidel.

Rafael sacó una carta del bolsillo y se la pasó, diciéndole:

—Lea usted y lo verá.

Don Fidel leyó con rapidez la carta de Matilde, que era la que tenía en sus manos. Doblándola, exclamó:

—¡Bah, niñerías! Usted sabe que su amor vale más que estas palabras arrancadas por la sorpresa. Vamos juntos a casa y verá usted lo distinta que está.

—No señor, jamás volveré —dijo, con sombrío acento, Rafael.

—¡Qué ocurrencia! Vea usted, mi señor don Pedro, lo que son los enamorados: como el vidrio, por todo se trizan.

Don Pedro tomó la carta de manos de Fidel y la leyó.

—La carta es seria —dijo.

—No conoce usted a las niñas, mi señor don Pedro —replicó don Fidel—. ¿No ve usted que está claro que quiere que la rueguen? Que venga Rafael conmigo no más, y verá.

—Yo no iré, señor —dijo San Luis—; esa carta, que al parecer ha escrito Matilde sin anuencia de usted, me dice bien claro que todo está concluido.

—No puede ser; yo lo arreglaré todo. ¡Hacerle caso a una muchacha deschavetada! Estoy seguro de que a esta hora está arrepentida de haber escrito.

—Doy a usted las gracias por su interés —díjole Rafael—, pero le suplico que deje a Matilde en completa libertad. Si ella siente haberme escrito esta carta, lo dirá, porque sabe que yo volaría a ponerme a sus pies.

—Lo que yo quiero —dijo don Fidel, consecuente con su idea de arriendo es que ustedes no olviden mi opinión en este asunto y mi deseo de ver a mi hija unida con usted. Si por desgracia esto no sucediese, espero que ustedes sean testigos de mis esfuerzos y buena voluntad.

—¡Oh!, nada tenemos que decir a usted —exclamó don Pedro.

—A mí me gusta la formalidad en los negocios —repuso don Fidel—, y por eso es que, cuando yo contraigo un compromiso, no falto a él ni por la pasión.

—Yo tampoco olvidaré los míos —dijo don Pedro.

Estas palabras dieron a don Fidel un indecible bienestar, después de la inquietud en que la carta de Matilde le había puesto. Pensó que ellas encerraban la formal promesa de llevar adelante lo del arriendo, a pesar de lo ocurrido, y miró todo lo demás como secundario.

Después de arrancar, por medio de protestas enérgicas contra la falta de formalidad en los negocios, nuevas promesas referentes a "El Roble", salió don Fidel de la casa y regresó a la suya, con intención de interponer su autoridad, a fin de asegurar mejor el arriendo por medio de una retractación de Matilde de la carta que él acababa de leer.

Pero Matilde, como vimos, había cobrado energía en su propio abatimiento, y aunque con lágrimas, supo resistir la imperiosa voz de don Fidel, que salió de nuevo de su casa, consolándose con que el arriendo de "El Roble" estaba casi asegurado.

Con la convicción que llevaba de que sería imposible, a menos de una violencia, llevar a cabo el matrimonio, roto de tan extraño y repentino modo, se encaminó a casa de don Dámaso, felicitándose de la previsora idea que acababa de nacer en su espíritu y que era preciso principiar a poner en planta.

"Asegurar el arriendo y casar a Matilde con Agustín —pensaba en el camino— sería un golpe maestro."

Entró en el salón y llamó aparte a don Dámaso.

—Lo que dije hoy delante de mi mujer no es lo que yo pienso —le dijo, pero es preciso hablar así, porque de otro modo se valdrían de eso para meterme en un cuento; a mi pesar y dar gusto a Matilde, que se había encaprichado, contraje compromiso con don Pedro San Luis; pero ahora todo ha cambiado.

—¿Cómo? —preguntó don Dámaso.

Refirióle don Fidel lo de la carta de Matilde y la resolución que su hija manifestaba.

—¡Magnífico! —exclamó don Dámaso.

—Todo mi deseo es que sea la mujer de Agustín —dijo don Fidel—; pero como no quiero contrariarla...

—Puesto que ella misma desiste, la cosa es diferente.

—Es lo que yo pienso; pero será preciso dejar que pasen algunos días.

—Ah, por supuesto.

Don Fidel se retiró aquella noche dando gracias a doña Bernarda por lo que en la mañana calificaba de intempestiva visita.

46

Con grande impaciencia esperó Martín la venida del día siguiente. Su inquietud por la suerte de Rafael le quitó el sueño de aquella noche. A esa inquietud mezclábase también el desconsuelo en que le vimos quedar después de su última conversación con Leonor. Y esas dos preocupaciones dividieron durante largas horas el dominio de su espíritu hasta que, rendido por el sueño, se quedó dormido poco antes de rayar el alba. No obstante su largo insomnio, abandonó el lecho a las siete de la mañana y empleó, como de costumbre, dos horas en sus estudios.

A las nueve fue a casa de Rafael.

Las habitaciones de éste estaban cerradas, y golpeó a una puerta que daba al interior de la casa, ocupada por doña Clara, la tía de Rafael.

A los golpes se presentó la señora, que pocos momentos antes había llegado de la iglesia.

—¿Rafael ha salido tan temprano? —preguntó Martín después de saludar a doña Clara.

—¿Qué no sabe lo que pasa? —contestó la señora, juntando las manos con aire consternado—. ¡Rafael se nos ha ido!

—¿A dónde? —preguntó con ansiedad el joven.

—A la Recoleta Franciscana —respondió la señora, con un ademán en el que a través de la pesadumbre se notaba alguna satisfacción.

—¡A la Recoleta! —repitió Martín—. ¿Cuándo?

—Esta mañana muy temprano.

—¿Y por qué ha tomado tan violenta determinación?

—¿Entonces usted no sabe nada?

—Supe ayer lo ocurrido en casa de don Fidel Elías.

—Bueno, pues; después de eso, Rafael recibió una carta de la niña: le decía que no pensase más en ella y qué sé yo más. ¡Pobrecito! ¡Si lo hubiese visto! Lloró anoche como un niño chico. ¡Qué llorar, por Dios! Me partía el alma.

—¡Pobre Rafael —dijo Rivas, con verdadero pesar.

—El pobrecito me lo contó todo anoche. ¡Jesús, hijito, cómo viven los jóvenes ahora! Por eso, vea, no he sentido tanto que se haya ido a la Recoleta. Si es preciso reconciliarse con Dios. ¡Cómo querer ser feliz también y vivir de ese modo!

La sencilla piedad de la señora impresionó el corazón noble de Martín; pero quiso ante todo defender a su amigo.

—Usted sabe cómo pensaba él ahora y lo arrepentido que vivía de su falta.

—Así es, hijito; pobre Rafael —dijo la señora, en cuyos ojos asomaron las lágrimas.

—Hoy iré a verle —dijo Martín, levantándose de su asiento.

—Me ha dicho que es inútil: no recibirá a nadie.

Luego, como si le viniese un recuerdo, añadió:

—Ah, se me olvidaba: me dejó una carta para usted; aquí la tengo.

Entregó la señora una carta cerrada a Rivas, y éste se despidió de ella para leerla en su casa. Al llegar le entregó el criado otra carta.

—Esa niña del otro día la trajo y va a volver por la *contesta* —le dijo, con una semisonrisa de inteligencia.

Rivas subió a su habitación y abrió la carta de Rafael San Luis, dejando sobre la mesa la que el criado acababa de entregarle.

La de San Luis decía lo siguiente:

Querido Martín:

Cuando mañana vengas a buscarme, te explicará mi tía la resolución que he tomado. Es de noche, y en el silencio puedo meditar mejor sobre el terrible suceso de este día. ¡La he perdido! ¿Te pintaré mi dolor? No podría hacerlo. Recordarás que un día, leyendo la vida de Martín Lutero, le juzgué pusilánime porque el terror que le causó la muerte de un amigo a quien hirió un rayo al lado suyo, le hizo entrarse de fraile. Ese juicio era la vana jactancia de la juventud que hablaba por mi boca Tú, que le absolvías, comprenderás el trastorno de mi espíritu al recibir el golpe que me anonada. ¡Es un rayo del cielo! Me ha venido a herir en mi amor, en medio del corazón, quemando hasta las raíces de la esperanza, el último de los bienes efímeros con que el hombre atraviesa la vida. Sólo una vez al lado del cadáver de mi padre, que expiró en mis brazos, he sentido en el alma un hielo como siento ahora: es la conciencia del abandono en que quedo; de la orfandad eterna de un corazón sin amor, que sólo con amor se sustentaba: ¡de que nada en el mundo podrá ya consolarme!

Sólo tres líneas, Martín, son las de su carta, pero tres líneas que han corrido como lava ardiente por mi pecho, devastándolo todo, menos mi amor inmenso. En pocas palabras, sin fórmula ninguna que mitigue su aspereza, ella me arroja a la frente su desprecio aterrador. Nada que hable de un pasado de ayer, palpitante todavía, se advierte en esas líneas, nada que haga esperar el perdón que todas las almas nobles, como un destello de Dios, guardan para nuestras miserables flaquezas. Ella, con un corazón de ángel, con el alma bañada de divina pureza, me desprecia, Martín, y me aborrece. ¿Cómo luchar contra esta horrorosa convicción? Hasta hoy creía yo que mi voluntad era capaz de hacer frente a todos los contrastes, y era porque no contaba con éste, porque creía que perder la vida era lo más temible que pudiese amenazarme y contra la muerte me sentía con valor.

Algunas horas he pasado, Martín, reflexionando, como he podido, en lo que debo hacer. Una idea volvía a cada instante a mi espíritu con increíble tenacidad. ¡Es un castigo de Dios! ¿Qué derecho tengo yo, en efecto, de aspirar a la felicidad, cuando he pisoteado sin compasión la de otro ser inocente y débil? Si la justicia del cielo interviene a veces en las faltas del mundo, debo olvidar la moral acomodaticia con que nos acostumbramos a burlarnos, por torpes pasiones, de lo que hay sobre la tierra de respetable, y postrarme de rodillas ante el fallo justiciero de Dios. El peso de esta verdad, que casi maquinalmente repiten en las iglesias desde lo alto del púlpito, hiere el espíritu en la desgracia y aterroriza el alma que, en medio de la dicha, las oyera con descuidado fastidio. Cedo, pues, al peso de esa idea: su fuerza me priva de la mía.

Pero, no creas que, llevado de la impresión de tan tremendo pesar, voy a consagrar mi vida a la penitencia atándome a un claustro con votos indisolubles. Quiero buscar la calma en el silencio, quiero con ejemplos de virtud fortalecerme; quiero ver si es posible borrar mi imagen querida de mi pecho; si es posible llorarla como si ella hubiese dejado de existir. Después, cuando el tiempo haya tranquilizado mi ánimo y convertido en llevadera melancolía el atroz dolor que me desgarra, ¡quién sabe lo que haré! He vivido tanto en mi amor, que por lo demás, apenas me reconozco; por esto ni aun puedo prever mi resolución.

No creas tampoco que he dejado de pensar en Adelaida. Ni a ella ni a su madre puedo culpar de mi desgracia: las perdono, y ojalá ellas lo hagan conmigo. Podría, bien lo sé, reparar a los ojos del mundo mi falta y devolverle su honra que he mancillado; pero, tú no lo ignoras Martín: no la amo. Sería una unión monstruosa que no podría tener otro término que un suicidio, y esto también la haría desgraciada. Conozco que podría darle mi vida, pero no la felicidad. En fin, esto tal vez puede pensarse más despacio.

En mi retiro no recibiré a nadie, ¡Ni a ti! Te escribiré cuando sienta necesidad de hacerlo. Mi tía queda encargada de recibir mis cartas y mandarme las que me dirijan. Un padre, amigo antiguo de la familia, me ha facilitado este retiro: él será mi consejero.

Tu amigo,

RAFAEL SAN LUIS

Martín dejó caer sobre la mesa la carta de San Luis, y apoyando la frente en una mano, se entregó a las tristes meditaciones que aquella lectura le sugería.

Lo llamaron a almorzar cuando pensaba todavía en la desgracia de Rafael, y había olvidado la otra carta que al llegar había recibido. La tomó antes de salir y bajó al comedor. Al atravesar el patio abrió aquella carta y sólo tuvo tiempo de leer la firma: era de Edelmira Molina.

Para explicarla, antes de hacerla conocer, debemos retroceder al día anterior, en que Edelmira había dirigido a Martín la primera carta que ha visto ya el lector.

Vimos que Edelmira, después de la última conferencia con doña Bernarda en la que por temor a ésta había convenido en casarse con Ricardo Castaños, se despidió de las cartas que se entretenía en escribir a Rivas y que guardaba con el cariño que por la ilusión tienen las almas apasionadas. La perentoria exigencia de su madre despertaba a la niña de aquel sueño de amor en el que, como ella, tantos se mecen forjándose un porvenir venturoso. Pero a fuerza de acariciar esa ilusión, Edelmira había llegado poco a poco a mirarla como una posibilidad. Lo que al principio le parecía una locura, llegó a convertirse en esperanza con la porfiada meditación y con la vehemencia que desplegó su corazón al entregarse al melancólico placer de amar en silencio al que representaba el ideal forjado de antemano en su mente. En este estado de *cristalización*, valiéndonos de la pintoresca teoría sobre el amor de Stendhal, Edelmira pensó que obligarla a dar su mano a otro era arrancarle violentamente su querida esperanza, sin darle siquiera tiempo para tratar de realizarla. Su voluntad protestó en silencio contra la violencia hecha a su amor, también silencioso. De semejante protesta al deseo de burlar la opresión del poder que la motivaba, no había más que una línea de distancia. De aquí su resolución de escribir a Martín, resolución que nada tiene de irregular, si se piensa en la educación que había recibido Edelmira y en la clase social a que pertenecía. Bien que en esta clase tenga el recato femenil los mismos instintos que en la elevada y culta de la sociedad; los hábitos de vida, de que hemos presenciado algunos cuadros, van, poco a poco, venciendo esta timidez pudorosa que, como un ave asustadiza se despierta en la mujer entregada a sus propios instintos en la vida del corazón. Menos culto entre las gentes *de medio pelo*, el lenguaje galante debe, naturalmente, vencer por la fuerza del hábito la susceptibilidad del oído y lo mismo también la impresionabilidad del corazón. Los desgreños del *picholeo* y la cruda fraseología amorosa dan a las mujeres de esta jerarquía social diversas ideas sobre las relaciones del mundo que las que, desde temprano, se desenvuelven en el espíritu de las niñas nacidas en lo que llamamos buenas familias. Por esto fue que Edelmira, aunque más culta que la mayoría de las de su clase, no halló nada de extraño en el medio que se le ocurría para sondear los sentimientos de Rivas. Este paso, por otra parte, se da en todas las clases sociales, aunque con distinta forma, siempre que el corazón es fogoso y alimenta un amor solitario; pues hay momentos en que cualquier mujer tiene fuerza para vencer su timidez y busca en el corazón del hombre a quien ama un eco a la poderosa voz del sentimiento que abrasa el suyo.

Vimos que la primera carta que Edelmira dirigió a Rivas podía sólo considerarse como desahogo que todos buscan en un corazón amigo cuando se encuentra bajo el peso de algún dolor. Al leer la contestación de Martín, vio que había en ella tan sinceras expresiones de amistad, que muy bien podía ser su espíritu, dominado por una idea, interpretar en el sentido de su preocupación. Así fue que, aunque Edelmira no se atrevió a decirse que Rivas velaba la expresión de su amor con palabras de consuelo amigable, lo pensó por lo menos vagamente y recibió con ellas, además un gran consuelo, porque esas palabras le ofrecían un apoyo en caso necesario para llevar adelante su resolución de no obedecer a su madre en aquella circunstancia.

Alentada con el buen éxito del primer paso, se resolvió, por consiguiente, a dar el segundo: escribió a Martín la carta que le vimos abrir a éste cuando se dirigía al comedor, en donde se hallaba la familia de don Dámaso.

En la mesa se habló poco, pues don Dámaso quiso respetar la amistad que Martín tenía a San Luis, en gracia de los servicios que le prestaba Rivas como encargado de sus negocios. Mas, al salir del comedor, Agustín llamó a Rivas, que iba a entrar en el escritorio, mientras que Leonor se sentaba delante de un bastidor en el que había un bordado.

—¿Y qué *devendrá* Rafael con esto? —preguntó el elegante, encendiendo un cigarro puro y ofreciendo otro a Martín.

—Se ha ido esta mañana muy temprano a la Recoleta —dijo Rivas.

—¡Es romántico eso! Le compadezco de todo mi corazón —exclamó Agustín.

—Me dejó una carta; está desesperado —añadió Martín.

—No comprendo esa desesperación —dijo Leonor—, cuando podía distraerse con otros amores como lo ha hecho ya.

—Hermanita, hay amores y amores —repuso Agustín—, es necesario no confundir.

—¡Ah!, no sabía —replicó Leonor.

—Se puede amar por gusto y por pasión —continuó el elegante.

—Lo que veo —dijo Leonor, mirando fijamente a Rivas— es que no hay hombre capaz de amar.

Rivas protestó con una mirada, mientras que Agustín exclamaba:

—¡Ah! por ejemplo, *mi toda bella*, estás en un error. Sin hablar de Abelardo, cuya tumba he visto en el Pere Lachaise de París, hay una *fula* de otros que han pasado la vida a amar.

—Usted que se calla, pensará lo mismo, aunque lo piense en español —dijo Leonor a Rivas.

—Creo, señorita —contestó Martín—, que usted juzga a los hombres con mucha severidad.

—¿Y el ejemplo de su amigo San Luis no justifica mi opinión? —preguntó la niña.

—Pero hay excepciones —replicó Martín.

—¿Cómo no? —dijo Agustín—; excepciones: allí está, como he dicho, Abelardo en el Pére Lachaise sin contar el resto.

—¡Excepciones! —decía al mismo tiempo Leonor, sin cuidarse de su hermano y dirigiéndose a Martín—. ¿En dónde están? ¿Cómo puede uno conocerlas?

—Fíate a mí para eso, hermanita —dijo el elegante—, yo los conozco. Martín es del numero.

—¡Ah! ¿Usted se cuenta entre las excepciones? —le preguntó sonriéndose Leonor, mientras que Rivas sentía encendérsele las mejillas.

—Señorita —contestó éste—, hay cosa en que parece que uno puede elogiarse a sí mismo sin sonrojo, y ésta es una de ellas; creo que puedo considerarme entre las excepciones.

—Usted cree; pero no está seguro.

—Muy seguro —contestó Martín, enviando a la niña tan ardiente mirada, que ella tuvo que bajar la vista sobre el bastidor.

—¿Es decir, Martín, que estás enamorado? —le preguntó Agustín—. Veamos, cuéntanos eso, amigo mío.

—¡Vas a obligarle a mentir! —exclamó Leonor, dominando con una sonrisa la turbación con que había dado algunas puntadas en el bordado.

—¿Por qué, señorita? —preguntó Rivas, en el mismo tono de broma.

—No querrá usted comprometer a la que ame —repuso Leonor.

—Desgraciadamente no alcanzo a comprometerla —repuso el joven con resolución—; está colocada tan alto respecto a mí, que mi voz no puede llegar a ella —añadió aprovechando el momento en que Agustín se había parado para arrojar en el patio su cigarro.

—Hablando fuerte se oye desde lejos —le contestó Leonor, con una sonrisa que disimulaba muy mal su turbación.

—En ese caso —repuso el joven—, cuando usted me pregunte lo mismo que Agustín no mentiré.

Leonor bajo la frente sobre el bordado y Agustín volvió a su asiento. Pocos momentos después, Martín entró al escritorio de don Dámaso, y pasó un largo rato sin acordarse de la carta de Edelmira que tenía en el bolsillo.

47

La respuesta de Leonor acababa de abrirle un nuevo horizonte, en el que paseó Martín su imaginación con la porfiada avidez del que concibe la primera esperanza de encontrar correspondencia a su amor. El cuento de la muchacha que se entretiene en formar castillos en el aire cuando se dirige al pueblo vecino a vender su cántaro de leche pinta perfectamente el fulgor de esas primeras esperanzas del amor, muchas de las cuales se desvanecen como los castillos de la muchacha, que rodaron por el suelo con su cántaro. Felizmente para Rivas no hubo nada en aquella ocasión que nublase el horizonte en que su imaginación bordaba las deliciosas escenas de la dicha realizada. Las palabras de Leonor, la turbación que la había acompañado, la expresión de sus ojos, todo le ayudaba en su venturoso devaneo.

Sólo al cabo de media hora recordó Martín que tenía en su poder una carta que no había leído.

Abrióla y leyó lo que sigue:

Querido amigo:

Mucho me ha consolado su amable carta y le doy por ello las gracias. Usted es mi único confidente, porque los de mi familia no me prestarían ahora ningún apoyo contra lo que me amenaza, de modo que al ofrecerme usted su amistad, ahora que estoy triste, sin amigo, ni hermanos con quienes poder contar, me hace usted un gran servicio. Más se lo habría agradecido si me hubiese dado el consejo que en mi otra carta le pedía. Repasando en la memoria lo que le dije, para ver por qué me da usted ese consejo que tanto necesito, veo que debo ser franca con usted, y como usted es mi amigo, se lo diré todo. Mi repugnancia por el casamiento a que quiere obligarme mi madre no es solo porque no tengo cariño ninguno por Ricardo, sino por otra razón, además que me cuesta decírsela a usted, sobre todo, y es que mi corazón no está libre y no podría nunca ser dichosa sino con el que amo con toda mi alma. Ya con eso podrá usted, Martín, aconsejarme, porque el tiempo se va pasando y cada momento me encuentro más triste con esto, y menos me conformo con tener que casarme con quien no quiero.

Dispénseme si lo incomodo, pero no tengo más amigo que usted, y nunca lo olvidará su afectísima,

EDELMIRA MOLINA

"¡Pobre muchacha!" se dijo Rivas, tomando papel para contestar su carta.

Por su respuesta podrá inferirse el grado de exaltación que sus ideas tenían después de su reciente conversación con Leonor.

Querida amiga:

¿Ama usted y se considera desgraciada? ¿No encuentra usted en su alma bastante energía para resistir? Busque su fuerza en este mismo amor, y la encontrará poderosa. Cuando creí que sólo se trataba de vencer lo que podría tal vez ser sólo un capricho a trueque de asegurarse el bienestar, creí que debía limitarme a ofrecer a usted mi amistad, evitando tener parte en una determinación que iba a influir en su porvenir; pero usted ama a otro, "con toda su alma", y me pregunta si por obedecer a su madre había de abandonar ese amor y dar su mano a quien no puede dar su corazón. Creo, por mi parte, tan exclusivo el amor, tan austero el culto que le debemos cuando es puro, que considero una debilidad el oprimirlo bajo el peso de una obediencia cualquiera. Sus leyes, además, no pueden impunemente burlarse en la vida, y a quien no le guarde su fe, no puede guardarle el porvenir más que lágrimas y desconsuelos. ¿Por qué no se arroja usted a los pies de su madre, y le habla en nombre de su corazón? Ella ha sido joven también y la comprenderá. Si usted no tiene valor para esto, mándeme llamar, y yo hablaré con ella. Mi amistad hacia usted es tan sincera que creo tendría poder para ganar su causa y ablandar un corazón que no aspira tal vez más que a la felicidad de sus hijos.

Por otra parte, Edelmira, un amor como el que creo sea usted capaz de sentir, debe encontrar su fuerza en su inocencia y abandonar el misterio.

El corazón de una madre es el santuario más puro en que pueda usted conservar su reliquia hasta poderla presentar a los ojos de todos. Tenga usted, pues, confianza en ella, y no marchite con lágrimas una pasión que debe formar el orgullo de las almas nobles como la de usted, por no vencer una timidez que, después de atacada, mirará usted como una quimera.

Me pide usted que la dispense. ¿De qué? Yo solicito su confianza, la exijo en nombre de nuestra amistad. ¡Ojalá que el ser depositario de sus secretos me dé algún título para servirla como deseo, para contribuir su felicidad como ardientemente lo anhelo!

Disponga siempre de su amigo afectísimo,

MARTÍN RIVAS

Edelmira recibió esta carta en la tarde de manos de la criada de su casa, de quien había tenido que valerse para entablar correspondencia con Martín. Las teorías que en pocas palabras desenvolvió el joven sobre el amor encendieron el alma de Edelmira, haciendo brillar en ella el fuego de una verdadera pasión. Pensó que el corazón de aquel hombre era un tesoro y lo deseó con avidez. Las formas sentimentales de un capricho romántico cobraron en su meditación las proporciones exageradas de un bien que era preciso adquirir a toda costa; con tal convicción, la hipótesis de que las palabras de amistad encubrían la delicada expresión de un amor que buscaba una esperanza, llegó, poco a poco, a convertirse en su espíritu casi en certidumbre.

Engolfada en esa dulce expectativa del que no quiere tocar aún la realidad, aunque espere encontrar en ella la realización de sus deseos Edelmira dejó pasar algunos días sin escribir.

Durante estos días, Leonor no había ofrecido al joven ninguna ocasión de renovar las escenas de reticencias en que algunos enamorados campean por cierto tiempo antes de dar el ataque decisivo. Para consolarse, Martín había trabajado con tesón en los negocios de don Dámaso, que, poco a poco, descansaba en él todo el peso de sus tareas comerciales. También ocupaban gran parte de su tiempo los estudios, que había un tanto descuidado, y siguiendo la práctica de los estudiantes chilenos, tenía que recuperar con grandes esfuerzos de aplicación el tiempo perdido antes del 18 de septiembre, época en que los colegios dan por terminada la holganza voluntaria, para consagrarse a los exámenes del fin de año. Además de estas ocupaciones, Martín hallaba tiempo, en su calidad de enamorado, para hablar de su amor en largas cartas escritas a Rafael San Luis. En ellas repetía el eterno tema de su amor, con la infinita variedad de formas de que la imaginación sabe revestir las impresiones que en una misma causa produce y que el corazón sabe, a su vez, multiplicar con inagotable fecundidad.

Pero los días pasaban sin que Rafael le contestase.

Por fin, al cabo de diez días, el criado le entregó una carta con la sonrisa que indicaba su procedencia. Era de Edelmira.

Su carta —le decía— me ha consolado; pero, a pesar de lo que estimo su consejo, nunca me atreveré a hablar a mi madre como le hablo a usted. Le confesaré que le tengo miedo, y creo también que ella me recibiría mal, pues le gusta que la obedezcan sin responder, sobre todo después de lo que ha pasado con la Adelaida.

Me dice usted que encontraré fuerzas en mi propio amor, y es cierto que las encuentro para decidirme a sufrirlo todo, antes que casarme contra mi gusto; pero no hallo más fuerza que ésa, pues no me atreveré a confesara mi madre que amo a otro. Tal vez me sucede esto por una cosa que no le dije en mi otra carta, y es que amo sin ser correspondida, y no sé si lo seré algún día. Muchos días he dejado pasar sin escribirlo, por no molestarlo y porque no me atrevía a hacerle la confesión que le hago ahora. Al fin es preciso que usted lo sepa todo, ya que conoce mi corazón como yo misma.

Espero que usted me ayude siempre con sus consejos. Le aseguro que éste es mi único consuelo, y lo único que me da valor en la aflicción en que me veo; con lo que pasa el tiempo y llega el día en que tendré que contestar a mi madre.

Esta carta de Edelmira, a la que, como las otras, hemos tratado de conservar su forma, purgándolas sólo de ciertas faltas que harían incómoda su lectura, hirió profundamente la sensibilidad de Rivas, porque halló gran analogía entre su situación y la de la niña, con respecto al amor. Ella y él alimentaban, en efecto, una pasión huérfana, y no tenían más placer que engalanarla de esperanzas. Esta analogía le hizo simpatizar más aún con la suerte de Edelmira.

Creía, Edelmira —le contestó—, *que la suerte de amar sin esperanzas no podía caber a la que, como usted, es bella y tiene un noble corazón, cuyo amor puede enorgullecer a cualquiera. Después de su confesión, ¿qué puedo decirle? Ni aun me atrevo a preguntar el nombre del que ignora su felicidad, ignorando que usted le ama. Pero estoy seguro de que es un hombre digno de usted, capaz de comprenderla y de abrigar en su pecho un tesoro como el que usted le consagra. ¿Me equivoco? No lo creo, y en esta persuasión sólo puedo aconsejarle que guarde intacto su amor, porque él será la salvaguardia de su pureza. No sé por qué, tengo un presentimiento que el cielo reserva alguna recompensa a los que saben conservar tan hermoso sentimiento sin desalentarse en su virtud.*

Entretanto, creo que usted, a pesar de su timidez, debe formar la resolución de confiar este secreto de su corazón a su madre. El día en que usted tenga que decidirse definitivamente no está lejano, y mejor es prevenir los ánimos con tiempo, en vez de causarles una sorpresa que puede ser tan fatal para usted. Para apoyar este consejo le repetiré mis ofertas anteriores: disponga usted de mí, y creo que tendré la satisfacción infinita en hacer algo que contribuya a su dicha.

Edelmira dio un hondo suspiro al leer esta carta. Había recorrido ya en las tres anteriores las fases distintas de su plan y llegado a la necesidad de nombrar al que amaba. Aunque vagamente, como antes lo dijimos, creía que alguna frase de las respuestas de Martín, o algún incidente imprevisto, de aquellos que siempre esperan los enamorados, estos creyentes ciegos en la casualidad, le daría ocasión oportuna de revelar a Martín por entero el secreto que a medias le confiaba. Pero aquellas respuestas habían destruido su ilusión y la casualidad no había realizado tampoco los imposibles que cada cual exige de ella. ¿Qué hacer? Un largo suspiro fue su respuesta a esta triste pregunta. Las cartas que mil veces leía le revelaban que Martín poseía un corazón noble y ardiente. ¡Qué miraje para una niña enamorada! ¿No era esto divisar un pedazo del Paraíso, sin poder tocar ninguna de sus flores? Edelmira las vio lucir sus gallardas corolas, mecerse al soplo de las brisas embalsamadas y enviarle sus perfumes envueltos en sus pliegues fugaces. Esos perfumes le dieron los vértigos ardientes del insomnio, durante el cual esta pregunta, ¿qué hacer?, se presentaba como el ángel con su espada flamígera para arrojarla de ese Paraíso. Su imaginación se estrelló por una parte con su natural recato, y por otra, con su firme resolución de resistir a su madre, de manera que, tras un largo y agitado insomnio, no imaginó otro medio de salvación que el de entregar al tiempo su destino.

Una circunstancia contribuyó entonces para hacerla insistir en esta resolución. Ricardo Castaños propuso a doña Bernarda retrasar el día del casamiento hasta que hubiese obtenido el empleo de capitán que el jefe del cuerpo le había ofrecido; la propuesta se elevaría a fines de noviembre y podía fijarse el enlace para mediados de diciembre.

Edelmira comunicó a Martín esa feliz noticia en una carta a la cual Rivas contestó felicitándola, pero repitiendo su consejo de comunicar a doña Bernarda el secreto de su amor, si Edelmira no desistía de su propósito de resistencia. Pero la niña recibió este consejo con las objeciones de antes, y volvió a confiar al tiempo la solución de aquel problema.

Adormecidos sus temores en tan infundada confianza, despertólos un día el mismo Ricardo, anunciando que la propuesta para su ascenso estaba hecha y sería despachada al cabo de cuatro o seis días. La conversación en que Ricardo había dado esta noticia tuvo lugar el 29 de noviembre: quedaban, por consiguiente, pocos días para los preparativos del matrimonio, fijado para el 15 del siguiente. Con esto volvieron para Edelmira las angustias de la lucha desesperada entre el amor a su madre y su aversión al joven Castaños, que creía que con tres galones en la bocamanga ofrecía un imperio a su desdeñosa querida. Edelmira vio que había esperado en vano del tiempo y que era preciso abrazar un partido decisivo, so pena de tener que dar su mano y renunciar a la dicha para siempre.

48

Sin considerarse enteramente feliz durante algún tiempo, Rivas había engañado su impaciencia y alentado a veces su energía con su decidida contracción al estudio y a los trabajos del escritorio de don Dámaso. Con gran placer anunció a su familia, a principios de diciembre, el feliz resultado de sus exámenes, que le dejaban libre hasta el año siguiente, anunciando a su madre que, por razones de economía, le era forzoso renunciar el viaje que durante las vacaciones podría emprender para ir a verla.

Pero, además de esta causa, su amor era lo más poderoso que le fijaba en Santiago, pues le parecía que la ausencia le haría perder hasta la posibilidad de ser amado, que Leonor le dejaba entrever de cuando en cuando.

Hemos visto cómo esta niña había ido, poco a poco, acostumbrando su orgullo al amor de un hombre que ocupaba una posición social tan inferior a la de los que, con mayores exigencias cada día, solicitaban su mano. Vencido ese orgullo, quedábale todavía la desconfianza, hija de ese mismo orgullo, que le infundía temores sobre el amor de Martín, de cuya sinceridad dudaba a veces, porque no podía explicarse bien la timidez del joven, a quien veía en todos los demás actos de su vida desplegar serenidad y decisión. De aquí su reserva, que se avenía mal con la franqueza y resolución que la caracterizaban; de aquí también su designio de no avanzar demasiado en la senda por que marchaba, hasta no tener datos irrecusables acerca del amor de Rivas. Sin comprender la delicadeza del joven, que jamás se había aventurado a sacar partido de las diversas ocasiones en que hubiera podido declarársele, Leonor se contentaba con conversaciones como las que conocemos y con hablar continuamente de su amor a Matilde Elías. Matilde recibía las confidencias de la que había sido depositaria de sus esperanzas, y lo era ahora de su desdicha, sin desalentarla jamás con el pesar de su desengaño, queriendo pagar de algún modo a Martín los ligeros servicios que le debía.

Todos en la familia habían admirado el valor con que Matilde sobrellevó el peso del golpe que había destruido tan rápida como inopinadamente su realidad. Algunas palabras de ella, dichas a Leonor, explicaban la entereza que nadie había esperado en la débil y tímida criatura, a quien el menor sentimiento hasta entonces abatía.

—Si hubiese conservado aprecio por Rafael, nada me habría consolado; pero, perdonándole su engaño, no lloro su pérdida, sino mi amor que se muere.

Llevaba, en efecto, en su corazón un luto de su amor y el perdón del que lo había desgarrado.

—Martín —decía otras veces a Leonor— tiene un corazón recto que aborrece el engaño: él mismo condena la conducta de Rafael. Si alguna vez te dice que te ama, puedes creerle más que el juramento de cualquier otro.

Con la llegada del verano se hacían los preparativos para salir al campo en casa de don Dámaso. Habíase convenido que Matilde acompañaría a su prima durante la permanencia de la familia de Leonor en una hacienda de su padre, vecina a una costa bastante visitada por la gente de Santiago en la estación de baños.

Esto daba ocasión para que Martín escribiese a San Luis una larga carta, hablándole de sus alegres expectativas, con motivo de este paseo.

Habrá una pieza para nuestros trabajos, me ha dicho don Dámaso —le escribía—, y en las horas restantes podré verla. Tal vez recorreremos juntos algunos lugares que, si no son pintorescos, yo tengo en mi imaginación con qué engalanarlos. Y, luego, mi querido amigo, en esos días de confianza y de tranquilidad, cuando Leonor, entregada a sí misma, tenga esos arranques de locura infantil que tuvo en nuestro paseo al Campo de Marte, ¿no crees que pueda presentarse una ocasión de decirle cuánto la amo, de hablarle del culto que le profeso desde tanto tiempo? Todo esto me desvanece, y apenas puedo contener los latidos del corazón, al que con tanto ahínco he querido, pero en vano, enseñar a dominarse: ella lo manda y mis lecciones se pierden en el ruido de su pasión.

El destino, sin embargo, reservaba muy duras pruebas al que tan alegres proyectos se entretenía en formar.

Dijimos que el día prefijado por doña Bernarda para el casamiento de Edelmira con Ricardo Castaños era el 15 de diciembre.

El 14 resolvió Edelmira acudir a todo su valor, y se arrojó a los pies de su madre, pidiéndole, en nombre del cielo, que no la obligase a dar su mano a quien no podía amar.

—¡Miren si será lesa! —exclamó doña Bernarda, levantando las manos al cielo—; allá quisieran todas tu suerte. ¡No te digo, pues! Vean qué desgracia ¡la quieren casar con un capitán de policía, y a la señora le parece poco! Haremos, pues, que enviude algún comandante para que te lo traigan.

—Pero, mamita, yo no puedo ser feliz con ese hombre —dijo la angustiada niña.

—Sí, pues, como eres adivina, sabes que no vas a ser feliz; quieres saber más que tu madre. Si no lo quieres, lo has de querer después; para eso será tu marido. Yo no he de salir a la calle a buscar con quien casarte, ni has de estar toda la vida viviendo a mis costillas, que algún alivio le han de dar a una sus hijas. Yo tampoco quería al difunto Molina cuando nos casamos, y harto que lo quise después, y no quiero que me hables más de esto, y yo mando aquí.

En vano buscó Edelmira el apoyo de Amador, porque éste se negó en interceder en su favor.

—Mi madre lo quiere —le respondió— y no hay santo que le apee de lo que se le mete en la cabeza. Déjate de lesuras; ¿qué más quieres que un capitán?

La terquedad de los de su familia hizo de nuevo pensar a Edelmira en el único sostén con que podía contar. Volvió la vista hacia Rivas.

"Si todos me abandonan —pensó, tomando una pluma—, él me salvará."

Era presa Edelmira, en aquel momento, de los agitados vaivenes de la desesperación: parecíale verse ya conducida al altar por Ricardo bajo la mirada imperiosa de doña Bernarda y diciendo adiós para siempre a la paz del alma y a su casto amor por Martín. Ese cuadro había sido su pesadilla durante cerca de dos meses, pero ahora tomaba ya las formas de la realidad, y nadie se ofrecía para poder huir de los que la ataban a su horrible destino.

Bajo estas impresiones escribió a Martín, refiriéndole las inútiles súplicas que había hecho a su madre y a su hermano. Le pintaba su desesperación con la elocuencia de la verdad y, recordando sus repetidas ofertas de servirla, le pedía su apoyo para poner en ejecución un plan que había imaginado y que era el único que podía salvarla. Su plan se reducía a huir de la casa materna y asilarse en la de la tía de Renca, que había hospedado a su hermana cuando había tenido que ocultar sus amores a doña Bernarda:

Esa tía —continuaba la carta de Edelmira— *tiene gran poder con mi madre, y le ha prestado muchos servicios, sobre todo de dinero, porque tiene en Renca una chacra bastante grande, asies que mi madre no le niega nada. Hubiera podido pedir a mi tía que viniese a Santiago, pero, además que no quiere venir nunca, porque enviudó aquí y quería mucho a su marido, mi madre le habría hablado, mientras que, viendo la resolución que tomo y el paso que doy, ella me defenderá. Como es mucho más joven que mi madre, se ha criado con nosotras como hermana, y nos quiere mucho, estoy segura que me recibirá muy bien.*

A estas explicaciones agregaba Edelmira las protestas de una resolución irrevocable, y pedía a Martín que le proporcionase un carruaje para el día siguiente, a las siete de la mañana, hora en que, so pretexto de confesarse, iría a la iglesia de Santa Ana con la criada de su casa.

Recibió Martín esta carta al día siguiente de haber escrito a San Luis, hablándole de sus proyectos de viaje al campo con la familia de don Dámaso. Después de suplicar a Edelmira que pesase bien la resolución que le anunciaba, le decía en su contestación:

Si usted persiste, mañana el carruaje estará pronto a la hora y en el lugar que usted me indica. Permítame, entonces, que no la dejé a usted abandonada a merced de un cochero y que la acompañe a casa de su tía. Será para mi una felicidad el prestarle este servicio. Usted puede salir de la iglesia a la hora convenida y me encontrará allí; tome usted para esto las precauciones que crea convenientes y, sobre todo, no me prive de la satisfacción de acompañarla.

Edelmira besó esta carta, cuando estuvo sola en la noche, y se guardó de comunicar a nadie sus designios. A fin de hacer con más libertad sus preparativos de viaje, esperó que Adelaida y todos los de su casa estuviesen entregados al sueño. En esos preparativos, su primer cuidado fue el de arreglar en un paquete, atado con una cinta, las cartas de Rivas, que formaban su tesoro.

Después se acostó a meditar en su suerte y esperar la hora del siguiente día, en que debía dirigirse a la iglesia.

A las seis y media de la mañana del siguiente día salió Edelmira de su casa, con la criada, y llegó poco después a Santa Ana.

En la plazuela de esta iglesia se veía un coche de posta, a cuyas varas había un caballo que tenía por la rienda un postillón montado en otro de la conocida raza de Cuyo, a que también pertenecía el de varas.

El postillón, haciendo, de cuando en cuando, sonar su *rebenque*, entonaba, *sotto voce*, una tonada popular con voz nasal y monótona.

Edelmira sintió un temblor involuntario al ver el carruaje en que debía efectuar su fuga, y sin advertirlo se detuvo un momento a contemplarlo.

Parece que al aspecto de Edelmira y de su criada despertó el humor galante del postillón, que interrumpió su tonada para decirles:

—¿Qué buscan esos luceros? Aquí mo tienen para servirlas.

—Pa qué se apura *si naide lo* necesita —le contestó la criada.

Edelmira salió de su contemplación con aquellas palabras y dirigió sus pasos hacia la puerta del templo.

—Adiós —exclamó el postillón, viéndolas marcharse—; se van y me dejan a oscuras, ¡tanto rigor con tan bonitos ojillos!

—Y él, *tan fresco* que lo han de ver —replicóle la criada, mientras que Edelmira, asustada con aquel diálogo, apretaba el paso.

Pocos pasos faltaban a la niña y su criada para llegar a las gradas de losa delante del frente de la iglesia, cuando se presentó Rivas, que, sin duda, desde algún punto vecino espiaba la llegada de Edelmira.

Esta se puso pálida al divisarle tan cerca, y se detuvo turbada.

Martín aparentó sorpresa de aquel encuentro, para evitar sospechas de la criada, y exclamó:

—¿Usted por aquí, señorita, a estas horas?

Edelmira respondió con voz balbuciente y apartándose de la criada, a quien parecían no haber disgustado las galanterías del postillón, hacia el cual volvía la vista con frecuencia.

—¡Ya ve usted que soy puntual! —dijo Martín a Edelmira, en voz baja—.

—¿Está usted resuelta?

—Muy resuelta —le contestó.

Edelmira miraba a su interlocutor como si hubiese olvidado en aquel instante el miedo que tenía y los pesares que habían enflaquecido su rostro.

—¿Y me permite usted que la acompañe?

—¿Por qué va usted a incomodarse por mí? —le preguntó ella, con acento triste.

—Eso corre de mi cuenta —replicó Martín—, y, como le dije en mi carta, no consentiré en dejarla a merced del cochero, a quien no conozco.

Esta observación sobre el cochero hizo gran fuerza en el ánimo de Edelmira, asustada ya con las galanterías que el postillón acababa de dirigirle.

—Además —añadió Rivas—, usted me ha dado derechos de amistad que me tomaré ahora la confianza de hacer efectivos: lejos de ser para mí una incomodidad, el acompañarla es un placer.

Edelmira oía con arrobamiento las cariñosas palabras del joven, en quien casi únicamente había pensado durante el último tiempo.

—¿No tiene usted bastante confianza en mí? —preguntó Rivas.

—¡Oh! —dijo ella— en usted más que en nadie.

—Entonces voy a esperarla en el coche. Como usted ve, puedo perfectamente estar allí sin ser visto.

—Yo trataré de salir lo más pronto que pueda —contestó la niña, dirigiéndose a la iglesia.

La criada no vio aquel movimiento de su ama, porque contestaba con bizarría al fuego de ojeadas del galante postillón.

Al ver pasar a Martín, siguió no muy contenta a Edelmira, que había entrado ya en la iglesia.

—Espéreme aquí —le dijo ésta, señalándole un punto—, yo voy a buscar al confesor, vuelvo luego.

Martín, entretanto, había entrado al coche y esperaba.

Edelmira tendió su alfombra delante de un altar y se puso de rodillas en oración.

Después de pedir al cielo, en ferviente plegaria, su protección y su amparo; después de pedirle valor para el paso decisivo que iba a dar, se levantó, recogió la alfombra y fue a colocarse junto a un confesionario, desde el cual podía ver a la criada que había quedado esperándola.

La criada se entretenía mirando los santos de los altares, y ocupada como lo está generalmente la gente de nuestro pueblo bajo, en no pensar en nada.

Aprovechóse entonces Edelmira de la distracción de la criada para dejar el confesionario y dirigirse a la puerta de la iglesia, observándola siempre.

Las devotas, que principiaban a llegar, vestidas todas de basquiña y mantón, como Edelmira, favorecieron su salida, con su movimiento de idas y venidas a través del templo, que miran la mayor parte de ellas como su casa.

Edelmira se halló en la plazuela, con el corazón palpitante y el cuerpo tembloroso. Como la mirasen con curiosidad los que pasaban y los que entraban a la iglesia, juzgó que era más prudente obrar con resolución y se encaminó directamente al coche.

Abrióse la puerta de éste, subió Edelmira, y Rivas dijo al postillón:

—En marcha.

Los caballos, oyendo sonar el rebenque, partieron a trote largo.

La criada de Edelmira, cansada ya de mirar los altares, miraba en ese momento al lego que andaba encendiendo algunas luces y pensaba que el postillón era más buen mozo que el lego.

Y parece que el postillón, que tan pronto había cautivado la preferencia de la criada, ayudado de la instintiva malicia de la gente de nuestro pueblo, hacía caritativas suposiciones sobre la pareja que conducía, porque improvisando una variante a una conocida canción, entonaba acompañándose con el rebenque:

> *Me voy, pero voy contigo,*
> *Te llevo en mi corazón;*
> *Si quieres otro lugar,*
> *Aquí en el coche cabimos dos.*

Edelmira había ocultado el rostro entre las manos y pugnaba por contener los sollozos que se agolpaban a su garganta.

Martín esperó que pasase un tanto aquella explosión de un dolor que respetaba, y habló sólo cuando vio más tranquila a su compañera de viaje.

—Todavía es tiempo de volver —le dijo—, ordene usted, Edelmira, yo estoy a su disposición.

—No crea usted que me arrepiento —contestó la niña, enjugando las lágrimas de sus ojos—; lloro de verme obligada a salir de mi casa.

Si usted tiene confianza en su tía —repuso Martín—, espero que todo se arreglará como usted lo desea.

—Como yo lo deseo, no —dijo Edelmira, fijando sus ojos en Rivas, con singular expresión—; pero me libraré del casamiento.

—Lo demás puede venir después.

—¡Quién sabe!

Esta exclamación de desconsuelo fue acompañada de un suspiro.

—De manera que usted ama con pasión —dijo Rivas, vivamente interesado en el amor de Edelmira, al que, como dijimos, hallaba analogía con el suyo.

El rostro de Edelmira se cubrió de encarnado.

—¿No se lo dije en mi carta, pues? —contestó bajando la vista.

—¿Y sin esperanza? —preguntó Martín.

—Sin esperanza —dijo la niña suspirando.

En ese momento se oía más acentuada y clara la voz del postillón, que repetía, haciendo sonar el rebenque:

Si quieres otro lugar,
Aquí en el coche cabimos dos.
Cabimos dos, guayayay...

Y su voz se confundía con la de los fruteros que a esas horas entraban en la capital a vender las muy celebradas frutillas de Renca.

Edelmira y Martín se habían quedado en silencio, oyendo la voz del alegre postillón.

—¿Se acuerda de haber oído esa canción? —preguntó la niña.

—A su hermano, la noche que tuve el gusto de conocer a usted —respondió Martín—; pero Amador no la engalanaba con ese último verso.

—Vaya, tiene usted muy buena memoria.

—¿Que usted había olvidado esta circunstancia?

—¡Oh!, no, me acuerdo mucho de esa noche. Más todavía, me acuerdo de todo lo que hablé con usted.

—Tal vez porque él octaría —dijo sonriéndose Martín.

—¿Quién?

—El de quien estábamos hablando.

—¡Ah!, no. Entonces no quería a nadie.

A pesar de la naturalidad de esta exclamación, había tal tristeza en la voz de Edelmira, que Rivas le dijo:

—Hasta ahora usted ha tenido confianza en mí, ¿se arrepiente usted de ello?

—¡Yo arrepentirme! No.

—Le dirijo esta pregunta porque querría poder servirla en todo.

—¿Qué más quiere hacer por mí? Bastante se ha incomodado ya.

177

—Más podría hacer, tal vez, si usted me nombrara al que ama.

—¡No, no —exclamó con viveza la niña—, nunca!

—¿Cree usted que le hago esta pregunta por curiosidad?

—No, pero...

—Vaya, no insistiré; pero créame que no ha sido curiosidad, sino la esperanza de poder servirla.

—Se lo creo, Martín. Dispénseme si no le contesto; pero es imposible ahora dijo con sentido acento Edelmira; y luego añadió, dando a su voz ese tono de afabilidad que empleamos con una persona a quien tememos haber ofendido: Se lo diré después, ¿no?

—Dígamelo sólo si cree que puede serle útil que yo lo sepa...

—Bueno.

—Pero podemos hablar de él sin nombrarle —repuso Martín, pensando que no podría haber ninguna conversación más agradable que aquello para Edelmira.

—Eso sí —contestó ella con una sonrisa.

Hablaron entonces alegremente. Con los recuerdos de su amor, Edelmira parecía olvidada de la situación en que se hallaba, y pintó con sencilla elocuencia el nacimiento de esa pasión, sin explicar las causas, que ella misma ignoraba. Martín era buen juez para apreciar el mérito del cuadro que la niña le trazaba y encontró rasgos de admirable verdad, que le pusieron frente con sus numerosos recuerdos de soledad y de amor.

Así llegaron a casa de la tía, que, después de oír las explicaciones que le hizo Edelmira, prodigó a Martín delicadas atenciones.

—Si usted quiere hacer penitencia —le dijo—, quédese a almorzar con nosotras.

Rivas se prestó de buena gana y almorzó alegremente con Edelmira y su tía. En los platos que le presentaron; en la gran canasta de frutillas que esparcía su aromático olor por toda la pieza; en los muebles que la adornaban, en todo halló el joven un aspecto agreste que ensancho su corazón. En esa disposición de animo acepto la oferta que le hizo la viuda, de un caballo ensillado para dar un paseo, en el que Martín empleó dos horas, galopando a veces, deteniéndose otras, para mirar un cercado, cualquier paisaje en el que con la imaginación colocaba a Leonor, y él, a sus pies, olvidado del mundo, le hablaba de su amor estrechando sus lindas manos.

Al despedirse para volver a Santiago, Edelmira le acompañó hasta el coche.

—Mientras usted andaba a caballo, he cumplido mi promesa —le dijo, dándole una carta—; aquí va el nombre que usted me preguntó en el camino.

Rivas tomó la carta y se despidió, sin advertir la turbación con que Edelmira se la había entregado.

—No, no la abra hasta que esté lejos —le dijo la niña cuando el coche iba a ponerse en marcha.

Rivas le hizo un nuevo saludo de despedida, y partió.

El paseo que acababa de hacer a caballo y la satisfacción de haber prestado un servicio a Edelmira pusieron a Martín de muy buen humor. Reclinado en el coche, que caminaba con bastante rapidez, se entregó durante largo rato a las ideas que el proyectado viaje al campo con la familia de don Dámaso le ofrecía, y sólo pensó en abrir la carta de Edelmira cuando se encontraba bastante lejos de la casa en que la había dejado.

Esta carta decía lo siguiente:

Martín:

Ya conoce usted la historia de mi amor, pues nada le he ocultado, y verá por qué no me atreví en el camino a decirle el nombre del que amo cuando sepa que es el que he puesto al principiar esta carta.

EDELMIRA MOLINA

—¡Yo! —exclamó Rivas con admiración.

Luego, después de leer la carta por segunda vez, dijo con verdadero sentimiento:

—¡Pobre Edelmira!

Ya en lo restante del camino sólo pudo pensar en la revelación del papel que tenía entre las manos, y llegó a Santiago lleno de tristeza por haber sido, aunque involuntariamente, la causa de la difícil posición en que se encontraba Edelmira.

Dejó el coche en la Plaza de Armas y se encaminó a pie a casa de don Dámaso Encina.

Al tiempo de subir a su habitación, sintió la voz de Agustín que le llamaba desde su cuarto.

—Hombre —le dijo con viveza—, ¿de dónde vienes?

—He estado fuera de Santiago, ¿por qué me lo preguntas? —contestó Rivas con inquietud.

Agustín cerró la puerta de su cuarto, que daba al otro patio que comunicaba con las habitaciones interiores, y después, acercándose a Martín, le dijo con gran misterio:

—Voy a contarte lo que ha pasado.

50

Para comprender lo que Agustín dijo entonces a Rivas, debemos averiguar lo que había sucedido durante la ausencia de éste.

La criada con quien Edelmira llegó la mañana de ese día a Santa Ana, se había quedado haciendo comparaciones entre el lego que prendía las velas de un altar y el galante postillón que tan finos requiebros había dirigido a Edelmira o a ella.

La criada se inclinaba a creer que era ella la que había cautivado al galante postillón, y ya dijimos que le hallaba mucho más interesante que el lego que encendía las luces. Pero como a poco rato se retiró éste, la criada no tuvo ya con quién establecer comparaciones, y se entretuvo contando los altares y luego las velas que cada uno tenía; y como al cabo de tres cuartos de hora notó que no había rezado, dijo algunas Salves y algunos Padrenuestros.

Pasada una hora, se puso a pensar que no podía ser muy pequeño el número de pecados de Edelmira, cuando empleaba tanto tiempo en confesarse, y cansada de pensar en esto, dejó de pensar y se quedó dormida.

Una beata la despertó media hora después, para preguntarle si había pasado el Evangelio de una misa que se estaba diciendo a la sazón.

La criada se contentó con responder:

—No lo *hey visto*, no ha pasado por aquí.

La beata se retiró diciéndole: "Dios te guarde", y la criada dio varios bostezos.

Cansada de esperar, recorrió todos los confesionarios y después la iglesia en todas las direcciones, mirando a la cara de las devotas que la ocultaban debajo del mantón.

No hallando a Edelmira en la iglesia, salió a la plazuela. Allí vio que Edelmira no estaba tampoco, y notó con sentimiento la ausencia del amable postillón.

Volvió entonces más de prisa a entrar a la iglesia y a mirar a las devotas, que la calificaron de "*china* curiosa", y salió nuevamente a la plazuela llena de inquietud.

Lo primero que se ve en cualquier plazuela de Santiago es algún individuo del cuerpo de policía. La criada se dirigió a uno que con su pito tocaba variaciones terribles contra el oído de los transeúntes.

—¿Qué hora serán? —le preguntó.

—Cuando dejarán de ser las diez pues —contestó el policial.

—¡Las diez, buen dar! —exclamó la criada, echando a andar con gran prisa camino de la casa.

Eran como las diez y cuarto cuando llegó a ésta, en donde doña Bernarda pedía con exigencia el almuerzo.

—¿Y Edelmira? —preguntó al ver entrar a la criada.

—¿Que no llegó, pues? —dijo ésta.

Se buscó en vano a Edelmira por toda la casa, y después de esto se reunió la familia para averiguar en dónde podría encontrarse.

Después de mil suposiciones, se esperó una hora; transcurrida esta hora, la familia se sentó a almorzar; tras el almuerzo se esperaron dos horas, sin entrar en sospechas de que Edelmira hubiese podido fugarse.

Mas, como Edelmira no llegaba, doña Bernarda llamó a la criada y la hizo referir el viaje a la iglesia, en cuya narración la criada se manifestó turbada al omitir el encuentro de Edelmira con Martín. Esta turbación despertó vagas sospechas en el espíritu de Amador, quien las comunicó a su madre, la que propuso el medio de las amenazas, y aun de la violencia, para arrancar a la criada el secreto de aquella ausencia, si acaso existía tal secreto.

—Estas *chinas* son hechas por mal —dijo sentenciosamente doña Bernarda—, y así es preciso tratarlas.

En consecuencia, la criada compareció de nuevo ante el tribunal de la familia y a poco rato se halló envuelta en las redes que con bastante destreza le tendió Amador. Las amenazas acabaron esta obra, pues antes de media hora la criada había referido todas las circunstancias de la excursión de la mañana.

—Madre —dijo Amador cuando estuvo solo con doña Bernarda—, no será mucho que ésta se haya arrancado con Martín.

—¡Dios la libre! —contestó, apretando los puños, la señora—, porque la mando derechita a la *corrución*.

Por este nombre designaba ella la Casa de Corrección de Mujeres.

En estas circunstancias llegó Ricardo Castaños, el que, impuesto del suceso, fue de opinión de dirigirse a casa de don Dámaso, opinión aceptada por unanimidad de sufragios.

Amador y Ricardo llegaron a las tres y media de la tarde a casa del huésped de Martín.

El criado les dijo que Rivas había salido antes de las siete de la mañana.

La hora era sospechosa, por lo cual los dos mozos se miraron.

—¿Volveremos? —preguntó el oficial de policía.

—Mejor será que entremos donde el caballero y le contemos la cosa.

Este parecer prevaleció, después de un ligero debate, en el que Amador sostuvo su opinión con la esperanza de molestar a Martín para vengarse de su participación en los asuntos de Adelaida.

—Si él no anda en esto —dijo, ¿qué andaba haciendo tan temprano por la iglesia? ¡Qué casualidad también que llegase al mismo tiempo que Edelmira!

Esta reflexión despertó los celos de Ricardo, que, como si mandase cargar a su compañía contra el enemigo, dijo con resolución:

—Adelante.

—Métale no más —le contestó Amador, tomando la delantera.

Don Dámaso Encina estaba en su escritorio, leyendo un artículo de un periódico de oposición.

Amador y el oficial le saludaron con gran cortesía, y el hijo de doña Bernarda tomó la palabra para decir el objeto de aquella visita.

—No creo que Martín sea capaz de tal cosa —dijo don Dámaso, cuando Amador anunció sus sospechas al terminar su relato.

—No lo conoce usted, señor —replicó Amador—; parece que no fuera capaz de quebrar un huevo, pero es todo lo contrario.

Don Dámaso llamó a su hijo para averiguar lo que supiese, delante de los dos mozos.

Agustín oyó la relación del hecho, y dijo:

—¡Es una *indignidad!* Yo no lo creo.

—¿Y a qué ha salido tan temprano Martín? —replicó Amador.

—Se puede salir de *buena hora,* sin ir por esto a robarse las muchachas —contestó Agustín, aprovechando la ocasión de burlarse del que lo había hecho sufrir, poco tiempo hacía, los padecimientos del fingido casamiento.

—No venimos aquí para que usted se ría —le dijo Ricardo Castaños, amostazado.

—Digo lo que pienso —repuso Agustín—, y si es cierto que Rivas les ha quitado la niña, lo mejor será que ustedes la busquen por otra parte.

Don Dámaso interpuso su autoridad y declaró que si Martín tenía parte en aquella fuga, se haría justicia por el honor de la casa.

Con esto se retiraron Amador y el oficial.

—Papá, éstos quieren sacarle plata —dijo Agustín.

—Sea lo que quiera —contestó don Dámaso, el hecho es que no deja de haber motivos para sospechar de Martín, y si fuese verdad, yo no permitiría que habitase en mi casa un joven que da tan mal ejemplo.

Retiróse Agustín, dejando muy satisfecho a su padre de haber manifestado entereza en aquel asunto, y entró al cuarto de Leonor.

—Hermanita —le dijo—, ¿no sabes lo que pasa?

—No.

—Vienen a acusar a Martín de que se ha robado a Edelmira Molina, ex cuñada.

Leonor dejó caer un libro que estaba leyendo, y se levantó pálida como un cadáver.

Agustín le refirió lo que acababa de oír en presencia de su padre.

—Y tú, ¿qué piensas de esto? —le preguntó Leonor con afanosa inquietud.

—A fe mía, no sé demasiado qué pensar —respondió Agustín, que, como hemos visto, creía hubiese amores entre Martín y Edelmira.

Leonor tuvo un violento deseo de llorar, pero tuvo fuerzas para dominarse;

—Pero Martín me ha negado siempre que tenga amores con esa *muchacha* —exclamó, dando un fuerte acento de desprecio a la palabra que subrayamos.

—Qué quieres, *mi bella,* cada uno tiene sus pequeños secretos en este bajo mundo.

—Esa es una hipocresía imperdonable —volvió a exclamar Leonor con mal reprimida cólera.

—Hipocresía, hermanita, *tanto que tú quieras;* pero es preciso pensar que el pobre muchacho es hombre, después de todo.

—¿Y por qué niega entonces los amores que tiene?

—¿Por qué? ¡*El bello asunto!* No todas las verdades son para dichas bella hermanita.

Leonor se dejó caer sobre el sofá en que la había encontrado Agustín.

—Observo —añadió éste— que no eres indulgente con ese pobre Martín, que nos ha *rendido* buenos servicios: eso no es bueno, hermanita; así no se podrá hacer un proverbio que sería bonito: "El corazón de la mujer es todo generosidad".

—¡Y qué digo yo! —exclamó Leonor, impaciente.

—No sé; pero veo que tratas este asunto tan *seriamente*...

—Te equivocas, Agustín —repuso la niña, con serenidad bien fingida—; ¡qué me importa a mí todo eso! Esos servicios de que hablas tú son los que me hacen sentir lo que pasa, porque papá y mamá no pueden mirar esto con indiferencia.

—¡Ah!, así me gusta oírte: hablas como un libro. Te iba a castigar fumando aquí un prensado, pero te perdono.

Y salió Agustín del cuarto de Leonor, encendiendo un gran cigarro puro al entrar en su habitación.

Pocos momentos después llegó Rivas, a quien Agustín llamó, como vimos antes.

—Voy a contarte lo que ha pasado —le había dicho, después de cerrar con aire de misterio, las dos puertas de su habitación.

—A ver —dijo Rivas, sentándose.

—Amador y el *amoroso* de Edelmira *vienen de salir* de casa.

—¿Sí? —preguntó Martín, cambiando ligeramente de color.

—Han venido a quejarse a papá de que tú les has robado la niña.

—¡Miserables! —exclamó Rivas, entre dientes.

—Lo mismo he dicho yo; es preciso confesar que la queja es *plaisante*. Pero te he defendido con calor, por ese lado no te inquietes, y te aseguro que se fueron furiosos. Lo que resta que hacer es quitar toda sospecha a papá.

—¿Y para qué? —preguntó Martín, con sangre fría.

Agustín lo miró abismado.

—Por ejemplo —exclamó—, es *un poco fuerte* lo que dice.

—No veo por qué.

—¿No ves por qué? ¡Cáspita! No basta que no sea cierto, es preciso que papá se convenza de tu inocencia.

—Hay un inconveniente para que crea lo que dices.

—¿Qué inconveniente?

—Que lo que dice Amador es cierto a medias.

—¡Cierto! ¡Te has llevado a Edelmira!

—La he acompañado.

—¿A dónde?

—A Renca.

Agustín se levantó, púsose el sombrero, y haciendo a Rivas un saludo:

—Me inclino ante tu talento —le dijo—. ¡Mira que si yo hubiese hecho otro tanto con Adelaida, no se habrían reído de mí! Eres un hombre de fuerza, amigo, me inclino, eres mi maestro.

—¿Por qué? —le preguntó Martín, riéndose de la cómica gravedad de su amigo.

—¡Cómo! ¿Te parece poco robarse una chica gentil como una flor? Eres *difícil,* amigo mío, y muy modesto.

—Yo no la he robado, la he acompañado.

—Lo mismo da Chana que Juana, suele decir papá.

—No me comprendes —replicó Martín.

—Demasiado te comprendo, al contrario, feliz mortal!

Explicó Rivas entonces todos los antecedentes, pero sin hablar del amor de Edelmira.

Agustín encendió su cigarro, que se había apagado.

—La cosa cambia de aspecto —dijo—: es decir, que te has sacrificado a la amistad

—No veo en qué consiste el sacrificio.

—Vaya, las mujeres que pretenden ser tan maliciosas se equivocan también; figúrate que Leonor se puso furiosa.

—¡Ah! —dijo Rivas turbado—, ¿lo sabe también?

—Todo, y cree lo que yo creía, aunque traté de disculparte.

En ese momento llamaron a comer.

—Pero ¿vas a negarlo todo a papá? —le dijo a Agustín.

—No he cometido ningún crimen para ocultar mis acciones —contestó Rivas, con dignidad.

—*Libre a ti* de hacer lo que te plazca —díjole Agustín, abriendo la puerta— yo te digo mi opinión.

Caminaron hacia el comedor.

Agustín iba inquieto, porque tenía por Rivas un verdadero cariño.

Rivas caminaba resuelto, aunque palpitándole con violencia el corazón: todo su temor era el desprecio de Leonor.

Cuando entraron, la familia se hallaba sentada a la mesa.

51

Reinaba en el comedor un gran silencio cuando los dos jóvenes se sentaron.

Don Dámaso saboreaba la sopa con aire de gravedad afectado, y doña Engracia partía un pedazo de cocido para Diamela.

Leonor fijaba la vista en una de las ventanas de la pieza, de la que pendía una vasta cortina de *reps* sobre otra blanca de finísimo tejido.

Martín buscó en vano esa mirada, y creyó leer su sentencia en la frente de la niña, que se levantaba con singular altanería.

Sin embargo, aquel silencio era demasiado embarazoso para que pudiese durar mucho tiempo, y necesariamente debía interrumpirlo el más débil de carácter.

Don Dámaso dejó, poco a poco, la gravedad con que había contestado al saludo de Rivas, y se decidió al fin a dirigirle la palabra, ya que nadie rompía un silencio que le incomodaba.

—¿Ha estado usted de paseo? —le preguntó.

—Sí, señor —contestó Martín.

Ninguna otra pregunta se le ocurrió a don Dámaso, y volvió el silencio. Pero Agustín no era de los que podían estarse callados mucho rato, y le pareció que debía seguir el ejemplo de su padre.

—Aquí no hay lugares a propósito para *partidas de campaña*, como en París —dijo.

Y se engolfó en una descripción del lago de Enghien del parque Saint-Cloud y de varios puntos de los alrededores de París. Como los demás se encontraban poco dispuestos a interrumpirle, pudo continuar su disertación durante casi toda la comida, lanzando un nutrido fuego de galicismos y frases afrancesadas, con las que creía dar el colorido local a su descripción.

—Allí sí que puede uno divertirse —exclamó con entusiasmo al terminar—, y no aquí donde los environes de Santiago son tan feos, sin parques, sin castillos y sin nada.

La comida concluyó sin que Leonor hubiese parecido notar la presencia de Martín en la mesa.

Al salir, doña Engracia dijo a su marido:

—Espero, pues, hijo, que hables con Martín, porque esto no puede quedar así.

—Hay tiempo, hablaré esta noche —contestó don Dámaso, que, teniendo grandes miramientos por su digestión, se prevalía de este pretexto para no tener una seria explicación con Rivas acerca del asunto de Edelmira.

—Bueno, pues, pero no dejes de hacerlo; esta casa no es para escándalos —repuso doña Engracia, dando un apretón a Diamela, como para hacerla testigo de su recato.

La perrita contestó con un gruñido, y se retiraron de la antesala, adonde habían llegado.

Tras de sus padres venían Leonor y Agustín. Rivas salió el último del comedor, y se retiró pronto a su habitación.

—¿Sabes que hay algo de cierto en lo de Martín? —dijo Agustín a Leonor, cuando estuvieron solos.

—¿Quién te lo ha dicho? —preguntó la niña, que interiormente se lisonjeaba con que Martín desbarataría las acusaciones que pesaban sobre él.

—El mismo Martín contestó el elegante.

—¡No ves!, ¡ni se atreve a negarlo! —exclamó Leonor, con una expresión de encono que por sí sola parecía hablar de venganza.

—Pero lo ha hecho de puro bueno.

—Sí, ¿no? —dijo la niña, con sardónica sonrisa.

—Figúrate que la vieja quería casar a esa pobre niña contra su voluntad.

—Y Martín, de puro bueno, como tú dices, se declaró su defensor, ¿no es esto? Muy mal inventada me parece la disculpa; ya pasó el tiempo de don Quijote.

—¡Peste, hermanita! —exclamó Agustín, que había heredado de su padre la facilidad para cambiar de opinión en cualquier asunto—; ¿sabes que me das que pensar? Bien puedes tener razón.

—¡Y tú le habías creído! —añadió Leonor, con expresión de rabia mal contenida—. ¡Vaya!, tienes una facilidad admirable para creerlo todo. A ver, ¿qué habrías hecho tú en su lugar?, habrías confesado una falta; porque ésa es una falta muy grave, ¡qué importa que la muchacha sea pobre, cuando es virtuosa!

—Todo lo que dices me parece verdadero como el Evangelio, *mi bella*, y yo no soy más que un inocente; Martín me ha hecho comulgar con una rueda de molino.

—Y muy grande.

—Enorme, ¡y yo que me la tragué sin hacer un solo gesto!

Agustín se retiró dando exclamaciones, y Leonor entró a su cuarto.

No quería confesarse que estaba furiosa, y para distraerse se puso a probarse un sombrero que había comprado para el campo. Mientras se miraba al espejo, dos grandes lágrimas corrían por sus frescas mejillas, encendidas por el despecho.

En la noche, viendo don Dámaso que Martín no asistía al salón, e instigado por su mujer, le mandó llamar, y mientras todos conversaban en esa pieza, se quedó Rivas en la antesala.

Al ver los semblantes de ambos, se hubiera creído que don Dámaso era el acusado, tal era la dificultad que parecía tener para dar principio al diálogo. Martín, sereno, sin afectación, esperaba que don Dámaso rompiese el silencio. Viendo, al cabo de algún intervalo, que esperaba en vano y que don Dámaso buscaba mil maneras de disimular su turbación, se decidió a sacarle de aquel apuro.

—He hablado, señor, con Agustín —le dijo, y sé por él la acusación que me han hecho ante usted.

—¡Ah, ah!, ya sabe usted; pues, hombre, me alegro; figúrese usted que se me presentan esos dos mozos y me dicen lo que usted sabrá; por supuesto que yo no he creído en tal cosa, pero aquí la señora...

—Antes que usted prosiga, señor —díjole Martín en una pausa, en que parecía buscar alguna palabra—, debo decirle que esa acusación no es del todo infundada.

—¿Cómo dice? —preguntó don Dámaso, creyendo que había oído mal.

—Digo, señor, que la acusación que usted ha oído contra mí no es enteramente infundada; tiene algo de cierto, aunque es natural que mis acusadores se equivoquen en mucho.

—Me deja usted perplejo —le dijo don Dámaso.

Martín le refirió lo mismo que antes de comer había contado a Agustín.

—Por mi parte —repuso don Dámaso—, bien se figurará usted que le disculpo; pero ya ve usted lo que es una casa donde hay familia. Aquí la señora es tan rígida, hombre, de todo se escandaliza; yo no, y, sobre todo.

—Mucho le agradezco, señor, su indulgencia —contestó Martín—; mi conciencia está tranquila que casi no la necesito. Por lo poco que usted me dice, creo entender que la señora está alarmada, y no seré yo, que tantas atenciones y favores debo a usted, el que destruya la tranquilidad de su familia; comprendo lo que debo hacer, y mañana me permitirá usted dejar su casa para que el ánimo de la señora pueda tranquilizarse.

—¡Hombre, no se trata de eso! —exclamó don Dámaso—; pero usted comprende mi embarazo, ¿no?... La señora dirá que no es cierto, y luego...

—Jamás he dado motivo para que se ponga en duda mi veracidad —dijo el joven, con dignidad.

—Por supuesto, y nadie duda...; mas..., hombre, ya conoce usted a la señora y...

Martín insistió en lo que había dicho, y don Dámaso se enredó en sus propias disculpas, sin decir nada de decisivo.

"Si se va, me hará mucha falta", pensaba, mientras Martín dejaba su asiento y entraba en el salón, donde se encontraba reunida la tertulia ordinaria de la casa.

Leonor conversaba con Matilde, que venía desde poco tiempo a casa de su tío, después que se había roto su matrimonio.

Cuando Rivas entró en el salón, se notaba en su fisonomía muy diversa expresión de la que ordinariamente tenía en presencia de Leonor. El aspecto del joven indicaba una resolución firme e invariable, porque, sin vacilar ni turbarse, se dirigió al lugar que ocupaban las dos niñas, y su mirada era segura como su ademán.

Leonor se puso muy pálida al verle acercarse con ese aire de resolución y le rigió una mirada glacial.

Pero esa mirada no intimidó a Rivas, que parecía dominado por una idea fija.

Esa idea se encerraba en una reflexión que, al separarse de don Dámaso, había formulando interiormente así: "Si ella no me cree, qué haremos; pero yo le hablaré."

Con tan firme designio se sentó al lado de Leonor, haciéndolo, empero, de manera que los demás no viesen nada de premeditado en aquel paso.

Leonor volvió la cabeza hacia su prima con insultante afectación; pero Martín no se desalentó con esto.

—Señorita —le dijo con voz segura—, deseo hablar con usted.

—¡Conmigo! —exclamó Leonor, en cuyo acento se notó, pero apenas, un ligero temblor—. ¿No habló usted ya con mi papá? —añadió, dando a su rostro la majestuosa arrogancia que tanto intimidaba a Martín.

—Por lo mismo que he hablado con él —replicó éste—, deseo ahora que usted me haga el favor de oírme.

—De veras que el tono en que usted me habla me asusta —díjole la joven, aparentando una admiración llena de indiferencia, a la par que de desprecio.

—Tal vez estoy afectado, dispénseme usted; lo que me sucede ahora es tan trascendental para mi porvenir, que no es extraño me impresione.

—¿Qué le sucede? —preguntó Leonor, con una sonrisa que contrastaba con la seriedad del joven.

—Usted lo sabe, señorita.

—¡Ah, lo de la señorita Edelmira! No lo he creído.

—Agustín debe haberle dicho la verdad que me oyó hace poco.

—Sí, Agustín me refirió algo de un servicio que usted había querido hacer a esa señorita; una mala disculpa, invención de Agustín, al cabo!

—Señorita, eso que usted llama disculpa es la verdad.

—¿De veras? Dispénseme, creía que era una historia inventada por Agustín para hacerme reír.

—¿Cree usted entonces que no haya hombre capaz de hacer un servicio como ese?

—De todos modos, ya hay uno, y ese es usted, porque ahora que usted lo dice, debo creerlo.

—Me habla usted con un tono que desmiente sus palabras.

—¿Cree usted que me estoy tomando el trabajo de fingir? —le dijo Leonor, levantando con orgullo su bellísima frente.

—No creo que usted tenga necesidad de tomarse ése ni ningún otro trabajo conmigo —contestóle Rivas, con entera dignidad—; pero querría divisar más seriedad en sus palabras, porque aprecio su juicio y la opinión que usted pueda tener de mí.

—Teniendo en tal aprecio mi opinión, debió usted haberme consultado para su rapto o su fuga, llámelo usted como quiera, y yo tal vez habría ingeniado un plan menos fácil de adivinar que el suyo.

Había tanto sarcasmo en la voz de Leonor, que Martín sintió los colores subírseles a las mejillas.

—Usted es cruel conmigo, señorita —le dijo con cierta aspereza—, me humilla demasiado; si, como su mamá, cree usted que haciendo un servicio, que volvería a hacer si fuese preciso, he faltado a los miramientos que debo a la familia, ya que vengo a justificarme, podía usted emplear más indulgencia.

Estas palabras produjeron alguna impresión en el ánimo de Leonor, que había contado con que Rivas se defendería por medio de triviales descargos.

El joven continuó:

—Su mamá se ha limitado a darme a entender, por medio del señor don Dámaso, que debo salir de su casa. Cierto que no necesitaba de esta insinuación para hacerlo: me habría bastado haber incurrido en el desagrado de usted. Mas, como mi resolución está hecha ya sobre esto, no he querido alejarme sin referir a usted la verdad del hecho y justificarme en su opinión. Ahora usted me recibe con sarcasmo, ¿por qué no me deja usted llevar la idea que siempre he tenido de su corazón? Me será más consolador recordarla con agradecimiento que con pesar, porque de todos modos tendré que recordarla toda la vida.

Leonor le miró conmovida; la melancólica voz del joven la impresionaba a su pesar.

—Mi papá se habrá explicado mal —le dijo, con voz en que se traslucía más timidez que orgullo.

—No sé, ni lo averiguaré ya —repuso Martín—; mi deseo principal es el de justificarme a los ojos de usted.

—Ha hecho usted muy bien —le dijo ella—, esa niña era su amada y fue muy justo que usted la sirviese.

No pudo saber Martín si esas palabras eran o no sinceras, y vio que Leonor parecía dar con ellas por terminada la conversación.

—Tal vez algún día —le dijo— el tiempo me justifique.

—Y lo que deja usted al tiempo, ¿no puede hacerlo usted mismo? —preguntóle Leonor, mirándole fijamente.

—No puedo, señorita, tengo un secreto ajeno que respetar.

Todas sus sospechas acudieron entonces al espíritu de la niña, y creyó que aquélla era sólo una farsa representada por Martín.

—Secreto siempre de la amiga, ¿no es esto? Qué hacer, esperaremos la justificación del tiempo.

Había vuelto el sarcasmo a su voz, y el orgullo brillaba en su mirada

—Yo me lisonjeaba con la idea de que usted me creería bajo mi palabra —le dijo.

—Así lo haré —contestó ella, secamente.

"¿Cómo insistir? ¡Ella me desprecia!", fue lo que pensó Martín al oír aquella respuesta.

Además, Leonor, como para cortar la conversación, dirigió la palabra a Matilde, que en aquel momento hablaba con Agustín.

Hubiera querido arrojarse a los pies de Leonor y expira allí, pidiendo al cielo que le justificase, sin necesidad de tener que manchar su honor, sirviéndose de las cartas de Edelmira, que podían salvarle en parte.

Entretanto, Leonor seguía hablando con Matilde, y Rivas tuvo que decidirse a dejar su asiento.

Salió del salón, y al encontrarse sólo en su cuarto, se dejó caer sobre una silla, llorando como un niño. Al cabo de un cuarto de hora, recordó la carta de Edelmira, que sacó del bolsillo.

—¡Pobre niña! —dijo volviendo a la comparación que siempre hacía entre su suerte y la de ella.

Al mismo tiempo recordó también que poco antes había pensado que las cartas de Edelmira podrían desvanecer las sospechas de Leonor, y, sacándolas todas de un cajón de la mesa en que se había apoyado, las quemó a la luz de la vela, junto con la que había recibido aquel día.

Al verlas consumirse, sintió una dulce satisfacción en su pecho diciéndose: "Así me hallaré libre de tentaciones".

Y fijó la vista en la luz con la expresión de un hombre cuyo cerebro está turbado por uno de esos golpes morales que paralizan hasta el llanto, quitando casi del todo la conciencia de lo que se padece.

187

La noche aquella fue para Martín una noche de martirio. Para distraer su pesar empleó algún tiempo en el arreglo de su equipaje, que, no siendo muy voluminoso, estuvo luego preparado para la marcha. Concluidos los aprestos, pasó un largo rato apoyada la frente en los vidrios de una ventana que daba sobre el patio. Desde allí, ya que con la vista no podía divisar a Leonor, recorrió con la memoria los incidentes de su vida desde que, pobre, pero descuidado y lleno de esperanzas, había atravesado aquel patio. En esa alegría que casi todos hemos entonado a la esperanzas perdidas, se despidió Rivas de los dorados sueños con que el amor regala los años floridos de la juventud; pero, dotado por la naturaleza de sólida energía, lejos de abatirse con la perspectiva de su triste porvenir, encontró en su propio sufrimiento la fuerza que a muchos les falta en estos casos. Pensó en su madre y en su hermana, y recordó que les debía la consagración de sus fuerzas. Fortalecido con este recuerdo, se sentó a la mesa y escribió a don Dámaso una carta, dándole las gracia por la generosidad con que le había hospedado, y otra a Rafael San Luis, en la que le refirió lo acaecido, y su determinación de irse al lado de su familia hasta que se abriera nuevamente el Instituto Nacional, donde vendría a continuar sus estudios al año siguiente.

Después de escribir estas cartas le quedaba aún que contestar la de Edelmira. Largo rato reflexionó sobre esta contestación, porque si bien le parecía duro decirle la verdad, la rectitud de su alma le mandaba no fomentar una pasión a la que no podía corresponder. Por fin triunfó esa rectitud y escribió a Edelmira, participándole el estado de su corazón desde su llegada a Santiago. Aunque en esa carta no nombraba a Leonor, ese nombre podía adivinarse en cada una de sus páginas. Terminaba Rivas su carta a Edelmira sin hacer la menor alusión a los sucesos de aquel día, participándole su proyecto de ausentarse por dos meses de la capital.

A las seis de la mañana del día siguiente transportó Martín su equipaje a la posada en que al llegar a Santiago se había hospedado.

En seguida encargó al criado de don Dámaso la remisión de las cartas que durante la noche había escrito, remunerándole con generosidad a costa de sus economías, para asegurarse su puntualidad.

Buscó después y encontró luego un birlocho, que ya tenía ocupado un asiento, y a las diez de la mañana se puso en marcha para Valparaíso.

52

A principios de enero del año siguiente, la familia de don Dámaso se encontraba en la hacienda de éste.

Como estaba convenido, Matilde había formado parte de la comitiva y ocupaba con Leonor un cuarto cuyas ventanas daban sobre un huerto de la casa.

Agustín y su padre salían diariamente a caballo por la mañana y se reunían con la familia a la hora de almorzar, después de lo cual se tocaba el piano, y Agustín, no encontrando nada mejor en que ocupar el tiempo, hacía la corte a su prima.

Doña Engracia veía con satisfacción las atenciones que su hijo dirigía a Matilde, a quien todos en la casa profesaban un verdadero cariño, y con no menos satisfacción aseguraba la señora que el temperamento del campo había sentado muy bien a Diamela.

Don Dámaso por su parte, leía los periódicos que llegaban de Santiago, inclinándose ya al ministerio, ya a la oposición, según la impresión que cada artículo le producía, y al despachar su correspondencia hacía continuos recuerdos de Martín que con tanta expedición sabía interpretar sus pensamientos y ahorrarle este trabajo.

La soledad y monotonía de aquella vida de campo, en la que transcurrían las semanas sin incidente alguno digno de apuntarse, habían obrado de diverso modo en el alma de las dos primas, que, aunque viviendo en la mayor intimidad, guardaban cada cual sus secretos pensamientos.

Matilde había llorado su desengaño, como hemos visto ya, pero ese desengaño había destruido su aprecio a Rafael San Luis y, con la falta de estimación, el amor se había apagado en su pecho.

El tiempo y la ausencia de los lugares que habían presenciado su felicidad cicatrizaron poco a poco la herida de su alma, dejándole sólo esa melancolía que precede al completo consuelo de los pesares. En tal estado, las atenciones de Agustín, a quien abonaban su juventud su alegría y su elegancia, hicieron que Matilde olvidase primero sus antiguos amores, se consolase después del violento golpe que a las puertas de la felicidad la había arrojado a la desdicha, y concluyese, por último, por cobrar gusto y afición a las animadas conversaciones con que su primo la entretenía.

El estado de ánimo de Leonor era completamente distinto. La que al principio parecía certidumbre acerca de la existencia de amores entre Martín y Edelmira, transformóse poco a poco en duda con el continuo meditar a que la soledad la condenaba. Volvieron entonces a la memoria los recuerdos de las pasadas conversaciones, de las miradas con que Martín le decía su amor, ya que de palabra no había osado hacerlo, y estos recuerdos dieron verosimilitud a los descargos con que el joven había explicado su conducta. Ingenioso como es siempre el espíritu en buscar razones en apoyo de lo que el corazón desea, el de Leonor apeló a la franqueza con que Martín había confesado su participación en la fuga de Edelmira, para concluir de allí en favor de su causa, alegando que el que ha delinquido se parapeta para mayor seguridad en la compleja negativa. De estas reflexiones nació, como era lógico, en Leonor, el sentimiento de haberle tratado con tanta aspereza y contestado con amargos sarcasmos a la sinceridad de Martín. En la distancia todas estas ideas revistieron la memoria del joven con ventajosos colores, de modo que poco antes del regreso de la familia a Santiago, que tuvo lugar a fines de febrero, Martín, sin defenderse, había vuelto a conquistar su puesto en el corazón de Leonor, con la ventaja para él de que la niña acusaba entonces de necio al orgullo con que siempre había hecho helarse en los labios de Martín las palabras de amor que parecían próximas a desprenderse de ellos.

Víctimas de esta gradual reacción en favor de Rivas fueron varios de los galanes de Leonor, incluso Emilio Mendoza y Clemente Valencia, que en aquella época llegaron de visita a la hacienda de don Dámaso. Hubiérase dicho que Leonor ponía empeño en conservar al amante ausente una escrupulosa fidelidad, que se alarmaba con declaraciones que antes recibía con risa desdeñosa, porque huía con esmero las ocasiones de encontrarse sola con cualquiera de esos jóvenes, y con frecuencia, cuando la alegría y la confianza reinaban en el salón, ella, retirada bajo los árboles del huerto, recorría con la memoria los días pasados en Santiago, y creía sentir presentimiento de que las escenas de entonces se renovarían.

Por aquel tiempo, Rafael San Luis escribía a Martín:

Querido amigo:

Después de dos meses de soledad y silencio, de meditación y lágrimas, soy lo mismo que antes: amo como siempre. He pedido al cielo que borre de mi pecho este amor; a las místicas contemplaciones, su olvido; a los bellos ejemplos de virtud que he presenciado, la fuerza de alma que mata al corazón; nada ha tenido la virtud que la fábula daba a la aguas del Leteo; no he podido olvidar. No diré como los fatalistas: "Así estaba escrito", pero siempre me preguntaré con el alma sobrecogida de terror: "¿Es un castigo de Dios?" Porque llevo en mi memoria, como el silicio de los penitentes, el recuerdo de los días de dicha desvanecida y a todas horas su imagen, enamorada a veces para mi martirio, y repitiéndome en otras las crueles palabras con que me condenaba en su carta. En este estado, ¿qué hacer?

La soledad del claustro, lejos de calmar el ardor de mi pecho, le ha dado pábulo; ni la oración ni el estudio han tenido para mí el bálsamo con que consuela los pesares de otros; en esta atmósfera de hielo arde siempre con calor mi fronte; este aire no basta a la ansiedad de mi pecho, y mi juventud y el dolor porfiado de mi alma me piden más espacio, más luz, más aire, otra vida, en fin, que agotando las fuerzas del cuerpo acabe también con la tesonera vigilancia de mi espíritu.

Así como al entrar aquí no quise formar ninguna resolución violenta, así no he querido tampoco dejarme llevar del estado moral que te describo para abandonar mi retiro. Pienso ahora como pensaba al cabo sólo de un mes de reclusión, y sólo después de este segundo mes de prueba he determinado ya volver al lado de mi pobre tía, que, con la mejor buena fe del mundo, me creía ya lanzado en el camino de la religión.

Saldré, pues, mañana de aquí y me ocuparé como pueda. Hay por ahora cierta ocupación que se aviene mejor con mi carácter y que tal vez será más eficaz para mitigar la intensidad de mi mal. Cuando volvamos a reunirnos, acaso tú también busques en ella un alivio a tus pesares que supongo te afligen.

Vente, pues, y tal vez me sigas en la vía en que voy a lanzarme; si como antes lo hacíamos no sembramos esperanzas en el campo del porvenir, troncharemos para consuelo las flores secas que nos ha dejado esa semilla. Para mí el sol de la felicidad principió a brillar con demasiado fulgor y agostó esas pobres flores; pero no olvides que no siempre debemos llorar; yo te mostraré una empresa a la que podemos consagrar el vigor de nuestras almas.

RAFAEL SAN LUIS

Casi al mismo tiempo que esta carta, había llegado a manos de Rivas otra de Edelmira Molina, que decía lo siguiente.

Querido amigo:

No le ocultaré el pesar que me causó la carta en que usted me decía que amaba a otra sin nombrármela. Cualquiera que sea, le aseguro que ruego al cielo por que le pague con el amor que usted merece, y aunque he llorado mi desgracia, no me quejo, porque le debo a usted demasiado para que pueda tener en mira otra cosa que su felicidad. Lo que también pido a Dios es que me proporcione algún día la ocasión de probarle el desinterés de mi afecto, y poder hacerle algún servicio en cambio de los que usted me ha hecho con tanta delicadeza.

Le escribo ésta desde la casa de mi tía, en donde usted me dejó, y voy a contarle cómo es que no he vuelto a la de mi mamita. Dos días después que usted me trajo llegó Amador a buscarme, pero se opuso mi tía a que me fuese, y escribió a mi mamita diciendo que sólo volvería yo cuando ella prometiese que me dejaría en libertad de casarme o no, según yo quisiese, y aunque mi mamita le ha contestado que se hará como lo pide mi tía, ésta me ha dejado aquí para que la acompañe algún tiempo más.

Me despido deseándole la más completa felicidad y diciéndole que siempre tendrá una amiga reconocida en su afectísima,

EDELMIRA MOLINA

Estas dos cartas y las explicaciones que las preceden, bastan para dar a conocer la situación de los principales personajes de esta historia en la época del regreso de Martín Rivas a la capital, a principios de marzo de 1851.

53

La narración de los sucesos acaecidos en la vida privada nos ha tenido apartados durante largo espacio de tiempo de la escena pública, cuya animación recuerdan todavía los que habitaban en la capital de Chile a fines de l 850 y a principios de 1851.

Ligeramente bosquejamos en los primeros capítulos el espíritu político que por entonces traía divididas a todas las clases sociales de la familia chilena, y especialmente a los habitantes de Santiago, foco de la activa propaganda liberal que principió a levantar su voz en la Sociedad de la Igualdad.

Sin avanzarnos en el dominio de la historia, debemos dar una rápida ojeada a la situación política en que se preparaba un grande acontecimiento público, de gran trascendencia para algunos de los personajes de que nos hemos ocupado.

La efervescencia de los ánimos, mantenida por las lides sangrientas que la prensa de ambos partidos hacía presenciar al público, llegó a su colmo con la noticia del motín popular que estalló en la capital de Aconcagua el 5 de noviembre de 1850. Temblaron los espíritus previsores con lo que debían considerar como el precursor de nuevos y más sangrientos disturbios, apercibiéronse para la lucha los exaltados, y aumentó su vigilancia el Gobierno con aquel tan significativo aviso. Desde entonces creció también el furor de la prensa, alimentando la encarnizada enemiga de los bandos, y los rencores de partido echaron en los pechos las profundas raíces que retoñan, al presente, diez años después, con el vigor de los primeros días de la lucha. La prensa liberal, defendiendo el derecho de insurrección, y la voz pública que recoge las opiniones aisladas, condensándolas en una sola que tiene muchas veces el don de la profecía, habían arrojado en los espíritus la creencia de que el movimiento de San Felipe tendría en Santiago una terrible repercusión. Háblase, ya en febrero, de la proximidad de una revolución en la que se contaba como beligerantes contra la autoridad a casi todas las fuerzas de línea que guarnecían entonces la capital; contábase con masas inmensas de pueblo que acudiría a la primera voz de ciertos jefes, y esperábase al mismo tiempo que la fuerza cívica fraternizaría, según la expresión de entonces, con sus hermanos del pueblo, en la cruzada contra el poder.

Tal era, en resumen, la situación de Santiago a principios de marzo de 1851, cuando Martín Rivas llegaba a la posada de que dos meses antes había salido para su viaje a Coquimbo.

Vistióse a la ligera, y saliendo de la posada tomó el camino de la casa de Rafael San Luis. Un cuarto de hora después, los dos amigos se daban un largo y cariñoso abrazo. Al sentarse buscó cada cual en la fisonomía del otro el rastro que suponían debía haber dejado el dolor durante el tiempo que habían estado separados.

San Luis halló en el rostro de Martín la expresión juvenil y reflexiva a un tiempo que siempre le había conocido; la misma pureza del color trigueño que realzaba la profunda penetración de su mirada, la misma nobleza en la frente; era imposible leer en aquel rostro sereno la revelación de ningún secreto pesar.

Rivas, por su parte, halló que la mirada de Rafael, sus pálidas mejillas, la contracción de las cejas, algo de indefinible en la expresión del conjunto hablaban de los combates del corazón en que aquel joven había vivido tanto tiempo.

En ambos, aquella involuntaria inspección duró un corto momento.

—En fin, ¿cómo te ha ido? —preguntó Rafael.

—Te lo puedes figurar —contestó Rivas—; pasado el placer de abrazar a mi madre y a mi hermana, todo lo demás fue tristeza.

—¿No la has olvidado?

—¡No! —contestó Rivas.

—Pobre Martín —dijo San Luis, tomándole las manos—, ¿recuerdas mis pronósticos, recién nos conocimos?

—Mucho, pero entonces ya era tarde.

—¿Recibiste allá una carta mía?

—Sí, y supuse por ella que habrías a la fecha terminado tu vida de anacoreta.

—En esa carta te hablé de una ocupación que pensaba tomar.

—Sí, ¿cuál es?

—Una nueva querida —dijo San Luis, con una sonrisa melancólica.

—¿Por la que has olvidado a Matilde? —preguntó Rivas.

San Luis se acercó a su amigo.

—Mira —le dijo, mostrándole su negro cabello, ¿no ves algunas canas?

—Es cierto.

Rafael exhaló un prolongado suspiro, pero sin afectación ninguna de sentimentalismo.

—Mi nueva querida —dijo— es la política.

—¡Ah!, recuerdo que cuando te conocí te ocupabas mucho de ella.

—Nos hemos vuelto a encontrar; he aquí cómo: pocos días después de que te escribí al Norte, recibí una carta de dos amigos con quienes me había ligado en la Sociedad de la Igualdad. Aquí la tienes —añadió leyendo:

Esperamos que tu fiebre amorosa se haya calmado; la patria no te engañará, y el momento de probar que no la has olvidado se halla próximo; ¿le dejarás creer que tu corazón es indigno del culto que antes le profesabas? Te esperamos en el lugar que tú conoces.

—Esto —continuó Rafael— acabó de decidirme y vencer la repugnancia con que, a pesar de mi horror por el aislamiento, pensaba en volver a mi antigua vida. Al salir, mi primera visita fue para los que así me ofrecían un nuevo campo, en el que me quedaba la probabilidad, si no de olvidar mis recuerdos, a lo menos de quitarles su punzante amargura. Dos causas, como siempre, presentaban sus combatientes en la arena política; la vieja y gastada de la resistencia, del exclusivismo y de la fuerza, por una parte; la que pide reformas y garantías, por la otra. Creo que el que sienta en su pecho algo de lo que tantos afectan tener con el nombre de patriotismo, no puede vacilar en su elección; yo abrace la última, y estoy dispuesto a sacrificarme por ella.

Entró entonces en una minuciosa pintura del estado político de Santiago, que nosotros bosquejamos ya muy a la ligera, y desarrolló sus teorías sobre el liberalismo con el calor de un alma apasionada y llena de fe en el porvenir. El fuego de su convicción despertó pronto en el alma de Rivas el germen de las nobles dotes que constituían su organización moral.

—Tienes razón —dijo a San Luis—; en vez de llorar desengañados como mujeres, podemos consagrarnos a una causa digna de hombres.

—Esta noche —dijo Rafael— te presentaré en nuestra reunión y te impondrás en nuestros trabajos; por mi parte, estoy persuadido de que el tiempo de las manifestaciones pacíficas ha pasado ya; el presente es la lucha, y no veo en qué piensan los que nos dirigen. En mi puesto de soldado, me resigno a esperar, pero con impaciencia.

Durante esta conversación había desaparecido completamente todo vestigio de abatimiento del semblante de Rafael, sus pálidas mejillas se habían coloreado y sus grandes ojos brillaban de entusiasmo.

Después de hablar aún durante largo rato, los dos amigos se separaron, dándose cita para la noche.

Martín fue puntual a la cita; quería desechar los pensamientos que la vista de las calles de Santiago había despertado con sus recuerdos, y tuvo necesidad de una gran entereza de voluntad para no pasar por la casa de don Dámaso, que se paró a mirar algunos instantes desde una esquina.

En la reunión a que le condujo San Luis, oyó Martín calurosos discursos contra la política del Gobierno, y los cargos que contra él venía formulando desde tiempo atrás la oposición.

Allí vio jóvenes entusiastas, *dandies* convertidos en tribunos, deseosos de consagrar sus fuerzas a la patria y llamando la hora del peligro para ofrecerle sus vidas. En el estado de su ánimo, Rivas encontró algún consuelo, sintiendo latir su corazón con la idea de contribuir también a la realización de las bellas teorías políticas y sociales que aquellos jóvenes profesaban y pedían para la patria. Al salir de la reunión, a las once de la noche, Rafael le tomó del brazo.

—Te voy a pedir un favor —le dijo.

—¿Cuál?

—Desde que te conocí —prosiguió San Luis— me inspiraste un cariño sincero; después hemos vivido en íntima confianza; pero, a pesar de mis deseos de estar siempre contigo, no me atrevía antes a proponerte que viviésemos juntos, porque sabía que nada valía para ti como la casa donde podías ver a Leonor con tanta frecuencia. Ahora estás solo; ¿por qué no te vienes a casa? Tú conoces a mi tía; es una santa, y te quiere porque eres mi amigo; estarás como en tu casa, y te cuidaremos como a un niño regalón.

La sinceridad de aquella oferta decidió al instante a Martín, que dio con efusión las gracias a su amigo.

—Bueno —dijo Rafael con alegría—, principia desde esta noche; te cedo mi cama, y mañana enviamos por tu equipaje.

—Tengo proyectado un paseo para mañana —contestó Martín—, y prefiero, para hallar más fácilmente un carruaje temprano, no venirme hasta mañana por la tarde.

—Como te parezca; ¿adónde vas?

—A Renca, a ver a Edelmira.

Diéronse las buenas noches y se separaron.

A las diez de la mañana del día siguiente recorría Martín el camino de Renca, cuyos incidentes le trazaban el cuadro de las esperanzas con que por primera vez los había visto. Entonces encontraba en los paisajes que se ofrecían a sus ojos las promesas de alegres días pasados en el campo al lado de Leonor; ahora, menos la imagen de la niña amante, todo había desaparecido de hecho, condenado al luto antes de haber conocido la alegría. Al divisar la casa en que había dejado a Edelmira, disipóse en tanto esta preocupación, que vino a reemplazar la de la suerte de aquella niña, a la cual profesaba una sincera amistad.

Se bajó en el patio y se dirigió a la casa; Edelmira le había visto desde la ventana de la pieza en que se hallaba, y salió corriendo a recibirle.

El sincero cariño con que Martín la saludó, hizo desaparecer del rostro de Edelmira el tinte de rubor con que, al verse cerca del joven, se había cubierto. Y ambos entablaron una conversación en la que se trató primero de la vida que habían llevado durante los últimos dos meses.

—Aunque deseo mucho volver al lado de mi mamita —dijo Edelmira, después de esto—, quiero que pase algún tiempo más todavía, para estar segura de que Ricardo se ha retirado de casa para siempre.

Ninguna palabra que hiciese alusión a la última carta de Edelmira fue pronunciada en aquella entrevista, en la que la tía de la niña tomó parte, rodeando de atenciones a Martín. Dos horas después, cuando Rivas se despedía, Edelmira se levantó, con la expresión de una persona que ha tomado una resolución después de vacilar algún tiempo.

—Tengo que preguntarle algo —dijo a Martín, aprovechándose de un instante en que la tía acababa de salir.

—Estoy a sus órdenes —contestó el joven.

—Para que usted me conteste como lo deseo —repuso Edelmira poniéndose encarnada—, le recordaré lo franca que he sido con usted.

—Lo recuerdo muy bien, y le juro a usted...

—No me jure nada; pero respóndame a lo que voy a preguntarle: ¿no es Leonor a quien usted ama?

—Sí.

—Así lo he pensado siempre, y como mi hermano me contó hace poco la visita que le hizo con Ricardo al padre de la señorita, he visto que el servicio que usted me hizo le debe haber perjudicado.

—Algo hay de eso —dijo Martín, tratando de sonreírse.

Entró la tía de Edelmira, y el joven se despidió de ambas.

Edelmira salió a acompañarle como lo había hecho la primera vez y se detuvo largo rato a contemplar el carruaje en que marchaba Rivas. Cuando éste se perdió de vista en un recodo del camino. Edelmira entró en la pieza y dijo a su tía:

—¿No le decía yo? Martín ha perdido por mí su felicidad, pero yo haré cuanto pueda para devolvérsela; así tal vez logre pagarle su generosidad.

54

El 15 de abril entró Matilde en casa de Leonor, acompañada de su madre. Esta y la hija iban vestidas de basquiña y mantón. Venían de la iglesia, y eran las nueve de la mañana. Doña Francisca entró en el cuarto de su hermano, y Matilde, en el de Leonor.

—¿Qué haces? —preguntó a la hija de don Dámaso, que con un libro en la mano miraba a una ventana, en vez de leer.

—Nada; estaba leyendo.

—¿Sabes por qué he venido a verte a estas horas?

—No sé.

—Al salir de San Francisco he tenido un encuentro.

—¿Con quién?

—Adivina.

Leonor tuvo el nombre de Rivas en los labios, pero contestó:

—No se me ocurre.

—Con Martín —dijo Matilde—; me conoció al momento, y me saludó. Leonor no trató de disimular la turbación que se pintó en su semblante.

—¡Esta aquí —exclamó—, y mi papá que lo ha hecho buscar, suponiendo que hubiese llegado! ¿Cómo viene?

—Buen mozo; me ha parecido mejor que antes.

—¿Iba solo? —preguntó con malicia Leonor.

—Solo, y aun cuando hubiese ido con Rafael, te aseguro que poco me hubiera importado; tú sabes que eso se acabó.

Pocos momentos después vino doña Francisca a buscar a su hija y se despidieron de Leonor.

Quedó ésta reflexionando sobre la noticia que su prima acababa de traerle. Sabía que anunciando la llegada de Rivas a don Dámaso, éste haría todo lo posible por llevarle de nuevo a su casa, pero la alegría que le dio la idea de ver a Martín como antes, en la intimidad de la vida privada, le disipó muy luego el recuerdo de los motivos porque el joven había salido de su casa.

"¿Cómo sé yo si me ama?", se dijo con humildad la altiva belleza, a quien los más distinguidos galanes de la capital continuaban tributando rendido homenaje.

El amor, durante aquel tiempo, había hecho en su orgullo la obra de una gota de agua que cae constantemente sobre una piedra: había vencido su altanera resistencia. Su vigorosa organización moral cedía ante el imperio de la pasión, porque era mujer antes de ser la hija mimada de sus padres y de la sociedad elegante en que había cultivado los gérmenes de altanería de su carácter. Aquella soberbia hermosura, que había jugado con el corazón de varios admiradores sumisos, aceptaba francamente ahora el papel de amante desdeñada, y experimentaba un placer irresistible en consagrar su corazón al que al principio consideraba como un ser insignificante. Bajo el imperio de la transformación gradual operada en todo su ser, las pálidas flores del sentimentalismo habían alcanzado sus melancólicas corolas en el alma que poco tiempo antes se reía del vasallaje que el amor, tarde o temprano, debe imponer a los corazones bien dotados por el cielo.

Después de almorzar, evocó Leonor los recuerdos de sus conversaciones con Martín, de esos incidentes triviales que componen un mundo para los enamorados, tocando en el piano las piezas que esos días tocaba con más frecuencia.

En esta ocupación la encontró una criada, que se acercó a ella, y le dijo:

—Una señorita está en el patio, y pregunta por su merced.

Leonor entreabrió las cortinas de una ventana y miró al patio. Vio allí a una niña, vestida de basquiña y mantón, cuyo rostro juvenil y hermoso sugirió a Leonor esta pregunta: "¿Dónde he visto a esta niña?".

El mantón cubría una parte de la frente de la desconocida, y daba de este modo a sus facciones una expresión que muy bien explicaba la dificultad de Leonor para conocerla.

—Pregunta cómo se llama —dijo a la criada.

Desempeñó ésta el encargo y oyó la contestación siguiente:

—Dígale que soy Edelmira Molina, y que necesito mucho hablar a solas con ella.

—¡Edelmira! — exclamó Leonor cuando la criada le dijo este nombre.

Pareció reflexionar algunos momentos, y luego, levantando la vista:

—Hazla entrar en mi cuarto —dijo.

Cuando la criada salió de nuevo al patio, Leonor echó una mirada a uno de los espejos del salón en que se hallaba, y, sin pensar tal vez en lo que hacía, arregló sus cabellos divididos en dos largas y gruesas trenzas. Hecho esto, se dirigió a su cuarto, al que también acababa de entrar Edelmira.

Leonor contestó con ademán de reina al humilde saludo de la que creía su rival.

—Señorita —dijo ésta, con algún embarazo, vengo aquí a cumplir con un deber.

—Siéntese —dijo Leonor, que conoció los esfuerzos que hacía Edelmira para vencer su turbación.

Edelmira tomó la silla que le señalaba y volvió a decir:

—Debo un gran servicio a un joven que vivía en esta casa el año pasado y como hace pocos días que he sabido la causa por qué salió de aquí, sólo ahora he podido venir. Mi hermano —añadió— me ha traído aquí y me espera en la puerta.

—¿Y qué puedo hacer yo en este asunto? —preguntó Leonor con voz seca.

—Yo me dirijo a usted —repuso Edelmira—, porque no me había atrevido a hablar con su mamá, y veía que de todos modos debía dar este paso para justificar a Martín.

El nombre del joven por quien el corazón de aquellas dos niñas latía resonó durante algunos segundos en la pieza.

—He sabido —prosiguió Edelmira— que aquí han creído que Martín me había sacado de mi casa. Así lo hicieron creer a su padre de usted mi hermano y otro joven que estuvieron aquí con él el mismo día que yo me fui de Santiago a Renca, en donde he vivido hasta ahora.

—¿Se fue usted sola? —preguntó Leonor con cierta ironía mezclada de inquietud.

—No; Martín tuvo la generosidad de acompañarme —contestó Edelmira con sencillez—. Por eso creyeron que él tenía amores conmigo y me robaba de mi casa; pero esto no es lo cierto; yo me fui a Renca, porque querían que me casase con el joven que ese día vino aquí con mi hermano, Martín tuvo la bondad de acompañarme, y sin él sería ahora desgraciada.

—Muy generoso y desinteresado ha sido el señor Rivas, en efecto —dijo Leonor—, puesto que sin que usted le amase se exponía de ese modo.

—Yo no he dicho que no le amo —dijo con viveza y energía Edelmira.

—¡Ah! —exclamó Leonor, en cuyos ojos brillaron rayos de despecho.

Aquella mirada hizo suspirar a la otra niña, porque con ello le bastaba para convencerse de que Martín era correspondido por Leonor.

—No veo, entonces —dijo con altanería Leonor—, lo que tengo que hacer yo en todo esto; si usted ama a Martín, será mejor decírselo a él mismo.

—Sí, señorita, le amo —repuso con humilde, pero apasionado acento Edelmira—; pero él no me ama ni me ha amado nunca.

—No sé si debo alabar su franqueza más que su modestia —dijo Leonor con voz sarcástica—, y siento que Martín no esté aquí para interceder con él en favor de usted.

—No he venido a pedir servicio ninguno —replicó Edelmira con altivez—; he venido a justificar a Martín, porque he sido tal vez la causa de su desgracia.

—¡Ah!, ¿es desgraciado?

—Sí, lo sé por él mismo; me lo ha dicho hace dos días.

—¿Dónde le ha visto usted? —preguntó Leonor, olvidándose de su papel de indiferente.

—Fue a verme a Renca.

—Es mucha fineza —dijo Leonor con amargo tono de burla—. ¡Cómo dice usted que no corresponde a su amor!

—Ha sido porque es noble y me ha prometido su amistad.

—No desmaye usted; de la amistad al amor no hay mucha distancia.

—No, señorita; es sólo un amigo, y tengo pruebas que justifican lo que digo.

—¿Pruebas?

—Sí, tengo pruebas y las traigo, porque, como dije hace poco rato, mi deber es el de justificar a quien me ha servido con generosidad.

Sacó Edelmira todas las cartas que conservaba de Martín y las presentó a Leonor.

—Si usted se toma la molestia de leer estas cartas —le dijo—, verá que es la verdad cuanto acabo de referir.

Leonor abrió la primera carta que le pasó Edelmira, y principió a leerla con una sonrisa de desprecio.

—Pero ésta parece una contestación —exclamó cuando había recorrido algunas líneas.

Edelmira le explicó lo que ella había escrito a Martín, y Leonor prosiguió su lectura, no ya con aire de desprecio, sino de vivo interés. De este modo, conoció la rectitud de las amistosas relaciones que mediaban entre Edelmira y Martín, y la lealtad con que éste había procedido en aquel asunto. Al leer la carta que Rivas dirigió a Edelmira antes de emprender su viaje, Leonor tuvo dificultad para disimular su alegría. No podía quedarle ya ninguna duda de que era dueño del corazón cuyo nobleza se revelaba en las cartas que tenía en sus manos.

Al mirar a Edelmira, después de esta lectura, la expresión de su rostro había cambiado completamente. A la irónica terquedad de sus ojos reemplazaba en ese momento la más afectuosa benevolencia.

—Estas cartas —dijo— no dejan la menor duda y honran sobremanera la generosidad de usted.

—Señorita —contestó con entusiasmo Edelmira—, ningún sacrificio me sena penoso tratándose de Martín, y no hablo así por el amor que le tengo, porque usted ha visto que con esas cartas no puede quedarme esperanza, sino porque mi reconocimiento es verdadero; así es que sólo cumplo con un deber contando a usted la verdad.

—Yo doy a usted las gracias por la confianza que ha tenido en mí, no sólo por mi parte, sino también por la de mi familia, porque debemos a Martín servicios de importancia, y mi papá se alegrará mucho de ir a verle. ¿Sabe usted dónde vive ahora?

—En casa de un joven, San Luis, amigo suyo.

Al despedirse, Leonor acompañó a Edelmira hasta el patio y estrechó su mano con cariño. Estas manifestaciones afectuosas acabaron de convencer a Edelmira de que Rivas era correspondido.

Leonor, después de esto, llamó a la puerta de Agustín, quien se encontraba en las graves ocupaciones de su tocado.

—Me estoy haciendo la *toilette* y soy a ti al instante —le dijo el joven.

Al poco rato abrió la puerta y Leonor entró en la pieza.

—Te traigo una buena noticia —dijo ésta.

—¿Que has visto a Matilde? —preguntó el elegante creyendo que se trataba de su prima, a quien cada día se sentía más aficionado.

—No, es otra clase de noticia, Martín está en Santiago.

—No ha mucho pensaba en él, ¡tan buen amigo! Me ha hecho falta este tiempo; ¿dónde vive?

—En casa de San Luis.

—¡Eso es grave!

—¿Por qué?

—Porque, como sabes, soy el sucesor de ese joven en el corazón de la prima.

—No importa: tú debes ir a buscar a Martín.

—¡Cáspita, hermanita! eres perentoria.

¿Te olvidas cómo ha salido Martín de casa?

—No, no; la culpa es de papá, que dio importancia a chismes indignos.

—Por eso nos toca reparar el mal y quitarle el derecho que le hemos dado de creernos ingratos.

—No hablabas así hace poco, hermanita.

—Sí, pero ahora he cambiado.

—El rey caballero lo decía: *souvent femme varié*; eso viene en todos los libros franceses, hermanita, y es la verdad.

Quedó convenido que Agustín y Leonor hablarían con don Dámaso sobre aquel asunto, y como en la tarde recibiese éste con placer la noticia, diciendo que Martín le hacía más falta cada día, el elegante fue en la noche a casa de Rafael.

Éste y Martín habían salido, por lo cual Agustín quedó en volver al día siguiente.

Importa mucho recordar que ese día siguiente era el 19 de abril de 1851.

55

Martín y Rafael volvieron a la casa de éste a las doce de la noche del 18 de abril. En los dos era fácil conocer la exaltación que al espíritu comunica las pasiones políticas, porque su hablar era animado, y eran entusiásticos el gesto y la mirada con que apoyaban sus liberales disertaciones, y los cargos que por entonces formulaba la oposición contra el Gobierno, que terminaba su segundo periodo, y contra el que se temía le reemplazase.

Martín había abrazado con calor la causa del pueblo, y conseguido con esto desterrar de su pecho la honda melancolía que durante los dos últimos meses le agobiaba. Poniendo empeño en acallar la voz de su amor en el ruido de las pasiones políticas, había logrado alcanzar que la imagen de Leonor viviese en su memoria como un dulce recuerdo, y no como el constante aguijón que destroza el alma de los que se dejan avasallar por el dolor. A fin de conservarse en tal estado, Rivas vivía entre sus libros durante el día y entre los correligionarios políticos durante la noche.

Rafael, que nada estudiaba, vivía entregado a ocupaciones de las que no daba cuenta ni a su amigo. Sombrío y silencioso a veces, aparentando en otras ocasiones una gran alegría, conversaba en secreto con personas que con frecuencia venían a buscarle, y solía salir de la casa después de llegar con Martín del club secreto que frecuentaban. Algo misterioso había en su conducta que llamaba la atención de Rivas; pero hasta entonces éste se había abstenido de toda pregunta.

Los nombres de Leonor y Matilde se pronunciaban rara vez entre los dos jóvenes, pareciendo que cada uno de ellos quería ocultar al otro el culto que a su pesar les profesaban en silencio.

Llegaron, como dijimos, a casa de Rafael a las doce de la noche.

Al encender la luz, colocada sobre una mesa, se ofreció a sus ojos una tarjeta que San Luis acercó a la vela y pasó después a Rivas.

Agustín Encina. decía la tarjeta. Y más abajo, escrito con lápiz: *Volveré mañana a las once*

Martín se sentó preocupado, mientras que San Luis encendió un cigarro y empezó a pasearse. El calor con que ambos hablaban al entrar parecía haber desaparecido con la lectura de la tarjeta. Al cabo de algunos minutos, Rafael interrumpió el silencio.

—¿Qué dices de esta visita? —preguntó, parándose delante de Martín.

—No lo esperaba —respondió éste.

—Pero te alegra.

—No sé.

—Te vendrán a proponer que vuelvas a su casa.

—No lo creo.

—Supón que fuese así, ¿qué harías?

—No aceptaría la oferta.

—¿Y si te la hacen no sólo en nombre de los padres, sino también en

el de la hija?

—Contestaría lo mismo.

—Haces bien —dijo San Luis, volviendo a su paseo.

—No puedo negar que es una familia a la que le debo muchas consideraciones —repuso Martín después de breve pausa—. Llegué a Santiago pobre y sin apoyo: ella no sólo me ha dado hospitalidad que muchos ofrecen a sus parientes cercanos como una limosna, me ha dado más que eso: un lugar en la vida privada de la familia y en el aprecio y distinciones de que me han colmado.

—¿Cuentas por nada tus servicios a don Dámaso y el haber sacado a su hijo del atolladero en que se encontraba?

—Habría podido hacer más aún en servicio de ellos, y no estaría por esto libre del reconocimiento que les debo.

—Entonces vuelve a la casa —dijo con áspera voz Rafael.

—He dicho que no volveré —repuso Martín con voz seca.

Reinó nuevamente el silencio, que por segunda vez rompió San Luis, entablando la interrumpida conversación política. Pero Martín no tomó parte en ella con la animación que manifestaba antes de haber visto la tarjeta, con lo cual viéndole preocupado San Luis, le dio las buenas noches y se retiró.

Fue puntual Agustín a la cita del día siguiente; pues a las once de la mañana entraba en el cuarto de Rivas.

Los dos jóvenes se abrazaron con cariño.

—Te vengo a llevar —dijo Agustín—, y te traigo finos recuerdos de todos los de la casa, desde papá, que desea abrazarte, hasta Diamela, que igualmente aspira a morderte los talones.

—Mi querido Agustín —dijo Rivas—, ¡cuánto agradezco a tu familia el cariño que me dispensa! Nunca podré olvidarlo; pero, como ves, me hallo en la absoluta imposibilidad de aceptar tan cordial ofrecimiento.

—Yo pregunto, ¿por qué?

—Porque no me perdonaría Rafael que lo dejase solo.

—Tu primera casa ha sido la nuestra —repitió Agustín

—Ya lo sé, y conservo por las atenciones que debo a tu familia un profundo agradecimiento.

—*Es igual,* querido: si no vienes, te llamaremos ingrato en todos los tonos posibles.

—Por no serlo rehusó tu oferta muy a pesar mío —dijo Rivas, golpeando cariñosamente el hombro del elegante.

—Vamos, querido, *pas de façons* conmigo, vámonos; mira que he prometido especialmente a una persona que no volvería sin ti.

—¿A quién? —preguntó Rivas con vivo interés.

—A Leonor: por ella hemos sabido que estabas aquí; yo no sé cómo lo ha averiguado; ya se ve, los franceses tienen razón al decir: "Lo que quiere la mujer, Dios lo quiere".

—Manifestarás a la señorita Leonor cuanto le agradezco su interés —dijo Martín conmovido— y lo que siento no poder aceptar el generoso hospedaje que ustedes me ofrecen.

—Sí, bien me recibirá ella —dijo el elegante—; cuando Leonor formula un deseo, se entiende que es una orden, y ella ha dicho terminantemente que todos tenemos el deber de reparar la ofensa que te hicimos, interpretando mal una acción que prueba tu generosidad.

—¡Ah, me hace justicia! —exclamó Rivas con alegría.

—¡Y quién no te la *rinde*! —exclamó Agustín en el mismo tono .En casa la opinión es unánime, menos en política, porque todavía *no puedo tomar tino* a papá; hoy es opositor y mañana ministerial. Conque no te *arrestes* a esto; vente con toda confianza. Papá dice que te necesita mucho.

Volvió Martín a excusarse alegando sus compromisos con San Luis.

—Tendrás que venir a casa en persona a explicarte —le contestó Agustín—. ¿Anuncio tu visita?

—Trataré de ir esta noche —dijo Rivas.

Obtenida esta contestación, lanzóse Agustín, con su ordinaria locuacidad, en la vía de las confidencias, refiriendo sus amores con Matilde y las esperanzas que alimentaba de ser correspondido

Al cabo de una hora se despidió, dejando a Martín entregado a las meditaciones que lo relativo a Leonor le sugería. El recuerdo de las pasadas escenas en casa de la niña, y del voluble carácter con que le había tratado, contenía la fuerza que el deseo de verla había despertado en él gracias a las palabras de Agustín.

En estas meditaciones y sin haber determinado aún nada fijo sobre la visita que había ofrecido para la noche, le encontró Rafael a las cuatro de la tarde.

Rafael parecía alegre y animado. Con una sonrisa preguntó a Rivas:

—¿Vino Agustín?

—Sí, me ha hecho una larga visita.

—¿Te convidó para llevarte a casa?

—Mucho.

—¿Qué contestaste?

Que trataría de ir esta noche.

—Mal hecho —dijo Rafael, con el tono de autoridad que Martín le había visto emplear con sus camaradas de colegio, pero que jamás había usado con él.

—Eso sólo puedo juzgarlo yo —repuso Rivas, cuyo altivo corazón se sublevaba contra toda tiranía.

—En la intimidad en que vivimos, bien puedo darte un consejo —repuso San Luis, dulcificando la voz.

—A ver el consejo —dijo Martín.

—Creo que no debes ir a esa casa, a lo menos por ahora.

—¿Y por qué?

—Porque te expones a entrar de nuevo en la carrera de los sufrimientos que te he visto recorrer desde que te conozco. Tienes un corazón demasiado puro, Martín, para arrojarlo a los pies de una niña orgullosa y llena de inexplicables caprichos: lo pisará sin piedad por el gusto de presentarlo como una víctima más sacrificada a su hermosura. Por otra parte, nada avanzarías haciéndole esta noche una visita, porque, tímido como eres con las mujeres, cuando más te atreverás a mirarla, y buscarás cualquier pretexto para hacerte nuevamente su esclavo.

Aquí San Luis hizo una pausa, pero viendo que Martín nada replicaba, prosiguió:

—Te traigo una noticia que puede hacerte tomar otro camino para llegar a un desenlace en tus ya demasiado románticos amores.

—¿Qué noticia?

—Te preguntaré antes de dártela, una cosa.

—A ver...

—Las opiniones que has emitido en nuestro club secreto, ¿han sido sinceras o hijas solamente del hastío de tu alma?

—Si no fueran sinceras no las habría emitido.

—Es decir, que has abrazado nuestra causa con todas sus consecuencias.

—Con todas —dijo Martín, con aire resuelto.

—¿Y miras como formales los compromisos que has contraído allí de tender tu brazo a la disposición de una orden que yo te asegure ser de nuestro jefe?

—Los miro como sagrados.

—¿Ni Leonor te haría desistir de cumplirlos?

—Ni ella ni nadie.

—Eres el hombre que he creído siempre conocer —dijo San Luis, sentándose frente a su amigo.

—Espero tu noticia, después de tan ceremonioso interrogatorio —le contestó éste.

—Mi noticia es ésta: todo está preparado y mañana estalla la revolución.

Rafael había bajado la voz para decir estas palabras.

—Muy pocos —continuó— poseen este secreto. De nuestro club sólo cuatro lo saben, y entre ellos y yo hemos distribuido los puestos a los demás. Te he reservado para que seas mi segundo si aceptas el combate.

—Has hecho bien —dijo Martín, con animación.

—Ya ves —repuso San Luis— por qué me oponía a tu visita a Leonor: tengo miedo de su poder y no querría que nuestros amigos te tuviesen por cobarde.

—Tienes razón: no iré a verla.

—Muchos creen que no habrá combate y que la fuerza de línea se plegará en masa a nuestras banderas; yo no lo creo, pero tengo fe en nuestro triunfo.

—¿Con qué fuerzas cuentan ustedes? —preguntó Rivas.

—Lo más seguro es el batallón Valdivia; a este cuerpo añaden parte del Chacabuco y tal vez una fuerza de Artillería. Para mí, lo único que hay de positivo es el Valdivia, con el cual, bien dirigido, y con la gente del pueblo que nosotros armaremos, podemos apoderarnos de todos los cuarteles, principiando por el de la Artillería, de donde podemos sacar los pertrechos de guerra que nos falten; Bilbao y muchos otros que tú conoces tomarán parte en la jornada y les he prometido que serías de los nuestros.

—Te doy las gracias por la buena opinión que de mí tienes —dijo Martín, estrechando la mano de su amigo—, y pondré empeño en que no la pierdas.

—Antes de pasar adelante y como tenemos toda la noche para hablar sobre esto —repuso San Luis—, voy a decirte ahora lo que he pensado que podrías hacer, en lugar de ir a casa de Leonor.

—¿Qué cosa?

—Estoy seguro que aunque vivas con ella otro tiempo igual al que has pasado en la casa, nunca te atreverás a declararle tu amor.

—Si no fuese tan rica y no debiese a su padre tantas atenciones, tal vez me atrevería contestó Rivas.

—En esas razones fundo yo mi opinión, y como son reales, digo la verdad: no te atreverás a declararte. Por otra parte, ella es demasiado orgullosa para tenderte la mano y decirte: "He leído, Martín, en tu corazón, porque el mío siente lo mismo". Esto es demasiado hermoso para que pueda realizarse.

—¡Así es! —exclamó Martín, dando un suspiro.

—No te queda, pues, más que un camino, y excusará a tus ojos el paso que voy a aconsejarte lo excepcional de la situación en que te encuentras.

—Espero tu idea con impaciencia.

—Mi idea es que le escribas diciéndole que la amas y que tu carta se la entreguen mañana.

Martín se quedó pensativo.

—¿Deseas que ella ignore siempre tu amor? —dijo Rafael.

—¡No! —contestó Rivas, con calurosa voz.

—Pues entonces nunca tendrás mejor ocasión que ahora para decírselo: la proximidad de un peligro disculpa tu osadía, y ella, si te ama dará su perdón con toda su alma. Si por el contrario no eres correspondido, nada pierdes, puesto que no habrás ido a presentarte en la casa y no podrán acusarte de deslealtad.

Pocos argumentos más tuvo que emplear San Luis para convencer a Rivas, que olvidó el peligro que al siguiente día le aguardaba, para entregarse al placer de un desahogo al que después de tanto tiempo aspiraba su corazón.

En la noche, Rafael se despidió de Rivas:

—Aquí te dejo —le dijo; yo voy a recibir las últimas órdenes y me tendrás de vuelta antes de las doce.

Cerró la puerta y Martín se acercó a la mesa para escribir la carta cuyas frases brillaban ya en su imaginación con caracteres de fuego.

56

Era para Martín aquella ocasión la circunstancia más solemne de su vida: iba por primera vez a hablar de su amor a la que dominaba su corazón, y se hallaba en vísperas de acometer una empresa en que jugaba la vida. Sin sentir miedo, experimentaba, sin embargo, esa zozobra que a los pechos más enérgicos infunde la idea de la muerte cercana, cuando el vigor de la salud parece aferrar el alma con más fuerza al nativo instinto de la conservación. En tal estado, tomó la pluma y escribió.

Señorita:

Cuando usted reciba esta carta, tal vez habré dejado de existir o me encuentre en gravísimo peligro de ello; sólo con esta convicción me atrevo a dirigírsela. ¿Es un secreto para usted el amor que me ha inspirado? No lo sé. A pesar de la timidez que usted me ha infundido siempre; a pesar, también, de las consideraciones que debo a la familia que con tanta generosidad me ha tratado, creo no haber tenido siempre la fuerza suficiente para ocultar el secreto de mi pecho. Hago a usted esta confesión con toda la sinceridad de mi alma y sin pretensiones: usted ha sido mi primero y único amor en la vida. La resistencia que la razón me aconsejaba oponer al dominio de este amor no ha tenido poder para combatirlo y mi corazón se ha sometido a su imperio sin fuerza para resistir, como sin esperanza de verlo correspondido. Después de haber luchado con él, y conseguido al menos el triunfo de ocultarlo a todos y a usted, no puedo resistir al consuelo de hablarle de él, cuando un accidente natural puede mañana quitarme la vida. Perdóneme usted tan atrevida debilidad; es tal vez el adiós de un moribundo; tal vez la despedida de uno a quien mañana, siéndole la suerte adversa, tendrá que vagar lejos de usted; de todos modos es una confidencia que entrego a su lealtad y espero que no mire usted con desdén ni trate con burla, porque parte de un corazón que se cree digno de su aprecio, ya que no ha querido mi estrella que lo sea de su amor.

Además, señorita, nada he dicho hasta ahora, desde que dejé su casa, para sincerarme de una acusación injusta, que tal vez el tiempo ponga en transparencia. Y si he tenido energía para resignarme a sufrir el peso de deshonrosas inculpaciones, mientras he tenido la esperanza de poder justificarme, ahora que puede faltarme para siempre la ocasión de hacerlo, he querido a lo menos repetir a usted que fueron sinceros los descargos que antes di de mi conducta, y llevar así el consuelo de que usted me crea ahora, considerando la solemnidad del momento en que le hago este recuerdo.

Martín agregó a esta carta las manifestaciones del agradecimiento que conservaba a la familia de Leonor y evitó, como en las líneas que preceden, el amanerado romanticismo puesto en boga por las novelas para estilo amatorio epistolar. Al dirigirse a una niña que en los familiares escenas de la vida íntima no había perdido a sus ojos las proporciones de un ídolo, Rivas no halló otra expresión del profundo amor que dominaba su alma, ni pudo explayar el fuego de la imaginación exaltada con frases prestigiosas que bullen en el cerebro de los enamorados. No obstante, después de releer varias veces aquella carta, sintióse como descargado de un peso al imaginarse que no moriría sin que Leonor conociese su corazón y le diese a lo menos su aprecio, en cambio del amor que le enviaba como una ofrenda respetuosa.

A las once de la noche, entró San Luis en el cuarto.

—Todo marcha perfectamente —le dijo a Martín—, y aquí traigo nuestros arreos de batalla.

Diciendo esto, sacó dos cintos con un par de pistolas cada uno y dos espadas que traía ocultas bajo una capa.

—Aquí tienes —prosiguió, pasando a Rivas un cinto y una espada—: te armo defensor de la patria, en cuyo nombre te entrego estas armas para que combatas por ella.

Los dos jóvenes revisaron las armas, se distribuyeron los cartuchos preparados para las pistolas y se ciñeron las espadas, ocultándose su mutua preocupación bajo un exterior risueño y palabras chistosas sobre su improvisada situación de guerreros.

Después de esto, Rafael explicó a Martín lo que sabía del plan de ataque y de los elementos con que contaban para el triunfo. Durante esta conversación, que se prolongó hasta las dos de la mañana, alarmábanse con cada ruido que oían en la calle, permaneciendo a veces largos intervalos en silencio, como si hubiesen querido percibir, en medio de la quietud de la noche, cualquier movimiento de la dormida población.

—La hora de ir a nuestro puesto se acerca —dijo Rafael mirando el reloj, que apuntaba las tres—; ¿tienes ahí tu carta?

—Sí —contestó Martín.

—He pagado un peso al criado de don Dámaso para que me espere —añadió San Luis—, prometiéndole ocho al entregarle tu carta.

Salió de la pieza al decir eso y volvió al cabo de pocos momentos su rostro estaba pálido y conmovido.

—¡Pobre tía! —dijo al entrar—, duerme tranquila.

Arrojó una mirada a los muebles, testigos de sus alegrías y pesares, y, como el que quiere sustraerse al peso de los recuerdos, exclamó:

—Vámonos luego, tal vez volveremos victoriosos.

Salieron a la calle, ocultando las armas bajo las capas con que se habían cubierto, y caminaron silenciosos hasta la Plaza de Armas, que atravesaron, dirigiéndose de allí a la casa de don Dámaso Encina. Al llegar a ésta, San Luis dijo a Martín:

—Espérame aquí.

Y llegó a la puerta de calle, que golpeó suavemente. El criado abrió al instante.

—Entregarás esta carta a la señorita Leonor —le dijo, dándole la carta de Martín—. Es necesario que se la des apenas se levante y en sus propias manos. Aquí tienes tu plata —añadió, renovando su encargo y haciendo prometer al criado que lo cumpliría fielmente.

Llamó en seguida a Rivas y caminaron juntos hasta el tajamar. Allí se dirigió Rafael a una casa vieja, cuya puerta abrió con facilidad, e hizo entrar a Rivas en un patio oscuro, juntando tras él la puerta de calle.

Pocos instantes después empezaron a llegar grupos de dos y tres hombres, armados con pistolas que ocultaban bajo las mantas o las chaquetas, y a medida que los minutos transcurrían, la puerta daba paso a nuevos grupos que fueron llenando el patio.

San Luis los juntó y los distribuyó en dos grupos, a los que dio, lo mejor que pudo, una formación militar, y confió el mando de uno de esos grupos a Martín y a otro joven del otro, reservándose el mando en jefe para sí. Algunos otros jóvenes del club a que Rivas y San Luis asistían fueron colocados por éste en puestos subalternos, y, formada en batalla toda su gente, hízoles Rafael una ligera arenga, apelando al valor chileno. Después de esto dio a uno de sus oficiales la orden de ir a la plaza y venir a avisar la llegada de la fuerza de línea que allí debía reunirse. El emisario volvió al cabo de diez minutos, anunciando que el batallón Valdivia iba llegando.

Dio entonces San Luis la señal de la marcha, y todos en el mejor orden se dirigieron al punto designado, al que llegaron pocos momentos después que el batallón Valdivia, que tan importante papel debía desempeñar en la jornada del 20 de abril.

San Luis se reunió al coronel don Pedro Urriola, jefe principal del motín, y conferenció con él y con los demás jefes que habían concertado el movimiento. La opinión de que la fuerza de línea y la cívica tomarían parte en favor de ellos prevalecía en casi todos, y Rafael fue uno de los que con más calor abogaron por que era necesario entrar inmediatamente en acción y apoderarse de los cuarteles para armar al pueblo.

El tiempo transcurría dando razón a los que opinaban por el ataque, pues a la cinco y media de la mañana se había aumentado muy poco la tropa revolucionaria, estacionada en la Plaza de Armas desde las cuatro.

Dicidióse, pues, a principiar el ataque, y se dio la orden a un piquete de marchar, en compañía de la fuerza de San Luis, a apoderarse del cuartel de bomberos.

Los de línea y los paisanos se pusieron en marcha a quemar los primeros cartuchos en un combate que, con el tiempo perdido en tomar aquella determinación debía ser uno de los más sangrientos que recuerda la historia de la capital de Chile.

57

De una publicación hecha al día siguiente de la lucha, tomamos dos párrafos, que describen los preliminares del combate del 20 de abril.

"Dirigióse el coronel Urriola a la plaza —dice el escrito citado— y logró sorprender al principal, que sólo tenía tres hombres fuera, estando el resto de la guardia dentro del cuartel, como de costumbre"

"También se tomaron el cuartel de bomberos, y las armas del cuartel se repartieron al pueblo, y se agregaron a los sublevados los soldados de la guardia; lo mismo que se hizo con los soldados del Chacabuco que estaban en el principal."

El cuartel de bomberos, en efecto, había opuesto muy poca resistencia al ataque de los amotinados, que se apoderaron de las armas y regresaron a la Plaza en mayor número.

Allí vino a consternarlos una noticia desesperada: dos sargentos del Valdivia, que habían marchado en dos piquetes de este cuerpo a apoderarse del cuartel que ocupaba el batallón número 3 de la guardia nacional, acababan de insurreccionarse contra los oficiales que mandaron esa fuerza y dispararon un tiro de fusil a cada uno de ellos dejando muerto al uno y herido al otro gravemente, después de lo cual se habían dirigido con los piquetes a engrosar las filas del Gobierno.

Esta noticia llegó a la Plaza esparciendo entre los revolucionarios funestos presentimientos; el ejemplo de la defección podía hacerse contagioso y cundir en el batallón Valdivia, única fuerza veterana que hasta entonces hubiese tomado parte en la sublevación.

Entretanto, la noticia del motín había resonado en los confines más apartados de la ciudad, y el pueblo acudía en tropel a la Plaza de Armas, en donde los jefes de la insurrección predicaban la revuelta sin tener armas que ofrecer a los que se presentaban a tomar parte en ella. La misma noticia, comunicada también al Gobierno por distintas personas, había hecho que los partidarios de la administración aprovechasen para la defensa los preciosos momentos que los revolucionarios habían perdido en inútiles escaramuzas y vanas expectativas. Tocábase la generala en todos los cuarteles, apercibíase el de Artillería para la resistencia, reuníanse en la plazuela de la Moneda las compañías de los cuerpos cívicos que se habían podido poner sobre las armas, y apoderábase la fuerza del Gobierno del cerro de Santa Lucía dominando las calles circunvecinas.

Los de la Plaza, durante aquel tiempo, viendo que ninguna nueva fuerza se plegaba a sus banderas y careciendo de armas para el pueblo, resolvieron dar un ataque al cuartel de Artillería, depósito de armas y municiones, y punto, por consiguiente, de gran importancia para el éxito de la empresa. "El cuartel de artillería —dice la relación citada ya— está situado al pie del cerro Santa Lucía hacia la Cañada en una casa de alquiler, malísima posición militar, haciendo esquina entre la calle Angosta de las Recogidas y la Cañada. Con un espacio inmenso abierto a su frente y a los costados, tiene una calle de atravieso a ocho varas de la puerta principal, lo que expone a un golpe de mano las piezas de artillería que saliesen a obrar a la puerta. Casi al frente de esta puerta principal está la calle de San Isidro, desde donde puede ser barrida la puerta por los fuegos de fuerzas superiores."

Para llegar al cuartel, cuya posición queda descrita, los revolucionarios se dirigieron a la Cañada por la calle del Estado.

Antes de describir el sangriento combate que tuvo lugar en aquel punto, nos es forzoso ver lo que pasaba a esa hora en casa de don Dámaso Encina.

Situada la casa de éste en una de las calles más céntricas de Santiago, la noticia de la revolución vino a despertar a la familia en medio del profundo sueño de las primeras horas de la mañana.

Don Dámaso dio un salto de su cama a la voz de revolución que daban los criados en las piezas inmediatas a su dormitorio; saltó imitado por doña Engracia con admirable agilidad al oír a su marido, con acento aterrado, decía mientras buscaba sus pantalones:

—¡Hija, revolución, revolución!

La falta de luz aumentaba el terror de aquellas palabras, que no sólo asustaron a doña Engracia, sino que aumentaron el miedo de don Dámaso, que no creyó darles tan fatídica acentuación al pronunciarlas. Al impulso de tan súbito terror, los esposos emprendieron en el cuarto carreras desatinadas en busca de prendas de vestuario que tenían a la mano sin notarlo.

—¿Y mis botas, qué se han hecho? —decía don Dámaso desesperado, corriendo por todo el cuarto en busca de ellas.

—Mira, hijo, te llevas mis enaguas —le gritaba doña Engracia que, habiendo prendido una luz, se hallaba al pie de la cama replegando su pudor en la poquísima ropa que la cubría.

Con el auxilio de la luz vio don Dámaso, en efecto, que, sin saber cómo, se había echado sobre los hombros las enaguas de su consorte, y queriendo deshacerse de ellas con gran prisa, las arrojó descatontado a la cabeza de doña Engracia que, por pescarlas al vuelo con una mano, mientras que con la otra sostenía sobre el seno los pliegues de la camisa, dio un manotón a la vela, que cayó apagándose en la alfombra.

A los gritos que con este incidente dieron los aterrados esposos, uniéronse los ladridos de Diamela, aumentando la turbación y el desorden en la pieza, en la que cada cual parecía querer apagar la voz del otro con la fuerza de la suya.

Por fin encendida nuevamente la vela, halló don Dámaso sus botas, se puso doña Engracia las enaguas y se calmó Diamela, acostándose en la cama que habían dejado sus amos.

—Es necesario vestirse ligero —decía don Dámaso, dando el ejemplo de la actividad, pero no del acierto, porque cada prenda parecía haberse escondido en tan apurado trance.

Oyéronse entonces redoblados golpes a la puerta.

—¡Que habrán entrado aquí! —exclamó, poniéndose pálido, don Dámaso.

—Papá, papá —gritó desde afuera la voz de Agustín—, levántese, que hay revolución.

—Allá voy —contestó don Dámaso, abriendo la puerta a su hijo.

Mientras acababa de vestirse, don Dámaso y doña Engracia dirigían al elegante un fuego graneado de preguntas sobre la revolución, y como Agustín nada sabía, se contentaba con repetirlas a su vez.

—¿Y Leonor? —preguntó, por fin, don Dámaso, viendo que su hijo en nada satisfacía ni calmaba su ansiedad.

Dirigiéronse los tres al cuarto de Leonor, a quien hallaron vestida ya y sentada tranquilamente al lado de una mesa.

—Hija, hay revolución —le dijo don Dámaso

—Así dicen —contestó con seriedad la niña.

—¿Qué haremos? —preguntó el padre, pasmado del valor de Leonor. ¿Qué quiere usted hacer? —dijo ésta—, esperar aquí me parece lo mejor.

Pero don Dámaso no podía estarse quieto y no comprendía cómo en ese instante nadie podía sentarse. Así fue que salió de la pieza, llamó a los criados, ordenó que se trancasen las puertas, y entró de nuevo al cuarto de Leonor, diciendo:

—Esto es lo que sale de andar parerando a los rotos. ¡Malditos liberales! Cómo ellos no tienen nada que perder, hacen revoluciones. ¡Ah!, si yo fuera Gobierno los fusilaba a todos ahora mismo.

Algunos tiros que se oyeron a la distancia le embargaron la voz e hiciéronle arrojarse casi exánime sobre un sofá.

Doña Engracia, llena de pavor también, se echó en brazos de su mando, sin pensar que al estrecharlo tenía entre ellos a Diamela, que lanzó espantosos alaridos en tan cruel e inesperada tortura

—Papá, mamá, seamos hombres; ¡ah, cállate, Diamela! —decía Agustín, aparentando una serenidad que sus piernas temblorosas desmentían.

La única persona que allí parecía impasible era Leonor, que los exhortaba sin afectación ni miedo a serenarse.

De este modo transcurrieron los minutos y llegó la claridad del día, que calmó un tanto la agitación en que todos los de la casa, menos Leonor, se encontraban.

Una criada entró a la pieza, y con la voz ahogada por la turbación:

—Señor dijo, están golpeando la puerta.

Hubiérase creído que anunciaban con esas palabras a don Dámaso que una lluvia de bombas estaba cayendo en los tejados de la casa, porque con ambas manos se tomó la cabeza y exclamó:

—¡Vendrán a saquear!, ¡vendrán a saquear!

Leonor, sin hacer caso de los gritos de su padre, dijo a Agustín:

—¿Por qué no vas a ver quién golpea?

—¡Yo! Fácil es decirlo? ¿y si son algunos rotos armados? Yo, no, yo los defenderé a ustedes, pero no abramos la puerta.

—Original manera de defendernos —replicó la niña, saliendo de la pieza y dirigiéndose a la puerta de calle, donde los golpes redoblaban de una manera alarmadora.

Los que así golpeaban eran don Fidel Elías, su mujer, Matilde y algunos niños de la familia; entraron en la casa contando cada cual a un tiempo con los demás lo que habían visto en la calle. Mientras entraban a las piezas interiores, el criado que cuidaba la puerta se acercó a Leonor.

—Señorita —le dijo, me han dado esta carta para su merced.

La niña tomó la carta y la abrió maquinalmente.

Al leer la firma de Martín, turbáronse sus ojos y dijo al criado con voz ahogada:

—Está bien, retírate a la puerta y avísame si golpean.

Mientras pronunciaba estas palabras, su rostro había recobrado su entera tranquilidad, y sólo la ligera palidez que lo cubría daba indicio de que su alma se hallaba dominada por una fuerte emoción.

En vez de dirigirse Leonor a la pieza en que se encontraba la familia con don Fidel, entró en otra que estaba sola, y después de cerrar la puerta, abrió con avidez la carta que había echado en un bolsillo.

Con su lectura perdió la niña el tranquilo valor que la distinguía entre todos los de la casa; púsose aún más pálido su rostro y sus ojos se llenaron de lágrimas, mientras que su agitado respirar acusaba los violentos latidos de su corazón.

—¡Qué hacer, Dios mío! —exclamó, resumiendo en esta exclamación todas las angustias que la agobiaban con la idea del peligro en que Rivas debía encontrarse en aquel instante.

Luego se levantó de repente, cual si un nuevo más terrible golpe la hubiese herido en el corazón.

—¡Y si estuviese herido ya!, ¡o muerto! —añadió, alzando al cielo los bellísimos ojos que las lágrimas de amor nublaban por primera vez.

Dirigió a Dios entonces una ferviente oración por la vida de Martín ruego sublime, sin palabras coordinadas, pero que tenía la más ardiente elocuencia: la del alma enamorada. Y después, como convencida por vez primera de la impotencia del orgullo, de la estéril vanidad de la belleza, lloró como un niño, con absoluto olvido de todo lo que no tuviese relación con su amor:

Pasados así algunos momentos, hizo un gran esfuerzo para serenarse, y después de arreglar el desaliño que un instante de completa desesperación había dejado en su vestido, salió del cuarto llevando sobre el corazón la carta de Rivas.

La llegada de don Fidel había, entretanto, dado un nuevo giro a las ideas de don Dámaso y serenándolo casi enteramente. Don Fidel contó al llegar las noticias que en la calle acababa de recoger, noticias que suponían a la fuerza revolucionaria apoderada ya de todos los cuarteles y dirigiéndose a la Casa de Moneda, último baluarte del Gobierno.

—Tal vez a esta hora dijo al terminar— todo esté concluido.

A instancias suyas, todos salieron de la pieza en que se hallaban y subieron a los altos para observar desde el balcón el movimiento de la calle.

—Hombre, ¿qué es lo que hay? —preguntó don Fidel a dos hombres que a la sazón pasaban corriendo.

Que el pueblo ha ganado y el coronel Urriola se ha tomado la Artillería dijo uno de ellos.

—¡Viva el pueblo! —gritó el otro.

—¡Viva! —gritó don Dámaso, que siempre estaba por el vencedor.

Luego, como para cohonestar aquel grito sedicioso:

—Alguna vez —dijo— se habían de hacer justicia estos pobres que viven siempre oprimidos.

—Porque no pueden ellos oprimirnos —replicó don Fidel, que tenía horror a la chusma.

—Es muy justo que el pueblo recobre sus derechos conculcados —dijo don Dámaso con admirable entonación patriótica, olvidándose que media hora antes no existía tal pueblo para él, sino simplemente los rotos.

Mientras así discurrían y tomaban lenguas de lo que acontecía, Leonor se hallaba en el cuarto que antes ocupaba Rivas, y a la par que pedía a los muebles la historia del ausente, rogaba a cielo por él y estrechaba con pasión la carta que ocultaba en su seno.

58

Dejamos a la columna revolucionaria en marcha para el cuartel de Artillería, bajando hacia la Alameda por la calle del Estado.

San Luis marchaba al frente de su tropa, cuyas filas se habían engrosado notablemente en aquel tránsito, bien que muchos de los que llegaban carecían de armas de fuego.

Martín, sereno, como si marchase en una parada, se empeñaba en conservar el orden entre los suyos, exhortándolos a observar la formación militar.

La gente, apiñada ya en la Alameda y en las veredas de la calle, vitoreaba a los revolucionarios, que desembocaron en el mejor orden y contando con un triunfo fácil en el cuartel de Artillería.

Pero antes de llegar a éste, divisaron los revolucionarios varios piquetes del batallón de línea Chacabuco, apostados en diversos puntos del vecino cerro de Santa Lucía. Dominando éste con sus fuerzas el cuartel que se proyectaba atacar, era preciso desalojar primero a los del Chacabuco de sus posiciones, a fin de prevenir un ataque por ese lado. Lanzáronse con esta mira los revolucionarios a escalar el cerro; pero los de aquel punto, en vez de oponer resistencia, abandonaron sus posiciones y bajaron precipitadamente hacia La Cañada por el lado del fuerte sur, entrando con celeridad en el cuartel de Artillería, que les abrió sus puertas y aumentó con este nuevo refuerzo el reducido número de los defensores del cuartel.

A pesar de su ligereza, la trola revolucionaria no pudo frustrar el éxito de aquel rápido movimiento, y llegó a las inmediaciones del cuartel cuando la puerta de este se cerraba sobre los soldados del Chacabuco.

El jefe revolucionario dio entonces la orden de atacar el cuartel, y la tropa se puso en movimiento, dando principio al ataque en medio del clamoreo del pueblo, cuya mayor parte observaba impasible aquella escena, absteniéndose de tomar parte en ella, acaso por falta de armas y jefes, sin los cuales nuestras masas casi nunca se deciden por la iniciativa, por esperar la voz de los caballeros, que, a pesar de las propagandas igualitarias, miran siempre como a sus naturales superiores.

Rafael San Luis dirigió su gente al costado del cuartel mientras que por el frente embestían los del Valdivia. El combate se hizo entonces general, bien que los sitiados economizaban sus tiros por no tener puntos adecuados para dirigirlos con certeza. Mientras que la tropa veterana hacía un nutrido fuego sobre puertas y ventanas, los de San Luis y demás jefes populares arrojaban piedras sobre los techos y trabajaban por derribar la puerta principal, abriendo un forado cerca del umbral. En medio del más vivo fuego, una partida de hombres, capitaneada por Martín Rivas, logró echar al suelo una de las puertas que daban sobre la calle de las Recogidas.

—¡Adelante, muchachos! —gritó Martín, blandiendo la espada en una mano y en la otra una pistola.

Y esto diciendo, trató de penetrar en el cuartel seguido de los suyos; pero los recibió tan mortífero fuego de adentro, que casi todos los que seguían a Rivas volvieron la espalda. En vano los alentó éste con el ejemplo y la palabra, pues en ese momento se oyeron los primeros disparos de una pieza de artillería que un capitán de los sitiados había puesto en la calle de atravieso. Un vivísimo tiroteo trabóse entonces, atronando los ámbitos de la población el ruido incesante de la fusilería y los repetidos tiros de cañón, que barrían la calle diezmando las filas revolucionarias.

El ruido de estas descargas era el que había hecho bajar del balcón a las familias de don Dámaso y de don Fidel. En el momento en que Leonor invocaba la piedad del cielo para Martín, éste, como los antiguos caballeros, se lanzaba a lo más crudo de la pelea, llevando en su pecho la imagen y en sus labios el nombre de Leonor.

A pesar de su denuedo, veíanse ya en gran aprieto los sitiados con el fuego sostenido y el bravo empuje de los sitiadores, cuando apareció por la bocacalle de las Agustinas una columna con el "coronel García a la cabeza". dice la relación citada. Esta columna, compuesta de la guardia nacional que los del Gobierno habían podido reunir, avanzó llenando la calle y se vio a poco tomada entre dos fuegos por un destacamento del Valdivia, que el jefe revolucionario envió atacar por su retaguardia, y el resto de los amotinados, que rompieron sus fuegos al mismo tiempo contra su frente. El estruendo del combate fue tan terrible en aquellos instantes y rivalizaban en temerario coraje los revolucionarios con los jefes y oficiales de los del Gobierno, que veían por todas partes llover sobre ellos una granizada de balas.

Rivas y San Luis parecían también querer rivalizar en arrojo y sangre fría, pues, no contentos con animar a los suyos, apoderándose cada cual de un fusil, dejaron colgar la espada de la cintura e hicieron fuego, como soldados, sobre el enemigo. Las voces de los jefes, ahogadas por el ruido de las detonaciones, se confundían con las de los que caían heridos y las imprecaciones de los que retrocedían después de avanzar se perdían entre las mortíferas descargas del enemigo.

En lo más reñido del combate, una bala derribó al coronel Urriola, jefe de los revolucionarios, el que cayó diciendo: "¡Me han engañado!" Palabras que ha recogido la historia como una prueba de que los revolucionarios no contaban con la obstinada resistencia que encontraron.

La noticia de la muerte del jefe cundió luego por las filas de los sublevados, y pronto su influjo moral hízose sentir en el combate, pues, calmando el fuego y pasando de agresores a agredidos, se replegaron todos hacia La Cañada, frente a la puerta principal del cuartel atacado. Reunidos en una masa compacta, los revolucionarios rompieron allí de nuevo casi con más ardor que antes sus fuegos, haciéndose la lucha más encarnizada en esos momentos, pues se abrió la puerta del cuartel para dar paso a dos piezas de artillería que lanzaron un vivo fuego contra los enemigos.

En un grupo colocado en la bocacalle de San Isidro, Martín y Rafael descargaban sus tiros, secundados por su gente, sobre la tropa que acababa de salir del cuartel, y hacían que los que no tenían armas se sirviesen de las de aquellos que caían.

Aquél fue, sin duda, el momento más crudo de tan encarnizado combate. Los beligerantes, colocados a pocos pasos los unos de los otros, desafiándose con el gesto y la voz, podían dirigir con certeza sus tiros y hasta ver el efecto de ellos sobre los contrarios. El ruido era atronador y los hombres caían de ambos lados en horrorosa abundancia. Los curiosos, que desde el alba llenaban los alrededores, se habían dispersado ante tan peligroso espectáculo para dejar disputarse la victoria a los combatientes que, con encarnizada enemistad, parecían haber olvidado que cada tiro regaba el suelo chileno con la generosa sangre de alguno de sus hijos. Temerario arrojo en presencia del peligro, porfiada tenacidad para la defensa y el ataque simultáneo, ardor incontrastable a la par de heroica sangre fría, fueron prendas del carácter nacional que brillaron en ambos campos en aquel supremo instante. Las dos piezas de artillería, sobre las cuales Rivas, San Luis y los suyos hacían un fuego mortífero desde la bocacalle de San Isidro, disminuían, poco a poco, la frecuencia de sus disparos, porque la granizada de balas que sobre ellas caía había puesto fuera de combate a dos oficiales que sucesivamente las habían mandado y a la mayor parte de la tropa que las servía. El jefe del cuartel había reemplazado en el mando de esas piezas a los dos oficiales gravemente heridos al pie de ellas y de los cuales uno era su propio hijo. Pero a la llegada del jefe, una furiosa descarga derribó a casi todos los artilleros que aún quedaban en pie, y avanzando los revolucionarios tras el humo de esa descarga, lograron apoderarse de los dos cañones que la muerte dejaba sin defensores. Martín y Rafael llegaron juntos y fueron de los primeros que pusieron sus manos sobre las piezas que tantos estragos habían causado en las filas de los suyos.

—¡Victoria!, ¡victoria! —gritó San Luis.

Y esta voz la repitieron todos arrastrando los cañones al punto que ellos ocupaban. Mas no bien había cesado el clamoreo de los que clamaban victoria, cuando la puerta principal del cuartel se abrió de nuevo y una horrible descarga de fusilería envió sobre los revolucionarios una nube de balas que hizo entre ellos espantosa matanza.

San Luis se asió con fuerza del brazo de Martín, que se hallaba a su lado, y gritó a los suyos:

—¡Fuego! ¡El enemigo está en agonía!

Palabras que el humo de nuevas descargas ahogó mientras que el joven que acababa de pronunciarlas echó sus dos brazos al cuello de Rivas, diciéndole:

—Me han herido y no puedo tenerme en pie.

Martín le tomó de la cintura, sacóle de las filas de los combatientes y llevándole junto a una puerta de un cuarto, hízola saltar de un puntapié y entró en la pieza arrastrando a Rafael, cuya ropa estaba ya bañada en sangre.

Dos mujeres y un viejo había en el cuarto en que Martín acababa de entrar llevando a San Luis.

—Señora, aquí hay un joven a quien usted puede prestar algún servicio —dijo Rivas a la que parecía de más edad.

Las dos mujeres, el viejo y Martín quitaron la levita a Rafael y le hallaron el pecho atravesado por dos balas. Su respiración hacía brotar torrentes de sangre de las dos heridas.

San Luis tomó las manos de su amigo.

—No me muevas —le dijo, sería imposible sanarme y siento que voy a vivir muy poco.

Los ojos de Rivas, en los que momentos antes brillaba el belicoso fuego que ardía en su pecho, se llenaron de lágrimas.

—¡Tú también estás herido! —exclamó San Luis, viendo que una mano de Martín se teñía, poco a poco, en sangre.

—No sé —dijo éste—, nada he sentido.

La misma descarga que había herido a San Luis había también lanzado una de sus balas sobre el brazo de Martín.

—La victoria es casi segura —añadió Rafael, hablando por momentos con mayor dificultad—. ¿Oyes las descargas? El fuego del cuartel se va apagando.

Cada palabra que así pronunciaba parecía costarle un gran esfuerzo y su voz se extinguía por grados, mientras que la sangre del pecho brotaba a pesar del empeño con que Martín y los que allí habían querían contenerla con paños y vendas improvisados.

Después de una pausa, durante la cual San Luis parecía querer adivinar con el oído lo que sucedía en el lugar de la refriega, estrechó con febril ardor las manos de Martín, y haciendo un esfuerzo para levantarse:

—Despídeme —le dijo con voz enternecida— de mi pobre tía; si ves a Adelaida, dile que me perdone, y tú no me olvides, Martín, porque...

El esfuerzo que hizo para concluir su frase pareció apurar el último soplo de vida que le quedaba, porque las palabras se helaron en sus labios y su cabeza cayó sobre la pobre almohada que le habían puesto las mujeres.

—¡Muerto!, ¡muerto! —exclamó Martín, estrechándole entre sus brazos y llorando como un niño. ¡Pobre Rafael!

Dio por algunos instantes libre curso a sus lágrimas, y alzándose de repente, besó varias veces la frente y las mejillas, ya pálidas, de San Luis, prometió a las mujeres que serían bien recompensadas si entregaban el cadáver en casa de don Pedro San Luis, y salió de la pieza, exclamando:

—¡Yo te vengaré!

Brillaban en ese instante con sombrío resplandor sus ojos y con la diestra apretaba convulsivamente la espada que desenvainó al salir.

Cuando Martín llegó al lugar del combate, reinaba allí la mayor confusión. La fuerza revolucionaria se desorganizaba en esos momentos. Uno de los oficiales del Chacabuco, hecho prisionero en la guardia principal, aprovechándose del desorden que le rodeaba, emprendió la fuga hacia el cuartel de Artillería y varios soldados siguieron su ejemplo, comunicándose el contagio a los demás que allí había. Con esto, el fuego de los revolucionarios cesó poco a poco, y cuando Rivas llegó al frente del cuartel, todos entraban creyéndose victoriosos y caían allí en poder de los sitiados.

Martín entró también con la misma ilusión y se encontró en el zaguán con Amador Molina, que habiéndose ocultado durante la refriega, gritaba en ese instante en favor del Gobierno y contra los revolucionarios que al principio había querido apoyar.

Un joven de los que habían militado con Rivas se acercó a él.

—Estamos perdidos —le dijo—: la tropa nos abandona y es preciso huir. En ese mismo momento Amador gritaba:

—Ricardo, aquí hay dos revolucionarios.

—¡Cobarde! —le dijo Martín, tomándole del pescuezo, te tengo lástima y te perdono.

Y al decir esto le dio un fuerte empellón que estrelló a Amador contra la pared.

—Huyamos, es una necedad dejarnos prender —dijo a Martín el joven que acababa de hablarle.

Y le arrastró fuera del cuartel, a cuya puerta principiaban a agolparse los curiosos.

Martín se resistió algunos momentos, durante los cuales Amador había huido al patio llamando al oficial de policía, que con alguna tropa de su mando formaba parte de la división de los cívicos que habían auxiliado al cuartel.

Cuando Rivas se decidió a retirarse, Amador corrió hacia el zaguán con Ricardo Castaños y algunos soldados.

—Vamos, vamos —dijo el joven a Martín—, no les demos el gusto de que nos tomen prisioneros.

—Adiós —le dijo Martín, estrechándole la mano.

Y emprendió la fuga, con dirección a casa de don Dámaso Encina mientras que Amador y Ricardo le buscaban entre las personas que llegaban al zaguán.

Esta circunstancia le permitió tomar alguna delantera sobre sus perseguidores, que salieron a la calle cuando él se halló a una cuadra distante del cuartel.

—Vamos a buscarle a casa de don Dámaso —dijo Amador al oficial y si no lo hallamos allí, lo hemos de buscar por toda la ciudad.

59

Hemos referido las principales peripecias del sangriento combate que tuvo lugar en Santiago el 20 de abril de 1851, tratando de ceñirnos a los partes oficiales de aquella jornada y a la relación que anteriormente citamos.

Tócanos ahora ocuparnos de los personajes que figuran en esta historia.

Leonor y los demás de la casa habían pasado aquellas horas en mortal ansiedad. El ruido del combate repercutía en sus turbados corazones avivando el miedo en casi todos ellos y la más inquieta zozobra en el de Leonor.

Doña Engracia había reunido a todos los habitantes de la casa en una pieza y rezaba con ellos un rosario tras otro. Don Dámaso y Agustín pronunciaban el *Ora pro nobis* con una devoción ejemplar, mientras que Leonor abandonaba la pieza y subía a los altos de la casa.

Allí, apoyada en el balcón y prestando el oído al bullido que resonaba en la ciudad, rogaba a Dios por Martín y luchaba por apartar de su imaginación los funestos presentimientos que oprimían su pecho al estampido de cada tiro. No se atrevía a interrogar a las gentes que pasaban por la calle, por temor de que alguno le diese la funesta noticia que sus cuidados presagiaban.

Teniendo fija la vista en dirección al lugar del combate, divisó un grupo de hombres que se adelantaba hacia la casa. Al pasar bajo el balcón, uno de ellos se paró como para tomar aliento.

—Señorita —dijo a Leonor—, nos han vencido, los del Valdivia se pasaron al Gobierno.

Dichas estas palabras, siguió corriendo tras los otros que se hallaban ya distantes.

Leonor sintió discurrir por sus venas un frío repentino al pensar que, estando derrotados, Martín habría muerto o estaría prisionero. Elevóse entonces su alma al cielo con nuevo fervor y, sin saber lo que hacía, comenzó a orar en alta voz, mezclando el nombre de Rivas a las ardientes palabras de su oración improvisada.

En ese momento divisó, no lejos, a un hombre que corría hacia la casa. Un instante después creyó que se encontraba bajo el influjo de alguna alucinación y a poco rato dio un grito de alegría y bajó precipitadamente al patio: había reconocido a Martín.

El patio estaba solo y la puerta de calle asegurada con llave y una gruesa tranca. Torció Leonor la llave y apartó la tranca con la misma facilidad que si ésta no hubiese tenido el peso enorme que cedió a su fuerza. Hecho esto en pocos segundos, abrió la puerta.

Rivas llegaba en ese instante y se encontró frente a frente con Leonor, más bella que nunca en el desorden de su traje y la palidez de su rostro.

El joven, que acababa de arrostrar con serenidad los mil peligros de tres horas de combate, se turbó en presencia de aquella niña pálida, que fijaba en él, con indecible expresión de júbilo, sus grandes ojos llenos de lágrimas.

—Señorita —balbuceó—, yo vengo...

Pero no puso proseguir, porque Leonor le tomó con ambas manos una de las suyas, diciéndole:

—Entre, ligero, que pueden verle.

Y Martín obedeció a la suave presión de aquellas manos y al dulce tono de imperio con que la niña acompañó ese movimiento.

Cerró entonces Leonor la puerta con la misma fuerza y ligereza que había empleado para abrirla, y dijo a Martín:

—Sígame.

Atravesaron el patio, y en vez de entrar a las piezas en que se rezaba el rosario, Leonor abrió la del cuarto de Agustín y dio una vuelta por el segundo patio para entrar a su propia habitación, cuya puerta cerró tras Martín.

—Nadie nos ha visto —dijo, con la agitación de una persona que acaba de dar una larga carrera.

Martín se quedó de pie, en medio de la pieza, contemplando a Leonor y pareciéndole que todo aquello era un sueño. Aquella hermosa niña, cuyo nombre acababa de invocar tantas veces en el estruendo de la refriega, estaba ahora a su lado, en la habitación que siempre había considerado como un santuario. Y la altiva belleza de altanera frente, de mirada desdeñosa, se acercaba a él con semblante risueño, aunque turbado, y le miraba con amor.

—Siéntese usted aquí —le dijo, acercándole una silla—. He recibido esta mañana su carta —añadió, mirándole con ternura.

Iba a continuar, y dando un grito ahogado, se acercó precipitadamente al joven.

—¡Ah! Usted está herido —le dijo, tomándole el brazo, cuya mano estaba manchada de sangre.

—No debe ser nada, porque no siento dolor ninguno —contestó Martín.

—A ver, quítese la levita —replicó ella, en tono de mando.

La manga de la camisa, que presentaba un gran espacio ensangrentado pegándose a la herida, que era muy leve, había estancado la sangre.

—No es más que un rasguño —dijo Martín.

—No importa, aseguraremos la curación —repuso la niña.

Y sacando de su cuello un fino pañuelo de batista, que llevaba a guisa de corbata, lo aplicó sobre la herida, después de apartar la manga de la camisa.

—Me ha hecho usted sufrir en esta mañana más que en toda mi vida —le dijo, mientras le vendaba la herida con el pañuelo—. ¿Por qué no vino usted anoche, como lo prometió a mi hermano?

—Señorita —dijo Martín, resuelto a repetir la revelación que había hecho en su carta—, no tuve valor para venir. A pesar del tiempo que he pasado lejos de aquí, a pesar de mi interés por la causa por la que acabo de exponer mi vida, siempre mi amor a usted me ha dominado, y conocí que, viniendo anoche, me habría tal vez faltado energía para hoy.

—¡Exponer así su vida! —dijo Leonor, en tono de reproche y bajando la vista—. ¿Por qué no me habló usted con la franqueza que emplea en su carta?

—Porque jamás tuve antes fuerzas para hacerlo; además, ¿no me había condenado usted por las apariencias?

—Es cierto, pero Edelmira misma me ha desengañado, mostrándome las cartas que usted contestaba a las suyas.

—Mi posición también me ha obligado a callar —añadió Rivas, con tristeza.

—¡Qué importa su posición si yo le amo! —exclamó Leonor, dirigiendo a los ojos de Martín su profunda mirada.

—Oh, repítame, Leonor, esa palabra —le dijo Martín, con loca alegría, apoderándose de las manos de la niña.

—Sí, le amo y no lo ocultaré a nadie —repuso Leonor—. Esta mañana he recordado todos los días, desde que usted llegó, y veo que he sido cruel por orgullo; si usted hubiese muerto hoy —añadió, palideciendo—, jamás habría podido perdonármelo ni consolarme. Aun cuando no hubiese recibido su carta, nadie habría podido quitarme de la imaginación que yo tenía parte en la desesperada resolución que usted ha tenido; mal hecho, Martín, de exponerme así a llorar toda la vida.

—¿Podía yo adivinar mi felicidad, después que se me despedía de su casa?

—¡Y por qué se le despedía! Si no le hubiese amado, ¡qué me importaba que usted amase a esa pobre niña!

—Mi esperanza, Leonor, me lo decía, pero, ¿cómo averiguarlo?

—Preguntándomelo.

—Usted se olvida ahora —dijo, sonriéndose, el joven— que tiene a veces miradas que helaban la sangre del más atrevido, y que no ha dejado de emplearlas muchas veces conmigo.

—Castígueme usted, es muy justo —contestó ella, con una adorable sonrisa de sumisión.

—Pero este momento recompensa con usura lo que mi amor me ha hecho sufrir —replicó Martín, con apasionada voz.

Y, sin darse cuenta de lo que hacía, dejó su asiento y se puso de rodillas delante de Leonor, estrechándole con pasión las manos, que ella le abandonaba.

—Hemos sido muy locos, Martín —díjole la niña, perdiendo su mirada en el ardiente reflejo de los ojos con que él la contemplaba extasiado—. ¿No nos habíamos dicho varias veces con los ojos que nos amábamos? Ah, es muy cierto. Usted tiene siempre razón; yo he tenido la culpa. De todos los hombres que me rodeaban, usted, el de más humilde posición, me parecía el más noble y tenía miedo de confesarme a mí misma la preferencia de mi corazón; pues bien, desde ahora sabré enmendarme, porque su amor me enorgullece.

—No sé si soy el más digno de su amor —dijo Martín—, pero aseguro sí que soy el más amante. ¿Qué poder tenía yo para defenderme de su belleza? Me dejé vencer por ella sin preguntarme lo que podía esperar, y cuando quise combatir, me hallaba sin fuerzas contra la pasión que se había apoderado de mi pecho. Desde entonces nada pudo arrancarla ya del corazón: ni el sentimiento de dignidad ni la falta de esperanza ni el desdén con que usted a veces recibía mis miradas; así fue que esta mañana jugaba con placer mi vida, porque me creía despreciado por usted y veía que sólo la muerte podía extinguir mi amor.

La niña oyó aquellas palabras con avidez y dejó que Rivas besase con ardor sus manos. Había pedido tanto al cielo por el hombre que tenía a sus plantas, que creía escuchar su apasionado lenguaje por el milagro de una resurrección.

Martín iba a proseguir, cuando se oyeron voces y fuertes golpes dados a la puerta.

—¡Leonor! —gritó don Dámaso, desde afuera.

Leonor corrió hacia la puerta; miró por el ojo de la llave y vio a su padre acompañado de Ricardo Castaños y de algunos soldados que se mantenían a distancia.

—Está usted perdido si no huye —dijo, corriendo, hacia Martín—; hay allí un oficial y algunos soldados.

—¡Leonor! —volvió a gritar don Dámaso, golpeando la puerta.

—Huya por aquí, Martín —dijo la niña, abriendo otra puerta—: usted conoce la casa, puede salir por el escritorio de mi papá y llegar a la calle, mientras le buscan en este cuarto.

—Y allí me perseguirán otros —contestó Rivas.

Los golpes redoblaban y se oyó la voz de Ricardo Castaños que amenazaba echar abajo la puerta.

—Si usted me ama, huya por Dios —exclamó Leonor, llena de ansiedad.

—Si consigo salvarme, volveré —dijo Rivas—, y si no fuera por la reputación de usted, preferiría disputarles aquí mi libertad.

Leonor le empujó fuera del cuarto y cayó en un sofá casi sin sentido.

La voz de su padre la sacó de su estupor, y dirigiéndose a la puerta a que éste llamaba, la abrió de par en par.

—Señorita —le dijo Ricardo—, un penoso deber me obliga a pedirle me permita registrar esta pieza.

—Registre usted, caballero —contestó Leonor—, con altanero ademán—; un vencedor —añadió con ironía— no empaña su gloria prestándose a esto que usted llama un triste deber.

—¡Niña! —le dijo por lo bajo don Dámaso. Luego añadió en voz alta—: Es justo que los defensores del orden persigan a los revoltosos. Vea usted, señor oficial: usted es testigo de que yo no he opuesto ninguna resistencia. ¡Bien estábamos que yo pusiese a ocultar demagogos cuando, con los revolucionarios, la gente que tiene algo es la que pierde!

Mientras que los soldados registraban minuciosamente cada rincón del cuarto, don Dámaso seguía disertando contra todo el partido liberal, y Leonor se sentaba en el sofá temblando por la suerte de Rivas.

Este, conocedor de la casa, atravesó varias piezas y llegó al patio por la puerta del escritorio de don Dámaso.

En ese momento dejaba Leonor la pieza en la que seguían las pesquisas de la tropa y salía también al patio a ver si Rivas había salido de la casa.

Apenas Martín se halló en el patio se dirigió a la puerta de la calle. Pero ésta, sobre estar cerrada, se hallaba custodiada por dos policías con sable en mano. Llegado al zaguán, Rivas vio que era imposible retroceder ni ocultarse, pues los dos centinelas de la puerta se lanzaron sobre él blandiendo sus tizonas. El joven, sin desconcertarse, apoyó la espalda a una de las paredes del zaguán y, desenvainando su espada, principió a parar los destinados golpes que los policías le descargaban. Mientras así le atacaban entre los dos, daban al mismo tiempo voces para llamar a los otros. En aquel momento y cuando Rivas descargaba sobre uno de ellos un golpe que le hacía retroceder despavorido, Leonor llegó al patio y divisó al joven, que arremetía al otro policial. En ese momento también, advertidos los de adentro por las voces de los que se veían vencidos por Martín, llegaron en tropel y cercaron al joven, que siguió defendiéndose con heroico valor, mientras que Leonor decía a su padre:

—Sálvale, papá, que van a matarle.

A las voces de los combatientes vinieron a unirse los gritos de las mujeres, que, con doña Engracia a la cabeza, interrumpieron el rosario y llegaron al patio al mismo tiempo que los soldados que habían acudido a las voces de los que atacaban a Martín.

Don Dámaso se acercó temblando al grupo que rodeaba a Rivas.

—La resistencia es inútil, Martín —le dijo—; entréguese usted.

—Si no se rinde, háganle fuego —gritó Ricardo Castaños, que no sólo miraba en aquel joven a un revolucionario, sino al autor de sus desgracias amorosas.

Leonor dio un grito al oír esta orden; y al ver que dos de los soldados cargaban sus armas para cumplirla, corrió al zaguán despavorida.

—No se defienda usted más, van a asesinarle —dijo a Rivas, que continuaba luchando con admirable sangre fría y que obedeció a aquella voz como una orden.

Apoderáronse de él cuatro soldados y le desarmaron.

—Espero —dijo don Dámaso a Ricardo— que se tratará a este joven con miramiento y generosidad; yo, como partidario de la administración —añadió, con enfática voz—, intercederé por él con el señor Presidente.

Dióse la orden de la marcha y salió Rivas rodeado de la tropa que acababa de prenderle, después de recibir una mirada de Leonor que más pálida que un cadáver, parecía querer enviarle su alma en aquel silencioso pero elocuente adiós.

60

Siguiendo los consejos de la prudencia, habíase quedado Amador Molina en la calle, después de conducir hasta la casa de don Dámaso a los que acababan de prender a Martín. Reuniese a la comitiva que salía, viendo que ya ningún peligro podía correr, y llegó con ella al cuartel, donde Rivas fue encarcelado.

Durante ese tiempo los habitantes de la casa de don Dámaso se hallaban bajo el peso de la consternación en que la reciente escena les había dejado y comentaban, cada cual a su sabor, los incidentes acaecidos, para explicar la súbita aparición de Rivas cuando todos estaban seguros de que la puerta de calle había permanecido trancada toda la mañana. Y como la noticia de la aprehensión de Rivas cundiese en poco rato de la casa a la de los vecinos, de la de éstos a la calle entera, y de allí a las otras inmediatas, al cabo de una hora vióse el salón principal de don Dámaso lleno de personas de distinción, de ambos sexos, que llegaban a tomar lenguas de tan notable suceso.

Don Dámaso permaneció en la antesala rodeado de los amigos, y doña Engracia, en el salón, circundada de las amigas.

Dignas eran de oírse las conversaciones a que en ambas piezas los acontecimientos del día daban lugar, porque pintaban por una parte la fecunda inventiva de las alarmadas imaginaciones femeniles y la súbita reacción, por otra, que en el espíritu y opiniones de los hombres había operado el desenlace del sangriento drama de la mañana.

—Nos hemos escapado de una buena —decía don Dámaso a otros que el día anterior se daban, como él, por los liberales—. ¡Qué habríamos hecho con el triunfo de la canalla!

—Lo que ahora debe hacer el Gobierno es fusilar pronto unas dos docenas de esos revoltosos observaba con enérgico acento uno que, encerrado toda la mañana en su cuarto, había hecho mandas a todos los santos del calendario para que le librasen del peligro.

—Pero, hijita —decía al mismo tiempo una señora a doña Engracia, hablando de Rivas—, ese hombre debe ser un facineroso; ¿es cierto que mató aquí, en el patio, a tres policiales?

—¡Ay, hijita! —exclamó otra—; ¿qué hubiera hecho yo con un hombre así en mi casa? ¡Creo que me habría muerto de susto! Pero ¿cómo entró aquí cuando la puerta estaba cerrada?

—Por los tejados, pues —respondía otra—; si esos liberales no tienen nada sagrado.

—O por el albañal, si no se paran en nada.

—Por eso es bueno poner reja en la acequia.

Doña Engracia se contentaba con estrechar a Diamela entre sus brazos, mientras de este modo disertaban sus amigas.

En la pieza vecina, uno de los caballeros decía:

—Ahora es cuando los hombres patriotas deben acercarse al Gobierno para que los demagogos vean que están condenados por la opinión.

—Eso estaba pensando —dijo don Dámaso—, los buenos ciudadanos debemos presentarnos al Gobierno. ¿Quieren ustedes que vayamos al Palacio?

—Bueno, bueno —contestaban todos.

—Y es preciso que pidamos medidas enérgicas —dijo el que acababa de abogar por los fusilamientos.

Tomaron los sombreros y se dirigieron a la Moneda para darse aire de triunfadores y pedir la muerte de los que les habían dado tan tremendo susto en aquella mañana.

Leonor entretanto, se había retirado a su cuarto y lloraba desesperada por la suerte de Martín, mientras que su memoria le repetía su reciente conversación con el joven, sus palabras de amor que aún resonaban en su alma como el eco de una música celestial y la valerosa energía con que acababa de verle defenderse contra tantos adversarios a un tiempo. Si de amor hasta entonces había latido su corazón, de orgullo palpitaba ahora con semejante recuerdo y juraba consagrar su vida al que reconocía digno de tan preciosa ofrenda. Mas la idea de los nuevos peligros que cercaban a Rivas turbó muy luego el arrobamiento de su devaneo; vio que en vez de llorar era preciso defender su vida amenazada, y salió de su cuarto resuelta a tocar todos los resortes que pudiesen contribuir a la libertad de Martín.

Dominada por este pensamiento entró en la pieza de Agustín, que reparaba la debilidad en que los sobresaltos de la mañana le habían dejado, bebiendo repetidas copas de kirch.

—¡Ay, hermanita, qué terrible día! —exclamó, al ver entrar a Leonor te confieso que compadezco a las mujeres y a los hombres cobardes porque me figuro el miedo que han debido tener.

—En lo que debemos pensar ahora es en salvar a Martín —contestó Leonor, sin hacer caso de la baladronada de su hermano.

—¡Nosotros! ¿Y qué podemos hacer? —dijo el elegante, sorbiendo otra copa de licor.

—Es preciso que mi papá hable con los ministros, con el Presidente con todos los que tengan algún influjo en el Gobierno.

—Poco a poco, *mi bella,* el día está peligroso para empeños, y como Martín tuvo la desgraciada ocurrencia de venir a ocultarse aquí podrán creer que nosotros hemos tomado parte en la revolución si hablamos en su favor.

—¡Tienes miedo de hacer algo por un hombre a quien debes un gran servicio! Agustín, te creía ligero, pero no ingrato —dijo Leonor, lanzando a su hermano una mirada de desprecio.

—No, no es ingratitud, querida; pero, ya lo ves, en política es preciso ser precavido, qué diantre; veremos lo que se puede hacer por el pobre Martín a quien no niego que debo servicios, pero tú quieres que todo se haga por vapor.

—El caso no es para pensar, sino para obrar —replicó la niña con tono de resolución—; Si tú no haces nada, hablaré con mi papá, y si él toma las cosas con tu frialdad, iré yo misma a interceder por Martín con algunas amigas que no se negarán a servirme.

—¡Cáspita, hermanita, con qué fuego lo tomas! Cualquiera diría que no se trata sólo de un amigo...

—Sino de un amante, ¿no es verdad? —interrumpió Leonor con impaciencia—; piensa lo que quieras —añadió, saliendo de la pieza.

—¡Caramba!, ésta sacó toda la energía que me tocaba a mí como varón y primogénito —dijo, al verla salir, Agustín.

Leonor entró a su cuarto después de ordenar a una criada que le avisase la llegada de su padre.

Una hora después entró don Dámaso al cuarto al que se había retirado su mujer, tan luego como se vio libre de las visitas.

Agustín, que le había visto atravesar el patio, entró en la misma pieza poco después de él.

—Estaba el Palacio lleno de gente —dijo don Dámaso, quitándose el sombrero—. ¡Qué uniformidad en la opinión para condenar a los revoltosos! El valor cívico más decidido reinaba allí y creo que habríamos marchado todos cantando al combate si hubiese sido preciso.

Apenas terminaba esta frase, bajo la cual habría sido difícil traslucir al liberal que por la mañana abogaba por la causa del pueblo, Leonor entró en la pieza con frente erguida y con resuelta mirada.

—¿Cómo le ha ido, papá? —dijo, sentándose junto a don Dámaso.

—Perfectamente hijita: el Presidente me ha dado las gracias por mi decisión por la causa del orden —contestó el caballero, con aire de satisfecha importancia.

—No le pregunto sobre eso —replicó Leonor—. ¿Qué hay de Martín?

—Ah, ¿de Martín? Deben haberlo llevado preso. ¡Pobre muchacho!

—¿Y usted no ha hecho nada por él? —preguntó la niña, fijando en su padre una profunda mirada.

—El momento no era oportuno, hijita —repuso don Dámaso—: los ánimos están ahora demasiado exaltados; es mejor esperar.

—¡Esperar! —exclamó la niña—. Martín no ha esperado nunca para servirnos como siempre lo ha hecho.

—Es cierto, hijita: nadie niega que Martín sería un joven cumplido si no hubiese hecho la locura de meterse a liberal.

—A nosotros no nos toca juzgarlo —dijo Leonor—, y nuestro deber es influir en cuanto podamos en favor suyo, ya que está preso.

—Influiremos, no te dé cuidado: yo estoy ahora muy bien con los del Gobierno.

—Sí, pero entretanto el tiempo pasa y pueden someter a juicio a Martín —exclamó la niña, con visible impaciencia.

—Eso es inevitable —contestó don Dámaso, con calma.

Esta contestación pareció exasperar a Leonor, que se levantó indignada.

—Papá, usted debe ir al instante a hablar con el Ministro del Interior —dijo, con acento imperativo.

—Eso me comprometería, porque Martín ha sido encontrado en mi casa: dejemos pasar algunos días —contestó don Dámaso.

—Iré yo entonces a verme con la mujer del Ministro —exclamó Leonor, exasperada con la indiferencia de su padre.

—¡Qué interés tan vivo tienes por Martín! —dijo en tono de reconvención el caballero.

—Más que interés —replicó Leonor, con exaltación—: le amo.

Estas palabras parecieron haber producido en don Dámaso, en Agustín y en doña Engracia el mismo efecto que las detonaciones del combate de aquella mañana.

Don Dámaso se levantó de un salto, Agustín pareció espantado y doña Engracia se apoderó de Diamela, que dormía a su lado, dándole un fuerte apretón.

—¡Niña, qué estás diciendo! —exclamó don Dámaso, aterrado con lo que acababa de oír.

Su exclamación se confundió con un gemido de Diamela, víctima de la impresionabilidad de su ama.

—Digo que amo a Martín —contestó Leonor, con voz segura y magnífico ademán de orgullo.

—¡A Martín! —repitió, abismado, don Dámaso.

Leonor no se dignó a contestar, sino que volvió a sentarse llena de majestad.

En ese momento conoció don Dámaso el ascendiente que aquella niña ejercía en su ánimo, porque, al querer armarse de severidad, se encontró con la mirada serena y resuelta de Leonor, que parecía desafiarle.

Don Dámaso se dejó llevar de la debilidad de su carácter y bajó la vista, diciendo:

—No debías hacer esa confesión.

—¿Y por qué no? Martín, aunque pobre, tiene alma noble, elevada inteligencia; esto basta para justificarme. ¿Preferiría usted que ocultase lo que siento? ¿No son ustedes los naturales depositarios de mi confianza?

Leonor pronunció estas palabras con acento que no admitía réplica. Las tres personas que la escuchaban carecían, además, de la energía que, para contradecirle, habría sido necesario poseer al hacer frente a un carácter resuelto y altanero como el de la niña.

Doña Engracia se contentó con estrechar a Diamela.

Agustín dijo por lo bajo algunas palabras, mitad francesas, mitad españolas, y don Dámaso principió a pasearse en la pieza para ocultar su falta de energía.

Leonor prosiguió:

—Usted sabe, papá, que Martín es un joven de esperanza: usted mismo lo ha dicho muchas veces; es también de muy buena familia no le falta, por consiguiente, más que ser rico, y estoy segura de que, con las aptitudes que usted le reconoce, nunca será pobre. ¿Qué mal hago entonces en amarle? Harto más vale que los jóvenes que hasta ahora me han solicitado y es muy natural que yo le diera la preferencia. Ahora que él se encuentra gravemente comprometido y que por desesperación tal vez ha tomado parte en la revolución, debemos nosotros pagarle con servicios los muchos que le debemos. Él salvó a Agustín de una intriga vergonzosa y que le habría puesto en ridículo ante la sociedad entera y, además, ha corrido con todos los negocios de la casa con un acierto que usted alaba todos los días.

—En cuanto a eso, es la pura verdad, y no miento si digo que debo a Martín mucha parte de las ganancias de este año.

Don Dámaso dijo esas palabras contentísimo de hallar una salida, ya que se encontraba sin fuerza para imponer a Leonor su autoridad.

La niña se aprovechó de estas palabras para seguir persuadiendo a su padre de la necesidad de atender desde luego a la suerte de Rivas; y fue tan elocuente, que al cabo de poco rato salía don Dámaso a empeñarse con personas de influjo en favor de Martín. Una reflexión le sugirió su debilidad.

"Cuando más conseguiré lo manden desterrado —se decía—, y una vez fuera del país, Leonor le olvidará y se casará con otro."

Don Dámaso, como toda persona sin energía de carácter, contaba con la ayuda del tiempo para salir de la dificultad.

61

Martín fue conducido al cuartel de policía y encerrado en una estrecha prisión, a cuya puerta se colocó un centinela.

Cuatro paredes mal blanqueadas, un techo entablado con gruesas tablas de álamo, una ventana sin bastidores y cerrada por una tosca reja de hierro, he aquí todo lo que se ofreció la vista de Rivas en la pieza que iba a servirle de prisión. No había allí ni un solo mueble.

El joven se sentó sobre los ladrillos, apoyó la espalda a la pared y cruzó los brazos sobre el pecho. En esta actitud, bajó la frente, cual si el peso de las ideas que a su cerebro se agolpaban le impidiese mantenerla erguida como al entrar en el calabozo.

Los acontecimientos más recientes de aquel agitado día ocuparon primero su atención. La belleza de Leonor, su apasionado lenguaje, su interés cariñoso, la profunda tristeza de la última mirada, brillaron a un tiempo en la memoria de Rivas, hicieron latir su corazón y poblaron la desnuda prisión con las rosadas y lucientes imágenes que como de un foco luminoso irradian del alma enamorada.

Al ver la apasionada expresión del rostro de Martín, cuyos ojos vagaban en el espacio, hubiérase dicho que aquel joven, encerrado en un miserable cuarto, soñaba con la conquista de un imperio.

Mas pronto la imaginación inquieta pidió a la memoria otros recuerdos y huyó aquella alegría de las facciones del prisionero, llenóse de suspiros, su pecho, y, como ahogado por el pesar, se puso de pie y se acercó a la ventana. Sus labios dejaron escaparse con profundo pesar estas palabras:

—¡Pobre Rafael!

Y las lágrimas se agolparon a sus ojos y los suspiros que llenaban su pecho se convirtieron en doloridos sollozos.

—¡Tan noble y tan valiente!, ¡pobre Rafael! —repitió con amargo pesar.

Lloró así largo rato, hasta que las lágrimas se agotaron dejando sus ojos escaldados; y entonces vino a la reflexión del hombre, la resignación estoica del valiente, la serena conformidad del que ha consagrado su vida a una causa que cree justa.

"Tal vez ha sido más feliz que yo —se decía—: más vale morir combatiendo que fusilado."

Ni un músculo en su semblante se contrajo ante aquella idea ni cambiaron de color sus mejillas. Su enérgico corazón miró de frente al peligro, burlando la máxima, generalmente verdadera, de que ni el sol ni la muerte pueden mirarse fijamente. Rivas poseía ese valor tranquilo que no necesita de testigos ni de admiradores y que encuentra su fuerza tal vez en algún privilegio peculiar de la organización nerviosa del individuo. Pero a la caída de la tarde y cuando su espíritu había recorrido no sólo las escenas del día, sino las de su vida entera, cuando un rayo del sol, después de atravesar diagonalmente la pieza, llegó a convertirse en un punto que también se borró, Martín sintió frío en el cuerpo y un amargo sentimiento en el alma; había llegado fatalmente al campo de las hipótesis a que llega todo el que se ve bajo el peso de alguna desgracia, y se decía: "Si yo hubiese sido menos orgulloso, habría sabido antes que Leonor me amaba y no estaría ahora aquí, sino a su lado".

Como se ve, en pocas horas la imaginación de Rivas había recorrido todas las fases que podía presentarle la situación en que se encontraba. Mas ya lo dijimos: era valiente, y sin esfuerzo volvió a sentarse con tranquilidad en el lugar que había elegido primero, y cansado de pensar, buscó el olvido en el sueño.

Pocos momentos después, y cuando Rivas, cediendo al cansancio que le agobiaba, había principiado a quedarse dormido, el ruido de la puerta que se abrió con estrépito le sacó de su sopor.

Un soldado entró trayéndole, en una gran bandeja, algunas fuentes de comida. Tras él entró otro, con una cama, que el primero hizo colocar en un rincón del cuarto, dejando él mismo la bandeja sobre la ventana.

Después de esto se acercó a Martín con aire de misterio.

—Lea ese papelito y conteste luego —le dijo, dejando caer un papel doblado en varios dobleces.

Y se alejó, poniéndose a arreglar la cama, mientras que Martín, lleno de asombro, leía lo siguiente:

Mi papá ha conseguido que podamos enviarle diariamente la comida. Le remito una cama y en la almohada van papel y lápiz para que pueda contestarme. He logrado que Agustín, venciendo sus temores, se gane al soldado que le lleva la comida. Ánimo, pues; yo velo por usted. Espero que surta buen efecto un empeño que he interpuesto para poder llegar hasta usted. Esta esperanza me da valor, pero aun cuando usted no me vea, no crea por eso que deja de pertenecerle entero el corazón de

LEONOR ENCINA

Martín contestó, palpitante de alegría, lo que sigue:

Si un corazón amante puede pagar los sacrificios que usted hace por mí, usted sabe que el mío le pertenece. Esta mañana, los peligros, la muerte en mi rededor después; su dulce voz, Leonor, abriéndome las puertas del paraíso; más tarde la prisión, la soledad, y luego, de nuevo esa voz poblando de mágicos cuadros las tristes paredes de un calabozo. ¡Ah, Leonor, todo esto me abisma y turba mi razón! En medio de este caos, lo único que brilla para mí, sereno y sin nubes, es un punto resplandeciente: ¡usted me ama!

Ya tal vez ha llegado a noticias de usted la muerte de Rafael. Murió como valiente, y era un noble corazón que el viento de la desgracia había marchitado. Mi felicidad inmensa, el amor de usted, no bastan en este momento para secar las lágrimas con que lo lloro; perdóneme, Leonor, esta confesión. Si el más feliz de los amantes no puede hacer olvidar al amigo, juzgue usted por ese afecto el lugar que su amor debe ocupar en mi corazón.

—Vamos, vamos —le dijo, acercándose el soldado—, ya no puedo esperar más.

Martín agregó a la ligera las señales del lugar en que había quedado el cadáver de su amigo, rogando a Leonor que transmitiese esta noticia a la familia de San Luis, y entregó su carta al soldado, dándole el poco de dinero que tenía. Probó después, apenas, la comida y vio con cierto desprecio cerrarse de nuevo la puerta de su calabozo. ¡Con la carta que estrechaba sobre el corazón, despreciaba la rabia de sus enemigos y sentía fuerzas para perdonarlos!

La lectura de esa carta y las ilusiones que creaba en el espíritu de Martín le ayudaron a sobrellevar con paciencia la soledad hasta el día siguiente. Por el mismo conducto recibió una segunda carta de Leonor, en la que le descubría, en un lenguaje tierno y sencillo, los tesoros de un amor que Martín nunca se había atrevido a esperar.

En dos días más de esta correspondencia, Rivas había llegado a creer que los que llevaba de prisión habían sido los más felices de su vida.

Entretanto, la causa que contra él se seguía marchaba con la rapidez que desde entonces hasta ahora despliega la justicia chilena en los juicios políticos. Y como Martín, además de estar notoriamente convicto de su participación en los sucesos del 20 de abril, había confesado no sólo esa participación, sino que también en alta voz los principios liberales que profesaba, en el corto término de cuatro días la causa estaba rematada y el reo condenado a pena de muerte.

Leonor recibió la noticia de esta sentencia poco después de haber leído una carta que su padre acababa de mostrarle, en la que se daba permiso para que don Dámaso y los de su familia pudiesen visitar a Martín de las seis a las siete de la tarde. La hora había pasado ya y era preciso esperar al día siguiente. La idea de la fatal sentencia tuvo por esto largo tiempo para someter a la niña a una horrorosa tortura. Durante la noche se vio asaltada por todos los temores, aunque las reflexiones de su familia para persuadirla que aquella sentencia no se ejecutaría habían calmado su ánimo en el día. Su amor, en tan duro trance, cobraba las proporciones de una inmensa pasión y no podía pensar un momento en la muerte de Rivas sin hacerlo al mismo tiempo en la suya propia.

Después de esa noche de lágrimas, Leonor salió muy temprano de su pieza y entró en la de Agustín, que dormía profundamente.

A la voz de su hermana, el elegante se restregó los ojos.

—¡Qué matinal estás! —exclamó, viendo a Leonor de pie al lado de su cama—. ¡Y qué pálida, hermanita! —añadió—. Cualquiera diría que has velado toda la noche.

—Así ha sido —dijo la niña—: ¿podía dormir con esa horrible sentencia?

—Cálmate, la sentencia no se ejecutará.

—¿Quién me responde de ello? —preguntó Leonor, cuyos ojos se llenaron de lágrimas.

—Todos lo dicen.

—Eso no basta y por eso vengo a pedirte un servicio.

—*Soy todo a ti, mi bella*; ordena y obedezco.

—Es preciso que hoy me acompañes a ver a Martín.

—Eso no deja de tener sus dificultades; ¿cómo entramos?

—Con una carta que tiene mi papá; tú se la pedirás diciéndole que vas a ver a Martín y te vas conmigo.

—Haces de mí lo que quieres.

Al dar las seis, en efecto, Leonor y Agustín presentaron la carta y fueron conducidos a la prisión de Martín.

El joven tenía sobre la ventana todas las cartas de Leonor, que se entretenía en leer una a una.

Al abrirse la puerta, Leonor le vio enderezarse y ocultar con ligereza las cartas. Al reconocer a la joven, Rivas corrió hacia la puerta y sus manos estrecharon la que ella le tendió.

—¡Peste! —exclamó Agustín, mirando en su rededor—. ¡No es por cierto el *comfort* inglés lo que aquí reina! Mi pobre amigo —añadió, abrazando a Rivas—, esto es *degutante*, mi palabra de honor.

Martín se sonrió con tristeza y olvidó todos sus cuidados en los ojos que Leonor fijaba en él llenos de lágrimas.

—Es la única silla que he podido conseguir —dijo, pasando a Leonor una mala silla de paja.

La niña se sentó y volvió la cara para enjugar las lágrimas.

—Vamos, hermanita —le dijo Agustín, enternecido también—, tengamos más valor: la reflexión es lo que nos distingue de los irracionales.

Martín no pudo reprimir una franca carcajada al oír la sentenciosa máxima que Agustín emitía con voz lastimosa.

Leonor miró a su amante llena de orgullo.

—Las cosas deben tomarse como vienen —dijo Rivas, no queriendo dejarse contagiar por la tristeza de los dos hermanos.

—¡Pero esa sentencia!... exclamó Leonor.

—La esperaba desde el primer día y no me ha conmovido —respondió el prisionero, con modesta voz—. Lo que sí ha hecho palpitar mi corazón —añadió, en voz baja al oído de Leonor— ha sido lo que no esperaba, sus cartas.

A través de las lágrimas que humedecían los párpados de la niña, brilló en sus ojos un rayo de pasión al oír estas palabras.

Fuese intencional o distraídamente, Agustín se acababa de parar en la puerta del calabozo, delante de la cual se paseaba el centinela.

—La felicidad que siento al verme amado —le dijo llena de tal modo mi pecho, que no deja lugar en él para los temores que pudiera inspirarme mi situación. Además —añadió, con cierta alegría—, no sé qué presentimiento me dice que no puedo morir.

—Sin embargo —replicó Leonor—, es preciso pensar seriamente en la fuga.

—Muy difícil me parece.

—No tanto; vea usted el plan que he imaginado: vengo con Agustín mañana a esta hora y traigo puestos dos vestidos. Uno toma usted y sale en mi lugar con Agustín.

—¿Y usted! —preguntó Rivas, con admiración, al ver brillar de entusiasmo los ojos de su querida.

—Yo —contestó ella— me quedo aquí; ¿qué pueden hacerme cuando me descubran?

Martín hubiera querido arrojarse de rodillas para adorar como una divinidad a la que, como una cosa muy natural, le ofrecía el sacrificio de su honra para salvarle.

—¿Cree usted que yo consentiría en conservar mi vida a costa de su honor? —le dijo, besándole con pasión la mano que estrechaba entre las suyas.

—Lo que yo quiero es que usted salga de aquí —contestó Leonor, con agitación—; es preciso, Martín, que no se forme usted ilusiones; en el Gobierno hay mucho encarnizamiento contra los que han tomado parte en la revolución; ¿quién nos asegura que el Consejo de Estado le indulte a usted? Y en caso de indulto, ¿qué pena sustituirán a la de muerte? Nada sabemos y todo esto me hace temblar.

Caramba —dijo Agustín, que acababa de acercarse a ellos—, Leonor tiene razón. Esta casa tiene un aspecto muy triste; es preciso que trates de salir de aquí.

—Si tú tienes valor —dijo Leonor a su hermano—. Martín puede salir ahora mismo. Quédate en su lugar y él saldrá conmigo.

Agustín se puso muy pálido y no pudo disimular el temblor que conmovió su cuerpo ante la sola idea de correr aquel peligro.

—Le conocerán al salir, hermanita —dijo, con voz apagada—; luego ¿quién me haría huir a mí?

—Tendrían que ponerte en libertad —replicó Leonor.

—Agustín tiene razón —dijo Rivas—, me conocerían al salir.

—Eso es claro como el día —observó el elegante, serenándose un poco y sacando su reloj, como deseoso de ver llegar la hora de irse.

—Si Agustín me trae mañana una buena lima y un par de pistolas, haré una tentativa —dijo Martín.

—Es convenido. No hay nada más que decir —exclamó Agustín, volviendo a mirar el reloj, temeroso de que su hermana propusiese algún otro medio de evasión que le comprometiese.

En ese momento, el carcelero anunció que era hora de salir, y Leonor y Agustín se despidieron de Rivas, prometiéndole lo que pedía para efectuar su tentativa de fuga al día siguiente.

62

Pero esa tentativa no pudo llevarse a efecto porque la celeridad de los procedimientos judiciales había excedido toda previsión.

Cuando Leonor y Agustín se presentaron, solicitando ver a Rivas, en virtud del permiso que mostraban, recibieron esta lacónica contestación:

—No se puede.

—¿Por qué? —preguntó Leonor, con inquietud.

—Porque está en capilla —contestó el que había dado la primera respuesta.

Leonor se apoyó en el brazo de Agustín para no caer, aterrada por el espanto que produjeron en su alma esas fúnebres palabras.

Agustín, temblando de miedo, llevó a Leonor a la calle, donde el carruaje los esperaba.

La niña se arrojó sobre un asiento de atrás, prorrumpiendo en desesperados sollozos.

—A casa —dijo Agustín al cochero.

El coche se puso en marcha.

Al cabo de pocos instantes, Leonor alzó la frente: hubiérase dicho que, a través de las lágrimas que inundaban sus ojos, brillaba en ellos un lejano rayo de esperanza.

—¡Todo no está perdido! —exclamó, echándose en brazos de Agustín.

—Por supuesto, hermanita —dijo, sin comprender lo que decía, el elegante—: *no te hagas* pena, hermanita.

—¿Se te ha ocurrido algún medio de salvar a Martín? —preguntóle Leonor, con una exaltación febril, engañada por el aire de seguridad con que su hermano había pronunciado las palabras que anteceden.

—¿A mí? Ninguno. Nunca se me ocurre nada —contestó con viveza el elegante, que temió que Leonor quisiese exigirle algún sacrificio.

—Pues a mí se me ha ocurrido una idea.

—¿A ver la idea?

—Llévame a casa de Edelmira Molina

—¿Para qué?

—Allí lo sabrás.

—Pero, hermana, me parece inconveniente que tú.

Leonor no le dejó acabar su frase, porque bajó uno de los vidrios de adelante del coche, y por allí dijo al cochero:

—Para.

Luego, dirigiéndose a su hermano, le dijo con voz imperativa.

—Dale las señas.

—Agustín obedeció sin murmurar, y el coche tomó el camino que se le indicó.

—Es preciso que hablemos con Edelmira —dijo Leonor, al cabo de algunos momentos de silencio.

—Pero yendo a casa de su madre no es el medio más seguro de conseguirlo —replicó Agustín.

—¿Por qué?

—Porque allí me conocen, y, después de la historia que tú recordarás, estoy seguro que me aborrecen cordialmente

—Tienes razón —dijo Leonor, comprimiéndose la frente con las manos—; pero es absolutamente indispensable que yo me vea hoy mismo con Edelmira. A ver —añadió, con febril impaciencia—. piensa tú, discurre; yo tengo ardiendo la cabeza, y se me turban las ideas.

La afligida niña ocultó su rostro y dejó caer la cabeza sobre el respaldo del coche. En su seno los sollozos se agolpaban como las olas al soplo de la tormenta.

—Yo discurriré —dijo el elegante—; pero no sigamos a casa de doña Bernarda, porque lo perdemos todo.

—A casa —gritó Leonor al cochero.

Luego se volvió hacia su hermano. Sus ojos despedían rayos de fuego, y la contracción de sus cejas anunciaba la energía que era capaz de desplegar.

—Volveremos a casa —dijo: pero te advierto que antes de dos horas debes haberme facilitado una entrevista con Edelmira.

—Pero, hermanita, ¿cómo quieres que la saque yo de su casa?

—No sé; mas yo estoy resuelta a hablar hoy con ella, y si tú no me proporcionas la ocasión de hacerlo, iré yo sola a verla.

—No es conveniente que vayas *toda sola* —exclamó, exasperado, el elegante.

—Iré, iré —repitió Leonor, con exaltación—, nadie podrá impedírmelo. ¿No ves que Martín está en capilla? ¿No ves que si le fusilan yo moriré también?

Nada pudo objetar Agustín a este grito del alma enérgica de su hermana, y se convenció de que para evitarle el dar algún paso desesperado debía hacer cuanto le fuese posible por cumplir sus deseos. El joven se acordó en ese momento de la ambición insaciable de dinero que constantemente dominaba a Amador.

—Hay un medio de que hables con Edelmira —dijo.

—¿Cuál? —preguntó la niña con avidez.

—El de dar algunos reales al hermano de la muchacha y él mismo te la traerá a casa.

En este momento el coche llegaba a inmediaciones de casa de don Dámaso.

—Te daré dinero —dijo Leonor, cuando bajaban del coche—; espérame en tu cuarto.

En efecto, al cabo de poco rato volvió Leonor con treinta onzas de oro que entregó a su hermano

—Toma —le dijo, confío en ti, tú no querrás verme llorar toda la vida ¿no es verdad?

Al decir esto, estrechaba al elegante con cariñosos abrazos.

—¡Caramba! —exclamó Agustín—. Eres un Creso, hermanita. ¡Qué rica estás!

—Papá me acaba de dar ese dinero; le he explicado mi plan en pocas palabras.

—Entretanto, a mí nada me has explicado, de modo que yo ando a oscuras.

—Anda primero, después lo sabrás todo.

Agustín salió de su casa y Leonor se dejó caer de rodillas, implorando la protección del cielo por el buen éxito de su empresa. Al cabo de algunos momentos de fervorosa oración, se acercó al escritorio de Agustín. y principió a escribir una carta a Rivas, en la que refería sus proyectos, prodigándole las más ardientes protestas de aquel amor que, lentamente desarrollado en su pecho, había cobrado ya las proporciones de una pasión irresistible.

En esos mismos momentos Agustín llegó a casa de doña Bernarda. Al pisar el umbral de aquella puerta, todos los recuerdos de la escena del supuesto matrimonio, en las que había tocado representar el papel de víctima, asaltaron su memoria e hicieron latir de miedo su corazón. Pero la convicción en que se hallaba, de que era preciso obedecer a Leonor, le dio entereza para golpear a la puerta del cuarto de Amador.

Este abrió la puerta, y no sabiendo el objeto de la visita que le llegaba, contestó con un saludo incierto al saludo de Agustín.

—Deseo hablar con usted a solas —dijo el elegante

—Aquí estamos solos —contestó Amador, haciéndole entrar y cerrando la puerta.

—Voy a usar con usted de toda franqueza —dijo Agustín, sin sentarse.

—Así me gusta. No hay como la franqueza —exclamó Amador

—¿Quiere usted ganar unos quinientos pesos?

—¡Quinientos pesos! ¡Qué pregunta! ¿Y a quién no le gusta la plata, pues? ¿*Pita* usted? dijo Amador, pasando en medio de sus exclamaciones un cigarrillo de papel al elegante.

—No, gracias; el servicio que reclamo de usted es muy simple

—Hable no más, tengo buenas entendederas.

—Mi hermana desea hablar ahora mismo con su hermana Edelmira.

—¿Para qué?

—No sé; pero sospecho que sea para que ella intervenga con alguien en favor de Martín Rivas, que está condenado a muerte.

—Pobre Martín, yo lo hice agarrar preso, y ahora me pesa, vea, llevaré a Edelmira, no por el interés de los quinientos, aunque estoy muy pobre, sino por hacer algo por Martín.

—¡Magnífico! Apenas llegue usted a casa con Edelmira, recibirá la suma.

—Ya le digo que, aunque estoy pobre como una cabra, no lo hago por interés.

—Lo creo bien; pero la plata nunca está de más.

—Así es, vea; a mí siempre me está de menos

Despidiéronse, prometiendo Amador que en media hora más estaría con Edelmira en casa de don Dámaso.

Pocos momentos después que Agustín daba cuenta a Leonor del resultado de su entrevista, Amador y Edelmira llegaban a la casa.

Leonor condujo a Edelmira a su cuarto, dejando a su hermano en compañía de Amador.

Cuando las dos niñas se hallaron solas en una pieza, cuya puerta había cerrado Leonor, ambas se contemplaron con curiosidad y en ambas se pintó la sorpresa desde la primera mirada.

Edelmira halló, en vez de la altanera expresión que antes había notado en la hermosa hija de don Dámaso, una dulzura tal en su mirada que sintió por ella una irresistible simpatía.

Leonor vio que el rosado tinte de las mejillas de Edelmira había sido reemplazado por la palidez del sufrimiento: que la viveza de su mirar estaba apagada por la fuerza de una visible melancolía, y adivinó con la penetración de la mujer enamorada que Edelmira no había dejado de amar a Rivas.

Esta idea, que en otra circunstancia le habría desagradado, pareció, por el contrario, animarla.

—¿Sabe usted la situación en que se encuentra Martín? —le dijo, haciendo sentarse a Edelmira junto a ella.

—Sabía que estaba preso —contestó ésta—: pero ahora —añadió con voz turbada— mi hermano me dice que está condenado a muerte.

La que esto decía y la que escuchaba se miraron con los ojos llenos de lágrimas.

Leonor se arrojó en brazos de Edelmira, exclamando:

—¡Usted es mi última esperanza! ¡Es preciso salvarlo!

El corazón de Edelmira se oprimió dolorosamente al oír aquellas palabras que encerraban la confesión del amor que Leonor había ocultado en su primera entrevista.

Leonor continuó con exaltación, y sin cuidarse de secar las gruesas lágrimas que corrían por sus mejillas:

—Yo he hecho hasta aquí cuanto he podido, y me lisonjeaba de que Martín sería indultado; parece que le temen mucho, cuando se niegan a perdonarle. Yo estoy cansada de imaginar medios de evasión y aun cuando me hallo dispuesta a sacrificarme por él, nada acierto a combinar que sea realizable. Esta mañana, desesperada al oír la funesta noticia de que le han puesto en capilla, no sé por qué he pensado en usted; dígame que he tenido una buena inspiración. Usted me dijo, cuando estuvo aquí hace tiempo, que deseaba servir a Martín; la ocasión ha llegado de manifestarle su agradecimiento. Ya ve usted que es tan noble, tan valiente. ¡Y quieren matarlo!

Edelmira se sintió fuertemente conmovida al ver la desesperación con que Leonor pronunció aquellas palabras. La admirable belleza de Leonor en medio de tan acerba aflicción, lejos de causarle los celos que la hermosura de una rival despierta en el corazón de la mujer, pareció ejercer sobre Edelmira una especie de fascinación.

—Yo, señorita —dijo—, estoy dispuesta a hacer lo que usted me diga por salvar a Martín.

—¡Pero si a mí nada se me ocurre, por Dios! —exclamó Leonor, comprimiéndose la frente con las manos—; parece que las ideas se me escapan cuando creo haberlas concebido... A ver... ¿Por qué se me ocurrió que usted podría salvar a Martín?... ¡Ah! ¿No había un oficial de policía que quiso casarse con usted?

—Es cierto.

—Es joven, ¿no es verdad?

—Sí.

—Ese joven debe amarla todavía; usted es demasiado bella para que él haya dejado de amarla por un desaire, ¿no es así? Estoy segura de que él la ama. Pues bien, Martín está preso en su cuartel y usted puede comprometerle a que facilite su evasión. Ofrezca usted todo lo que sea necesario: dinero, empleos; mi padre ofrece cuanto le pidan. ¡No me niegue usted este servicio; se lo agradeceré eternamente!

—Señorita —dijo Edelmira—, voy a hacer cuanto pueda: si usted consigue que Amador me acompañe a ver a Ricardo, tal vez logremos salvar a Martín.

Leonor estrechó con frenesí a Edelmira, prodigándole los más tiernos cariños por aquella respuesta.

—Vamos a ver a su hermano —dijo después de esto—, pues no tenemos tiempo que perder.

Salieron de la pieza en que se encontraban y entraron en la de Agustín.

Amador apuraba la décima copa de licor que le había ofrecido Agustín y fumaba, tendido, un habano prensado de enorme largo, con la gravedad de un magnate que tiene conciencia de su importancia.

Leonor explicó en pocas palabras el nuevo plan, y después de pedir a Amador, con insinuantes palabras, que acompañase a Edelmira, se acercó a preguntar a Agustín por el dinero que le había entregado.

El elegante puso con disimulo las treinta onzas en manos de Amador, cuyo rostro se iluminó con indecible alegría.

—Por salvar a Martín, que ha sido mi amigo —dijo—, haré lo que usted guste, señorita.

—Tú los acompañarás para traerme la respuesta —dijo Leonor a Agustín, llamándolo aparte—; y no te mires en gastos. Si el oficial pone dificultades, dile que papá se encarga de su porvenir: yo respondo de ello.

Abrazó después a Edelmira, con la ternura de una hermana, y llevó su heroísmo hasta estrechar la mano de Amador, que despedía un olor insoportable a tabaco quemado.

—Mándeme con Agustín la noticia del resultado —dijo a Edelmira al atravesar el patio—; sólo espero en usted.

—Nada temas, hermanita —dijo Agustín—; aquí voy yo para arreglarlo todo; que la peste me ahogue si no sacamos a ese pobre Martín de la prisión.

Despidiéronse en la puerta de calle y Leonor entró a su cuarto. Allí se dejó caer sobre un sofá, rendida de emoción y de zozobra.

63

Gran sorpresa se pintó en el rostro de Ricardo Castaños cuando vio entrar en su habitación a las tres personas que vimos salir en su busca de casa de don Dámaso Encina.

Ricardo Castaños pertenecía, como ha podido verse en el curso de esta historia, a esa clase de enamorados que saben oponer a los desdenes de sus queridas la resignación que los filósofos aconsejan en los contrastes de la vida. A pesar de haberse visto despreciado por Edelmira, su amor vivía en su corazón y conservaba todo el vigor de los días en que había estado próximo a unirse con la niña por lazos indisolubles. Así fue que al verla entrar en la pieza que ocupaba en el cuartel, los latidos de su corazón se aceleraron de tal manera que, a la sorpresa que en sus ojos se pintaba, vino muy luego a unirse el rojo tinte que dieron a sus mejillas las oleadas de sangre que el ímpetu del corazón les transmitía.

Confuso y sin acertar a formular palabras claras, ofreció asiento a Edelmira y a los dos jóvenes que la acompañaban.

Edelmira rompió el silencio que a la invitación de Ricardo había sucedido: con voz segura y resuelta expresión de fisonomía, dijo;

—Venimos a verlo para un asunto muy importante.

—Señorita, aquí me tiene —contestó éste, poniéndose más colorado.

—Aunque estos caballeros —prosiguió Edelmira, volviéndose hacia Agustín y Amador— saben a lo que vengo, me gustaría más estar sola con usted para explicarme mejor.

—Aquí no hay escribano —dijo Amador, riéndose—, habla no más, que no hemos de dar fe después si lo que digas te perjudica.

—Esta señorita tiene razón —replicó Agustín—, yo soy partidario del *tete a tete* y nosotros podemos, entretanto, ir a fumar un cigarro.

—Andar entonces —dijo Amador—; vamos a *pitar*.

Los dos jóvenes salieron y principiaron a pasearse en un corredor, sobre el cual se abría la puerta de la pieza del oficial.

Este había quedado de pie, y buscaba en su imaginación algún cumplimiento para entablar la conversación.

Edelmira le ahorró este trabajo, diciéndole:

—Mucho extrañará usted verme aquí.

—Eso no, señorita; pero de seguro que no lo esperaba —contestó Ricardo.

—Yo conozco que no me he conducido bien con usted, y me arrepiento de ello —prosiguió la niña.

—Tanto favor, señorita, yo le doy las gracias.

—¿Me ama usted todavía? —preguntó Edelmira, fijando en el joven una resuelta y penetrante mirada.

—¡Vaya si la quiero! —exclamó Ricardo—, la prueba la tiene en que todos los días paso por su casa por verla.

—Usted puede darme ahora una prueba que me convencerá más que todo.

—Hable no más y verá si digo la verdad.

—Quiero que usted salve a Martín Rivas.

Ricardo hizo un movimiento de sorpresa.

—Aunque lo pudiera no lo haría —dijo con tono de rabia.

—Pues si usted quiere probarme que me ama, es preciso que salve a Martín.

—¡Bonita cosa!, ¿para que usted lo siga queriendo? No, más bien que lo fusilen, y así se acaba todo.

El oficial de policía pronunció estas palabras con un acento sombrío, que convenció a Edelmira de que el amor de aquel hombre no se había entibiado.

—Pues si lo fusilan, jamás nos volveremos a ver usted y yo— díjole la niña, levantándose de su asiento.

—Pruébeme usted que no lo quiere, pues —exclamó con pasión Ricardo: si así fuese, podíamos hablar.

—Estoy dispuesta a hacerlo si usted lo salva.

—¿Cómo me lo probará?

—Casándome con usted si quiere.

Estas palabras hicieron vacilar al oficial algunos momentos, durante los cuales permaneció en silencio.

Luego después replicó:

—Y entonces, ¿por qué se empeña tanto por él?

—¿Es usted reservado? —preguntóle Edelmira.

—¿Cómo no?

—Entonces diré que quiero salvarlo porque lo he prometido a la hermana de Agustín; éste ha venido para llevar la noticia de lo que usted conteste.

—¿Entonces esa señorita quiere a Martín?

—Sí.

—¿Y usted no?

—No.

—Y, ¿cómo puedo yo salvarlo, pues?

—¿No puede usted entrar de guardia mañana?

—No me toca.

—Pero puede cambiarla con aquél a quien le toque.

—Eso sí.

—Estando usted de guardia, le es muy fácil hacer fugarse a Martín, pagando al centinela para que huya con él.

—Es cierto; pero yo le diré una cosa: no tengo plata...

—Esa la dará Agustín.

—¿Y quién me asegura que después que Martín esté libre usted cumpla su palabra?

—Lo juraré, si usted quiere, delante de testigos; en presencia de mi madre, que hasta hoy me ha hablado de usted.

—Vea, Edelmira dijo Ricardo, después de reflexionar algunos segundos—, usted sabe que yo la he querido y la quiero mucho. ¿Qué más quisiera yo que casarme con usted, pues? Pero la condición que usted pone es muy dura; si dejo arrancarse a Martín, me pueden dar de baja.

—Ah, si usted aprecia más su carrera que a mí...

—No quiero decir eso, sino que perdiendo mi sueldo me quedo en la calle y la quiero demasiado a usted para que me pudiese conformar con verla pobre a mi lado.

—Si es por eso no más, creo que no tiene usted por qué temer.

—Si alguna persona rica, agradecida del servicio que le hiciera poniendo en libertad a Martín, le prometiese hacerse cargo de su suerte, ¿tendría usted dificultad en acceder a lo que le pido?

—No la tendría: ya le digo que lo hago por usted.

Edelmira llamó a Agustín, que en ese momento se hallaba con Amador cerca de la puerta de la pieza.

—Quisiera que usted repitiese a este caballero lo que al salir nos encargó la señorita Leonor —le dijo.

—¡Cáspita! no es tan fácil: mi hermana habló como un loro y yo no brillo por la buena memoria —contestó el elegante.

—Sí, pero usted no puede haber olvidado —replicó Edelmira— lo que ella dijo para el caso de que Ricardo perdiese su empleo.

—¡Ah!..., eso no: dijo que papá responde de todo, y Leonor puede decirlo porque ella lleva a papá por la punta de la nariz.

—Ya ve usted que no lo engaño —dijo en voz baja Edelmira a Ricardo.

Este tono confidencial de la que siempre se le había mostrado desdeñosa, hizo brillar de alegría y de amor el rostro del oficial.

—Yo no digo que usted me engañe en eso —replicó—, dígame no más que me cumple su palabra de casarse conmigo y que no se quejará después si quedo pobre.

—Si Martín está libre mañana en la noche —contestó Edelmira, haciendo inauditos esfuerzos por ocultar su emoción—, estoy dispuesta a casarme con usted el día que quiera.

—Estará libre o pierdo mi nombre dijo el oficial, apoderándose de una mano de Edelmira y sellando con un ardiente beso aquella especie de juramento.

La niña le hizo repetir varias veces que no faltaría a su palabra, y Agustín se comprometió a traer el dinero necesario para pagar al centinela que debía ayudar a la fuga.

Edelmira y Amador regresaron con Agustín a casa de don Dámaso, en donde Leonor les esperaba, entregada a una inquietud muy cercana al delirio.

Cuando Edelmira le dijo que Martín se salvaría, Leonor dio un grito de contento y, tomándola en sus brazos, la colmó de locas caricias.

—¿Y cómo ha conseguido usted esto? —preguntó Leonor, sin notar que Edelmira, presa de un profundo abatimiento, había ocultado su rostro para no dejar ver las lágrimas que lo bañaban.

Jurándole que me casaría con el —contestó la niña.

Y, al dar aquella respuesta, pareció que la abandonaban el valor y la resignación que durante su entrevista con Ricardo había desplegado, pues los sollozos casi ahogaron sus últimas palabras.

Leonor miró durante algunos momentos a Edelmira con una expresión indefinible; la admiración y los celos que dormitan en el fondo de todo amor verdadero ocuparon al mismo tiempo su alma. En esos momentos, que fueron muy rápidos, se dijo al mismo tiempo: "Le ama tanto como yo; y... ¡Pobre niña! ¡tiene un corazón angelical !"

Y como dijimos, aquel instante de involuntaria reflexión pasó con rapidez, porque Leonor se arrojó enternecida en brazos de Edelmira.

—Dios sólo —le dijo —es capaz de recompensar a usted por tanta generosidad. Si algo vale para usted mi eterno reconocimiento acéptelo, Edelmira, y permítame ser su amiga.

Estas palabras, pronunciadas con todo el calor de un alma generosa, calmaron el llanto de Edelmira y le devolvieron la serenidad.

Leonor repitió mil veces sus protestas de agradecimiento, con aquellas palabras artificiales que las mujeres saben emplear en la efusión del corazón, y supo hacer olvidar a Edelmira la diferencia social de sus condiciones respectivas.

En la mañana del día siguiente, Ricardo y Amador se presentaron en casa de don Dámaso y arreglaron con Leonor y Agustín el plan de fuga que debía ejecutarse en la noche de ese día.

64

Martín, entretanto, daba un triste adiós a la vida y a los amores, esta segunda vida de la juventud.

En ese adiós había, sin embargo, junto con la tristeza, la serena resignación del valiente. Además, el amor ocupaba tan grande espacio en su alma, que más bien le contristaba la idea de separarse de Leonor para siempre, que la de perder la existencia en la flor de sus años.

En esta disposición de espíritu, Rivas se había ocupado con calma de sus últimas disposiciones. No poseía ningún bien, de modo que el cuidado de los intereses materiales no le robó ninguno de los precios instantes que le quedaban.

Poseía sí, un inmenso tesoro de amor, al que quería consagrar su alma entera en aquellos momentos solemnes. Escribió, pues, una larga y sentida carta a su madre y a su hermana. Cada una de las frases de esa carta tenía por objeto fortificar sus ánimos para la terrible prueba de dolor que las esperaba.

Acaso —les decía al concluir— *la muerte no sea para mi un mal en las presentes circunstancias. Obstáculos casi insuperables se me presentarían, si viviese, para realizar la felicidad a que Leonor me ha dado derecho de aspirar; y, tal vez, combatiéndolos, habría sufrido humillaciones demasiado crueles para mi corazón. Tengo confianza en Dios y no me falta valor; las puras bendiciones de ustedes me allanarán el camino para comparecer ante el Divino Juez.*

Cerrada esta carta, parecióle que podía ocuparse ya enteramente de Leonor. Para hablarle de su inmensa pasión le escribía la historia del modo cómo ella había nacido y desarrollados en su alma. Sencilla y tierna historia de enamorado, llena de ideales aspiraciones, de ardientes amarguras borradas ya de la memoria con la dicha de los últimos días. El trágico fin que aguardaba al protagonista era la única sombra de aquel cuadro pintado con los diáfanos colores dé la juventud y del amor. Martín lo retocaba con la predilección del artista por su obra favorita, y añadía una frase de amor a las mil que la esmaltaban, cuando la puerta de su calabozo se abrió en silencio.

Era la oración, y Martín vio entrar a un hombre embozado, que no pudo conocer al instante.

Este se quitó el embozo al acercarse a la mesa en que Rivas escribía a la luz dudosa de una negra vela de sebo.

—¿Qué objeto tiene esta visita, señor don Ricardo? —preguntó Martín, con cierta altanería al reconocer a Ricardo Castaños.

—Lea este papel —contestó el oficial, entregando a Rivas una carta.

Rivas leyó lo siguiente:

Todo está concertado para su fuga. Ricardo Castaños pagará al centinela, que enseñará a usted el camino seguro para salir, aproveche, pues, la ocasión, y tenga prudencia, recordando que del éxito de este paso no sólo depende su vida, sino también la de su amante.

LEONOR ENCINA

Martín levantó sobre Ricardo los ojos, en los que brillaba la esperanza, y al mismo tiempo hizo ademán de guardar la carta.

—¿No será mejor que la queme? —le dijo el oficial.

—¿Por qué? —preguntó Martín, que guardaba como un tesoro las cartas de Leonor.

—Porque si por desgracia lo *pillan* —repuso Ricardo—, ese papel me compromete.

—Tiene usted razón —contestó Rivas, quemando el papel.

—Bueno —dijo Ricardo, ahora yo me voy y usted no tiene más que salir; el soldado que está de centinela lo llevará por un camino seguro.

—Una palabra —dijo Martín, acercándose a Ricardo—: usted me presta en este momento un servicio que no me esperaba, y mucho menos de parte de usted, que me ha considerado como su enemigo.

—Eso no —dijo el oficial—; yo lo perseguí y tomé preso a usted porque estábamos combatiendo.

—¿Nada más que por eso? —preguntó Rivas—. Hablemos con franqueza: usted me ha creído siempre su rival.

—Es cierto.

—Sin embargo, se ha engañado usted; jamás he hablado de amor a Edelmira, se lo aseguro bajo mi palabra de honor.

—¡Cierto! —exclamó lleno de alegría Ricardo.

—Cierto; si antes creí que esta confesión, hecha por mí a usted, parecería humillante, ya que usted se ha prestado a servirme, creo deber hacérsela sin indagar la causa que usted haya tenido para ello. Si usted ama a esa niña —añadió Martín—, creo que esta confesión destruirá los juicios que haya formado en contra de ella; entretanto, yo no tengo otro medio de manifestarle mi agradecimiento que haciendo esta confesión y rogándole que acepte mi amistad.

—Gracias —dijo con efusión Ricardo, estrechando la mano que le presentó Martín.

El oficial salió, dejando la puerta abierta, después de decir a Rivas que apagase la luz para salir tras él.

En la fuga de Martín no hubo ninguna de las peripecias que los novelistas se aprovechan para excitar la curiosa imaginación de los lectores. El soldado que guardaba su calabozo abandonó con él el puesto de su facción, condujo a Martín por pasadizos solitarios hasta llegar a un patio, igualmente solo, en donde, mediante el auxilio de una escalera, ambos salvaron los tejados y bajaron a una calle.

—Adiós, pues, patrón —dijo el soldado a Rivas.

Y se echó a andar por las calles, pensando en las onzas de oro que sonaban agradablemente en su bolsillo, después de haber sido entregadas a Ricardo Castaños por la torneada y blanca mano de Leonor.

Rivas divisó a poca distancia del punto en que lo dejó el soldado un carruaje, al que se dirigió inmediatamente. Un hombre se adelantó a recibirle, diciéndole con voz bien conocida:

—Tú eres salvado, Martín; déjame abrazarte.

Y Agustín Encina le estrechó entre sus brazos con un cariño fraternal.

—Mi hermana está allí, que te espera —añadió el elegante, señalando el carruaje.

En ese momento, Leonor había bajado del coche.

—Estos momentos —dijo a Rivas, dejándole estrechar la mano que le pasó para saludarle— han sido para mí de una inquietud mortal; a cada instante creía oír alguna voz de alarma.

—Vamos, es preciso montar y meternos en ruta —dijo Agustín—; el lugar éste, tan cerca de la prisión, no me parece de los más recreativos.

Leonor se sentó en uno de los asientos de atrás del coche y colocó a su lado a Rivas. Agustín se sentó al frente de ellos.

—En un lugar cercano —dijo éste a Martín— tenemos esperándote un mozo con caballos que te servirán mejor para tomar caminos excusados por si les da el capricho de perseguirte.

—Jamás podré pagar los servicios que ustedes me hacen —dijo Martín, lleno de reconocimiento.

—¿No hay en ellos algún egoísmo de mi parte, cuando salvándole a usted salvo también mi felicidad amenazada de muerte? —le dijo con voz baja y dulcísima, Leonor.

—Vaya —dijo, casi al mismo tiempo, Agustín—, qué dices tú de pagar, querido; somos nosotros los que te estamos pagando lo que te debemos. Te parece poco haberme ahorrado la molestia de tener por cuñado a ese insaciable comedor de pesetas que se llama Amador. Oye, querido, el adagio francés: *Un bien fait n'est jamais perdu*, ésa es la verdad.

Agustín siguió manteniendo la conversación durante el camino, mientras que, escuchándole apenas, Leonor y Martín se decían en voz baja esas frases cortadas, que parecían seguir los latidos del corazón, y que los amantes encuentran mil veces más elocuentes que el más brillante discurso.

Llegado que hubieron a una callejuela solitaria en los suburbios de la población y a inmediaciones de la calle de San Pablo, que lleva al camino de Valparaíso, el coche se detuvo por orden de Agustín.

Los tres bajaron del carruaje, y Agustín se dirigió a un hombre que se presentó a caballo tirando otro de la rienda.

—Es preciso que aquí nos separemos —dijo Leonor a Rivas—; escríbame usted cada vez que le sea posible. ¿Tendré necesidad de jurarle que pensaré en usted a toda hora?

—No; pero dígame otra vez, Leonor, que es verdad cuanto me ha sucedido en estos días: a veces creo que todo ha sido un sueño. Sobre todo ese amor, al que jamás me atreví a aspirar sino en la soledad de mi corazón.

—Ese amor, Martín, es tan verdadero como todo lo demás.

—¿Y durará siempre, no es verdad? —murmuró el joven, estrechando con pasión las manos de Leonor.

—Será el único de mi vida dijo ella—; y no crea que éste sea un juramento vano arrancado por una pasajera afición, no he amado más que a usted en el mundo. ¡Quién me hubiera dicho, cuando llegó usted a casa, que iba a amarle!

—¡Y yo —dijo Rivas— que la miré a usted como una divinidad! ¡Ah, Leonor, qué pequeño me sentí ante la orgullosa altivez de la mirada con que usted contestó a mi saludo!

—¡Y cómo figurarse también —exclamó la niña, con el acento alegre de una infantil coquetería— que bajo el exterior de un pobre provinciano se ocultaba el corazón que debía avasallarme! Martín, usted me ha castigado por mi orgullo, porque le amo ahora demasiado.

Estas últimas palabras fueron pronunciadas con un acento de apasionada melancolía, que formó un notable contraste con la viveza infantil de las primeras.

—¿Se arrepiente usted de hacerme feliz? —preguntó Rivas.

—Me arrepiento, al contrario, de no haberle dicho antes que le amaba —contestó la niña, con la misma melancolía.

—¡Qué importa, cuando con estas solas palabras me hace usted olvidar todo lo pasado! —replicó Martín.

—Pero tenemos que separarnos, y yo me resigno a este sacrificio porque se trata de la vida de usted.

—Y yo también lo acepto gustoso porque sé, Leonor, que su recuerdo me alentará para luchar contra la mala suerte si ella me espera; porque sé también que mi perseverancia tendrá una inmensa compensación cuando pueda volver a su lado y escuche de su boca palabras como las que acabo de oír.

—Será preciso aplazar hasta entonces nuestra felicidad dijo la niña, ahogando un suspiro que le arrancaba la idea de que en pocos momentos más dejaría de oír la voz de su amante.

—Y ese día llegará pronto, ¿no es verdad? —dijo Martín, a quien, después de olvidarse por un instante de la separación que le esperaba, aquel suspiro de la niña despertó a la realidad de la situación.

—¿Pronto?, sí; llegará pronto, porque yo no tendré sosiego hasta que consiga el perdón de la sentencia que pesa sobre usted. Felizmente me siento con sobrada fuerza para vencer todos los obstáculos: ni las negativas de mis padres ni las necias habladurías del mundo me arredrarán. ¿No se trata de volvernos a ver? Ah, yo tendré fuerzas y valor para todo. ¿No sabe, Martín, que sólo usted hasta hoy ha podido dominar mi voluntad? ¿Sabe usted que ha hecho casi un milagro? Yo misma no lo comprendo; pero conozco que la voluntad de usted será en adelante la mía, que sus deseos serán órdenes para mí, y que únicamente me negaría a obedecerle si usted me mandase dejarle de amar.

Rivas bajó del cielo a que esas palabras, dichas con el dulcísimo acento de la mujer enamorada, habían elevado su alma, al oír la voz de Agustín, que se acercó diciéndoles:

—Vamos, Martín, amigo mío, es preciso que terminen los adioses y montes a caballo.

Para hacer esta advertencia, el elegante había fumado la mitad de un cigarro puro, hablando con el de a caballo no lejos del coche y diciéndose de cuando en cuando: "Es preciso ser buen amigo y dejar que se den el último adiós en paz. ¡Cáspita, el pobre muchacho ha sufrido bastante, según creo, para que yo le permita este ligero recreativo!"

A favor de la oscuridad, Martín imprimió un ardiente beso en la frente de Leonor y bajó del carruaje.

Leonor se cubrió el rostro con las manos y dio libre curso a las lágrimas que durante aquella conversación había contenido a duras penas.

Entretanto, Rivas dio un cariñoso abrazo a Agustín y saltó sobre su caballo.

—Nosotros trabajaremos acá por ti, querido —díjole Agustín—; ten cuidado no más de que no te atrapen antes de salir de Valparaíso. El mozo que te acompaña lleva una maleta para ti con un ligero equipaje; ahí encontrarás cartas de recomendación para ciertos comerciantes de Lima, amigos de papá, y además de realillos que necesitas para los gastos del viaje y los primeros que tengas que hacer en Lima; lo demás está previsto en las cartas que te hablo; vamos, todavía adiós, y buena fortuna: ¡en ruta!

Estrecharon sus manos con cordial emprendió el galope después de dar una mirada de despedida a Leonor, que, inmóvil al pie del carruaje, ocultaba entre las manos su rostro bañado en lágrimas.

65

Carta de Martín Rivas a su hermana:

Santiago, octubre 15 de 1851

Cinco meses de ausencia, mi querida Mercedes, parece que en vez de entibiar han aumentado el amor profundo que alimenta mi pecho. He vuelto a ver a Leonor, más bella, más amante que nunca. La orgullosa niña, que saludó con tan soberano desprecio al pobre mozo que llegaba de una provincia a solicitar el favor de su familia, tiene ahora para tu hermano tesoros de amor que le deslumbran y hacen caer de rodillas ante su mirada angelical. Son los mismos ojos cuya mirada bastaba para hacerme palidecer los que me prestan ahora sus divinos fulgores para lanzar mi alma palpitante en las indefinibles regiones de la pasión más pura y más ardiente a un mismo tiempo; es la misma frente majestuosa que se inclina ante mis ojos con la poética sumisión de amorosa solicitud; los mismos rosados labios, desdeñosos antes, que ahora me sonríen y articulan los castos juramentos que afianzarán nuestra unión; es en fin, querida mía, la bella imponente Leonor de antes, figurada por la misteriosa influencia del amor.

Desde Lima te referí con prolija minuciosidad la vida que llevé en Santiago desde el día de mi llegada. En esas cartas predominaba el egoísmo del que quiere, trazando sus recuerdos, evocara todas horas para olvidar la tristeza del presente. Olvidos, pues, a ese egoísmo trazando sus recuerdos, evocar a todas horas el pasado del que quiere a todos los personajes que han intervenido en mis acciones y quiero completar mi obra diciéndote el estado en que los encuentro a mi vuelta.

Agustín, siempre elegante y amigo de las frases a las francesa, se ha casado hace pocos días con Matilde, su prima. Hablándome de su felicidad, me dijo estas textuales palabras: "Somos felices como dos ángeles nos amamos a la locura

Fui al día siguiente de mi llegada a ésta, día domingo, a la Alameda; yo daba el brazo a Leonor, lo cual bastará para que fácilmente te figures el orgullo de que me sentía dominado. A poco andar divisamos una pareja que caminaba en dirección opuesta a la que llevábamos,— pronto reconocí a Ricardo Castaños, que, con aire triunfal, daba el brazo a Edelmira. Nos acercamos a ellos y hablamos largo rato. Después de la conversación, me pregunté si era feliz esa pobre niña, nacida en una esfera social inferior a los sentimientos que abrigaba antes en su pecho, y no he acertado a darme una respuesta satisfactoria, pues la tranquilidad y aún alegría que noté en sus palabras las desmentía la melancólica expresión de sus ojos. Acaso, me digo ahora, Edelmira ha consagrado su vida a la felicidad del hombre a quien su noble corazón la ha unido; y, para quien, como yo, conoce la nobleza de su alma ésta es la contestación que tiene más probabilidades de verdadera.

Para informarte de una vez de todo lo relativo a esta familia, te diré que he sabido por Agustín que la hermana de Edelmira, Adelaida se ha casado con un alemán dependiente de una carrocería; que Amador anda ahora oculto y perseguido por sus acreedores, que han resuelto alojarlo en la cárcel, y que doña Bernarda vive al lado de Edelmira y cultiva con más ardor que nunca su pasión a los naipes y a la mistela

Una de mis primeras visitas ha sido consagrada a la tía de Rafael. La pobre señora me refirió, con los ojos llenos de lágrimas, los pasos que su hermano don Pedro dio para encontrar el cadáver de mi desventurado amigo. Salí de esa casa con el corazón despedazado, después de visitar las habitaciones de Rafael, que su tía conserva tales como las dejamos en la noche del 19 de abril. Esta es la única nube que empaña mi felicidad. La vigorosa hidalguía de Rafael, su noble y varonil corazón vivirán eternamente en mi memoria; no puedo pensar, sin profundo sentimiento, en la pérdida de tan rica organización moral. La desgracia, que había dado a sus ojos la melancólica expresión que dominaba a su fisonomía, no tuvo fuerzas para abatir los nobles instintos de su alma. ¡Y almas como ésas no deben llevarse tan pronto al cielo las elevadas dotes que pueden fructificar en la tierra! En el corazón de ese amante desesperado, la voz de la libertad había mundo de amor en el que pasaban, como lejanas sombras, las melancolías del primero. Mi cariño a la memoria de Rafael lo comprenderá en toda su extensión, querida hermana, cuando te diga que con Leonor hablo tanto de él como de nuestros proyecto de felicidad.

Conociendo, por la pintura que tantas veces te he hecho, el carácter de Leonor, te explicarás cómo haya podido ella conseguir que sus padres y toda su familia aceptasen nuestra unión con inequívocas muestras de alegría. Así lo deseaba ella, y así ha sido. Don Dámaso, después de obtener mi indulto con poderosos empeños, ha tenido que reconocer delante de su hija que él, al casarse, no estaba en muy superior condición que la mía.

Doña Engracia se ha mostrado, como siempre, dócil a la voluntad de su hija; Agustín me trata como a un hermano, y todos los miembros de la familia siguen su ejemplo. Después de esto, ¿qué me queda que agregar? Pintarte mi felicidad sería imposible. Leonor parece haber guardado para mí solo un tesoro de dulzura y de sumisión de que nadie la creía capaz. Ella dice que quiere borrar de mi memoria la altanería con que me trató al principio. Hablándome del sacrificio de Edelmira, me dijo anoche: "Y sólo puedo admirarla, pero conozco que no habría tenido su generosidad: usted, que me ha hecho conocer el amor, me ha dado también a conocer el egoísmo".

En fin, mi querida Mercedes, si me dejase llevar del deseo, te escribiría una a una las escenas en que oigo palabras llenas de una ternura indecible, de esas que sólo ustedes, las mujeres, saben decir cuando aman. Pero así esta carta no terminaría nunca y el correo se marcha hoy.

Transmite a mi madre el cariñoso abrazo que te envía tu amante hermano.

MARTÍN

Quince días después de enviar esta carta, escribió otra Rivas a su hermana, participándole su enlace con Leonor. Esa carta era menos expansiva que la anterior.

Hubiera querido —le decía al terminar— *ir yo en persona a traerlas a ustedes; pero es un punto sobre el cual Leonor ha hecho valer su antigua altivez, "Irás, me ha dicho, pero conmigo." No tarden pues, en venirse: sólo ustedes me faltan para completar mi felicidad.*

Don Dámaso Encina encomendó a Martín la dirección de sus asuntos, para entregarse, con más libertad de espíritu, a las fluctuaciones políticas que esperaba le diesen algún día el sillón del senado. Pertenecía a la numerosa familia que una ingeniosa expresión califica con el nombre de tejedores honrados, en los cuales la falta de convicciones se condecora con el título acatado de moderación.

FIN

Made in the USA
San Bernardino, CA
10 December 2017